Soldiers' Pay

William
Faulkner

translation:
Shôzô Kajima

bunyusha

ウィリアム・フォークナー　訳 加島祥造

SOLDIER

'The hushèd plaint of wind in stricken trees
Shivers the grass in path and lane
And Grief and Time are tideless golden seas—
Hush, hush ! He's home again.'

兵士

「悲しき秋風は打萎れたる梢を鳴らし
　細き道にある小草を慄わせたり
いまや悲嘆と光陰とは、
　果しなき金色《こんじき》の海原なり――
静まれ、静まれ！
　彼は再び故山に還るなり」

（訳注：のちにこれはフォークナーの第二詩集「緑の大枝」第三十節にはいった）

兵士の報酬

目次

bunyusha 文遊社

USA

第一章

1

アキレス――候補生、今朝は髭《ひげ》を剃ったか？
ヘルメス――はい、剃りました。
アキレス――何を使ったか、候補生？
ヘルメス――官給品であります。
アキレス――よろしい、候補生。

――古い劇より
（一九――年？・ごろ）

ジュリアン・ロウ、兵籍番号は――番、つい先頃までは航空士官候補生であり、同じ雛鳥仲間では「片翼」の名で知られた航空隊第十数番編隊に属していた――このジュアリン・ロウはいま、不満たっぷりの黄ばんだ眼つきで世の中を眺めていた。黄疸《おうだん》を患っていたが、これは彼ばかりか長靴ばきの将校たちもかかったのだ、上は将軍や航空中佐から下は素敵な少尉さんまでがかかって、（だから士官候補生などは、フランス人には「未来の翼」などと呼ばれたが、地上をうろつく獣同然で物の数に入らなかったのだ）こうした上の連中が彼のような候補生の願いを無視して、手前勝手に戦争にけりをつけてしまったのだ。

それで彼は憤懣《ふんまん》と悲哀にくすぶりながら坐っていて、自分が一等車に乗れたという特権さえ楽しめぬまま、その口惜しい白い帯リボンのついた軍帽を拇指《おやゆび》の先でくるくるまわしていた。

「おい兄弟、エンジンでも故障したのか?」とヤパンク(後出のギリガンの渾名―訳注)が言った――いまや帰還の途中であり、安ウイスキーの臭いをぷんぷんさせている。

「うるさい、やめろよ」と彼がふくれ面《つら》で応じると、ヤパンクは自分のつぶれた帽子を脱いだ。

「かしこまりました、将軍閣下――それとも中尉殿かね、ええ? 失礼、マダム。炊事当番のとき毒ガスくらったもんで、その後はどうも眼がいけねえ。進め、ベルリンへ! そうだ、うん、ベルリンへ進軍だ。ベルリンよ、いま行くぞ。おまえを手に入れたぞ。番号は無千無百ゼロゼロ番の一兵卒ジョー・ギリガン(とってもひとりが好き)、閲兵式に遅れ、作業に遅れ、遅れたときの朝飯に遅れる兵隊でありまーす。あそこに立ってた自由の女神だって、おれをまともには見れなかったんだ、もし見たとしたら、たちまちまわれ右をしたぜえ」

士官候補生ロウは生意気な眼をあげて、「いったい何を飲んだんだい?」

「それがな、わかんねえ。こいつを製造したやつは火曜日に名誉勲章をもらったぜ、なぜって言えば戦争中止計画を提出したからなんだ。その計画とは、ドイツ人をみんなこっちの軍隊に徴集して、やつの造った酒を四十日つづけて飲ませるわけなんだ、たらふくな、わかるだろ? どんな戦争だっておしまいさ。いい考えだろ?」

「戦争してるんだかダンスしてるんだか、わからなくなるというわけか、ええ?」

「それはわかるのさ。女に教わればいいんだから。あのな、おれは素敵な娘を知ってたがね、その女の子が言ったぜ、『あらまあ、あんたって踊れないのね』それでおれは言ったんだ、『踊るとも!』そしておれたちが踊ってたら彼女が言うんだ、『あんた、位は何よ?』そこでおれは言ったぜ、『そんなこと、どうだっていいだろ? おれの踊り、将軍や少佐や軍曹にだって負けねえだろ? なにしろ、ポーカーで四百ドル勝ったばかりだからな』すると女が言ったぜ、『あら、そうなの?』そいでおれは言った、『そうとも。だから、おれにくっついてな』そしたら女が、『それ、どこにあるの?』けれどおれは教えなかったぜ、すると男の野郎が彼女のところへ寄ってきて言ったんだ、『この曲、踊ってくれるかい?』そして彼女が言ったぜ、『いいわ、この人、踊れないんだもの』この男は軍曹で、まず、見たこともねえような大男だ。そうよ、アーカンソーで会った野郎とそっくりだったな、そいつは黒人と喧嘩したんだ、そして友達がそいつにきいた、『君は昨日、黒人をひとり殺したそうだな?』するとそいつは言ったんだ、『ああ、二百ポンドのやつさ』まるで熊だぜ」彼は列車の振動をぐんにゃりと受けとめ、そして候補生のロウは言った、「ちぇっ、あきれたな」

「そうさ」と相手はうなずき、「だけどな、べつに毒じゃあねえよ、ちゃんとおれが試し飲みしてるんだからな。ただしおれの犬は絶対に飲まねえ。なにしろやつは司令部のまわりをうろついて、上等のをやりやがるからなあ。とにかくおれの戦利品といやあ、この犬だけさ。こいつだけは、敬礼しねえからって新米士官にどなられねえでいる大物さ。どうだい、こんなひでえ国を通るんだから、眠気ざましにちっとばかり飲みなよ、ええ? おれが責任もって言うんだけどよ、二杯も飲めば、あとはごきげんになるんだ。故郷《ふるさと》恋しって気分になって、車の修理工場なんか思い出すぜ。修理工場で働いたことあるか?」

二つの座席の間にはヤパンクの戦友らしい男が坐りこんでいて、ささくれだって湿った葉巻に火をつけようとしていた。まるで戦火に荒れはてたフランスみたいだ、と候補生ロウは思った、そして記憶の領域に泳ぎだし、彼らの民主主義を糊塗《こと》するために派遣されたイギリス空軍大尉ブライスの気取った鼻声にまつわる思い出に浸った。

「おめえも情けねえ兵隊だな、ええ」とヤパンクは大仰に言った、「両軍の間にはさまれて火薬《マッチ》もつかねえというわけか？　戦争は恐ろしいや、そうだろ？」彼は脚《あし》で相手を押しのけようとし、それで自然にゆっくり蹴りはじめながら、「どけよ、おい、老水夫、どけったら、こん畜生。ああ、哀れなる変人よとか言ったな、（芝居の科白《せりふ》だぜ、悪くねえだろ）さあ動けよ、どけよ。ここにおいでのパーシング将軍閣下（第一次大戦のアメリカ軍総指揮官―訳注）が兵隊どもと一緒に一杯やるってわけなんだ」彼は候補生ロウに話しかけた。「どうだい、この野郎のすげえ酔いっぷりは、ええ？」

「コーニャックの戦闘《バトル》だい」と床に坐った男はつぶやいた。（コニャックの瓶［ボトル］と戦闘を同音にかけただじゃれ―訳注）「戦死者十名。十五かもしれねえ。百かもしれねえ。家に待ってる哀れな子供たちが言ってるぞ、『アリス、いまはどのあたりにおいでかしら？』」

「そうさ、アリス、いまどこにいる、だ。あの別の瓶《ボトル》のことだぜ。おいお前、あれをどこにやったんだ？家に帰ってからひとりで酔いどれる気なのか？」

床に坐りこんだ男は泣きながら言った、「まあ、ひどいことを言う人。あたしがこの家の証文を隠しているだなんて！　そんなこと言うのなら、あたしをあげます、身も魂も。さあ、色男さん、あたしを奪いなさい」

「とにかく、お前から酒だけは奪いとってやらあ」と相手はひとりつぶやき、座席の下を忙しく捜しまわった。新しい一本の瓶をつかんで勝ち誇ったように立ちあがり、「聞け！　ときの声と勇む駒のいななきは近づけり。されどこれもまたわが哀しき頭をいやしてくれるであろうや？　いな、いな！　ただせめてかかる馬どもの勇む姿を見たいものじゃ。いずれも女性の馬ばかりにちがいない。閣下」――と形式ばった手つきで瓶をさしだし――「見知らぬ国にさまようこの心やさしき賤民《せんみん》たちと、ともに一献《いっこん》傾けていただけますか?」

候補生ロウはその瓶を受けとり、ちょっと飲み、たちまち喘《あえ》いで、飲んだものを吐きだした。相手は彼を支えてその背中をこすりながら、「さあ、大丈夫、ほんとはそんなにひでえ味じゃねえんだ」彼はロウの片方の肩を手で親切めかして押えつけ、瓶をその口に押しつけた。ロウはもがいて、その瓶をはずした。「飲んでみろよ。もがいてもむだだ。さあ、飲め」

「やめろ」と候補生ロウは顔をそむけながら言った。

乗客たちはおもしろがっており、ヤパンクは彼をなだめた。「おい、気にしねえでいいんだ。みんな友達なんだ。この変てこな国じゃあ、おれたち兵隊は団結しなくちゃいけねえ。さあ、飲めよ。自分の膝の上に吐きだしたんじゃあ、もったいないないだけだぜ。さあ」

「よせよ、こんなもの、とっても飲めんよ」

「もちろん飲めるさ。いいか――きれいな花を考えるんだ。お前の白髪《しらが》頭のお袋が玄関口に立って白髪の心を絞って泣いてると想像しな。いいか、家に帰ったらまた働かねばならねえと考えな。戦争ってやりきれねえだろ? おれだって、戦争がもう一年つづいてれば伍長になれたんだぜ」

「やだよ、飲めない」

「おい、逃げられねえんだぜ」とこの新しい友は親切な調子で彼に告げ、だしぬけに瓶を口に当てて傾けた。溺《おぼ》れ死ぬか飲みこむか二つに一つの選択になって、彼はそれを飲みこみ、胃に納めた。彼は腹をそりあげ、じっと動かずにいた、それから恐る恐る元の姿勢になった。

「よーし、よし。そんなに苦しくなかったろ、ええ？　いいか、こっちだって大事な酒が消えてゆくのをみてるのは、つらい気持なんだぜ。だけどもこの酒、ガソリンの味がするだろ、どうだい？」

候補生ロウの仰天した胃袋は係留気球のように筋肉の係留所からそりあがった。彼は喘ぎ、その内臓諸器官は激しい陶酔に冷たく捻転《ねんてん》した。相手の友達は再び彼の口に瓶を押しつけた。

「飲め、早く！　さっき飲んだのをむだにしちゃあいけねえ、さあ」

彼の嚥下《えんか》につれてその内臓は氾濫し、逆波に洗われ、甘美な炎が体じゅうを貫きとおった。この一等車の車掌がやってきて、手に負えん連中だという表情で彼らを見つめた。

「気を——つけ」とヤパンクは跳《は》ねあがって言った、「上官のお通りだぞ！　みんな立て、立ってこの海軍大将に敬礼しろ」彼は車掌の手をとり、それを持ちあげて、「みなさん、この人は海軍を指揮しました」と彼は言った、「敵がニューヨークを占領しようとしたとき、彼はそこにいたんです。とにかく、そことシカゴの間のどこかにいたんだ、そうでしょ、大佐？」

「諸君、こんなことされては困るんだ」しかしヤパンクはもう彼の手にキスをしていた。

「さあ、軍曹、急いで行け。夕飯の支度ができるまで戻らんでよろしい」

「いいですか、こんなことはやめてもらいます。諸君は私の汽車を破壊する気ですか」

「とんでもないよ、艦長。おれたち、あんたの汽車には手をつけねえよ、あんたの娘さんにだって同じさ」床に坐っていた男が身動きした、するとヤパンクは彼をどなりつけ、「じっとしてろ、いいか？　ところでね、この男はいま夜だと思ってるんでね。車掌さん、だれか部下をよこして、こいつを寝つかせてくれませんかねえ？　邪魔になってるんで」

車掌は候補生ロウを酔っていない男と判断し、彼に向って話しかけた。

「お願いだ、あんた、この連中をなんとかしてくれんかねえ？」

「いいとも」と候補生ロウは言った、「あんたは行っていいよ。ぼくがみんなの世話をみるから。大丈夫だよ、この連中」

「なんとか落ち着かせてくださいよ。なにしろ、こんな酔いどれの軍隊を乗せたまま、シカゴに着くわけにはゆきませんからね。まったく、シャーマンの言ったとおりだな（南北戦争の北軍の将軍。彼が南部人を殺せと言ったとおり、こんな南部人どもは死んでいればよかったの意—訳注）」

ヤパンクは車掌を静かに見つめていた。それから仲間たちのほうに振りむき、「諸君」とおごそかに言った。「彼はおれたちの乗ってるのを希望しない。これがわが国のために血と肉を捧げたおれたちへの仕打ちなんだ。どうだ、おれたちがいるのは困るんだとさ。自分の汽車に乗せるのさえケチってるんだ。いいか、もしもおれたちが国家の要求に応じて立たなかったら、いまどんな人間たちがこの汽車に乗りこんでるか、知ってるか？　ドイツ人ばっかりだぞ。ソーセージを食ってビールを飲むやつらばかりだ、それもみんなミルウォーキー（ここはドイツ移民の多い土地である—訳注）へゆくやつらだ、それが君の乗客なんだぞ」

「あんたたちみたいに、自分の行き先さえ知らない連中で満員の列車よりも、まだましだよ」と車掌は答えた。

「ようし、わかった」とヤパンクは応じた、「あんたがそう思うんなら、おれたちはみんな下車してやる。世界じゅうでおれたちの乗れる列車はこれだけじゃないんだからな」

「いや、待ちなさい」と車掌は急いで言った、「そんな意味じゃない。べつに下車しろなんて――ただ、あんたたちがおとなしくして、ほかのお客に迷惑かけないでくれればいい、そう言っただけで――」

坐りこんでいた男は無精げに身を揺すり、候補生ロウは乗客たちのおもしろげな視線がそそがれるのを感じた。

「いいや、そうじゃねえよ」とヤパンクは言った。「あんたはな、あんたの国を救った男たちを只乗《ただの》り客みたいに冷たく扱ったんだ。ドイツにいたって、テキサスにいたって、おれたち、もう少しましな扱いをしてもらえるはずなんだ」彼はロウの方に向いた。「おい、みんな。おれたちは次の駅でおりるぞ。いいか、将軍?」

「なんてこった」と車掌は同じ言葉を繰りかえし、「こんな平和が幾度も起きたら、うちの列車はみんなブチこわれちまう。戦争はたまらんて思ったが、平和の方が――なんてこった」

「行きな」とヤパンクは彼に言いきかせた。「行きなよ。どうせおれたちのために汽車を停めてくれやしねえんだろ、だからおれたち、勝手に跳《と》びおりるほかないぜ。おお、感謝の心よ、いまいずこ! 哀れなる兵士たちを、汽車は無情にも運んでゆく。ああ、わかった。やつらは哀れな兵隊たちを汽車に詰めこんだまま、太平洋の底まで運んじまう気なんだ。これでおはらい箱にする気なんだ。哀れな兵隊。ウッドロー大統領よ、君だったらおれたちをこんなには扱わなかったろうなあ?」

「おい、何をするんだ?」しかし男は相手を無視して窓を引きあげると、仲間の膝にあった安い紙製のトランクを引っぱりあげた。ロウも車掌も止める手を出せぬうちに、彼はそのトランクを窓から放り出した。

「全員、下車せよ!」

床にいた酔いどれの同僚は起きようとあがきながら、「おい！　お前が捨てたの、おれのじゃねえのか？」

「なんだ、お前はおれたちと一緒に降りないのか？　まず荷物をみんな放り出して、汽車がのろくなったら、おれたちもみんな跳びおりるんだ」

「だけど、おれのを最初に放り出したじゃねえか」と相手は言った。

「そうさ。お前の代りにしてやったんだ、だから悪く思わないでくれよ。もし、やりたかったら、おれの荷物を放り出してもいいぜ。これからこの陸軍大将と海軍大将も、同じことするんだ。あんたも荷物もってるか？」と彼は車掌にきいた。「それを早く持ってきな、そうしないと、歩いて戻るのに遠くなりすぎちまうぜ」

「いいかね、兵隊さん」と車掌は言った、そして候補生ロウの方は、英雄ナポレオンの流刑地のことを考え、自分の内部にのたうつ内臓やアルコールのだるい熱気を感じながら、車掌の帽子に輝く平たい金色のバッジを眺めていた。ニューヨークは無表情に過ぎ去った、そしてバッファローと、夕暮れとが近づく。

「いいかね、兵隊さん」と車掌は繰りかえして、「わたしの息子もフランスにいるんだ。海兵隊第六分隊だ。十月からずっと手紙がこないんで、うちじゃあ心配してるんだ。いいかね、だから頼むから、おとなしくしてくれ」

「いやだ」と相手は答えた、「あんたはおれたちを冷たく扱った、だから下車するんだ。汽車はいつ停るんだ、それとも、跳びおりろと言うのか？」

「いや、君たち、ただここに坐っていてくれたまえ。坐ったまま、おとなしくしてれば、何にも言わんよ。

下車する必要はないんだよ」

車掌は通路をよろめきながら立ち去ってゆき、酔いどれた男は口から火の消えた葉巻をはずし、「おれのトランクを捨てちまったな――」と繰りかえした。

ヤパンクは候補生ロウの腕をとった。「どうだい、情けねえと思わないか？　おれはこの仲間に人生の再出発をさせようと一生懸命なんだ、ところがその報酬は何だ？　次から次へと文句ばっかりだ」彼は再びその仲間に向って話しかけた。「もちろんおれはな、お前のトランクを放り出したさ。なにかお前、ほかにいい案があるのか？　バッファローに着いて赤帽に運ばれて二十五セント取られるつもりだったのか？」

「だけど、おれのトランクをはじめに捨てちまったんだ」と相手は再び言った。

「わかった。たしかにおれはそうしたよ。お前、じゃあ、どうする気なんだよ？」

相手は窓にすがりながら、ようやく立ちあがり、それからどさりとロウの膝に倒れかかった。「なんだってんだよ」と相手は言いながら、彼を座席のなかに押しこみ、「お前、なにかする気なら気をつけろよ」

「おりる」と男はぶつくさつぶやいた。

「なんだって？」

「おれも、おりる」と彼は言いなおし、またも身を起しはじめた。両脚で立ちあがり、よろめき、ぶつかり、すべりながら開いた窓までゆくと、そこから外へ頭を突きだした。候補生ロウは彼の軍服の上衣の裾《すそ》をつかんだ。

「おい、馬鹿、よせよ。そんなまね、やめろよ」

「いいさ、やらせろ」とヤパンクが反対した、「やりたいんなら、跳びおりさせろよ。どうせバッファローに行く気はねえんだからな」

「だって、自殺するようなもんだよ」

「こりゃ驚いた」と車掌が言いながら、重たい足どりで走りもどってきた。彼はロウの肩ごしに身をのばし、男の脚をつかまえた。男は頭と上半身を窓の外に出し、食料袋のようにぐったりたるんで揺れていた。ヤパンクはロウを押しのけた、そして男の脚をつかんだ車掌の手ももぎ離そうとした。

「放っとけ。こいつ、跳びおりる気なんかないんだから」

「しかし、まさか放ってもおけないよ。気をつけて！　兵隊さん、気をつけて！　引っぱりこんでください！」

「いいじゃないか、行かせなよ」とロウは投げやりになって言った。

「そうさ」とヤパンクはその言葉を補って、「跳び出させろよ。奴は前からそんなこと言ってたんだ、だから本気でやるかどうか、見たいもんだ。それに、奴はおれたちみたいな若い者とは合わない人間なんだ。いなくて幸いさ。おりるのを助けてやろうぜ」そう言うとともに、男のぐったりした体を押した。自殺志願者の帽子がその頭から吹っとび、風が一時的にしろ頭を冷やしたのか、彼は自分からもがき戻ろうとした。決心が変ったというわけだ。彼の同僚は親切にそれを妨害した。

「さあ、さあ。おじけづくなよ。思いきって跳んじまえ」

「助けてくれ！」と男は空しい風にむかって叫び声をあげ、車掌も「助けて！」と彼にすがりながら合唱した、そして驚いた乗客二人と給仕《ポーター》が彼の援助に加わった。彼らはヤパンクを押しのけ、今ではおじけきった男を車内に引っぱりこんだ。車掌は窓をばたんとおろした。

「あなたがた」と彼は加勢した二人の乗客に告げた、「お願いですからここに坐って、この人が窓から投げ出されないよう守ってくれませんか。バッファローに着いたら、すぐにこの三人とも降ろしますから。いま汽車を停めて下車させてもいいんですが、しかしこの連中だけに任したら、この人は殺されちまいますからね。ヘンリー」と給仕に向って、「車掌のところへ行って、こう言え——バッファロー駅に電報で、この列車には頭のおかしい奴が二名乗車中だと知らせろ、とな」

「そうさ、ヘンリー」とヤパンクはその黒人の給仕に向ってつけ足して、「それから楽隊とウイスキー三本用意しとけと言いな。自分の楽隊を持ってなかったら、雇えってな。金はおれが払うから」彼はポケットから汚れた紙幣の束をとりだし、一枚剝がして給仕に与えた。「君もひとつ楽隊がほしいか?」とロウに向ってたずね、「いいや」と勝手に返事もして、「いや、君はいらんよ。おれのを使えばいい。さあ、行きな」と彼は繰りかえした。

「はい、大尉さん」白い歯並みは突然に開かれたピアノのようだった。

「見張り、頼みます」と車掌は自分の指命した護衛の乗客二人に言った、そして「おい、ヘンリー」と、消えてゆく白い上衣に向って叫んだ。

ヤパンクの連れの兵隊は、蒼《あお》ざめて汗をかいていて、いまにも吐きそうな様子だったが、ヤパンクとロウは気楽そうに坐りこみ、かたや親しげな態度を、かたや挑戦的な態度をみせていた。二人の新入者は互いを支えるように肩を触れ合せていて、おじけてはいるが決心しているらしかった。首をのばしていた他の乗客たちは、再びちんまりと無関心になって、本や新聞へ戻った、そして列車は夕陽とともに驀進《ばくしん》した。

「ねえ、あんたたち」とヤパンクが話しかける口調で言いはじめた。

二人の市民は弾《はじ》かれた弦のように跳びあがった、そしてその一人が言った、「さあ、いいですか」となだめるように手を兵隊の上において、「ただ静かにしててくださいよ、兵隊さん、ぼくらが面倒をみますからね。アメリカの市民はみんな、君たちのしてくれたことには感謝してるんだから」

「ハンク・ホワイト」と酔いどれの兵隊が言った。

「何だって?」とヤパンクが言った。

「ハンク・ホワイト」と彼は繰りかえした。

ヤパンクは市民の方へ親しげに向き直り、「そうか、驚いたぞ。おれの幼なじみのハンク・ホワイト君だったんだなあ! そうだ、ハンクだ! だけども君は死んだとか聞いたぜ、それともピアノの商売だか何だかしてたとか。首になったんじゃないだろうな、ええ? いま、べつにピアノを持っていないみたいじゃないか」

「いや、違いますよ」と相手の男は驚いて答えた、「わたしの名はシュラスですよ。商売はご婦人の下着類を扱ってるんで」彼は名刺を取りだした。

「へえー、そりゃあ素敵だな。ねえ」と彼は内緒話をするように相手へ顔を寄せ、「あんた、それを着るモデル女、連れてないの? ない? そうだろうなあ。でもいいさ。おれがひとり、バッファローで見つけてやるよ。もちろん君に買ってやるんじゃないぜ、ただ、君に貸してやるだけさ、まあ、ほんのしばらくの間だけな。ホレス」と候補生ロウに向って、「あの瓶はどこだ?」

「少佐、ここにあるよ」とロウは応じて、軍服の下から取りだした。ヤパンクはそれを二人の市民にすすめた。

「何か遠い、遠くのものを考えて、ぐいっと飲むんだぜ」と彼は忠告した。

「これは、どうもすまない」と、シュラスという名の方が言い、形式ばってそれを隣りの市民にまわした。

二人は慎重に身をかがめて飲んだ。ヤパンクとロウは、身をかがめずに、飲んだ。

「兵隊さん、飲みすぎんようにね」とシュラスが警告した。

「わかってる」と候補生ロウは言った。二人は、また飲んだ。

「もう一人のほう、なにも飲まんのかね?」と、これまで黙りこんでいた市民のほうがたずねて、ヤパンクの旅の連れを指さした。その男はぎごちなく隅にうずくまっていた。ヤパンクが彼をゆさぶると、ぐにゃりと床にずり落ちた。

「これこそ、まさに酒毒の恐ろしさ」とヤパンクはおごそかに言い、またひと口飲んだ。そして候補生ロウもまた飲んだ。彼は瓶をさしだした。

「いや、もう」とシュラスは懸命に言った、「いまはもう、たくさん」

「彼は本気で言ってるんじゃないぜ」とヤパンクは言った。「口から出まかせ言ったのさ」彼とヤパンクは二人の市民をじっと見つめた。「放っとけよ、じきに考え直すから」

しばらくすると、シュラスと呼ぶ方が瓶を取った。

「ほーらな」とヤパンクはロウに向って打ち明けるように言った、「さっきはおれも、彼が軍人を侮辱する気なのかなと、ちょっとばかり思ったさ。だけど、あんたはその気じゃあなかったんだ、そうだろう?」

「もちろんですとも。わたしほど軍人を尊敬している人間はおらんですよ。いいですか、わたしだってあんたたちと一緒に戦いたかったんだ。でもね、若い人たちが留守してる間、誰かが商売の面倒を見なけりゃならない、そうでしょ? ねえ?」と彼はロウに向って訴えかけた。

「そんなものですかね」とロウは丁寧だが反発的な態度で言った、「ぼくは商売に入らないで入隊したから」

「おい、元気だせよ」とヤパンクは彼をたしなめた、「おれたち年寄りに比べれば、若いお前はいちばん幸運だったんだぜ」

「ぼくがなんで幸運だった?」とロウは激しい口調で言った。

「いいさ、自分が幸運だと思わねえんなら、その話はやめろよ。ほかにだって心配の種はうんとあるんだから」

「そうですとも」とシュラスは言った、「みんな何かしら心配の種を持ってるもんですよ」彼は瓶からちょっと味わった、そして相手は言った。

「さあ、ねえ、飲みなよ」

「いや、もう結構。たくさん飲んだから」

ヤパンクの眼は蛇のようになった。「さあ、ぐいっと飲みな。飲まねえと、おれは車掌を呼んで、君が酒を飲ませろとせがむので困ると言うぜ」

ヤパンクは瓶を素早く相手に渡した。彼はもう一人の市民の方に向いた。「この人、どうしてこう付き合いが悪いんだい?」

「いや、べつに」とシュラスは言った、「あんたたち兵隊さんは飲みなさいよ、わたしたちが面倒はみるから」

黙りがちの市民も同じことを繰りかえし、そしてヤパンクは言った。

「この二人、おれたちが毒を盛ると思ってるんだぜ。おれたちをドイツのスパイだと思ってるんだぜ、きっと」

「いや、とんでもない！　わたしはどんな軍人でも自分の母親と同じように尊敬するんですよ」

「じゃあ、気分よく飲めよ」

シュラスはがぶりとやって、瓶をまわした。彼の相棒も飲んだ、そして二人の額には汗の粒が湧《わ》いた。

「この人は飲まないのかね？」と黙りがちの市民が繰りかえし、そしてヤパンクはその兵隊を同情の眼つきで見やった。

「おお、哀れなるハンクよ」と彼は言った、「この哀れなる男はくたばれりしがごとし、諸君。長き友情の終点だ」候補生ロウもまたハンクの顔が二つに見えるまま、そのとおり、と答えた、そしてヤパンクはさらにつづけた、「あの優しくて男らしき顔を見てくれられたし。われら幼き子供のとき、ともに牧場《まきば》にて花つみし仲なりき。彼とわれとは手強《てごわ》き馬洗い部隊をつくり、フランスじゅうを荒しまわりしなり。その彼がいまはこの有様――

「ハンク！　君はこの涙声が誰のものか、君の額に当てた柔らかき手が誰のものか、わからぬのか？　将軍」と彼はロウの方へ向き、「君にこの遺骸《なきがら》の管理を受け持っていただけないか？　わしはこの二人の親切なる市民を代理に任命し、馬具工場を見つけたら立ちよってもらい、首当てを注文してもらう――それは花水木《はなみずき》の木で作られてH・Mの頭文字が忘れな草の形に書きこまれてるものにしよう」

シュラスは今にも泣きだしそうな眼つきをして腕をヤパンクの肩にまわした。「さあ、さあ、別れは死ぬ時ばかりに限らんのだよ。元気だして、ちっとお飲み、そうすれば気分が直るよ」

「うん、確かにそのとおり」と彼は答えた、「兄弟、あんたは親切な心を持ってるぜ。さあ、みんな、飲めのひと声、いっせい出動ときたぞ」

シュラスはその顔を香水つきの汚れたハンカチで拭い、彼らはまた飲んだ。アルコールと夕陽で薔薇色に染まったニューヨーク州は霞のなかに過ぎてバッファローへと進みいり、いま彼らは新たな強烈な熱に燃えながら駅を眺めやった。哀れなハンクは、痰壺のなかで安らかに眠っていた。

候補生ロウとその仲間は酔いどれてはいなかったから、立ちあがって、その二人の市民たちを助け起した。シュラスはいかにも下車するのが不服らしかった。ここがバッファローであるはずはない、と彼は言った、バッファローには幾度も来たことがあるから、よく知ってるんだ。そのとおりだ、と二人は相槌《あいづち》をうちながらなんとか彼をまっすぐに立たせた。車掌は彼らを少しの間はにらんでいたが、やがて姿を消してしまった。ロウとヤパンクは各自の帽子をかぶり、通路へと二人の市民を助けだした。

「うちの息子は若すぎて軍人になれなかったのよ、ほんとによかったと思うわ」と一人の婦人は、彼らのそばをよろめき過ぎ、意見をのべた、そしてロウがヤパンクに言った——

「おい、奴はどうする?」

「奴?」と相手は、シュラスに身をもたせかけながら、繰りかえした。

「あそこに残してきた男さ」とロウは名誉の負傷兵を指さした。

「ああ、奴か。君が面倒みたいんなら、邪魔はしないぜ」

「なんだ、君の連れじゃないのか?」

外には駅の騒音と煙があった。窓ごしに急ぎ過ぎる人々や赤帽の姿が見え、そしてヤパンクは通路を動いてゆきながら答えた。

「とんでもねえ。初めて会った男なんだ。彼をかついでゆくか放っとくかは、赤帽さんにまかしておくさ」

彼らは半ば引きずるようにして二人の市民を運んでいったが、ヤパンクは巧みにさばいて通路を通りぬけ、普通客車の出口から外へ降り立った。プラットフォームで、シュラスはその腕を兵隊の首にまきつけた。

「なあー、君」と彼は熱情をこめて言った、「わたしの名を知ったろ、それから住所も、知ったろ。いいか、君、君たち軍人、君たちに感謝する、アメリカじゅうを代表して、わたしが——陸に海に栄光の旗よ、永遠にひるがえれ。いいか、わたしの持ってるもの、みーんな君のものだ。もし、君が兵隊でなくとも、わたしは君の味方だぞ——百パーセントだ。君が好きなんだ、わたしは、君が好きなんだ——」

「うん、そうとも」と相手は彼を支えながら同意した。じきに彼は警官のいるのを見つけだし、その市民の千鳥足を警官の方角へ向けた。ロウは口数の少ないほうの市民を運んで後からつづいた。「立てよ。立てないのか?」と彼は低い声で言ったが、男の眼は犬の眼のように、漠とした哀しみをたたえているのみだ。

「じゃあ、休み休みゆこうぜ」と候補生ロウは折れて出て言った、そしてヤパンクのほうは、警官の前に立ってこう言っていた——

「おまわりさん、二人の酔いどれを捜してるんだね? それはこの男たちなんだ、列車じゅうのお客に迷惑かけたんだぜ。帰還兵をこういう暴行から保護してもらいたいですねえ。軍隊では古参軍曹にいじめられ、帰れば酔いどれに悩まされるんじゃ、かなわないよ」

「この男が兵隊を悩ます人間とは思えんね」とその警官は答えた、「さあ、立ち去れよ」

「だけどね、この連中は危険人物なんだよ。警察官ていうのは保安のためにあるんじゃなかったかなぁ——」

「立ち去れ、と言ったろ。君たちみんな、ぶちこまれたいのか?」

「思い違いしちゃあ困るよ、おまわりさん。あんたが捜してたのはこの連中なんだからね」

警官はうさんくさげな眼になって彼を見やりながら、捜していたって？　と言った。

「そうですとも。ぼくらが打った電報を読まなかった？　列車から手配の電報を打ったはずだけどねえ」

「おや、じゃあ、この二人があの狂人なのか、ええ？　すると殺されかかった被害者というのはどこにいる？」

「もちろんこの二人があの狂人ですよ。まともな人間がこんな状態になると思いますか？」

警官はうんざりした眼つきで彼ら四人を眺めやった。

「さあ、行けよ。君たちはみんな酔ってるんだ。立ち去れよ。さもないと、ほんとにぶちこむぞ」

「いいとも。ぶちこんでくれよ。この二人の狂人を始末するのに警察へゆくほかないんなら、喜んでゆくよ」

「この列車の車掌はどこだ？」

「彼は医者と一緒にいるよ、負傷人《けがにん》の手当てを助けてるんだ」

「おい、いい加減にしろよ。なにをする気なんだ――おれに一杯食わせて笑う気か？」

ヤパンクは彼の連れをゆさぶった。「立ってろよ」と彼は男に言った。「君を弟みたいに愛しとるんだあ」

と相手はつぶやいた。「この男を見ろよ」とヤパンクは言った、「この二人を見ろよ。それに、汽車の中には負傷人《けがにん》がいるんだ。それなのに、あんたはそこに立ったまま何もしないでいる気なのかい？」

「君がからかっているのかと思ったんだ。するとこの二人があれなんだな、ええ？」彼は呼笛を吹くと、別の警官が駆けよった。「おい、エド、これがあの連中だ。監視しててくれ、おれは列車に入ってあの死人の様子をみてくるから。君たち兵隊さんはここにいてくれ、いいな？」

「いいとも、おまわりさん」とヤパンクはうなずいた。その警官がどたばたと走ってゆくと、彼は二人の市民の方へ向いた、「さあて、ねえ、坊や、給仕連中がじきにくるからね、あっちのパレードの始まるほうに連れていってもらいな。あんたはこの二人といっしょに行ってくれよ、おれとこの将校は戻っていって車掌と給仕をつれてくる。彼らもきたがってるからな」

シュラスはまた彼の両腕をつかんだ。

「弟のように愛しとるんだあ。なーんでも君にやる。さあなーんでも言ってくれ」

「いいとも」と彼はうなずき、「刑事さん、この連中を見張ってくれよ、まるですごい狂人なんだから。さあ、君たちはこの親切な人と行きな」

「おい」と警官は言った、「君たち二人もここで待て」

列車の中からどなる声が聞えた、そして車掌の顔は今にも破裂しそうにわめくお月様だった。「待っていてあの顔がパンクするのを見たいけれどね」とヤパンクはつぶやいた。二人の市民を支えながら警官は列車の方向へ急いだ。「一緒にこい」と彼はヤパンクとロウに叫んだ。

その場から遠ざかりながら、ヤパンクは口早くロウに言った。

「行こうぜ、将軍」と彼は言った、「早いとこ、ずらかろうぜ。みんなさよなら。おい、行こうぜ」

警官はどなった、「おい、停れ!」しかし彼らはそれを無視し、その場の興奮を彼らのこねまわすに任せたまま、長い駅舎のなかを急いだ。

夕暮れの駅を出ると、市街は冬の夕空に鋭いスカイラインをみせていて、燈火はきらめく小鳥の群れが金色の翼を休めているかのよう――空中に散乱して停止した鐘の音のようだ、そして下方の町ではすべてを美化する昼の魔法の色が引き去ってゆき、いまはいたるところ醜悪そのものだ。

腹はからっぽ、そして冬の町——ただし春はどこかにいた、まるで忘れられた音楽のように、南から風に吹き寄せられて、どこかに潜んでいた。急激な変化の魔術にとらわれて、二人は立ったまま冷たい空気のなかに春を感じていた——まるで二人ともごく最近になって新しい世界へ入りこんだ人間のように、自分たちの小ささを感じ、そして何か新しい珍しいことが自分たちを待っているかのように信じられるのだった。二人ともそんな初心《うぶ》な感じをはずかしく思い、黙っているのに耐えられなかった。

「さあて、兄弟」とヤパンクは候補生ロウの背中を軽くたたいて、「あのパレードに行くのだけはごめんこうむろうぜ、そうだろ?」

2

国の護《まも》りに立ちあがり、
ずっと悔んでる者は誰だ？
　候補生！
地上勤務の将校が威張る間は、
ひとりの娘ともデートできないのは誰か？
　候——補生！

食べ物を腹のなかに納め、ひと瓶のウイスキーは候補生ロウの腕にちんまり抱かれて、二人はひとつの列車に乗りこんだ。

「ぼくら、どこへゆくんだい？」とロウはたずねた。「この汽車はサンフランシスコへ行かないんだろう、どうだい？」

「聞きなよ」とヤパンクは言った、「おれの名前はジョー・ギリガンなんだ。ギリガン、ジー・アイ・エル・エル・アイ・ジー・エー・エヌ、ギリガン、ジェー・オー・イー、ジョー。ジョー・ギリガン。うちの先祖がアイルランド人からミネアポリスを奪いとって、ドイツ風の名前をいただいたわけさ、わかったか？　君はギリガンという名前の人間から一度でも嘘をつかれたこと、ねえだろ、ええ？　もし君がサンフランシスコへゆきたいんなら、それもいいさ。セントポールかオマハにゆきたいというんなら、それでもかまわねえ。それどころか、君がそこにつくまで面倒みてやるよ。お望みなら、この三つの土地全部をまわるのも面倒みてやるよ。だけど、なんだってそんなにサンフランシスコくんだりへゆきたがるんだ？」

「べつに行きたいわけじゃない」と候補生ロウは答えた、「特別どこかの土地へ行きたいわけじゃないんだ。ぼくとしては、この汽車のなかが好きなのさ。出たとこ勝負という暮しが好きさ。しかしね、ぼくの親がサンフランシスコに住んでいる。だからそこへ出かけるわけさ」

「そりゃあ当然だ」とギリガン一兵卒はすぐに同意した、「誰だって、時には自分の家族に会いたくなるもんだ——とくに、その連中と同居しないですむ場合はな。君を皮肉ってるんじゃないぜ。いいかい、兄弟、君の素直なのには感心してるんだ。ただ、いいかい、家へ帰るのは急がなくていいんだ。だから、われわれが戦って護ってやった国とはどんなところか、この光栄の国をちょっと拝見するのも悪くないんだ、そうだろ？」

「そりゃあだめだよ。休戦になった日から、母は毎日のように電報打ってきて、乱暴するな、気をつけろ、除隊になったらすぐ帰れと言ってきてるんだ。彼女、きっとぼくの除隊を早くさせてくれと大統領にも電報したにちがいないんだ」

「なるほど。もちろん彼女は打ったろうな。母親の愛情に対抗できるものはないさ、うん。ただしウイスキーだけは別さ。あの瓶はどこにある？　おい、君はあの処女を破りやしないだろうな、ええ？」

「彼女、ここにいるよ」と候補生ロウは瓶を取りだした、そしてギリガンは呼鈴を押した。

「クロード」と彼は給仕に頼んだ、「グラス二つと何かソーダ水を持ってきてくれ。おれたち、今日は紳士連中のなかにいるんだからな、紳士らしく振舞わなきゃいけねえ」

「なんでグラスなんか頼むんだい?」とロウがきいた。「昨日は瓶からやったじゃないか」

「いまは見知らぬ人間たちのなかにいるんだぜ、それを忘れちゃいけねえよ。その土地の野蛮な習慣に従うのが大切なんだ。あちこち旅をして経験を積むと、君も今日の忠告を思い出すぜ。君、グラスを二つたのむ」

糊のきいた上衣をきた給仕は、尊大不遜《ふそん》の象徴に転化した。「この客車では酒を飲めません。ビュッフェの車にいってください」

「おい、クロード、いいじゃないか。物わかりよくしろや」

「この客車では飲めません。飲みたければビュッフェへどうぞ」彼は揺れる車内を座席から座席へと動いていった。

ギリガン一兵卒はその仲間の方へ向いた。「どうだい! 驚いたな、ええ? あいつ、兵隊をひどく扱ったもんじゃねえか、なあ。まったくのとこ、将軍よ、こりゃあ、今まででも一番ひどい敗北だぜ」

「いいさ、瓶から飲もうじゃないか」

「いいや、いけねえ! これは名誉にかかわる問題なんだぜ。いいか、われわれは自分の軍服が侮蔑されるのを黙ってはいられねえんだ。まあ待ってろよ、おれは車掌に話をつけてくる。兄弟、おれたちは切符を買った乗客なんだ、そうだろ?」

将校たちは出発し、奥さんはみんな

思いっきりお楽しみ——

曇った空、そして大地もまた灰色に、灰色の霧のなかへ単調に融けこんでゆく。時折りそこに樹や家が走りこんでゆく。そして町はまるで電話線につらなる水滴の幻の音のように過ぎ去る——

陰気に衛兵所で坐りこみ、
政府の戦争などたくさんだと言うのは誰だ？
　候補生！

するとそこへギリガンが戻ってきて、言った、「チャールズ、そのままでよろしい」眼をあげるとともに、候補生ロウは思った——彼が別のやつを仕入れてくるぐらいのことは、こっちでも想像ついてたはずだったのになあ。彼は帯革と飛行将校を示す翼記章を見て、立ちあがってその若い顔に対面したが、その顔には額を横切って恐ろしい傷跡があった。こりゃすごい、と彼は気持悪さを感じながら思った。彼が敬礼すると、相手は緊張した乱心ともいえる表情で彼をうかがうように見つめた。ギリガンはその腕を支えながら、座席へと助けて坐らせた。その男は戸惑った視線をギリガンに向けてから、つぶやいた、「ありがとう」

「中尉殿」とギリガンは言った、「ここにいるのは国の誇りとなる人物です。おい将軍、ベルを押して氷水を頼んでくれ。この中尉殿は病気なんだ」

候補生ロウはベルを押しながら、眼は相手の略綬章や翼記章や将校章を見やり、アメリカの下士官と世界各国の将校の間に生じた例の反感を彼もまた押えかねていて、こんなひどい状態のイギリス将校がなんでアメリカを旅しているのかという疑問さえ起さずにいた。ぼくだって少し年上だったり運がよかったりしたら、この男みたいになれたかもしれないんだ、と彼は羨ましげに考えた。

給仕が再び現われた。

「言ったでしょ、この車では酒はいけねえですよ」と彼は言った。ギリガンは紙幣を出した。「いいや。この車じゃあいけねえです」それから彼は三番目の男をみとめた。急に彼の方へかがみこみ、それから疑わしげにギリガンからロウへと視線を移した。

「あんたたち、この人に何をしようというだね?」と彼はたずねた。

「うん、彼はただ迷子の外国人なのさ、あっちで見つけたんだ。ねえ、アーネスト──」

「迷子? この人は迷子じゃねえですよ。ジョージア（南部の一州で、これから小説の舞台になる所─訳注）生れの人でさあ。あたしが面倒をみていますんで。大尉さん」──その将校に向い、──「この人たちは大丈夫なんで?」

ギリガンとロウは顔を見合せた。「驚いたな。外国人だとばかり思ってたぜ」とギリガンはささやいた。

その男は眼を給仕の心配そうな顔に向けた。「ああ」と彼はゆっくり言った、「彼らはいいんだよ」

「ここにこの人たちと一緒にいたいですか? それともご自分の場所にお連れしましょうですかい?」

「ここに置いとけよ」とギリガンは言った。「一杯飲みたいいんだから」

「ですが、この人は飲めないですよ。ご病気なんだから」

「中尉さん」とギリガンは言った、「あんたは飲みたくないのかい?」

「いや、飲みたい。うん」

「ですが、この人にはウイスキーはいけませんですよ」

「あんまりは飲まさないよ。おれが面倒をみるから大丈夫だ。さあ、グラスを頼むよ、なあ?」

給仕はまた繰りかえして、「ですがこの人は――」

「ねえ、中尉さん」とギリガンはさえぎって、「あんたのこの友達に言って、なんとかグラスを持ってこさせてくれないかなあ」

「グラス?」

「そのとおり! 彼はおれたちに持ってこないと言うんだ」

「大尉さん、グラスをほしいですか?」

「ああ、すこしグラスを持ってきてくれ」

「いいですとも、大尉さん」給仕はまた立ちどまり、「あんた、この人の面倒を見てくれるね、どうですか?」とギリガンにたずねた。

「うん、もちろんさ!」

給仕が立ち去ると、ギリガンは羨望の視線で彼の客を眺めやった。「こんなサービスを受けるなんて、たしかに君は南部生れにちがいないな。おれは金をみせたけれど、彼は身ぶるいひとつしなかったものなあ。おい、将軍」と彼はロウに向って、「この中尉さんとおれたちと一緒にいてもらおうか、どうだい? いつか役に立つだろうからな」

「そうさ」とロウは同意して、「あの、あなたはどんな飛行機を使われたんです?」

「おい、やめろよ」とギリガンがさえぎった、「そっとしとけよ。彼はさんざフランスを荒しまわったんだ、だから休息が必要なのさ。そうでしょ、中尉さん?」

傷と苦悩にゆがんだ眉の下で、その男の眼は呆然として、しかし優しい表情だった、そして給仕がグラスとジンジャーエールの瓶をもって再び現われた。彼は枕を取りだしてそれを丁寧に将校の頭の下に当て、それからさらに二つの枕を出して、それらを他の二人にも当てがってくつろがせたが、その手つきは容赦ない親切さといったものだった。彼の世話は巧みな非情さをもち、「運命の女神」のようにその活動を公平に彼らの上に及ぼしていった。ギリガン一兵卒は、こんなサービスには慣れないため、かえって意固地になった。「おい、給仕さん、かまわないでくれ。自分の世話は自分でしたい人間なんだ。君がそこをどいてくれれば、おれはこの酒瓶の世話をしてやりてえんだけどね」

彼はそれを無視して言った、「これで具合よろしいですか、大尉?」

「ああ、いい。ありがと」と将校は答えた。それから、「お前のグラスも持ってきて、ひとつ飲みなよ」

ギリガンは瓶の口をあけて、ついだ。ジンジャーエールが甘く鋭く音をたてた。「諸君、では乾杯」

将校は自分のグラスを左手でとった。そしてそのときロウは彼の右手が縮かみ萎《しぼ》んでいるのに気づいた。

「チェーリオ」と彼は言った。(チェリオはイギリス人の用いる乾杯用語—訳注)

「急降下」とロウがつぶやいた。将校はグラスをかかげたまま彼を見やり、ロウの膝にある帽子に眼をとめ、すると彼の眼の奥にある探るような戸惑った表情は拭われて思考が働きだしたらしく、ロウは相手の唇が質問を形づくるのをみとめた。

「ええ、そのとおり、士官候補生です」とロウは答え、熱っぽい感激を覚え、自分の隊にたいする若々しい清潔な誇りをよみがえらせた。

しかし先ほどの努力が限度だったらしく、将校の凝視は再び戸惑った漠としたものに戻ってしまった。

ギリガンは自分のグラスを高くかかげ、それを細眼でのぞきながら、「平和に乾杯」と言った、「まず最初の百年間が最も苦労なんだぜ」

またも給仕が、今度は自分のグラスを持って、現われた。

「また別の豚が鼻をつっこんできたぞ」とギリガンは彼につぎながら泣き声をたてた。

黒人の給仕は将校の頭の下に当てた枕を軽くたたき、整えなおした。「あのー、大尉どの、この頭のところへ何か持ってまいりましょうかね？」

「いや、いや、ありがと。これでいい」

「ですが、あなたはご病気で。たんとは飲まねえほうがいいです」

「気をつけるよ」

「そうさ」とギリガンが付け足した、「おれたちが見張ってるよ」

「窓覆《おお》いをおろしましょう。光が眼に入らんほうがよろしいでしょ？」

「いや、光は気にならないんだ。さあ行きなよ。用があったら呼ぶから」

黒人種特有の直感で、彼は自分の親切が出すぎたものになっているのを感じとった、しかしそれでも彼はもう一度試みた。

「きっとあなたは、まだ出迎えの人に電報をお打ちじゃねえでしょ。わたし代りに打ちましょうか？　一緒のところまでは、わたし世話できますが、その後は誰も面倒みれねえでしょ?」

「いや、ぼくは大丈夫、ほんとだ。君のゆけるところまで世話してくれれば、後はひとりでやってゆける」

「結構です。ですがいつか、わたしはあなたのパパに、あなたのしたこと言いつける。大尉さん、もっと考えてしなくてはだめです」彼はギリガンとロウに言った、「あなた方、もしこの人が気分わるくなったら、わたしを呼んでくだせえよ」

「いいから、もう行けよ。気分よくなかったら呼ぶから」ギリガンは感嘆の視線を、遠ざかる給仕の背中から将校のほうに向けた。「中尉さん、どうしたらそんなに威張れるんだね?」

しかし相手はただ漠とした眼を二人に向けただけだった。彼はグラスを飲みほした、そしてギリガンがまたついでいる間、候補生のロウは、かぎまわる猟犬のように、また繰りかえした――

「そのう、あなたはどんな飛行機に乗ってたんですか?」

その男はロウを親切な眼で見やったが、返事はしなかった、そしてギリガンが言った――

「しいー。そっとしておけよ。わからないのか、彼は自分のことを覚えていないんだぜ。あんな傷をしたら、誰だってそうだろう? 戦争のことはおさらばさ。そうでしょ、中尉さん?」

「わからない。もう一杯のむほうがいい」

「そのとおりですよ。おい将軍、元気を出せ。彼にはべつに悪意ないんだ。今のところ、彼はただひっそり生きてゆきたいのさ。おれたち、みんな戦争は忘れたいのさ。恐ろしい思い出ばかりだものな。おれだって、『チャタ―・テリ―で起ったこと』とあの三文詩人が言うのに出くわしたうえに、サイコロ賭博で八十九ドルもとられたことがあるんだぜ。さあ、ウイスキーをもう少しどうだい?」

「チェーリオ」と将校はまた言った。

「君がシャトー・ティエリー（第一次大戦の大激戦地—訳注）にいたというのかい？　うそだろ」ロウは言った——若者らしい失望感にとらわれ、自分よりも運命に恵まれた者によって自分が故意に無視されたと感じていた。

「おしゃべり姉ちゃん《チャター・テリー》のことかい？」

「とにかく、君はそんな戦闘の場所にいなかったのさ」

「おれは精神的にはあの場所にいたのさ。大切なのはその点だろ」

「ああいう恐ろしさは空想では味わえないよ。あんなのはよそでは絶対に味わえないんだ」

「味わえないだって！　じゃあ、この中尉に聞いてみろや。どうだい、中尉さん？」

しかし彼は眠っていた。二人の見つめたその顔は、恐ろしい傷の下で、若くて同時にひどく老けて見えた。ギリガンでさえその一杯機嫌から覚めたというふうで、「ひでえなあ。見ただけで胃がむかつくぜ、ええ？　この男、自分がどんな顔に見えるのか、知ってんのかなあ？　この顔を見たら、家族のものは何と言うかな？　とくに恋人は——ただし彼にいればのことだがよ。いや、きっといるに違いねえ」

ニューヨーク州は飛び去った。すでに昼を過ぎていた、時計ではそうだった、しかし灰色一色の外界は前と変らぬ姿のままだった。ギリガンは言った、「もしこの男に恋人がいれば、その恋人が彼を迎えて何と言うか知ってるか？」

候補生ロウは、どうせ考えてもわからないという絶望感だけ意識しながらたずねた、「何と言うかだって？」

ニューヨークは過ぎ去り、そしてマーンはその勇壮な服装のまま眠っていた。(自分だったら眠るかな?とロウは考えた、翼記章に長靴姿だったら、自分だったら眠りこんだりするかな?)略式勲章の上部には優雅な線を描く翼記章がピンと両翼を張っていた。略式勲章は白、紫、白、と彼の胸ポケットの上に、(そして本来の意味では)彼の心臓の上に、留められていた。その翼記章の両翼の間にはイギリス軍を示す王冠と三つの文字も認められた。それからロウの視線は眠っている顔の傷跡へと這いあがった。

「何と言うんだい?」と彼はまた言った。

「彼女は、さよなら、って言うのさ」

「おい、よせよ。そんなこと言うもんか」

「もちろん言うさ。君は女を知らんのだ。新しさが薄れたら、それでおしまいさ。その後は、戦争にゆかずに金を残した野郎とか、それともおれや君みたいに、負傷しない場所をうろついていたやつを好きになるのさ」

給仕がやってきて、眠っている男をのぞきこんだ。

「この人は病気でないでしょうね、ええ?」と彼はささやいた。

二人は彼に、そうではないと告げた、そして黒人は眠っている男の頭の姿勢を楽にした。「あなた方お二人はよくみてやって、もし何かこの人が欲しがったら、呼んでくだせえよ。この人、病人なんですからね」

ギリガンとロウは将校を見やり、うなずいた、そして給仕は窓のシェードをさげた。「あんた方、ジンジャーエールをもう少し欲しいかね?」

「ああ、たのむ」とギリガンは給仕のひそやかな口調をまねて言い、そして黒人は引き下っていった。彼ら二人は暗黙裡に戦友意識を感じあって坐っていた——すなわち、手に負えぬあばずれ女のような境遇の変化にもてあそばれ、生きることへの意味を見失ってしまった仲間同士、と互いに感じあっていたのだ。給仕がジンジャーエールを持ってきた、そして彼らは坐ったまま飲みつづけ、列車はニューヨーク州からオハイオ州に入っていった。

ギリガン、このおしゃべりで気軽な男は、ひとり勝手な夢想におちいり、候補生ロウ、激しく失望した青年の彼は、港から出る前に自分の船隊が沈んでしまったのを目撃したイアーソーンたち、あのギリシャ神話の人物以来おなじみである希望挫折の悲哀感を改めて味わっていた……将校の方はその傷をみせたまま、そして翼記章や皮装具や将校章をごてごて飾った姿のまま眠っていたが、そこへ大変な年寄りの婦人が通りかかり、立ちどまって言った——

「この人は負傷したんでしょうねえ?」

ギリガンは自分の夢想から覚めた。「その顔をみたらわかるだろ」と彼は苛立たしげに言った、「その男は椅子から落っこって、話相手のお婆さんとぶっつかって、それであんなになったのさ」

「なんと失礼な」と婦人は言いながら、ギリガンをにらみつけた。「でもこの人の世話してやるひとは誰もいないのかしらねえ? えらく気分が悪そうなのに」

「ああ、奥さん、世話はしてやれるのさ——それはね、今おれたちがしてやってることさ——そっと放っておくことさ」

彼女とギリガンは互いににらみあい、それから彼女は候補生ロウを見やった——若くて、ふてくされて、失望した男だ。彼女は再びギリガンに眼をかえした。彼女は金持女らしい傲慢な言い方で同情の言葉を言った——

「あんたたちのことを車掌に言いつけますよ。この人は病気で、看護が必要なんだのに」

「ああいいとも、奥さん。そこからついでに車掌に言ってくれよ、もし奴がいまこの男にお節介をしたら、おれが奴の首をひん抜くってな」

年老いた婦人は地味な流行の黒い帽子の下からギリガンをにらみつけた、すると若い女の声が言った――「ヘンダスン夫人、放っておかれたら。彼らはちゃんとその人の面倒をみますわ」

彼女は黒い髪の女だった。もしギリガンとロウがオーブリー・ビアズリー（イギリス十九世紀末の挿絵画家―訳注）の絵を見たことがあったなら、ビアズリーの惚れこむのはこういう女だ、とすぐに悟っただろう。孔雀色のドレスをまとい、肌白くほっそりと、みだらな木々や巨大な大理石の噴水の間でたおやかに立つ女――まさにあのような女だ。ギリガンは立ちあがった。

「そのとおりですよ。おれたちと一緒にいて、ここに眠ってれば大丈夫。給仕も彼の面倒をみるし」――自分がなぜ彼女に説明せねばならんのかといぶかりながら――「それにおれたちは彼を家に連れて帰るわけでね。だからそっとしとけばいいんだ。気にかけてくれてありがとう」

「ですけど、何か世話してやらなきゃあ、だめですよ」老婦人がむなしく繰りかえした。若い女は彼女を連れ去り、そして汽車はゆれながら午後の時間を走っていった。（そうだ、午後だったのだ。候補生ロウの腕時計がそう言っていた。州はどの州を通ってるかわからなかったが、とにかく時刻は午後だった。ただしあの将校にとっては、それが午後でも夕方でも、朝でも夜でもかまわなかったのだ。彼はただ眠っていた。）

「あのくそ婆め」とギリガンは彼を起さないように気にしながらつぶやいた。

「この人の腕、そんなふうだと痛いんじゃない？」と若い女は戻ってくると言い、彼の萎えた手をその腿にある位置から除いた。(手もそうなのだわ、とそのひび割れた皮膚の下に突き出た細い骨を見つめながら)「まあ、このひどい顔」と言い、その頭ののった枕をすこしずらせた。

「そっとしときなよ」とギリガンは言った。

女はギリガンを無視した。将校が目を覚ますだろうと思っていたギリガンは、自分が負けたことを認めた、そして彼女は言葉をつづけ――

「この人は遠くまで行くの?」

「ジョージア州に住んでるんだとさ」とギリガンは言った。彼と候補生ロウは彼女がただ通りすがりに言葉をかけたのではないとわかると、席から立ちあがった。女のきわだって白い肌の色と黒い髪、唇の鮮やかな紅さとほっそりした黒い服、それらを見つめて、ロウは眠っている将校にたいして少年めいた羨望を意識した。彼女はちらっとロウを見やっただけだった。この婦人、なんて冷静なんだろう。自信たっぷりなんだ、この二人を無視していられるなんて。

「この人、ひとりでは家に帰れないわね」と彼女は確信のある言い方をした。「あなたは一緒についていってあげるの?」

「むろんですよ」とギリガンは保証した。ロウは自分も何か言いたかった――彼女の心に自分を印象づける何か、自分という存在を知らせる何かの言葉を言いたかった。しかし女の方ではグラスや、ロウがまだ呆然としたままつかんでいる瓶に眼をとめていた。

「あなたたち、けっこう三人だけで楽しんでるみたいね」と彼女は言った。

「マムシ酒、薬ですよ、どうです、少しばかり?」

ロウはギリガンの大胆さや頭の働きを羨《うらや》みながら、彼女の唇を見まもった。女は車内の通路を見やった。

「そうね、もし別のグラスがあるなら、いいわ」

「うん、あるとも。将軍、ベルを鳴らしな」彼女はマーンの隣りの席に腰をおろし、ギリガンとロウもまた坐りこんだ。彼女は見たところ……若かった。たぶんダンスも好きそうだった、しかしまた同時に若くは見えなかった、何もかも心得ている女のようだった。（もう結婚していて、二十五ぐらいだ、とギリガンは思った。）（彼女は十九歳で、まだ恋もしていないんだ、とロウはきめこんだ。）女はロウを見やった。

「兵隊さん、どの部隊にいたの？」

「ぼくは航空士官候補生」とロウはもったいぶった見下すような態度で答えた、「飛行隊づき」。彼女はほんの子供なんだ、ただ年をとって見えるだけなんだ。

「おや、だからこの人の面倒をみてあげてるのね。この人も飛行機乗りでしょ、そうじゃない？」

「その翼記章をごらん」とロウが答えた。「イギリス空軍だよ。なかなか勇敢な連中なんだ」

「よせやい」とギリガンが言った、「奴は外国人じゃないぜ」

「外国人でなくてもイギリス軍やフランス軍にはいれるさ。ラフベリー（当時の空の英雄、一九一八年に戦死—訳注）がそうだろう。奴はアメリカが参戦するまで、フランス軍と一緒にいたんだ」

女は彼とギリガンを見やった。ギリガンはラフベリーの名前を聞いたことがないので言った、「この男が誰だろうと、とにかく大丈夫さ、おれといる限りはね。彼の好きなようにさせておくからな」

女は言った、「きっとそうね」

あの給仕が現われた。「大尉さんは大丈夫ですかい？」と彼はささやき、黒人特有の習慣で、べつに驚きもみせずに彼女を眺めやった。

「ええ」と彼女は給仕に向って言い、「この人は大丈夫よ」

候補生ロウが、彼女はきっとダンスができるんだと考えていると、その彼女はこうつけ加えた――「この二人の親切な紳士がいるんですもの、何よりも安心よ」彼女は頭がシャープだぞ！　とギリガンは思った。人生の失望も味わった女なんだ。「あたし、このあなたの客車でお酒を飲んでもいいかしら？」

給仕は彼女を探るように眺め、それから言った、「はい、奥様。少し新しいジンジャーエールをお持ちしましょ。この方の面倒をみてくださいやすかね？」

「ええ、しばらくはね」

給仕は彼女の方に身をかがめた。「あっしもジョージアから来ましたんで。ずっと以前ですが」

「あらそう。あたしはアラバマ生れよ」

「そうでしょうとも。わしら、自分と同じ国の者は面倒をみねばならねえです、そうでしょ？　じきにあなたにグラスをお持ちしますよ」

将校はなおも眠っており、戻ってきた給仕は声をひそめて心配げだった。彼らは坐ったまま飲み、低い声で話をした。ニューヨーク州はオハイオ州になり、オハイオ州はいまや小さな家々や、その門から出はいりする男たちが煙草を吸ったり唾をはいたりするといった同じ風景を見せていた。やがてシンシナティ市にはいり、女の白い肌をした手の下で彼は気楽に目を覚ました。

「着いた？」と彼はたずねた。彼女の手には質素な金の指輪があった。婚約指輪ではなかった。（そのほうは質に入れたんだ、たぶん、とギリガンは考えた。だけど、それにしては、彼女、貧乏には見えないな。）

「将軍、この中尉さんの帽子を取ってくれ」

ロウはギリガンの膝を乗りこえて通路に出てゆき、ギリガンのほうは言った。

「中尉さん、おれたちの友達のミセス・パワーズを紹介するぜ」

女は彼の手をとりながら立たせる助けをし、するとそこへ給仕が現われた。

「ドナルド・マーン」と彼は鸚鵡《おうむ》のように言った。給仕に助けられた候補生ロウは帽子と杖、トレンチ・コートと二つの装具袋をもって戻ってきた。給仕は将校にそのトレンチ・コートを着せかけた。

「奥さん、あんたのはおれが着せるよ」とギリガンは言ったが、しかし給仕が彼の先まわりをした。彼女の外套は粗い地で重く、薄い色をしていた。女はそれを無造作に着こみ、ギリガンと候補生ロウは自分の官給品をとりまとめた。給仕は将校に帽子と杖を渡し、それから彼らの荷物をさげて立ち去った。女は再び車内を見渡した。

「どこにわたしの――」

「はい」と給仕はコートを着た乗客たちの肩越しにドアの所から、返事をし、「あなたのものは持ちましたで」

彼はそれらを運びだし、それからその黒い優しい手は将校を用心深くプラットフォームに導きおろした。

「その中尉を助けてやりな」と車掌がえらそうに言ったが、しかしすでに給仕が将校を下におろしていた。

「奥さん、あの人の世話を頼みますで」

「ええ、面倒みてあげるわ」

彼らは歩廊を歩いてゆき、候補生ロウは振りかえってみた。しかしあの黒人は他の乗客を相手にてきぱきと物慣れた忙しさをみせていた。鞄をかかえたりチップの小銭をもらったりしていて、彼らのことは忘れてしまったかのようであり、候補生ロウはその給仕から眼を転じて、トレンチ・コート姿で杖をついている将校を見やった、そして彼の帽子がその傷跡の額をむきだしてうしろに傾いているのを眺め、自分たち兵士というものの運命について思いふけるのだった。

しかしこの気持も、灯ともす町のビルの間、夕暮れの静かな空気のなかに消え去ってゆき、不格好なカーキ服を着たギリガンと粗い地の外套を着た女に左右から腕をかかえられたドナルド・マーン、その三人の姿は出口で黒く浮きだしていた。

3

ミセス・パワーズはベッドの上の自分の長い体がなじめぬシーツの間にあることを意識しながら、ホテルのなかに起る密《ひそ》やかな夜の物音を聞いていた——響きを殺す絨毯《じゆうたん》敷の廊下に動くかすれたような足音、用心深くドアを開閉する音、どこかでは機械のつぶやくように低く唸る音——これらの物音はみんな、奇妙にも、他の所で聞けば気分の和むものであるのに、ホテルにいるときに聞くと、必ず人の眼を覚ます妙な力をもっていた。頭と体が眠りというおなじみの世界へおもむく支度をし、内側がうつろになり、そして体は身動きして眠りの姿勢をととのえると、たちまちそこは思い出の悩ましい悲しさに満たされてしまうのだ。

彼女はフランスで死んだ自分の若い夫のことを思い、するといつものように、気紛れな「運命の神」にもてあそばれたという苛立たしい絶望感にとらわれた——それは誰にもおもしろくない冗談に似ていた。あたしたちは世界におこった狂熱に巻きこまれ、ほんの短い陶酔を得るために結婚してしまったのだ、と冷静に判断し、だから二人はこの三日間の思い出を傷つけることなしに別れることができると決心し、彼にそう書き送って彼の幸福を祈ったとき——まさにその時に彼女は夫が戦死したという通告を受けたのだ——それもごく何気ない冷たい一片の書状で伝えられたのだ、まるで彼女が三日間を過したリチャード・パワーズと第—師団の一小隊を指揮していた彼とは、全く別の人間だったとでもいったような冷たさだった。

そして若い身空で、別れの恐ろしさと、闇の中で何かにすがりたいという熱烈な欲望とを、またも味わねばならぬのだ——陸軍省の慰安の言葉など役には立たない。あの人はこっちの手紙を読みさえしなかったのだ！　これはある点では姦通行為に似ていた――二人はたぶん飽きていたかもしれないが、それにしてもあたしは彼にあたしを信じさせたまま死なせてしまったのだ！

彼女は体の熱に暖まり、両脚にシーツを冷たい水のように感じながら寝返りをうった。ああ、くやしい！　あんたはあたしに、なんという意地悪な悪戯《いたずら》をしたのよ！　彼女は二人で明日というものをこの世から消そうと試みた幾夜かを思い出した。悪運が二つ重なったんだわと彼女は思った。とにかく、あの保険金を何に使うかだけは自分にもわかってるわと彼女はつけ加え、ディクはあのことをどう考えるかしらと思い――彼はそんなこと知りもしないし気にもしないんだわ、もう……

彼女の肩はまるく盛りあがって、それは毛布の下で寝返りをうったことを示した――毛布は波うってベッドの裾へむかって収まっていった。彼女は横たわったまま部屋に眼をむけた――さまざまな家具類の漠とした形を見つめたり、漆喰塗りのとりすました壁を通して戸外の春のさざめきを感じていた。壁の空気孔は春がこの世へ戻ってくるという予告に満ちていた。まるで、春というものを忘れてしまっていた世界へ暴れこんできた馬鹿者のようだ。隣りの部屋に通じる白いドアは欄間がどこにあるかをぼんやりと示し、そこに薄白く光るガラスを見せており、そして彼女は自分の衝動に従って立ちあがり、化粧着を着こんだ。

その手にひかれてドアは静かに開いた。その部屋も彼女のものと同じように、暗がりのなかで家具がぼんやりと見てとれた。マーンの息づかいが聞え、彼女は指先で電気のスイッチを見つけた。突然に光がその閉じた眼に当ったが、しかし彼はその傷跡のある額をみせて眠っており、光にたいして身じろぎもしなかった。そして彼女は直感の閃《ひらめ》きとともに悟ったのだった――この青年の身体の欠陥はどこにあるのか、なぜ彼の動作があのように頼りなく、おぼつかないのかを悟ったのだった。

彼の上に身をかがめながら、この人は盲人になるんだわ、と彼女は言った。彼は眠り続け、そしてしばらくするとドアの外に物音がした。彼女が素早く身をおこしたとき、物音はやんだ。それから手荒く突っこまれた鍵がまわってドアは開き、そこからギリガンが酔っぱらってうつろな眼をした候補生ロウを支えながら入ってきた。

ギリガンはぐにゃぐにゃの仲間をまっすぐに立たせながら言った――

「こんにちは、奥さん」

ロウはぶつくさとつぶやき、ギリガンは言いつづけた――

「どうです、この寂しき船乗りの姿。帆を張って進め、おお、誇り高く淋しき者よ」と彼は自分にへばりついたお荷物に話しかけた。候補生ロウはまたも言葉にならぬつぶやきを発した。その両眼はまるで二個の牡蠣のようだった。

「なんだって?」とギリガンはたずねた。「おい、さあ、しっかりしろや。この優しいご婦人に挨拶しな」

候補生ロウはもつれた言葉を繰りかえし、そして彼女はささやいた――「しー、静かにして」

「おや」とギリガンは驚いて言った。「おや、中尉さんは寝てるってわけかい? こんな時間から、なんで眠りてえんだろうなあ?」

ロウは頑固な陽気さにうながされてまたも弁論を試み、ギリガンは了解して、こう言った。

「ああ、そうしたいってわけか、ええ? 男らしくはっきり言えばいいじゃねえか? なんだか知らないけど、ベッドで寝たいそうでね」と彼はミセス・パワーズに説明した。

「それが一番いいわね」と彼女は言い、ギリガンは酔いどれの用心深さをみせて彼の仲間を隣りのベッドに連れてゆき、酩酊者の誇張した注意深さをみせて彼をそこに寝かせつけた。ロウは両脚をちぢめながら溜息をつき、彼らに背中を向けたが、しかしギリガンはその両脚を引っ張って脛当《すねあ》てと深靴をはずしにかかった――両手で片方の靴をつかみ、それを抜いてはテーブルにおいた。彼女はマーンのベッドの脚によりかかり、その長い腿をベッドの固い端に当てながら、彼が終るのを待っていた。

しまいにはロウは自分の靴から解放されて、溜息をしながら壁の方を向いた、そして彼女は言った――

「ジョー、あなたはどれくらい酔ってるの？」

「たいしたことない。何かあった？　中尉が何か入用というわけかい？」

マーンは眠っており、候補生ロウもすぐに眠りに落ちていた。

「あなたと話がしたいのよ、ジョー。彼のことについてね」と彼女はギリガンの視線を感じて急いでつけ加えた、「いま聞く気持ある？　それとも今夜は眠って明日の朝に話ししたほうがいいと思う？」

ギリガンは眼をこらすようにしながら答えた。

「ああ、今だっていいよ。ご婦人の言うことならいつも聞くよ」

だしぬけに決心を固めて、彼女は言った。

「じゃあ、わたしの部屋にいらっしゃい」

「いいとも。まず酒瓶を取ってくる、あとは言いなりにしますぜ」

相手が酒瓶を探す間に、彼女は自分の部屋へ戻った、そして彼が入ってきたときには、ベッドの上で両膝を抱き、毛布にくるまっていた。ギリガンは椅子を引きよせた。

「ジョー、あんたは知ってるの、彼が盲人になるってことを？」と彼女はだしぬけに言った。

しばらくして女の顔が人間の形をとりはじめ、それをしっかり眼の中に収めながら、彼は言った――「それ以上のことを知ってるよ。彼は死んじまうんだよ」

「死んじまう?」

「そうとも。まずあれ以上はっきりと死顔《しにがお》をしてるもの、見たことないね。なんて世の中だ」と彼は突然感情を爆発させた。

「しー!」と彼女がささやいた。

「ああそうだった、忘れてた」と彼は急いで言った。

彼女は毛布の下でうずくまり、膝を抱いて坐っていて、体が固くなると姿勢を変えながら、ベッドの頭にある板の固さを感じ、なぜこれが鉄のベッドではなかったのかと思ったり、なぜすべてがこのままなのかと思ったりした――鉄のベッド、なぜ人間はわざと特定の人に親しい気持をおぼえるのかしら、なぜそうした男たちは死ぬのかしら、それなのにまた別の男をつかもうとする……あたしの死ぬときもこんなふうかしら――苛立って必死に足掻《あが》くのかしら? あたしって生れつき冷たいのかしら、それとも自分の感情の泉を汲みつくしてしまって、もう他の人のようにはものを感じなくなっているのかしら? ディク、ディク。みっともなくて、死んでしまった彼。

ギリガンは四角ばった姿勢で椅子に坐ったまま、なんとか酔眼を定めようと努めていた、なにしろ視覚を収める道具が、まるで割れた卵の中身のように、自分からぬるりと抜けだしそうだったからだ。光がぐるぐるとまわっており、女は二つの顔を持って二つのベッドに坐っていてその膝にまわした脚は四本あった……。人間はうんと幸福にもうんと不幸にもなれないものらしいな。結局はその両方を混ぜたものなんだ。ウイスキーを飲みたいときにビールをもらうようなものだ――それとも一杯の水かな――どちらでもないんだ。

彼女は体を動かして、毛布をまわりに引きよせた。空気坑の中には春が、いや春の気配がこもっていたが、部屋の中ではスチームの熱がまだ冬だと教えていた、去りゆく冬だと。

「一杯飲みましょうよ、ジョー」

彼は四角ばって用心深く立ちあがり、丹念かつ慎重な歩き方で動いてゆき、水差しとグラスを取った。彼女が小さなテーブルを引きよせると、ギリガンが二杯の酒を用意した。彼女は飲みほして、そのグラスを下においた。彼は相手のために煙草の火をつけてやった。

「まったく、ひどい世の中ね、ジョー」

「そのとおりさ。すっきり死ねたら、そのほうが幸せかもしれねえ」

「死ぬ――?」

「彼のこと言ってるのさ。困ったことに、あの男は簡単には死にそうにもないのさ」

「簡単には死にそうにもない?」

ギリガンは自分のグラスを飲みほした。「実はね、彼のことでは本当の話を知ってるんだ。彼は故郷に恋人がいるんだ――二人が若かったとき、彼が戦争にゆく前だがね、家族の間で婚約させたんだ。ところでその娘、もし彼の顔を見たら何をすると思う?」彼は相手を見つめながらたずねた。ようやく女の二つの顔が一つになり、その髪も黒く見えた。その口は傷のように赤かった。

「あら、まさか、ジョー。その人そんなことをするはずないわ」彼女は坐り直し、その両肩から毛布がすべり落ちると、相手をじっと見つめながら、それを引きあげた。

ギリガンは懸命に彼女が眼の中で回転しはじめるのを押えながら——

「自分をごまかしたってだめさ。おれは娘の写真を見たんだ。それに彼女からきた最後の手紙もね」

「まさか彼があんたに見せたんじゃないでしょうね！」と彼女は素早く言った。

「そんなことどうでもいいさ。とにかく見たんだ」

「ジョー、あなた彼の持物を探ったりしたの？　そうじゃないでしょうね？」

「いいかね、奥さん、あんたとぼくは彼を助けようと思ってるんだろ？　たとえ少しばかり学校の先生に言われたとおりにしなくたって、こっちが彼を助けたいということは確かなんだからね——おれは先生の小うるさい規則なんかきちんと守る気はないね。それにもし自分が正しいと知ってるのなら、他の人間や規則に何と言われようと、やめる気なんかないね」

相手の視線にあうと、彼は急いで続けた——

「言いかえれば、だね、あんたとおれは彼のために何をすればいいか知っている、だけど、もしあんたがいつも紳士はこうすべきじゃない、ああすべきじゃないと邪魔をするのなら、彼を助けることができなくなる。わかるね？」

「だけど、どうしてあなたは、その娘が彼を裏切ると断言できるの？」

「だって、さっき言ったように、あの手紙を読んだからさ——騎士道華やかなりし頃の戦場ロマンスでいっぱいなんだ、それでいてあんな感傷たっぷりの連中にかぎって、興奮がおわるとじきにさめちまうんだ、そして軍服や、負傷への憧れなんか消えちまって、かえってうるさいものになるんだ」

「だけど、それは少し勝手に考えすぎじゃない？　その娘をまだ見てもいないんでしょ？」

「写真を見たよ――髪の毛のやたらに多い、浮気っぽい美人でね。いかにも自分のほうから彼に婚約しそうなタイプだよ」

「その婚約まだ有効だとはっきり言えるのかしら？　もしかすると彼女、もうあの人のこと忘れてるかもしれないわ。それに彼の方だって、彼女を憶えていないでしょ」

「そうでもないんだ。もし彼の方で憶えてなければ、まあそれでいいがね。しかしもしも彼が自分の家族を見分けられるとすれば、そのほかの自分の世界も逆立ちしていないと信じたがるはずだからね」

二人はしばらく黙っていた、それからギリガンが言った、「あの男とはもう少し前から知り合っていればよかったよ、かわいがってやれるタイプの男なんだがな」彼は自分の酒を飲みほした。

「ジョー、あなたはいくつなの？」

「三十二だよ、奥さん」

「その年で、よくそんなにものが見抜けるのね、どうして？」と彼女は興味をもってたずね、相手を見まもった。

彼はわずかににやりと笑った。「べつに学んだわけではないのさ。ただの耳学問さ。しゃべることで学んだのさ。やたらとしゃべることでね」と皮肉なユーモアを交えて答え、「うんとしゃべる性質だから、そうすることで最後には正しいことを言うようになるのさ。あんたはあまりしゃべらない質《たち》だね」

「あんまりね」と彼女は同意した。身動きしたはずみに、毛布がすっかり滑りおち、薄い夜着をむきだしにした。両腕をあげ、体をひねりながら毛布を引きあげるとき、その長い脛やむきだしの足や踵《かかと》も見えた。

ギリガンは身動きもせぬまま言った。「ねえ、結婚しましょうや」

彼女はまたも毛布の中に素早くくるまりながら、すでに自分へのかすかな嫌悪をおぼえていた。

「あら驚いた、ジョー。あなたはあたしの名が夫人《ミセス》なのを知らなかったの？」

「知ってる。そればかりじゃない、あんたの夫が今はもういないのも知ってるよ。夫がどこにいるか、あんたが彼に何をしたかは知らないけれど、いま主人がないことは知ってるよ」

「まあ、あたし、あなたが恐くなりはじめたわ。何でも見通すのね。そのとおりよ、夫は去年戦死したのよ」

ギリガンは女を見つめながら言った、「運が悪いね」そして彼女は再びかすかな生暖かい悲しみを味わい、腕で囲んだ膝に頭を垂れた。

「運が悪い――まったくそのとおりだったわ。今でもそのとおりよ。今では悲しみさえ偽物なのよ」黒い髪にふちどられた青い顔をあげ、鮮やかな赤い唇をみせて、「ジョー、あなたの言葉、とても嬉しいわ、あたしにはほんとに誠実な慰めの言葉だわ。――ここにいらっしゃい」

ギリガンは近寄り、彼女はその腕をとって自分の頬に当てた、それから髪を振りあげながら、その手を放した。

「あなたはいい人ね、ジョー。いまあたしに結婚したい気持があるとしたら、あなたを選ぶわ。ただ、あなたの気をそそのかしたりして、悪かったわ、ジョー」

「そそのかした？」とギリガンが繰りかえし、相手の黒い髪を見つめた。それから彼は、ああ、とぼんやり言った。

「でもわたしたち、あの哀れな青年をどうするか、まだ決めてなかったわね」と彼女はきびきびした口調で、毛布をつかみながら言った。「あなたと話したかったのはそのことなのよ。あなたは眠たい？」

「いいや」と彼は答えた。「二度と眠りたくないような気分さ」

「あたしもそうよ」彼女は自分の背をベッドの板につけて支えながら、少し場所を移動した。「ここに横になりなさいな、そしてなんとか考えをまとめましょうよ」

「ああ」とギリガンがうなずいた。「まず、靴を脱いだほうがいいだろうな。ホテルのベッドを汚すからな」

「ホテルのベッドなんかなによ」と彼女は言った。「そのまま上りなさい」

ギリガンは手で自分の眼を隠しながら横になった。少しすると彼女は言った――

「さて、何をしたらいいわけ？」

「まず彼を家まで連れてくことさ」とギリガンは言った。

「明日、彼の家へ電報を打つ――彼の親爺というのは牧師さんなんだ。ただ面倒なのはあの娘のことさ。なんとか彼を平和な気持で死なしてやりたいからな。ただ、どうやったらいいのか、わからないんだ。他のことなら少しは知ってるがね」と彼は言いわけをした、「どうもこういうことは、おれなんかよりも女のほうが上手に考えるな」

「あなたのする以上のことは誰にもできないわ。あたし、あなたの判断を信じるつもりよ」

彼はまたも両眼をおおいながら、身動きした。「どうかな。今までのところは当ってきたが、しかしこういうことでは単に頭以上の勘が必要なんだ。そうだ、あんたも将軍やぼくと一緒に来てくれませんかね？」

「そのつもりなのよ、ジョー」彼女の声は彼のかざした手の向うから響いてきた。「さっきからそんな気持になっていたようよ」

（彼女、あの男に恋をしたな）しかし彼はただこう言った――

「そりゃよかった。そうさ、あんたってきっと間違わない人だと思ってたよ。あんたの家族はかまわないね、どうです?」

「かまわないわ。ただ、お金のことはどうするの?」

「金?」

「あのね……彼には必要になるかもしれないのよ、そうでしょ。彼はいつ病気になるのかわからないんですもの」

「おれはね、ポーカーでかっさらって、まだそれを使う暇がないままなんだ。金の件は大丈夫だよ。そんなことは問題じゃない」と彼は荒っぽく言った。

「そうね、お金のことは心配ないわ。あたしだって夫の保険金を持ってるし」

彼は眼を手で隠しながら、黙って横になっていた。ベッドにのせたカーキ服の両足は無骨な靴のままだった。彼女は自分の毛布にくるまったまま、膝をなでていた。しばらくの後、彼女は言った――

「ジョー、眠った?」

「おかしな世界だなあ、そうじゃないかい?」と彼は身動きもせずに、だしぬけにたずねた。

「おかしい?」

「そうさ。一人の兵隊が死んで、金をあんたに残す、するとあんたはまた別の兵隊を気持よく死なすためにその金を使っちまう。これ、おかしくないかい?」

「そう、たしかにそうね……何もかもおかしいわ。まったく、おかしいわね」

「とにかく、ちゃんと手筈《てはず》がついていい気分になったな」と彼は少しして言った。「あんたが一緒に来てくれると聞けば、あの男は喜ぶぜ」

(なつかしい死んだディク)(マーンは傷跡をみせたまま、眠っている)(ディク、わたしの愛した夫。)

彼女は頭をもたせたベッドの板を、髪の毛を通して、感じ、抱きしめた脛の長い骨を感じ、それをさすりながら、予約した墓所のようにとりすまして冷淡な部屋のなかを見まわした。(この中で、どれほどの不満や、欲望や、情熱がむなしく死んでいったことだろう?)ここは生きるための喜びや悲しみや欲望と縁のないところなのだ、ひたすら母性愛と泉にはぐくまれる素朴な樹々とも縁のない場所なのだ。(ディク、ディク。死んだ、醜男《ぶおとこ》のディク——一度は生き生きとして若い熱気にあふれてた醜男の彼、それが少ししたら死んでしまったのだ、なつかしいディク——あの肉体、あたしが愛したし愛しもしなかったあの体——あんたの美しくて若くて醜い体、愛するディク、それがいまは蛆虫《うじむし》にいっぱいたかられ、出来たてのミルクのようになってる。愛するディク。)

ジョゼフ・ギリガン、以前は一兵卒、入隊するときは民主主義者、そして囚人のように番号をつけられた男、それがいま彼女のかたわらで眠っていて、彼の軍隊靴(これは民主主義者のなかでも上等なる地位の者から無料で恵まれたもの)はのんきで不格好な様子のまま、純白で冷淡な表情の賃貸しシーツの上にのっている。

彼女は毛布を払いのけ、片手をのばしてスイッチを切り、部屋を闇で満たした。シーツの間に滑りこみ、片方の掌を頬に当てて眠る支度をした。ギリガンは気にもせずにいびきをかいていて、その素朴で気持の安まる響きが部屋に行き渡っていた。

(ディク、なつかしい人、醜くて、死んでしまった……)

4

隣りの部屋ではロウが錯乱した夢から覚めて眼を開いた、そして神のように無感情な遠い眼つきで、自分のまわりに燃えている明りを見つめていた。しばらくすると、自分の体のことを思いだし、自分がどこにいるのかを悟り、無理にも努力して頭を転じてみた。向うのベッドにはあの男が恐ろしい顔をみせて眠っていた。(ぼくはジュリアン・ロウ、ぼくは食って、消化して、排泄する。ぼくだって飛んだんだ。この男……ここにいる男、あの傷跡をみせて眠っている男……それなのにぼくとこの男とはこんなに違ってるんだ！あっ、苦しい、かなわん——とロウは自分の体を意識し、胃袋の逆転するのを感じた。)

彼は手をあげ、滑っこい自分の額をなでた。そこには何の傷もない。そばの椅子には白いバンドつきの彼の帽子があり、テーブルの上には隣りの男の帽子があるが、それは真鍮《しんちゅう》の頭文字の記章をつけ、布地ででた頭の部分が斜めにそりあがっている。

胃袋のむかつきを覚えながら彼は口の中に苦い羨望の味を味わった。自分があの男であったらなあ！と呻《うめ》いた。ただ代りにさえなれたら。自分が彼になれるのなら、この健康な肉体を彼にやってもいい。さあ、彼にこの体をやる——せめて胸に翼記章がつけられさえすれば、だ。あの翼記章、そしてあんな傷さえ持てれば、明日にでも死んだってかまわないな。椅子の上にはマーンの上衣があり、その左の胸のポケットの上部に翼記章、それは王冠の下の略字から生えだし、素敵な刺繡をほどこされた曲線をみせてさがっている——まさに彼の欲望の象徴化した姿だ。

あの男にさえなれたら、――あの翼記章さえ着けられたら――だがしかし、それにはあの傷ももらわねばならないんだ！　候補生ロウは、自分の内臓器官を嚙みくだく狐のような激烈な失望感とともに、壁の方へ身を転じた。ぶつぶつつぶつぶやきながら、候補生ロウもまた夢を見はじめ、眠りに落ちていった。

5

アキレス——大陸横断飛行には、候補生、どんな準備を必要とするか？
ヘルメス——自分の膀胱《ぼうこう》を全開し、油タンクを満杯にします。
アキレス——よろしく、候補生、続けよ。

——古い劇より
（一九——年？・ごろ）

候補生ロウが目を覚まして朝だと気づいたとき、ギリガンは服をきた姿で部屋に入っていた。ギリガンは彼を見やりながら言った——

「空の勇士《エース》、調子はどうだい？」

マーンはあの傷を見せたまままだ眠っていて、椅子の上には彼の上衣があった。左ポケットの上部には翼記章が素敵な形をのばしていて、その下には勲章のリボンが垂れていた——白、紫、白。

「ああ、たまらん」とロウは呻いた。

ギリガンの方は健康に恵まれた人間の自信をみせて、きびきびした動作で立ちどまった。

「そのまま休め。おれが向うにいって君の朝飯を運ぶよう頼んでやるよ。中尉が目を覚ますまで、ここにいろよ、いいな?」

候補生ロウは再び口の中に苦い味を覚え、再び呻いた。ギリガンは相手を眺めた。「おい、おとなしくここにいるな、ええ? じき戻ってくるからな」

彼が出てドアを閉めると、ロウは水を求めて起きあがり、よろめきながら部屋の隅まで歩いてゆき、水差しをとった。水差し《カラーフ》か。ジラーフやカーフェと似てるな、と彼は思った。水はうまかった、しかしそれを下におろしたとたん、また気持悪くなった。ようやくまたベッドへと退却を完了した。

彼は胃袋のことを忘れて少しまどろみ、それからまた思いだして、夢みたり覚めたりした。自分の頭が鈍い膨張物のように感じ、そこからベッドの脚を見分けることができて、またも水を思いだして枕の上の頭を転じた、そして隣りに同じようなベッドがあり、その傍に化粧着の柔らかな線を見た。その主《ぬし》はマーンの傷をみせた寝姿ごしに彼の方へかがみこみ、言った、「起きないでいいわよ」

起きやしない、とロウはつぶやき、口中にねばつく味を感じ、眼を閉じた、そして自分の赤い瞼の裏に彼女のすらりとしたしなやかな体つきを描きだし、眼を開けると明るい光、そして彼女の太腿の形が無感情な衣服のなかに消え落ちているのを見つめた。努力すれば彼女の足首が見れるかもしれなかった。その努力を生みだせずに、彼はただ彼女の脚はあそこにあるんだ、と想像し、眼を閉じたまま、接吻《せっぷん》したと同じような印象を彼女に与えることを何か言いたいと思いあせった。ああ、ちぇっ、と彼は思い、こんなに気分の悪くなったのは生れてはじめてだと感じ、彼女の方でも愛してるわと言うだろうと想像したりしていた。もし自分が翼記章をつけていて、それにあんな傷をもってさえいれば……またも眠りに落ちてゆきながら、なんだ、将校なんて、と彼は思った。

飛行将校なんて糞食らえだ。あんな将校になるもんか。軍曹がいいや。修理係だっていいや。ぶっこわれたのか、候補生。うんそうさ、かまわんだろ？　戦争は終ったんだ。よかった。よかった。ちぇ、それどころか。あの男の傷、あの翼記章。最後の機会。

彼はまたもその瞬間は練習機《ジェニー》に乗っていて、潤滑油やら機体の表面の着実な張りつめた感じを意識し、空気の爆発や手の中の操縦桿《かん》を感じ、的をねらう銃のように地平線へ向って自分の機体の鼻を向け、その両翼が地平線の上で左右に揺れ動くのを見まもった。ちぇっ、かまうもんか――機首が上るのを見、しまいに地平線が隠れ、弧を描いて降りる翼が再び地平線をむきだすのを見つめ、狂った世界がたちまち彼の座席のまわりで回転しはじめたのに、練習機だけは急に静止しているのだ！「そうさ、かまうもんか」という一つの声が聞え、目を覚まして自分のかたわらにウイスキー・グラスを持ったギリガンを見た。

「将軍、これを飲みな」とギリガンはグラスを彼の鼻の下につきつけながら言った。

「おい、よせよ。やめてくれ、よしてくれ」

「おい、さあ、飲みほせよ。気分が直るぜ、中尉も起きて飲んでるし、ミセス・パワーズもだ。なんだってそんなに酔っぱらったんだ。ええ？」

「ああ、ちぇ、わからんよ」と候補生ロウは答え、苦しげに頭をまわした。「ほっといてくれ」

ギリガンは言った――「さあ、これを飲めや」候補生ロウは、いっちまえ、と強く言った。

「ほっといてくれ。じきになおる」

「もちろんそうさ、これさえ飲めば、すぐにな」

「飲めないよ、あっちへゆけよ」

「飲まなきゃだめだ。それともお前の首ったまを捻《ね》じ切ってもらいたいのかい?」とギリガンが親切にたずね、親切な容赦ない手つきで彼の顔を持ちあげた。ロウは彼を避けようとしたがギリガンは相手の体の下に手をまわして起した。

「寝かしといてくれ」とロウが懇願した。

「そしてここにいつまでもいる気か? おれたちはどっかにいかなくちゃならないんだ。ここにいることはできないんだぜ」

「だけどおれは飲めないよ」候補生ロウの内臓は激しく旋回した——ほとんど陶酔に近い。「ああ、頼むから、ほっといてくれよ」

「エース」とギリガンは言いながら、彼の頭を持ちあげ、「どうせ飲まなくちゃならないんだ、だから自分で飲んでみろや、もしそうしないと、おれがグラスごとお前の喉《のど》へ突っこむぜ。飲めよ」

グラスが彼の唇の間に押しつけられ、それで彼は飲み、むせ、今にも戻しそうになった。しかし飲みこみ、すると酒はたちまち気持いいものになった。それは体内で新しい生命のようになり、気分いい汗を吹きださせ、それをみてギリガンは空《から》になったグラスを彼の口から引いた。マーンは帯革だけつけぬ正装した姿で、テーブルの傍に坐っていた。ギリガンがドアから姿を消すと、ロウはまだおぼつかないが元気になって立ちあがった。彼はもう一杯飲んだ。バス・ルームでは大きな水音がして、戻ってきたギリガンがてきぱきと言った——「その調子だ」

彼はロウをバス・ルームに押しこんだ。「エース、さあいきな」と彼はつけ加えた。

甘く輝く針のような水が両肩に突き立つのを感じ、絶え間ない銀の鞘《さや》となった水が体から滑り落ちるのを見つめ、石鹸の匂いを嗅ぎ、この壁の向うには彼女の部屋があるんだ、そこでは彼女がいて——背が高くて赤と白と黒の、美しい姿なんだ。すぐにも彼女に言おう、と彼は決心しながら、粗いタオルで自分の引き締った若い体をこすった。頬を紅潮させ、歯を磨き髪をなでつけ、それからマーンの静かで内省的な視線とギリガンのおもしろげな視線の前でもう一杯飲んだ。隣りの部屋で動いている彼女の物音を聞きながら、服を着た。彼女もぼくのことを考えているんだ、と自分に言いきかせながら、素早くカーキ色の軍服を着こんだ。

彼は将校の親しげな、戸惑ったような凝視を認め、するとその男が言った——

「どうかね?」

「単独飛行をして以来、これくらいいい気分になったことはないよ」と彼は答えて、歌いだしたくなった。

「そうだ、ぼくは昨日の晩、帽子を彼女の部屋に置いてきた」と彼はギリガンに告げた。「取りにいってくるよ」

「その帽子はここにあるぜ」とギリガンは無情にも言ってのけ、それを取りだした。

「そんなら、いいさ、とにかく彼女と話がしたいんだ。それでも文句いうことあるかい?」と候補生ロウはたじろぎ、立ち直り、反発しながら聞きかえした。

「いや、ないとも、将軍」とギリガンは即座に相槌《あいづち》を打った。「彼女だって自分の国を救った英雄を断わりゃしないぜ」そう言って彼女のドアをノックした。「ミセス・パワーズ?」

「はい?」その声は漠とした響きだった。

「パーシング将軍があなたとお話ししたいそうです……はい。……かしこまりました」彼はドアを開きながら振りかえり、「さあ、いけよ、エース」

　ロウは相手を憎み、そのからかう瞬き《ウインク》を無視してはいっていった。彼女は膝の上に朝食の盆をのせてベッドに坐っていた。まだ服を着ていず、ロウはさりげなく眼をそらした。しかし彼女は率直に話しかけた——

「こんにちは、候補生！　今日の空模様はどう？」

　彼女が一つの椅子を指さすと、彼はそれをベッドのそばに引き寄せたが、相手を見つめまいとする気持にとらわれて、態度がぎごちなくなった。彼女はそんな相手を素早く優しく見てとり、コーヒーをさしだした。空《す》き腹に飲んだウイスキーで勇気が出た彼は、急に空腹を覚えた。彼はそのコップを取った。

「お早う」と彼は出遅れた礼儀正しさをみせて言い、なんとか自分を十九歳以上に見せようとした。（十九歳だからって、どうしてその年を恥ずかしがるんだ？）彼女はおれを子供みたいに扱うなあ、と彼は思い、苛立って勇気を奮いおこし、次第に大胆になって相手の肩の線を見つめ、彼女は靴下をはいているのかな、と思いはじめた。

　入ってきたとき、ぼくはなぜ何か気軽なことを言わなかったんだろうな、何か気軽で親しい言葉——たとえば、あのね、初めてあなたを見たとき、ぼくの心はまるで——ぼくの愛の心はまるで——ぼくのあなたに対する愛は——ちぇ、もし昨日の晩あんなに飲まなかったら、もっとうまく言えたんだ、あなたに対するぼくの愛は、ねえ、ねえ、まるでぼくの愛は……そして気がつくと彼は相手の両腕を見まもっていて、その体が動くと、そこからゆるやかな袖が滑り落ちて、ええそう、と言っており、ぼくは戦争が終ったのを喜ぶけれども、ぼくの飛行時間は四十七時間になっていて、あと二週間もあれば翼記章をもらえるところだったと話したり、自分の母親がサンフランシスコにいて彼を待っていると告げたりしていた。

彼女はまるでぼくを子供扱いするな、と絶望感とともに考え、女の肩の滑らかな線や両乳のあるあたりを見つめていた。

「あなたの髪は本当に黒いな」と彼は言った、そして彼女は言った――

「ロウ、あなたはいつ家に帰るつもり？」

「わからない。なにも家に帰らなくったっていいでしょう？　ぼくはまずこの国を眺めておこうと思うんだ」

「でもあなたのお母さんが！」と彼女はちらりと彼を見やった。

「まあいいさ」と彼はそり返って言い、「女ってあんなもんでね――いつも相手のことを心配してるんだ」

「ロウ！　あなたって本当に物知りなのねえ。女のことまでもそうなの？　あなたは――結婚してないんでしょうね、どう？」

「ぼくを結婚？」とロウは驚きのために文法を間違えた言い方で問い返した。「ぼくを結婚？　とんでもないよ。女の子はうんと知ってるけど、結婚だなんて」彼は無用な逞しさを見せて鼻を鳴らした。「なぜそんなこと考えたの？」と彼は興味をみせてたずねた。

「さあ、わからないわ、あなたってとても――とても分別があるように見えるの」

「それは空を飛んだからだよ。あそこにいる彼だってそうだ」

「そのせいかしら？　あなたのことでは、一つ気がついたことがあるの……あなたもドイツの飛行機を見つけてたら、きっとエースになれてたわね、そうじゃなかった？」

彼はまるでぶたれた犬のように素早く相手を見やった。またも鈍い絶望感が彼を襲ってきた。

「ごめんなさいね」と彼女は素早い誠実さをみせて言った。「そう考えたわけじゃないの、もちろんあなたはそうなる人よね、とにかく、将校になれなかったのはあなたのせいじゃなかったわ。あなたは最善を尽したもの、わかってるわ」

「ああ、いやになるな」と彼は心を傷つけられて言った。「いったい女って何を欲してるのかな？　ぼくは前線にいたとき、飛ぶときでも他のときでも、誰にも劣らぬ飛行機乗りだったんだ」彼は相手の視線の下で無愛想に坐っていた。突然立ちあがり、「ところで、あんたの名前は何ていうの？」

「マーガレット」自分が坐っているベッドへ彼が近づいてくるのをみると、「コーヒーがもっと欲しいの？」と言って相手をぴたりと止めた。「あなたは自分のコップを忘れたわ。そこにある、テーブルの上に」

自分で何かを考える前に彼は戻ってしまってコップをつかんでおり、欲しくもないコーヒーをつがれた。自分が馬鹿のように感じ、若いので、それに反発した。「あんたの言うようにするさ」と彼は相手に約束をし、再び鈍い怒りとともに坐った、女なんて勝手にしろ。

「あなたを怒らせたようね、どうかしら？」と彼女はたずねた。「でもね、ロウ、わたしはとても気が沈んでいるのに、あなたがわたしと寝ようとしたからなのよ」

「どうしてそんなふうに考える？」と彼は傷つき、鈍い頭でたずねた。

「さあ、わからないわ。だけど女って勘でわかるの。それにわたし、今は恋されたくないのよ。ギリガンがもうやったし」

「ギリガン？　よし、もしもあなたを悩ましたりするなら、奴を殺してやる」

「いいえ、違うの。べつにわたしを怒らせたりしなかったのよ、その点ではあなたと同じ。むしろ嬉しかったわ。だけどなぜあなたたちはわたしに恋をしようとしたの？　あなたは入ってくる前からそれを考えてたのね、そうでしょ?」

ロウは若者らしく打ち明けた――「ぼくは汽車の中で初めて会ったとき、そう考えた。一目見たとき、この人こそぼくの女性だと知ったんだ。言ってください、彼が翼記章や戦闘の傷をもっているからって、それでぼくよりも好きなわけじゃないでしょ、どうですか?」

「あら、もちろんそんなことないわ」彼女はちらっと相手を見やり、頭で推量した。それから言った、「ギリガンさんの話だけど、あの人は死んでゆくんですって」

「死んでゆく?」と彼は繰りかえし、「死んでゆく?」まったく、あの男って、いつもこっちの先まわりをしやがるんだ! 翼記章と傷をもっただけじゃ満足しない、というわけなのか。死ぬ運命だなんて。

「マーガレット」と彼は言ったがその調子があまりに必死なので、思わず彼女も哀れみの気持で相手を見かえした。(この人、まだ本当に若いんだわ)「マーガレット、あんたは彼に恋をしてるの?」(自分でも女だったら、きっとそうなるだろうとは知っていながら)

「いいえ、そんなことないわ。誰とも恋なんかしていないわ。わたしの夫はエーヌ(北フランスの川、第一次大戦の激戦地―訳注)で戦死したのよ」と彼女は優しく告げた。

「ああ、マーガレット」と彼はにがい真剣さをこめて言い、「ああ、できたらぼくだってあそこで死ぬか彼みたいに傷つきたかったよ、この気持、わかる?」

「もちろんよ、あなた」彼女は食事の盆を脇に置いた。「ここにいらっしゃい」

候補生ロウはまた立ちあがると、彼女の傍に行った。「もし機会さえあったら、ぼくはああなりたかったんだ」と彼は繰りかえした。

彼女の横に引きすえられながら、ロウは相手の好むままに子供らしく振舞っている自分を意識したが、しかし彼にはほかに仕方がなかったのだ。いまや落胆と失望の気持は何物よりも大きかった。顔の下には美しい膝が二つあり腕をまわしてそれを抱きかかえた。

「ぼくだってああなりたかった」と彼は自分でも信じないような率直さをみせて、「ぼくだって彼と同じように傷でも何でもうける勇気があったんだ」

「そして彼がこれからなるみたいに、死んでしまう勇気も?」

だが候補生ロウにとって死とは何であったろう——それはただ真実で偉大で悲しいものでしかなかったのだ。彼の眼には開いた墓が映じ、その中にいる彼は長靴と帯革、胸に航空将校の翼記章、そして戦傷章という彼自身の姿……これ以上の素敵な「運命」を期待できようか?

「ああ、死ぬことも」と彼は答えた。

「あら、あなただって、飛んだんでしょ」と彼女は相手の顔を膝の上に乗せたまま、彼に言い聞かせた、「あなただって彼のようになったかもしれない。ただ運がよかったのよ。あなたがうまく飛びすぎたから、彼のように射ち落されなかったかもしれなくてよ、そのことを考えたことある?」

「どうかな。ぼくが彼だったら、やはりやられただろうな。あなたは彼を愛してるんだね」

「絶対にそんなことないわ」彼女はロウの頭を持ちあげて、その顔をのぞきこんだ、「もしそうだったら、あなたに打ち明けるわ。あたしを信じられない?」その両眼は力強くて、ロウは彼女を信じた。

「そうじゃないのなら、ぼくのために待ってくれると約束できる? ぼくはじき一人前になるし、すごく働いて金も作るから」

「あなたのお母さんは何て言うかしらね?」

「ちぇ、いつまでも子供みたいに母親のこと気にかけていられないよ。ぼくは十九歳だぜ、君と同じくらいの年さ、だからもし母親がいやだって言うんなら、勝手にしろって言ってやるさ」

「ロウ!」彼女は自分が二十四歳であることは告げずに、ただ彼を叱った、「なんという考えなの! あなたは家に帰ってお母さんに話しなさい——わたしも手紙でそのことをお話しするわ——そしてお母さんが何と言うか、あなたから知らせてちょうだい」

「でも、できれば君と一緒にゆきたいな」

「でもね、それは無理だと思うの。わたしたちはあの人を家に連れて帰るのよ、あの人、病気ですものね。わかるでしょ、ダーリン、とにかくあの人を落ち着かせるまでは他に何もできないし、あなたはただ足手まといになるだけなのよ」

「足手まとい?」と彼は鋭い痛みをこめて繰りかえした。

「わたしの言う意味、わかるでしょ。わたしたちは彼を家に送りかえすまでは、ほかの何も考えられないのよ、わかるでしょ?」

「でも君は彼を恋してるんじゃないね?」

「そうではないと誓うわ。それで満足する?」

「じゃあ君はぼくに恋をしている?」

彼女は再びロウの顔を膝におろした。「まあかわいい子」と彼女は言った、「もちろん、あたしには言えないわ——まだね」

そして彼はこれで満足するほかなかった。少しの間、二人は黙って抱き合っていた。「君って、とてもいい匂いだ」としまいに候補生ロウは言った。

彼女は動いた。「わたしの横にいらっしゃい」と命令し、そして彼が横に坐ると、その顔を両手で押えてキスした。彼は両腕をまわして彼女を抱き、その胸の中に顔を埋めた。少しして彼女はロウの髪をなで、そして言い聞かせた。

「さあ、あなたはすぐに家に帰るでしょ?」

「帰らなきゃだめかい?」と彼はぼんやりたずねた。

「そうなのよ」と彼女は答えた、「今日すぐにね。お母さんへすぐ電報なさい。あたしもお母さん宛ての手紙をあなたに言伝《ことづ》けるから」

「ああ、ちぇ、母が何て言うか、君は知ってるんだ」

「もちろん知ってるわ。あなたは女や男の兄弟を持っていないでしょ、どう?」

「もってない」と彼は驚きながら言った。女が身動きしたので、彼は相手が放してもらいたいのだと悟った。彼は坐り直した。「そんなこと、どうして知ってた?」と彼は驚きながらたずねた。

「ただ想像したのよ。あなたは行くわね、どう? 約束してちょうだい」

「じゃあ、そうするよ。でも君の所へ戻ってくるよ」

「もちろん、そうなさい。待っているわ。キスして」

彼女は冷静に顔をさしだし、彼は相手の欲するようにキスした——冷たくよそよそしい気持で。彼女は両手をロウの頬においた。「かわいい子」と言い、彼の母親がするのと同じようにまたも彼にキスした。

「ねえ、婚約した者はそんなキスのやり方じゃないよ」と彼は反対した。

「婚約した人はどんなふうにするわけ?」と彼女はたずねた。ロウは両腕を彼女にまわし、その肩甲骨を感じながら抱きよせ、自分が知っているかぎりの方法で彼の口を相手に押しつけた。彼女はしばらく耐え、それから相手を押しのけた。

「それが婚約した人のキスの仕方なの?」と彼女は笑いながらたずねた。「あたしはこのほうが好きだわ」

彼女はロウの顔を両方の掌ではさみ、その口に軽くよそよそしく口づけした。「さあ、お母さんへすぐに電報すると誓いなさい」

「でもぼくに手紙を書いてくれるね?」

「もちろんんよ。でも今日行くと誓いなさい。ギリガンがあなたにどんなこと言おうとね」

「誓うよ」と彼は相手の口を見やりながら答えた。「もう一度キスできない?」

「わたしたちが結婚したときね」と彼女は言い、そしてロウは自分が退室を希望されていると知った。彼女が自分を見つめていると考え、確信しながら、彼は昂然《こうぜん》と、振りむきもせずに部屋から出ていった。

隣りの部屋にはまだギリガンとあの将校がいた。マーンが言った——

「君、お早う」

ギリガンはロウの意気盛んな顔を、皮肉な楽しみを隠した探るような眼で見やった。

「エース、征服してきたか?」

「うるさい」とロウは答えた、「あの瓶はどこにある? ぼくは今日家へ帰るんだ」

「ここにありますよ、将軍。たっぷり飲みな。家へ帰るって?」彼は繰りかえした。「ねえ中尉さん、おれたちもそうだよな?・」

第二章

1

ジョーンズ――ジャヌアリァス・ジョーンズ、自分の両親が誰だったか知っていても気にもせず、一月《ジャニュアリー》に生れたというJのアルファベットの因縁をとってジョーンズとなり、不運な生れ月の一月《ジャニュアリー》を平凡に姓としたのでは生活に支障を来たすのでジャヌアリァスと気取った――このジャヌアリァス・ジョーンズは灰色のツイード服を着た肥満漢で、最近では小さな大学でラテン文学を教えているのだが、いまは緑も若々しく新芽をみせた忍冬《すいかずら》の垣の間につくられた鉄柵の門に寄りかかって、ヒヤシンスの花壇に現われた春のあわただしい動きを見まもっていた。この朝、草の葉には露が光り、蜂は林檎の花をつつきまわり、燕は薄灰色の空で楽器の弦の弾かれたような姿態をみせた。かかげたこての向うから一つの顔がジョーンズを見やっていて、ズボン吊《つ》りの十字に交差した部分を留める金具は陽気な光を発していた。

牧師は言った――「お早う、若い人」彼の教会の親しげな円屋根をめぐって蔦《つた》のからんだ壁、その上には優雅をきわめた尖塔と鍍金《めっき》の十字架が、動かぬ春の雲の向うまでそびえ立つかに思われた。

ジャヌアリァス・ジョーンズは、塔が崩壊するという幻覚にとらわれ、つぶやいた――「落ちるぞ、気をつけろ」その若い円い顔には太陽がいっぱい当っていた。

園芸趣味の牧師は相手を愛のこもった好奇心で眺めやった。「落ちると？ ああ、飛行機を見たのですな」と彼は言った。「わたしの息子も戦争中はあの仕事をしておってな」黒いズボンと壊れた靴を履き、彼は巨人のように見えた。「飛ぶのにいい日ですな」片手を眼にかざしたまま、「どのあたりで見ましたかな？」

「いいや」とジョーンズは答えた、「飛行機ではないんです。つい放心した結果、あなたの教会の塔のことを言ったのでした。ぼくは子供の頃から塔の真下に立つのが大好きでしてね、雲がゆっくりとその向うを動いてゆく。すると鮮やかに塔が倒れてくるという幻想にとらわれるのです。あなたはこういう経験をしたことありませんか？」

「たしかに、ありますな、もっとも、それはもう――さあて何年前になるか――憶えてもいないほど昔のことだが。とにかく、わたしのような職にある者は高揚すると自身の魂をも他の人々の福祉のために捧げがちのものでしてな、それも――」

「――救われる価値もなければ、それを特別に願ってもいない人間のために、でしょう」とジョーンズが補った。

牧師は即座に相手をたしなめた。蔦のなかでは燕たちが喜び騒いでいた、そして牧師館のごてごてした正面は黄水仙と刈りこんだ芝生でお伽噺《とぎばなし》のようだった。あそこには子供たちが遊んでいればぴったりだ、とジョーンズは考えた。彼は言った――

「先生、ぼくの軽率さに対してはなにとぞお許しねがいたく存じます。あんな不遜な口をききましたのも――そのう――けっして心底に何かあってのことではありませんでした」

「ねえ君、心配は無用ですよ。わたしの叱ったのも、君と同じような気軽さからしたことですからね。なにしろ世間には、守らねばならん慣習がいくつか存在しておる――そのひとつが、この僧服への尊敬ということでね。たぶんわたしはこれを着る値打のないものかもしれんが、とにかくこの表面の衣服には敬意をみ

せねばいかんのだよ。そしてこれはとくにわたしらの責任であると思うんだよ、わたしらのように——その
う、なんというか——」

"Integer vitæ scelerisque purus
non eget Mauris iaculis neque arcu
nec venenatis sagittas,
Fusce, pharetra——"

「正しき人生を罪もなく送る人々は
猛《たけ》きムーア人の弓も槍も用うる要なし
はたまた、フスクスよ
毒矢の満てる重き矢筒も無用にして——」とジョーンズが唱しはじめた。
牧師がそれに和した——

"——sive per Syrtis iter æstuosas
sive facturus per inhospitalem
Causasum vel quæ loac fabulosas
lambit Hydaspes,"

「たとえその人、炎熱のアフリカを旅するとも
また荒漠たるコーカサスの野をゆくとも
はたまたインドは稗史《はいし》に名高き
ヒュダスペス河流るる国をゆくとも」
（ローマ時代の詩人ホラティウスの詩「カルミナ」第一巻の二十二より―訳注）

二人は口早の重唱でとなえ終り、それにつづく沈黙のなかで、立ったまま、親しげな熱意の視線を交わしあっていた。

「いや、まずお入り、お入りなさい」と牧師は叫んだ。いかにも嬉しそうだった。「いかで旅の人を我が門の外にとどめておけようか？」鉄柵の門を開き、泥のついた手をジョーンズの肩にどっしりと置き、「さあ、あの尖塔を二人で眺めてみましょうかな」

芝生の庭はよかった。数知れぬ蜜蜂がクローバーから林檎の花へ、林檎の花からクローバーへと迷い歩き、尖塔はゴシック風の飾りたてた教会堂から上へとのびあがっていた、銅《ブロンズ》で鋳られた不滅の禱《いの》り、それが春の動かぬ雲を横切ってゆるやかに倒れる幻想のなかに、無垢の姿で立っていた。

「これぞわが真率なる信者のひとり」と牧師はつぶやいた。陽光はこの老人の禿頭《とくとう》にそそいで柔らかな金色の徽章《きしょう》となり、ジャヌアリアス・ジョーンズの顔は円い鏡――それは古代世界ならその前で半獣神や仙女たちがたわむれたかもしれないような顔……

「信者、と言ったかな？　いや、この塔はそれ以上のものなのでね——これこそ人が神様に最も近づくための頼りとなるものなのだよ。ただ、いったい幾人のひとがそれを信じることか！　ほんのわずかの人！　ほんの少し！」瞬《また》きもせずに陽光の満ちる空を見つめあげ、その両眼には、すでに長すぎて晴朗にさえなった絶望の色がにじんでいた。

「まさにそのとおりです。しかし現代の傾向としてはですね、仲介か取次ぎの者もなしに手軽く近づける神様などは、かえって近づく値打のないものなんです、みんなそう信じがちなんです。だから自分の救いを買うのにも、まるで不動産を買うときと同じなんです。われらのイエス様は」とジョーンズは続けた、「慈悲深くなくてもいいのです、高い叡知《えいち》に満ちていなくともいい。ただしかし威厳と体面だけは必要というわけです」

牧師はその大きな汚れた手を挙げた。「いや、それは世間に対する公平なる見解と思えんねえ。もっとも、若い人に公平な態度を求めるのは無理かもしれんなあ、それにそのほかの美徳も——わたしたち動脈や心の硬くなりかけた者が大切にする古ぼけた美徳も——君らは持たんのだろう。ただ年寄りだけがこの世の美を少しでもまわりに集めうる因習や律法を必要としているのだ。この律法がないと、まるで昔の海賊が海を荒したように、若い者はわしらから美を取りあげてしまうのだよ」

牧師はしばらく黙りこんだ。小鳥の鳴き声は青葉のまだらな影となって揺れ、蔦のなかで動く雀の声は陽の光と化して踊りまわるかのようだ。牧師は言葉をつづけた——

「もしもわたしが神様となってこの世を造り直せたら、まず一定の年齢限界を設定しますなあ——まあ、例えば、三十歳をひと区切りとするんだ、そしてこの年に達すると人間は自動的に一つの精神層に送りこまれるわけだ。この精神層に入ると、誰ももはや自分が抵抗した誘惑とか自分が手に入れそこなった美女のことでむだに苛立ったりしなくなる――そういう平穏な精神層を設定したいですなあ。なにしろ年輩の人の嫉妬心、これがいけないのです、これがあるので、自分たちには遂行する勇気も機会もなかったことを――そして今では遂行する力のないことを――若い人がしようとすると、それを邪魔したがるわけなんですなあ」

ジョーンズは、自分はこれまでどんな誘惑に抵抗したかと思い、次には自分が誘惑したかったが我慢した女たちのことを思いだし、そして言った、「それで、その次には？　三十歳という不幸な年齢に達した人間は、それから何をするんです？」

「この精神層のなかでは、陽の光とか空とか樹のなかの小鳥とかいう、若い悩ましい感覚の刺激はないのです。あるのはごく地味な肉体的な快適さだけ――食べることと眠ることと交接することだけです」

それ以上に何が必要だろう？　とジョーンズは考えた。結構な場所じゃないか。人間は食べて眠って生殖行為をすれば、それでご満悦なはずだ、とジョーンズは信じた。できれば牧師が（いや、この世を食物と眠りと女だけのものと考える人なら誰でもいいが）そういう世界を創りだしてくれればいい、そして彼は、ジョーンズは、いつまでも三十一歳でいられたらありがたいと夢想した。しかしながら、牧師は異なった意見を保持しているようだ。

「そこにいる人たちは、どうやって時間を過すんです？」とジョーンズは議論するためだけに質問を発し、頭ではひそかに、もし食物と眠りと生殖を除外されたら、人間は何をして時間を過すだろうかと考えていた。

「半数の人間は物品を製造する、そして残りの人々はこうした物品を購入するための金貨や銀貨を造る。もちろん、こうした貨幣や物品を格納する倉庫もあって、これを管理するための仕事も人々に提供される。ほかに、当然だが、大地を耕す人々もおる」

「しかしこうした物品や貨幣を、最後にはどうやって始末するんですか？　放っておけば、結局は厖大《ぼうだい》な倉庫や銀行のなかに不要な物品や貨幣が山積みになってしまうでしょ。しかもそれこそすでに現在の文明の欠陥そのものなんですよ、――物質、所有欲、これこそぼくらを奴隷にしているものです、これこそ正直者には一日八時間以上の労働を強《し》い、悪人には無法なことをさせて、化粧したり着飾ったり、酒やガソリンで満腹させている原因なんです」

「全くそのとおり。これは確かに現在の世の中を苦々しくも想起させますな。しかし、言う必要もないが、わたしはこうした危険に対して予防措置を考慮しておきました。貨幣は再び地金に鋳潰《いつぶ》して、また鋳造しなおしますし、それに――」と聖職にある人はジョーンズを陶酔の眼で見つめて――「不要の物品は家庭の主婦たちが炊事用の薪《まき》として使うわけです」

おいぼれ爺《じじい》だ、とジョーンズは思い、口では言っていた、「素晴らしい、素敵ですね！　牧師さん、あなたこそぼくの求めていた人です」

牧師はジョーンズを優しい眼で見やり、「ねえ、君、この世には若い人が求めるものなどありませんよ。元来、若い人には心などないのですからなあ」

「おやおや、先生。そんな発言は、まさに反逆罪を犯しかけていますよ。たしかぼくらは互いの衣服（同時に聖職、牧師を意味する―訳注）に関しては休戦協定を結んだはずでしたでしょ」

太陽の動くにつれて影も移った、一本の枝の影が牧師の額をまだらに染め、その顔は月桂冠《げっけいかん》をかぶったゼウス神像のようにみえた。

「君の衣服は何だね？」

「それは――」とジョーンズが言い始めた。

「まだおしめでしかなかろうな。おや、これは失礼」と彼はジョーンズの表情を見て急いで言い足した。

ジョーンズの肩にまわした彼の腕は樫《かし》の枝のように重くて固かった。

「君の意見を聞かしてくれんか――いろいろな美徳のなかで、何を最も尊敬できるものと考えておるかね？」

ジョーンズは収まった。「正しいと思ったことは敢然と主張する気概ですね」と彼は即座に返答した。牧師の大きな笑い声は鐘のように大気をふるわせ、雀たちを風に吹かれた木の葉のように舞いあがらせた。

「では、もう一度、仲直りしましょうかな？ さあ、わたしの方でも譲歩して、手づくりの花をお見せすることにしよう。君は若いのだから、お義理に讃《ほ》める気持なしに観賞できるはずだ、そうでしょうが？」

その庭は一見の価値のあるものだった。左右を薔薇の垣根にはさまれた砂利道があり、それをたどると、陽も隠すほど茂った二本の樫の大樹があった。そこを過ぎると、落ち着かぬくせに形式ばったポプラの並木があり、向い合って建つ家のギリシャ寺院風の柱の列があり、ほっそりした淡い緑のポプラ自身もまた、浮彫り彫刻のなかの少女のように空《むな》しく気取っている。イボタの垣根ぞいには、じきに、僧庵にいる尼僧のような百合の群れが見られるだろう、そして青いヒヤシンスが、レスボス諸島（ギリシャのエーゲ海にある―訳注）を夢みて、音なき鈴を揺すっていた。藤の格子垣の上からは、藤の花がまもなく紫の火炎の束を逆さ吊りに垂らすことだろう、それにそって二人は歩き、しまいに一本の薔薇の茂みにきた。その枝々は大きく、年を重ねた瘤《こぶ》をつくり、まるで青銅の台座のように重々しく黒ずんでいて、その台上に淡くはかない金色の花をかかげていた。聖職者の両手は静かな情熱をみせてその上にたゆたった。

「さて、これは」と彼は言った、「わたしの息子であり娘であり、いとしき妻であり、また生命のためのパンなのです、わたしの右の手であり、左の手なのです。覆いを早く除きすぎた後などは、霜にやられまいとして幾晩も、この横に立って新聞紙を燃やしたんですよ。そう言えば、ある晩など、わたしは近くの町にある会議に出ておりましてな。天候は――あれは三月でしたが――全く順調そのものだったから、わたしはすでに覆いを取り除いておいたのでした。

「蕾《つぼみ》はもうふくらみはじめていた。ああ、この木に最初の花が咲くのを待つ気持、あのわたしの気持は、君たち若い人が恋人の来るのを待ちかねるときと同じだよ。いや、もっと強いものだと言いたいね。(むかし、ビザンチン式の酒杯を寝台の傍に置いて、その端にくちづけすることで次第にそれをすりへらしてた異教徒の話……あれとこれとは共通した点がありますな)……ところで、何の話をしておったたっけな?――ああ、そうだ。そこで、わたしは用心するのを忘れ、この薔薇に覆いをせぬまま、会議に出かけたのです。ずっとよい天気の日ばかり続いたんだが、最終日になって、予報が天気は変りはじめますと言いだした。主教《ビショップ》が出席される予定の日でね、わたしは汽車で家へ戻ったのではその時間までに帰れないと知った。そこでしまいに貸馬車を雇って家まで乗っていった。

「空はすっかり曇りかけ、はやくも冷気がひろがりはじめていました。それから、家まで三マイルほどのところで川に来たがね、そこの橋が流されてしまっておるんだ。幾度か叫ぶと、ようやく、川の向うで耕している人が気づいてくれて、小舟をもってわたしらの岸にきてくれた。そこで馬車の馭者《ぎょしゃ》にはそこで待ってもらい、向う岸へ渡してもらうと、家まで歩いて帰って、わたしの薔薇の木に覆いをかけ、川まで歩きもどり、会議にも間に合うように帰りつきました。そしてだね、その晩に」――牧師はジャヌアリァス・ジョーンズに大きく笑いかけ――「雪が降ったんだよ！」

品よく刈りこんだ芝生にでっぷりと仰向きに寝たジョーンズは、陽の光に両眼を閉じたまま、パイプを詰めなおしながら、「この薔薇は歴史を作ってきたと言えるほどですね。もう長いこと、この木を育ててるんでしょうねえ？　誰でも、長いこと親しんだものには愛情が湧くもんですからねえ」ジャヌアリァス・ジョーンズは特別に花が好きというわけでもなかった。

「それよりも上等な説明ができるんだよ。実は、この木にはわたしの青春の一部がこもっておるんだ、ちょうど、葡萄酒が酒甕《さかがめ》のなかでかもしだされるようにな。ただしわたしの酒甕（薔薇のこと―訳注）のほうは、いつも自分みずからの力で若返ってくれる点で違いがある」

「おや」とジョーンズは、うんざりしながら、言った、「すると、この木にはロマンスがこもってるんですね」

「そうだよ、君。なかなか長い物語だ。しかし君、そんなところに寝とるのは楽ではないだろうね」

「完全に楽な人なんて誰もいないでしょう」とジョーンズは急いで起き直りながら、「眠ってる人は別ですがね。人間って、自分をのせている大地と接触している以上、かならず疲労感を持つもんですよ、坐っていようが、立っていようが、寝ていようが、絶えず心は空しくあがいて苛立っているんです。なにしろ自分の全体重は常に地面と接触する一点に集約されてるんですからね。この重力の拘束から、もし人間が、一人の人間が、少しの間でも自由になれたらどうでしょう？　その人間は神にだってなれますよ、それも他の諸神を慄《ふる》えあがらせるほどの最高神にだってなれるんです――鎖帷子《くさりかたびら》で武装した騎士みたいに威勢よく永遠性の門を音たかくたたけるんです。ところが今の状態では、火と空気と水と全能の神を同分量に持った存在がどうしてこんなに硬ばってしまうのか、我ながら不思議がってるだけの有様なんです」

「それは本当だ。人間は、長いこと同じ姿勢でいると、集中した思考力が出ないものだよ。ところで、薔薇の木のことだが――」

「あの禿鷹《はげたか》をごらんなさい」とジョーンズは熱狂した調子で、急いで口をはさんだ。「ただ空気のみに支えられていて、実に厳然と、ひたすらに目的を追求しています！　彼には知事がスミスであろうとなかろうと、気になりません！　崇高なる民主主義社会の庶民が毎年ろくに知りもしない人間を選出しようと、またその人間が額に汗することだけはきらいで、ただ善良なる庶民の問題に勝手次第に介入するだけの者であろうとなかろうと、あの鳥は気になんかしてないんです、そうでしょ？」

「しかし、君、それでは無政府主義《アナーキズム》に近いものになりはせんかね」

「アナーキズム？　そのとおりですよ。金の受け渡しでタコのできた全能の手のすることなんて、あれがアナーキズムですよ」

「少なくとも君は神の全能の手だけは認めるのですな？」

「どうですかね。そうなるんですか？」ジョーンズは、帽子を眼の上にかぶせてその下からパイプを突き立てたまま、上衣からマッチの箱を取りだした。一本を抜きとり、箱にすりつけた。それは発火せず、彼は無精げに菫《すみれ》の草叢《くさむら》に投げすてた。もう一本を試みた。再びもう一本。「反対側でやったらどうかね」と牧師がつぶやいた。彼はそのとおりにした、そしてマッチは炎を発した。

「この町のどこに、全能の御手《みて》の証《あか》しなんか見えるんです？」と彼はパイプの柄のまわりから煙を吐きだした。

牧師は菫の草叢から捨てられたマッチ棒を拾い集めた。「それはだね——神の御手によって、人は起きいでて畑を耕す、そしてその結果として食べることができる——これも神様の証しとみるね。もしも人間がいつまでも自堕落に寝そべっていられるなら、誰ひとり起きて労働などしない、そうでしょう？　ところでだ、神様は人間が坐るときの用意に人体の一部を造ってくださったが、その部分でさえ、長いことは我慢できぬような仕組みであって、その部分はじきに反発し、つづいて不精な骨を追い立て引っぱって働かす。だから人間には、眠るときのほか真の休息はないのだよ」

「しかし人間は、安楽な眠りに人生の三分の一の時間しかさけないんですよ」と彼は指摘した、「しかもじきに、それは三分の一でさえなくなるんです。人類というのは衰弱し、頽廃しはじめています、現代人は、ごく近い祖先たち（むろん地質学上からの話ですが）の持ったほどの睡眠時間にさえ耐えられないし、そればかりか今も生きる原始的な生活の人々の睡眠時間にも及ばないんです。なぜなら我々、自称文明人なるものは、頭や動脈を酷使しているからです、それに反して胃袋や性を用いたのが我々の祖先であり、そして一部の拘束されぬ現代人であるわけです」

「拘束されぬ？」

「もちろん社会的に拘束されぬという意味です。AとBはこれこれのことをせねばならぬとAが信じる、というのもBとAはこれをせねばならぬとBが信じているからといった拘束です……」

「ああ、そう」聖職の人は再びその親切で瞬きせぬ眼を太陽へとまっすぐ上げた。露は草から消えてしまい、黄水仙と水仙は、舞踏会の後の少女のように、ぐったりした様子をみせはじめていた。「昼ちかくなったようだね。家のなかに入ろうか。もし約束がないようなら、飲み物と食事をさしあげてもよいが」

ジョーンズは立ちあがった。「いや、とてもありがたいですけれど、ご面倒をおかけしたくないですから」

牧師は親切だった。「面倒はないよ。全く迷惑にはならんのだよ。いまのところ、わたし一人だから」

ジョーンズはためらった。彼は食い道楽の趣味を持ち、それに勘もよかった。家の前を通りすぎただけで、その家の食物がいいか悪いか、ぴんとわかるほどだった。ジョーンズは牧師に対して、美食学の見地からはあまり良い反応を持てないでいた。

しかしながら聖職者は親切心から生れた強引さで彼を圧倒した——この牧師は相手のノーの言葉が耳に入らぬ性質なのだ。ジョーンズを引きよせ、二人は芝生の上の己れの影を踏んで歩き、玄関の明り取りの下をくぐった——その扇窓は鈍い色のガラスが洗われぬまま、かえって美しい落ち着きをみせていた。純白にかがやく午前の戸外からはいったので、玄関の内側は赤い火炎が逆巻いているかに見えた。瞬間だけ盲目となったジョーンズは何かに激しくつまずき、するとバケツの柄が彼の足首に噛みついた。牧師は、エミー！と叫びながら、ジョーンズを、バケツとともに引っぱり上げた——彼のほうでは床に接吻する不運にあわなかったのを感謝したが、バケツをはずす姿はまさに濡れし海の女神《ヴィーナス》そのままだ。挙げた脚を床につけてから、情けなく、腹立たしげにズボンに手を当てた。まるでおれは油田に立つやぐらそっくりなんだ、と彼はかっとなって思った。

牧師は再びエミーとどなった。家の深部から驚いた応答があり、やがてギンガムチェックの服を着たものが二人のそばを走りぬけた。その狭い牧師館では牧師の太い声が波浪のように響きわたり、彼はドアを開いて光の洪水を招き入れると、雫を垂らすジョーンズを自分の書斎へと導き入れた。

「ろくな食事もさしあげられんが」と牧師は言いはじめた、「改まって弁解もしませんよ。なにしろ現在はひとり暮しですからなあ。しかし、まあ、わしら哲学者とは口腹を満たせば足りて、あえて舌の楽しみを求めぬものなり、そうでしょうが？　さあ、どうぞお入り」

　ジョーンズはがっかりした。ズボンをびしょ濡れにしたうえに、腹の足しになるだけの食事とは。しかも、この巨大なる聖職者が腹の足しになるだけで舌の楽しみを求めない食事をするとなると、さて、どんな恐ろしいものを食べさせるやら。たぶん玉蜀黍《とうもろこし》の殻かな。食事に関しては、ジョーンズは美的に気取るよりも実質的快楽追求に傾くほうだった。いや小理屈にふけることさえしない男だ。彼は雫の垂れる脚を振りながら、失望したまま立っていた。

「おやまあ、君はぐしょ濡れですな！」と主人は声をあげた。「さあ、そのズボンをお脱ぎなさい」

　ジョーンズは気弱く辞退した。「エミー！」と牧師はまたも吼《ほ》えたてた。

「わかったわ、アンクル・ジョー。この水を拭いたらすぐ行きますよ」

「いまは水など放っておきなさい。わたしの部屋にいって、ズボンをひとつ取ってきておくれ」

「でも、絨毯《じゅうたん》がだめになっちまいますよ！」

「まさかまるっきりでもあるまい。とにかく放っておいて、ズボンを取ってきておくれ。さあ、君、脱いでしまいなさい。エミーが台所で乾かせば、じきに元通りになるから」

　ジョーンズは鈍い諦めの気持とともに降参した。彼はまさに道徳で武装した盗賊たちの手に落ちたサマリア人なのだった。牧師は容赦ない親切さとともに襲いかかり、それからあのギンガムチェックのものが牧師の黒いふだん着用ズボンを腕にかけて、ドアのところに再び現われた。

「エミー、この人は――まだ君の名を聞いたようには覚えておらんが――とにかくこの人が昼を一緒になさるんだ。それからエミー、セスリーも来たいかどうか、聞いておくれ」

この娘はジョーンズの姿を見て――肥えた桃色の両脚にワイシャツを垂らし、ズボンをぶら下げておごそかに薄ぼんやりと部屋へ入ってきた姿を見て、甲高《かんだか》く笑った。「名はジョーンズです」とジャヌアリアス・ジョーンズは微《かす》かな声でつけ加えた。エミーは、しかし、立ち去っていた。

「ああ、そうだ、ジョーンズ君でしたな」牧師は改めて彼に襲いかかり、ズボンの腰まわりや尻のあたりを不器用な手つきであれこれ直しはじめ、その間ジョーンズはだぶつくがとにかくズボンをちゃんとはき、牧師の手が無骨になでるままに、疾風のなかの子羊のように立ちすくんでいた。

「これでよし」と主人は叫んだ、「ゆっくりくつろいでくださいよ。（これにはジョーンズでさえ皮肉を感じた。）わたしは渇きを癒すべきものを見つけてきますからな」

客はようやく落ち着きを取り戻して、こぢんまりした質素な部屋を眺めた。粗末な敷物の上にすえられた机には、柄のないティーカップに一本の白いヒヤシンスが挿されてあり、暖炉の上には、パイプやら紙こよりの間に一枚の写真がかかっていた。いたるところに書物があった――棚に、窓ぶちに、床に。ジョーンズが見てとれたものにも、ギリシャ語の旧約聖書数巻、国際法に関する陰気で分厚な本、ジェーン・オースチンの小説、バルザックの『艶笑滑稽譚《レ・コント・ドロワティク》』、それら雑多なものが読み古された気やすさをみせて互いに助けあい抱きあっていた。牧師は牛乳の入った青い水差しと二個のジョッキをもって戻ってきた。引出しから一本のスコッチ・ウイスキーを取りだした。

「神罰《ウィスキー》を和らげるお賽銭《さいせん》がこのミルクでしてな」と彼は言いながら、無邪気な狡猾さをみせてジョーンズをちろりと見やり、「わたしは老いぼれ犬だがね、君、まだこういう手品は覚えられるんだよ。しかし、もしかすると君はミルクとウイスキーの組合せを好まんかもしれんね?」

ジョーンズの元気はたちまちふくれあがった。「ぼくはどんな酒の飲み方も一度は試すんです」と彼は言った――ジャーゲンのように。(ジェームズ・キャンベルの小説の主人公、享楽追究家―訳注)

「とにかく、これを試してごらん。もし好まなかったら、あとはご自由に調合してくだされはいいから」

その飲み物は彼が想像したよりまだましだった。彼はうまそうにすすった。「たしか、息子さんがあるとか申されましたね?」

「それはドナルドのことでな。去年の春、フランダースで射ち落されました」牧師は立ちあがり、暖炉の上の方から写真を取りおろした。それを彼の客に手渡した。その少年は十八歳ほどで、上衣を着ていなかった――乱れた髪の下には細い顔、繊細な尖った顎と気儘《きまま》で感じやすい眼。それに反してジョーンズの眼は冷静で黄色で、多淫な山羊のように罪の古傷に汚れていた。

「この少年の顔には死が宿ってますねえ」とジョーンズは言った。

主人は写真を取り、じっと見つめた。「精神の若い者、永遠の若さを持つ者の顔にはいつも死が宿っているものだよ。それがその者自身の死である場合もあれば、他人の死の場合もあるがね。それに不名誉もな。しかし死のほうが確かだ。しかしこれも当然ではなかろうか? 死神だって、もはや生命の燃え殻になった滓《かす》ばかりでは物足らんじゃろう、ええ? 誰だって萎《しぼ》んだ薔薇を摘みたいとは思わんだろう、どうだね?」しばらく牧師は沈鬱に虚空を見つめて思いふけった。やがて言葉を加えて、「同僚が彼の品物をすこし送りかえしてくれましたよ」彼は写真を机の上に立てかけ、引出しからブリキの箱を取りだした。その大きな手は留め金をいじくった。

「ぼくが開けましょう」とジョーンズは申し出たが、しかしそんな申し出はむだだとも知っていた――たぶん牧師はこれを毎日やっているのだろう。彼の言葉が終らぬうちにその箱の蓋は開いて、牧師は遺恨の品々を机の上に並べた――女のシュミーズ、安価な紙装幀の詩集『シュロプシャーの若者』（イギリスの詩人ハウスマンの詩集。一八九六年刊―訳注）、乾ききったヒヤシンスの球根一個。牧師がその球根を取りあげると、それは手のなかで粉々になってしまった。

「ちょっ、ちょっ！　これは軽率なことをした！」と彼は思わず声をあげ、粉になったものを丹念に封筒のなかへ掃きこんだ。「わたしはよく自分の手の大きさを嘆いたものです。こういう手は本のページを探ったり花壇をほじくったりする者にでなく、もっと別の使い方をする人に授かるべきでしたな。ところがドナルドの手は実に小さかった、彼の母親に似たんですなあ、そして指先がとても器用でしたよ。あれは立派な外科医にもなれましたなあ」

彼は品々を机の上、立てた写真の前へ儀式のように並べ、そしてその頑丈な両手で顔を支えて、自分の息子について抱いたはかない夢を、まるで人が煙草の煙を吸いこむように、自分の奥深くに吸いこんだ。

「ほんとに、この顔には生命と死と不名誉が現われてますなあ。君はエミーを見ましたかね？　幾年も前だ――この写真がとられた頃のことで……だからもう昔話みたいなもので、たぶんエミーでさえ忘れちまってることなんですがね……ごらんのようにこの子は上衣も着ないしネクタイもしておらん。彼の母親は街に出るときや、教会や形式ばった集まりのとき、いつも彼に品のよい服装をさせたが、彼はいつも帽子や上衣やカラーをはずして腕にかかえちまったもんです。『だって暑いんだもの』と言うのが彼の口癖でしたよ。堅苦しい古風な教育は受けさせませんでした。学校へ行ったのも、彼が行きたかったからのことでしてね、本を読んだのだって、読みたかったからのことでしたよ。だからわたしは痩せ我慢の精神など教えなかった。痩せ我慢、堅忍不抜、あれは何ですか？　ただ豊かなる感情を虐殺し、凝り固まらせるだけで……」彼は顔をあげてジョーンズを見やった。「どうお考えだね？　わたしは正しかったかねえ？　それともわたしはあの子をお定まりのタイプにはめこむべきだっただろうか？」

「あの顔の子を何かにはめこむですって？　（するとエミーは、少なくとも一度は、すでに汚されたんだな。）それは無理でしょう。（するとぼくは、あの汚されたるものに恨みの種を持つわけだ。）誰も半獣神には正装なんかさせておけませんよ、そうでしょ？」

牧師は溜息をついた。「ああ、ジョーンズ君、そうばかりも言えんでしょうが——」彼は品々をゆっくりとブリキ箱に戻してゆき、坐ったまま両手でその蓋を握りしめた。「年をとるにつれて、ジョーンズ君、わたしは次第にこう信じるようになりましたよ——この世に生きている間に、わたしらの学びうるのはごくわずかしかないのだ、わたしらの援《たす》けになるようなことや特別に役立つことなどは、何ひとつ学べないのだ、とね。しかしそれでも！……」彼は再び、太く溜息をついた。

2

例の汚されたる処女エミーがまた現われて、言った——「アンクル・ジョー、お食事のあとのデザートはなに？　アイスクリームか苺のショート・ケーキか、どっちです？」顔を赤らめ、彼女はジョーンズの眼を避けた。

牧師は頼むように客を見やって、「ジョーンズ君、なにがお好きかな？　いや、若い人がアイスクリーム好きなのはわかっておる。アイスクリームがいいでしょうが？」

しかしジョーンズは年の割に気のまわる男であったし、自分も食物の好みを知っているため、他人が食べ物に対してどう反応するか察しのつく勘のよさをもっていた。「あなたがお好きならいいのですが、牧師さん、ぼくとしたら、ショート・ケーキでいいです」

「ショート・ケーキだ、エミー」と牧師は嬉しそうに命じた。エミーは引きさがった。「どうも、その」と牧師は感謝と弁解の混ざった口調で言葉を続け、「どうもその、年をとって——自分の肉体上の衝動が弱まってだめになるにつれて——胃袋を使っていた自分が今度は胃袋に使われる身になりましてな、そうすると食事への好みが、どうも偏るようになりがちでしてなあ」

「そんなことはありませんよ」とジョーンズは相手を安心させ、「ぼく自身も冷たいものより温かいデザートの方が好きなんです」

「それなら桃がとれるときにまた来てくださらんか。バターとクリームをつかった桃のパイをご馳走しますよ……ああ、しかし、どうもこの頃は胃袋の命令にばかり忠実になりがちでしてな」

「それも当然のことじゃありませんか。年をとれば性の欲望はなくなります。その隙間を埋めるのには、食物への欲望が当然でしょう?」

牧師は彼を優しく、見抜くような眼で見やった。「どうも、少し強引なこじつけ意見ですなあ。人間は絶えず性か食物の欲望で満たされていねばならぬというわけでもありますまい、どうです?」

しかしこのとき、絨毯《じゅうたん》のない廊下に小刻みな足音がコツコツと聞え、そして彼女が入ってきて言った——「お早う、アンクル・ジョー」いかにも気取った声であり、優雅な身のこなしで部屋を横切ってきたが、まるでジョーンズの方を見なかった。それから彼を見やり、飛んでいた小鳥が止ったかのような様子で、しばし立ちどまった。ジョーンズが立ちあがると、その眼の前で彼女はいかにも上品ぶって優雅に歩き、演技的な身のこなしで机に近づいた。彼女が若い木のしなうようにお辞儀をすると、聖職の人は相手の頬にキスをした。ジョーンズの淫らな眼がいやらしい黙考をひめて彼女を包みこんだ。

「お早う、セスリー」牧師は立ちあがった。「こんな日には、もっと早く来るかと思ったよ。しかし若い娘はお天気に関係なしに、気持よく眠るものなんだね」彼は鷹揚《おうよう》な陽気さをみせて言い終り、「セスリー、こちらはジョーンズ君だよ。ジョーンズ君、こちらはミス・ソンダーズです」

相手が振りむくと、ジョーンズは肥った人間の不器用な優雅さをみせて挨拶した、しかし相手の表情に微妙な押し殺した驚きを認めて、思わずあわてた。即座に牧師の忌わしいズボンを思い出し、自分の首と耳に血がのぼるのを感じ、自分が滑稽に見えるばかりか、いつもこんな服でいると相手に思われているのだと悟った。相手の女が口をきかずにいる間、ジョーンズはお人好しで物忘れの早い牧師をゆっくりと腹から罵った。

なんて牧師だ――おれは前にエミーが来たときにはズボンなしの姿だったし、今度また美しい娘が来たのに、古い風船みたいなズボンをはいてるんだ……。牧師は「運命」そのもののようなのんきな口調で――

「もっと早くくればよかったねえ。少しヒヤシンスを分けてあげようと思っとったのに」

「アンクル・ジョー！　ほーんとにご親切に！」その声は金の弦がもつれたように、ぞんざいだった。彼女がおもしろそうな視線をジョーンズから無理に離すのをみて、それを憎みながら、ジョーンズは自分の髪が汗ばむのを感じた。

「なぜ早く来なかったなんてお責めになっても、あたしって、いつもへまばかりする娘ですもの。いまもヒヤシンスをもらいそこなったから、このミスター・――ミスター・ジョーンズにもそれはすぐおわかりでしょうけど」

娘はまたも彼を、まるで妙な動物を見るときのように、見やった。ジョーンズのあわてた気持は怒りと変り、どうやら自分の舌が動くのに気がついた。

「そうですよ、もっと早く来なくって惜しいことをしましたね。この姿よりももっとおもしろいぼくを見物できたのにね。少なくとも、エミーはそう考えたようですよ」

「どういう意味ですの？」と彼女は言った。

牧師は戸惑ったような親しい顔で彼を見やった。それから弁解し、「ああ、そうでしたな、ジョーンズ君はちょっとした事故にあって、わたしの衣裳を着る羽目になったんだよ」

「『羽目になった』と言ってくださってありがとう」とジョーンズは意地悪く言った。「そのとおり、玄関の内側にあった水の入ったバケツを蹴とばしたんです。牧師さんが何であそこに置いたのかというと、教会員が二度めに訪問したとき、災害から身を守るのに天の助けが必要なんだと悟らせるためなんでしょうね」と彼はギリシャ人めいた威厳をみせようとし、かえって自身の手で自分の威厳をこなごなに打ち砕いた。「あなたは馴れているから、うまく避けられるでしょうがね」

彼女はジョーンズの怒りにあふれた顔から牧師の親切な、戸惑った顔へと眼を移し、高い笑い声をあげた。「ごめんなさいね」とすぐに我に返ってあやまり、「ジョーンズさん、つい我慢できなかったんですの。許してくださるでしょ、いかが？」

「もちろんです。エミーさえ楽しんだんですからね。牧師さん、エミーもそれほどひどく仰天したわけじゃありませんでしたね。しかし確かに驚くのは無理もないな、なにしろ男のむきだしの――」

彼女は自分の言葉を介入させて、相手の不躾《ぶしつけ》な言い方を半ば消してしまった。「じゃあ、あなたはジョーンズさんに花をお見せしたんですのね？　ジョーンズさんは得意になっていいんですわ――アンクル・ジョーが花を見せてくれるなんて、特別の親切なんですもの」となめらかに言いながらフランスの小唄のように優雅で気軽く聖職者に向きなおり、「すると、ジョーンズさんは有名な方なのね？　あなたが有名人を知ってるなんて、今まで話してくれませんでしたわ」

牧師は笑い声を爆発させた。「おや、ジョーンズ君、わたしに何か隠していたようですな」（他のことは隠すが、有名だったら話すはずさ、とジョーンズは思った）「わたしのもてなししていた人が有名人だとは思いませんでしたよ」

性来のずうずうしい性質から、ジョーンズはここでも冷静な気持になって、おとなしく答えたのだった――「ぼくだって知りませんでした」

「ああ、ジョーンズ君、君の偉さを隠そうとしてもむだですよ。女性というものはそういうことをすぐにかぎつけるんだ。いわば男を見抜く力があるんですよ」

「アンクル・ジョー」と彼女はジョーンズを見まもりながら、この困った言い方に注意を与えた。しかしジョーンズの方はもう傷つく気持ではなかった。

「いいや、ぼくは別の意見ですね。もし女の人が男を見抜けるなら、誰も男とは結婚しなくなるはずですよ」

彼女は感謝の気持をみせ、視線は微かな興味を示した。(彼女の眼は何色だろうな?)

「あら、ジョーンズさんの専門はそれなのね! 女性についての権威者なのね」

ジョーンズの虚栄心がふくれあがり、そして牧師は、「失礼」と言いながら、廊下から椅子を持ってきた。彼女は机に股を当ててよりかかり、その両眼は(あれは灰色か青か、それとも緑かな?)彼の黄色な太々しい視線を見返していた。相手の視線がさがると、彼はその美しい自意識たっぷりの口を見まもった。

「この女なら楽なもんさ」と彼は思った。牧師が娘に椅子をあてがって坐らせ、自分もデスク・チェアに再び坐ると、ジョーンズは自分の椅子に腰をおろした。女の上半身につけた柔らかな白い服の形を見ながら、彼女の脚はどれぐらい長いかな、と彼は思った。相手は彼のずうずうしい視線を感じ、眼をあげた。

「するとジョーンズさんは結婚してますのね」と彼女は言った。その眼には何かの表情が走り、ジョーンズはまるで相手の手でなぞられたように感じた。どうやら、あんたの正体はわかったぞ、と彼は野卑に考えた。彼は答えた——

「いいや。でも、どうしてそう考えたんです?」牧師は二人を優しく見まもりながらパイプをつめていた。

「あら、あたしの思い違いだったわけね」

「ただ思い違いしたというだけじゃないでしょう」

「だけじゃないって?」

「本当はあなたが結婚した男を好きだからでしょう?」とジョーンズは大胆に告げた。「そうかしら?」と興味もない返事。ジョーンズには相手の興味が急に引き去って、それが冷たくなってゆくのさえ感じとれた。

「そうじゃないんですか?」

「あなたにはおわかりのはずでしょ」

「ぼくが?」とジョーンズがたずねた。「どうしてぼくが知ってるんです?」

「あなたは女性についての権威者《オーソリティ》なんでしょ?」と彼女はいかにもあどけないふりをして答えた。言葉も出ぬまま、彼は相手を締め殺したい気持だった。聖職者は賞讃して、「これはジョーンズ君、一本とられましたな」

彼女の眼をもう一度捉えさえしたら、と彼は願ったが、娘は彼を見やろうとしなかった。黙って坐ったまま煮えかえるような視線をそそぐ男の前で、セスリーは机から写真を取りおろし、しばらく静かに持っていた。それからそれを元へ戻し、手をのばして机に置かれた牧師の手に自分の手を重ねた。

「ソンダーズ嬢は、わたしの息子と婚約の仲だったんですよ」と聖職者はジョーンズに説明した。

「そうですか」とジョーンズは言いながら、なおも彼女の横顔を見まもり、もう一度その眼が自分に向くのを待ちかまえていた。エミー、あの不運なる娘がドア口に現われた。

「できました、アンクル・ジョー」と彼女は言い、すぐに姿を消した。

「ああ、昼食だ」と牧師は告げながら立ちあがった。他の二人も立った。

「長くいられませんの」とセスリーは、牧師の手に背中を押されるにまかせながら、ためらった。ジョーンズが後ろに並んだ。「お邪魔するのはいけないから——」と彼女は言いなおした。

三人は薄暗い廊下を歩いてゆき、ジョーンズは彼女の白い服が歩くにつれてほのかに揺れるのを見ながら、彼女にキスをするときを思い描き、思わず舌打ちをした。ドアロでセスリーが止って、男のするように、礼儀正しく横に立った。牧師もそうしたし、必然にジョーンズも同じことをして、かくしてここで、どちらが先に行くか、例のフランス喜劇的な譲り合いがあった。ジョーンズは故意に礼儀を知らぬふりで、彼女の柔らかでコルセットなしの腿に自分の手の甲を押しつけた、すると彼女の鋭い視線が冷たい水のようにはね返ってきた。三人は部屋に入った。「とにかく、君にぼくの方を見させたぞ」と彼はつぶやいた。

なにも気づかぬ牧師は言った——

「ジョーンズ君、ここにお坐り」そして処女エミーはつんと澄ました反発的な視線を彼に向けた。彼の方では無関心な黄色い視線を返し、おまえのことは後で面倒みてやるさ、と心に誓いながら、純白のテーブル掛けの前に坐った。牧師は別の客用の椅子を引きよせ、テーブルの主人席の位置に坐りこんだ。

「セスリーは食事が細いから」と彼は鶏肉に大ナイフを入れながら、「どうも、責任は君とわたしにかかるようだねえ。しかし、ジョーンズ君、その点では君は頼りにできる人だと思うが、どうかね?」

セスリーは彼の真正面で両肘をテーブルについていた。それにあんたの面倒も見てやるぞ、とジョーンズはひそかに誓った。女に自分の黄色い視線を無視されたまま、彼は言った、「ええ、大丈夫です」なおも彼女に向って、学校時代に暗記練習に用いた遠心術をかけつづけたが、相手は完璧とも言えるほど彼を無視したままなので、しまいに自信を失い、かすかな疑惑を味わった。自分が間違ってるのかな? と彼は思案した。とにかく、やってみることだ、と彼は突然に決心した。

「さっき、ソンダーズ嬢が実に魅力的な姿を現わしたときに」――なおも彼女の無関心な浅薄な顔を見まもりながら――「あなたは僕が強引でこじつけの意見を言うとおっしゃっていましたね。しかしですね、性の交接の問題になると、誰でも強引に割り切るほかないんです。ただ――」

「ジョーンズ君！」と牧師はきびしく叫んだ。

「――性行為が行われた後ではじめて、それについて話す資格ができるんです、しかもその時でさえ話は割り切ったものにしかならず――あなたの表現で言えば――こじつけの意見になりがちなんです。ちょっとキスをして、そのことをしゃべりまくる人間なんて大物じゃない、そうでしょう？」

「ジョーンズ君」と牧師はたしなめた。

「ジョーンズさん！」と彼女も合言葉のように叫び、「あなたって、なんて礼儀知らずなんでしょ！　ほんと、アンクル・ジョーは――」

ジョーンズは容赦なしにさえぎって、「キスだけのことだとしたら、女性は相手が誰だろうと特別に気にしないんです。女というのはただキスすることにだけ興味をもってるんですからね」

「ジョーンズさん！」とセスリーは繰りかえして言い、彼をにらみつけ、再び急いで眼をそらせた。彼女は身ぶるいをした。

「さあ、さあ、ご婦人のいる前なんですからな」牧師は自分の言うべき発言を、ようやく成就した。

ジョーンズが皿を押しやると、エミーの赤いぶよついた手がその皿を引き去り、その後にはデザートに苺をのせた金褐色《かっしょく》の温かなケーキ。その肌がセスリーの額を思いださせて、「彼女の方を見るな」と自分に言いきかせたが、見ずにはいられなかった。娘の視線は遠くを見つめる無感情な色、海の水のように青くて涼しい色であり、ジョーンズが先に視線を転じた。ついで彼女が牧師へと視線を向け、澄まして花のことをしゃべりはじめた。彼は品よく無視されたのであり、不機嫌にスプーンを動かしていると、エミーが再び現われた。

エミーはやや敵愾心《てきがいしん》を発散させ、ジョーンズから娘へと眼を移しながら、言った、——

「アンクル・ジョー、ご婦人のご面会です」

牧師はスプーンをあげたまま、「誰だね、.エミー?.」

「知らない。前に見たことない人。書斎で待っていますす」

「その人は昼食をしたかね? ここに来るように言っておくれ」

(彼女はぼくが見つめていると知ってるんだ。ジョーンズは激しい腹立ちと子供っぽい欲情を覚えた)

「その婦人は何も食べたくないそうです。お食事がすむまで、待っていると言ってます。とにかく会って、何の用事だか聞いてみたら——」エミーは去った。

牧師は口を拭い、立ちあがった。「どうも、そうするほかないようだ。若いあなたたちはここに坐って待っていてくださらんか。何か欲しいものがあったら、エミーを呼んでくださいよ」

ジョーンズは陰気に押し黙って坐り、手のなかにあるグラスをまわしていた。しまいにセスリーが相手のうつむいた醜い顔を見やった。

「すると、あなたは有名な人であるばかりか、結婚もしていないのね」と彼女は言った。

「結婚していないから、有名になっているのさ」と彼は空ろに答えた。

「礼儀正しくて親切なのは、どちらのせいなの?」

「どっちでも、好きな方を選べばいい」

「とにかく、あたし、率直に言って、礼儀正しい親切さが好きよ」

「絶えずそんなに親切にされるのかい?」

「いつもね……しまいにはね」彼が返事をせずにいるので、まだ続けて、「あなたは結婚を否定するの?」

「いいや、女さえ関係していなければ、結婚には賛成だね」彼女は気がなさそうに肩をすくめた。ジョーンズは、自分がこの娘のような浅薄な相手の前で阿呆に見えているのに、とても我慢できなかった、それで自分を蹴とばしたく思いながら、思いきって言った、「君はぼくを好きじゃないんだ、そうだろ?」

「あら、世の中には自分の知らないこともあると信じてる人なら、誰でも好きだわ」と彼女は興味も示さずに答えた。

「それ、どういう意味?」(あの眼は緑色かな灰色かな?)ジョーンズは女性に関するかぎり大胆主義の一派であった。立ちあがり、テーブルに沿って歩くにつれて、テーブルが滑らかに回転するようにみえた――その間、彼は自分の格好がもう少し洒落《しゃれ》ていればいいのにと思った。不運にも三倍もでかいこのズボン! これじゃあ、彼女がいやがるのも無理はないと彼は公平な心で考えた。もし彼女がお祖母《ばあ》様の普段着を着て現われたらぼくはどう思う? 彼は娘の赤みがかった濃い髪と両肩の柔らかな線に眼をやりながら――(あそこへ手を置いて、彼女が身をよじったら、下へなでおろしてやろう)

眼をあげもせずに、セスリーは突然に言った――「アンクル・ジョーはドナルドのことをあなたに話した?」(ちぇっ、とジョーンズは思った。)「おもしろいわね」娘が両膝をのばしたのでその椅子はきしった、「二人とも同時に、動くことを考えたわけね?」彼女は立ちあがり、そしてその椅子が無情にも介在して、ジョーンズは愚かしくも戸惑ったまま立ちすくんだ。「あなたはあたしの椅子に坐りなさいな、あたしはあなたのを取るから」とセスリーはつけ加えながら、テーブルをまわって動いた。

「この生意気女」と彼は冷やかに言い、セスリーの青い眼もまた相手を水のように眺めていた。

「どうしてそんなこと言うの?」と彼女は平静にたずねた。ジョーンズは、気持が少しは晴れたせいか、相手の表情のなかに興味が湧きなおすのをみとめたように思った。(やっぱりこっちの思ったとおりだ、と彼はほくそえんだ)

「ぼくがそう言った理由は、わかっているはずだがな」

「あんな言い方をされると女がどんな気持になるか、たいていの男の人は知らないようね、ほんとに変だわ」と彼女は脈略もなしに批判の言葉を発した。

この娘には誰か愛している男がいるのかな? いや、いないだろう——彼女の愛し方は、虎が肉をむさぼるみたいな調子だろうからな。「ぼくは普通の男とは違うんでね」とジョーンズは言いきかせた。

セスリーがちらっと見やった視線には嘲笑の色がひらめいたように思われたが、しかし実際はただ品よく欠伸《あくび》しただけだった。しまいにジョーンズはこの娘を動物界の一種類に分類したのだった。キング・コブラだ、あのしなやかで華やかなもの。

「ジョージったら、どうして迎えに来てくれないのかしら!」とセスリーは、まるでこの彼のひそかな観察に返答するかのように言い、苛立たしげな繊細な指先で自分の口を軽くたたいた。「ひとを待っているときって、ほんとに退屈だわね……」

「全くさ。ところで、そのジョージって誰？　そんなこと聞いてよければだけれど——」

「もちろん、聞いてもいいわ」

「じゃあ、誰？」（いいさ、どうせぼくはこういうタイプの女、好きじゃないんだ。）「さっきの様子だと、君は哀れなる故人を思って嘆きに沈んでたと思ったけどねえ」

「哀れなる故人？」

「あの狐顔のヘンリーとかオズワルドとか言うのさ」

「ああ、ドナルド。ドナルドのことでしょ？」

「ああ、そのドナルドさ」

セスリーは感情のみえぬ表情で彼を見まもった。（ぼくはこの娘を怒らせることさえできないんだ、と彼は苛立った。）「あなたって、ほんとにいやらしい男なのよ、自分で知ってる？」

「いいさ。じゃあ、そういう人間にしておくさ」と彼は憤激を募らせながら言い、「しかしね、いやらしさから言えば、ぼくは、ドナルドと婚約しておいていまはジョージのお迎えを待つ誰かさんほどじゃないだろうな」

「あなたって、どうしてそんなに腹を立ててるの？　あたしを手で撫《な》ぜられなかったからなのね、きっとそうでしょ？」

「ねえ、お嬢さん、ぼくは撫ぜたいと思ってたら、とっくにそうしてましたよ」

「ほんと？」その尻上りの口調には上品で手きびしい嘲笑がこもっていた。

「ほんとさ。信じられないのかい？」自分自身の声に彼は励まされた。

「さあ、どうかしら……でも、あたしが信じたって、べつにあなたは何にも役に立たないでしょ?」

「そのとおりさ。だからぼくは手を出したくないのさ」

娘の青い眼は再び彼をとらえた。棚に置かれた古くて薄い銀の食器類は、玄関口にあるのと同じ形の高い欄間窓の色ガラスの下で黒々と影をつくり、テーブル越しの向うにいる娘のはかない白い服もそうだった。彼にはその長くてほっそりした両脚が想像できた――もはや走ることをやめたアタランタの脚（ギリシャ神話の足のはやい乙女―訳注）だ。

「あなたって、どうして自分で自分を偽ったりするの?」彼女は興味深く訊ねた。

「君がするのと同じ理由からさ」

「あたしが?」

「そうさ。君はね、自分ではキスしたいくせに、こんな面倒くさい話ばかりしてるんだ」

「あのね、教えてあげましょうか」と彼女は考え深い眼つきで言った、「あたしね、とってもあなたをきらいらしいわ」

「それは信じられるな。ぼくだって君が大きらいなんだから」

セスリーは椅子のなかで動き、いまや光線はその両肩をよぎって斜めに差しこみ、彼を解き放つと同時に彼女自身も全く別の人物になって、「さあ、書斎に行きましょうよ、いかが?」

「そうだね。アンクル・ジョーもお客との話がすんでるだろうからな」彼は立ちあがり、二人は食べ残した料理をはさんで向き合った。セスリーのほうは立ちあがらなかった。

「なあに?」と彼女は言った。

「お先にどうぞ」とふざけた丁重さをみせて彼は言った。

「あたし気が変ったの。あたし、ここで待っててエミーと話しすることにしたわ、かまわないでしょ?」

「どうしてエミーと?」

「エミーと話して、どこが悪いの?」

「ああわかった。エミーとなら安全だというわけだね。エミーなら君を手で撫ぜたりしないからね。そうさ、そうだろ?」娘はちらっと彼を見やった。「本当の腹は、ぼくから離れたいためにここに残るというわけだろ、ええ?」

「好きなようにご想像ください」セスリーは彼にかまわなくなり、皿にあるビスケットを割って、それにグラスの水を注いでいる。ジョーンズは借り物のズボン姿で、再びテーブルをまわって不格好に動いた。近づくと、彼女は椅子のなかでわずかに身をよじり、片手をのばした。彼は自分の湿った掌にその細い骨格を感じた、そして神経質な薄い肉づきも。なんにもできない手だ、役に立たない手だ。しかし特色がないから美しい手なんだ。美しい手。その繊細な脆弱さそのものが、石の壁のように、彼を押しとどめた。

「ああ、エミー」と彼女は優しく呼びかけた、「ここに来てよ、ねえ。見せたいものがあるの」

エミーはドア口から二人を意地悪そうな眼で見やり、そしてジョーンズは素早く言った、「ねえ、エミーさん、すまないけれど、ぼくのズボンを持ってきてくれる?」

エミーは二人を交互に見やったまま、セスリーの沈黙の訴えを無視して立っていた。(おや、エミーも彼女なりの恨みを持ってるんだな、とジョーンズは思った。)エミーは姿を消した、そして彼は娘の肩に両手をおいた。

「さあ、君はどうする？　牧師さんを呼ぶというわけかい？」

越えがたい障壁をおいた向うからセスリーは肩越しに彼を見やった。彼の怒りは高まり、両手はなぶるように娘の服を握りつぶした。

「あたしの服を傷《いた》めないでくださらない？」とセスリーは冷たく言った。「どうしてもしたいのなら、さあどうぞ」セスリーが顔をあげた、そしてジョーンズは屈辱を感じたが、しかしいまは子供っぽい虚栄心にかられて自分を制しえないのだった。娘の顔——まさに浅薄で無性格な美しさそのもの——それが彼の顔の中へと溶け入り、相手の口は動かず非情で、なすがままで冷静だった。彼の眼に溶けこんだ顔が再び無性格で浅薄な美しさを取り戻すと、それは前より冷たくよそよそしく、そしてジョーンズは自分に対して恥ずかしく、それゆえに相手に腹を立て、わざとらしい皮肉をこめて言った——「ありがとう」

「どういたしまして。あんなことであなたを嬉しがらせれば、お安いご用ですわ」彼女は立ちあがった。

「通してくださらない？」

彼はぎごちなく脇に退いた。相手の固くて形式ばった無関心さは耐えがたかった。自分はなんという馬鹿なんだ！　なにもかもぶちこわしてしまったぞ。

「ミス・ソンダーズ」と彼は口走った。「ぼくは——許してください、ふだんはあんなふうにしないんだ、本当に、そうなんですよ」

セスリーは肩越しに答えた。「あんなずうずうしくやる必要はない、という意味でしょ？　きっと、いつもなら女性を軽く手に入れるというわけね？」

「本当に悪かったよ。でも君のせいじゃない……誰だって自分の愚かさを認めるのは楽じゃないんだよ」

しばらくして、何の動く音も聞えないので、彼は眼をあげた。セスリーはテーブルによりかかってくつろいでおり、その姿は花の茎か若木のようだった——壮健さや強健さは不必要だったから、その姿にはいかにもひ弱な、そしてはかない感じがあった。それでいて、ポプラの木が、力の欠如のゆえに強いといったような、あの強さが備わっていた——いかにも充分に生命を受けたという感じであり、その澄んで精巧な体は太陽の光と蜂蜜で育てられたので、消化までが美しい機能になっている感じだ……彼が見まもっている間に、影のようなものがセスリーの上をよぎった、それもすっかり姿勢はくつろいでいながら、陰影がその両眼と気難しげな美しい唇《くち》の間あたりに生れ、それを見た彼は急いでセスリーに近づいた。彼女が相手の瞬《また》きもせぬ欲情の眼を見つめ返している間に、ジョーンズの両手は相手の腕から下へ滑りおり、腰を抱きしめた、そしてそのままでいると、セスリーが急に唇をもぎ離して彼の抱擁から抜けでたので、はじめてドアが開いたのだということを悟った。

牧師はドア口に大きな姿を浮べ、まるで何物も眼に入らぬといった眼の据え方のまま立っていた。ぼくらの様子など見もしなかったんだとジョーンズは知り、牧師の顔を見ながら言った——「あの人は病気だ」

牧師は口をひらいた。「セスリー——」

「アンクル・ジョー、どうしたんです?」と彼女は鋭い恐怖のこもった返事をしつつ相手に近よってゆき、

「ご気分でも悪いの?」

牧師はドア口の両側をそれぞれの手でつかんでその巨体の倒れるのを防いだ。

「セスリー、ドナルドが戻ってくるんだよ」と彼は言った。

3

二人の若くて「美しい」女が同じ部屋にいれば、どうしてもそこに微妙な敵対感情が滲《にじ》みでるものであり、いまや彼女たちは細かな注意力で互いを探り合いつつ坐っていた。ただしミセス・パワーズのほうは、一時的にせよ、献身的な仕事に従っていることと他人の間にいたこともあって、この敵対感を強くは意識していなかったが、セスリーのほうは、今まで一度も愛他的な献身行為などしたことがないうえに常に親しい人々の間で暮してきたので、いまや相手の女を敵として細心に注意するのみだった——しかもその眼は相手の性格や衣服の好みや態度を直観的に正しくつかむ能力、女に特有のあの能力を発揮する視線だった。ジョーンズの黄ばんだ眼は時折り新来の客に向けられたが、しかし絶えずセスリーの方へ戻っていった。セスリーは彼を無視したままだった。

牧師は床に響くような重々しい足どりで歩きまわった。「病気だと?」彼は大声をあげた。「病気だとお言いか? それならわたしらでなおしますぞ。この家で滋養物と休息と手当てを加えて、一週間で元気にしてみせる。そうじゃったな、セスリー?」

「アンクル・ジョー! あたし、まだ信じられませんの。彼がまだ生きているなんて」牧師の通りすぎるときにセスリーは椅子から立ちあがり、牧師の両腕のなかに小さな波のように崩れこんだ。なかなか美しい情景だった。

「パワーズさん、この娘こそ、あの子への良薬なんですよ」と彼は物悲しき勇ましさをみせて言った——

セスリーを抱きしめたまま、その頭ごしに自分の前の女性の物思わしげな静かな白い顔に向って言い、そして、「さあ、さあ、泣いてはいかんよ」と言い足して、キスをした。二人の観客はこれを見まもっていた――ミセス・パワーズは考えに沈んだ静かな興味をもって、そしてジョーンズは不機嫌な気持を現わして、見まもっていた。

「泣いたのは、あんまり嬉しかったからなの――あなたのために、ね、アンクル・ジョー」と彼女は答えた。牧師の黒い巨体によりかかった花の茎のように、優美に振りかえりながら、「それもみんなこの方のおかげね、ミセス――ミセス・パワーズの――」そしてさらに、もつれた金《きん》の弦の響くような、わずかに粗雑な声で、「この町まで彼を連れてきてくれるなんて、ほんとに親切な方ですわね」その視線はジョーンズを過ぎてその婦人のほうへとナイフのようにひらめいた。（この小娘、あたしが彼を誘惑しかけたと考えてるんだわ、とミセス・パワーズは思った。）セスリーは感謝の衝動のようにみせかけた動きで彼女に近より、「あなたに感謝のキスをしてよくって？　かまわないかしら？」

それはまるでひんやり滑《なめ》らかな鋼鉄の刃にキスするかのようだった、そしてミセス・パワーズは容赦なしに言った、「どういたしまして。あの人みたいな病人なら、あたし、誰だってお世話するつもりよ、相手が白人でも黒人でもね。あなただって、きっとそうするわ」と彼女は相当の意地悪な言い方でつけ加えた。

「ほんとに、親切にしてくださったわ」とセスリーは相手の言葉に取り合わずにすまし返って繰りかえし、客の椅子の肘掛けからほっそりした脚を出した。ジョーンズは冷やかに離れた眼でこの喜劇を見まもっていた。

「そんな馬鹿な」と牧師がさえぎった、「パワーズさんはただ、あの子が旅で疲労した姿を見ただけだよ。そうだとも。明日にはきっと見違えるような人間になるよ」

「だといいですわ」とミセス・パワーズは答えたが、急に空《むな》しさを感じた——あの青年の凄まじい顔と額の恐ろしい傷跡を思いだしたからだ、それに彼の無気力な肉体内部に巣くった絶えざる鈍い痛みと消え去ってゆく精神力を思いだしたからだ。もう手遅れだわ、と彼女は直観から割り出す明快さで判断した。あの傷のことをこの人たちに話そうかしら？　と彼女は思案した。そうすればこの——この小娘が（その娘の体を肩のところに感じながら）あれを見たときに大騒ぎしないですむんだわ。いいえ、だめ、言わないことにするわ、と彼女は決心した、というのも牧師がはかない幸福感にあふれて威勢よく歩きまわるのを眼にしたからだ。あたしって、ほんとに気の小さい人間なんだわ。ジョーが代りに来ればよかった。彼、あたしだとどこかで失敗すると察してくれればよかったのに。

牧師は例の写真を持ちだしてきた。彼女はそれを手にとった——細い顔、拘束を知らぬ気儘《きまま》さ、熱情と天真爛漫さに駆りたてられる半獣神の表情、そしてあの娘、牧師の樫のような太い腕によりかかっている娘は、あの青年を恋していると思いこんでるんだわ——それとも、あの青年の幻影を恋してるんだわ、少なくとも、恋しているふりをしてるんだわ。ああ、やめよう、そんな意地悪な考え方はやめよう。もしかすると、この娘、ほんとに恋してるのかもしれないもの——どうせ、深い恋の気持など知らないにしても、彼女なりの恋をね。なにしろ、とてもロマンチックなのは確かだわ——自分の恋人が戦死したと思いこむ、そして次にはその恋人が思いがけず自分の腕に戻ってくる……。しかもその恋人は飛行機乗りなんだし。こうなれば彼女の演じる役は素敵きわまるというわけだわ。この娘の演技、神様だって仮面を剝いだりしないわ……ああ、あたしって意地悪な女だ！　あの娘が美しいので、嫉妬してるんだわ。あんた、本当のところはそうなのよ、と彼女は苦い空しさを味わいながら自分に言った。ただ、我慢できないのは、あたしがあの青年の尻を追っかけてると思われてること——あの娘ったら、あたしがあの青年に恋してると思いこんでる！　いいえ、そのとおりだわ、あたしは彼に恋をしてるんだわ！　あの哀れな傷んだ頭を自分の胸にかき抱いてやって、二度と覚めないようにしてやりたい……ああ、よそう、わけがわかりやしない！　それにあそこにいる男、誰かのズボンをはいた鈍感そうなでぶ——まるで山羊の眼つきで、瞬きもせずに淫らにこっちを見つめてる。きっとあの娘はこの男といちゃついてたところなんだわ。

「——その時のあの子は十八歳でしたがな」と牧師は言っていた。「どうしてもネクタイや帽子をつけようとせんのです——どんなに母親が頼んでもだめだった。ちゃんと世話をして着せてやるんですがね、どんな大事な席だろうと、結局はネクタイも帽子もなしで現われてしまう——どうしようもなかった」

セスリーはその身を猫のように牧師の腕にすりつけながら、「ああ、アンクル・ジョー、あたし、ほんとに彼が好きなの！」

そしてジョーンズ、もう一匹の太って傲慢な猫であるジョーンズは、その黄色い眼を瞬かせて、ショッキングな言葉をつぶやいた。牧師は自分のおしゃべりに我を忘れ、セスリーも彼女なりの気取った物思いにふけっていたが、しかしミセス・パワーズはジョーンズの言葉を半ば耳にしたし半ばは眼で察した、そしてジョーンズは眼をあげて、彼女の黒い視線と出合った。ジョーンズはにらみ伏せようとしたが、彼女の視線は解剖するかのように非情だった、それで彼は眼をそらして、自分のパイプをいじくった。

家の外から自動車の警笛が長く尾を引いて伝わってきた。するとセスリーが跳びあがった。

「あら、あれは——あれはあたしの家にくる友達だわ。あたし、彼を追いはらって、すぐに戻ってきます。かまわないでしょ、アンクル・ジョー？」

「え?」と牧師はしゃべっていた口をとめて、「ああ、いいとも」

「あなたもごめんなさいね、ミセス・パワーズ」彼女はドアのほうへ動いて、その視線は再び彼の上を流れた。「それにジョーンズさん、失礼するわ」

「ジョージは車を持ってる、そうだろ?」とジョーンズは彼女の通りすぎる姿に向って問いかけた。「きっと、あんたは戻ってこないのさ」

娘はその言葉の主《ぬし》に向って冷静な視線を返し、書斎の外に出ると、なかからは再び牧師の話をはじめる声が聞えてきた——もちろん、ドナルドのことだ。そして、あたしはまた婚約者になったわけだわ、と彼女は得意な気分で考え、それをジョージに話したら、彼、どんな顔をするかしら、と考えて期待の楽しさを味わった。それにあの背の高い黒髪の女は彼に恋を仕掛けているんだわ——それとも彼の方であの女にかしら。ドナルドのことだから、たぶん、彼が手を出したんだわ。ああ、でも男って、みんなそんなものらしいわ。たぶん彼、あたしたち二人とも手に入れたいのかもしれない……彼女は踏段をおりて陽差しの中に出ていった——陽はセスリーを光の娘であるかのように優しく愛撫した。夫を持ってその上に夫の恋人の夫人を持つなんて、どんな気持かしら、と彼女は思った。それとも二人の夫を持つ気分を考えたほうがましかしら?　あたし、一人だけでも持つ気がないんじゃないの?　あたし、結婚する気さえあるのかしら?……一度は試してみるだけの値打があるかな。あたしがこんなこと言ってるのをあのでぶが聞いたら、どんな顔するかしら、見たいもんだわ、と彼女は思った。どうしてあたし、あんな男にキスさせたのかしら?　ああ、いやだ!

ジョージは自分の車のなかから、かすかな欲情とともに彼女の微妙に揺れる歩きぶりを見まもっていた。

「おいでよ、はやく」と彼は呼びかけた。

セスリーは歩き方を全く早めなかった。彼は座席に坐ったままでドアを大きく開けた。「なにしてたんだい、遅いなあ！」と彼は泣き言めいた口調で言い、「もう出てこないのかと思ったぜ」

「そのつもりよ」とセスリーは、手をドアの上に置きながら、彼に告げた。真昼の陽光を浴びて、彼女の白い服は眼に耐えがたいほどに輝きつつ娘のしなやかな脆弱な肢体を浮きたたせていた。その向う、芝生を越えたあたりにも、しなやかな姿があった、ただしこれは一本の木、一本のポプラにすぎなかったが。

「なんだって？」

「もう来ないつもり。あたしの婚約者が今日、帰ってくるのよ」

「おい、やめろよ、乗りな」

「今日ドナルドが帰ってくるのよ」とセスリーは繰りかえしながら相手を見まもった。男の顔は滑稽だった――お皿のような無表情さ、それがやがてゆっくりと驚愕のショックをみせて……

「だって、彼は死んだんだろ」と彼は空ろに言った。

「ところが死んではいないの」とセスリーは愉《たの》しげに言った、「彼の旅の同伴《つれ》になった女の友達が、先にやって来て話してくれたのよ。アンクル・ジョーは嬉しくてまるで風船みたいにふくらんでるわ」

「おい、よせよ、セスリー、からかうなよ」

「ほんと、冗談じゃないのよ。誰に誓ってもかまわない」

男のすべすべして空《うつ》ろな顔が、まるで美男のお月様のように、約束事のように空ろに、セスリーの眼の前に浮きだした、そして、それからその顔は一種の表情に満たされた。

「だって今夜はぼくとデートしてるんだぜ。それをどうする気なんだい?」

「どうすることもできないでしょ。その頃にはドナルドが着いてるんですもの」

「じゃあ、ぼくらの仲はご破算かい?」

セスリーは相手を見つめ、それから眼をそらせた。よそ者の女がドナルドを連れ帰ってきたから、あたし、こんなに本気で迎える気になっちまったんだわ。変な具合だわ。彼女は物も言わずにうなずき、早くも惨《みじ》めな戸惑った気持を感じはじめた。

男は車から乗りだして彼女の手をつかんだ。「ここに乗りなよ」と命じた。

「だめ、だめよ、乗れないわ」とセスリーは身を引きながら拒んだ。男はその手首をつかんだ。「だめよ、ねえ、放して。痛いわ」

「知ってるよ」と男は頑固に言い、「乗りなってば」

「やめて、ジョージ、やめてよ! 戻らなくちゃいけないのよ」

「じゃあ、いつ会える?」

セスリーの口は慄《ふる》えた。「わからないわ。ねえ、ジョージ、放してよ。あたしがどんなに惨めな気持だか、わかるでしょ?」その眼は青く、暗くなった。陽の光が身をよじった姿や細く伸びた腕の形を、むきだしに照らした。「放してよ、ジョージ」

「君は自分で乗りこむかい、それともぼくにつかまれて運びこまれたいのか?」

「あたし、いまに泣きだすわよ。放してくれたほうがいいわよ」

「わかったよ。ねえ、そんな気で言ったんじゃないんだ。ただ君に会いたかったからなんだ。たとえぼくらがご破算になるとしたって、今だけはゆっくり会いたかったんだ。ねえ、ぼくはずっと君にやさしくしてたじゃないか」

セスリーの体はほぐれた。「じゃあ、ほんの近所だけよ。あの人たちのところへ戻らないと困るんだから」片足を踏台にかけたまま、「約束する?」となおも言いはった。

「いいさ。この近所だけさ。君と駆落ちなんかしないよ、君がいやだと言うんならね」

車に乗りこみ、車が走りだしたとき、セスリーは素早く牧師館のほうを見やった。窓には一つの顔があった。円い顔であった。

4

ジョージは大通りからはずれて、静かな道へ走りこんだ——そこは並木が植わっていて両側の塀には忍冬《すいかずら》が絡んでいる。彼が車を止めるとセスリーが素早く言った——

「ねえ、ジョージ、もっと走り続けてよ」

しかし彼はスイッチを切った。「お願いだから」と彼女は繰りかえした。彼はセスリーの方に身を向けた。

「セスリー、ぼくをからかっているんだろ、ええ?」

彼女はスイッチをまわし足を伸ばしてスターターを踏もうとした。彼はその両手をつかんで押えながら、

「ぼくの方を見ろよ」

彼女の眼は暗い予想にまたも青さを増した。

「ぼくをからかってるんだろ、そうだろ?」

「わからない。ああ、ジョージ、あんまり急なことなんだもの! どう考えていいのかわからないの。あそこで彼のことを話していたときは、ドナルドの帰ってくるのが素晴らしいことに思えたの、あんな女が一緒にいたけれどね。それに自分が、この町へ帰れば有名人になる人と婚約していることもね——ああ、あたし、あの人を愛しているような気でいたの——だから当然、次のことも当り前と思ったのよ。でも今は……まだあたし、結婚する気になれないの。それに彼は長いこと留守していたし、あたしの所へ戻ってくる途中で別の女に恋したりして——あたし、どうしていいかわからない。あたし——あたし、泣きたいくらい」突

然に言葉を切り、曲げた腕を座席のうしろにおいて、そこに顔を埋めた。彼はその両肩を抱いて、自分の方へ引きよせようとし、セスリーは両手をあげて、相手を押しのけようとした。

「いいえ、だめ、あたしを連れて帰って」

「だけど、セスリー――」

「だめなのよ！　あたしが婚約をしていること、わからないの？　明日にも彼は結婚したいと言うかもしれない、そうすれば、するほかないのよ」

「だけど、そんなことできっこないよ。君は彼に恋していないんだからな」

「だけど、わからないの？　そうするほかないのよ！」

「君は彼を愛しているのかい？」

「お願いだから、アンクル・ジョーの家へ連れ帰ってよ」

彼の方が強かったから、しまいにセスリーを抱きしめ、その服を通して細い緊張した骨や体を感じながら、「彼を愛しているのかい？」と繰りかえした。

セスリーは男の上衣にその顔を埋めた。

「ぼくを見ろよ」セスリーはその顔をあげようとせず、それで彼は相手の顎に手をすべりこませてその顔をあげながら、「そうなのかい？」

「ええ、そうよ」とセスリーは相手を見つめながら、自棄《やけ》になったように言い、「連れて戻ってよ！」

「君は嘘をついているんだ。君は彼と結婚する気なんかないんだ」

彼女は泣いた。「ええ、そうする気よ。そうするよりほかないのよ。彼もそれを期待してるし、アンクル・

ジョーも期待してるわ。ほんと、あたし、そうするほかないのよ」

「そんなこと、できるもんか。君はぼくを愛していないのか？　ぼくを愛しているのは自分でも知ってるだろ。彼と結婚することなんかやめろよ」セスリーは身もだえをやめ、彼にもたれかかったまま泣いていた。

「さあ、彼とは結婚しないと言ってくれ」

「ジョージ、言えないのよ」とセスリーは情けない気持で言った。「彼と結婚するほかないのよ、あなたにもわかるでしょ?」

若さと惨めさの混じった姿で、二人は互いに抱き合った。その人気《ひとけ》ない道には眠たげな午後の大気が満ちていて、雀たちさえものうげに見えたし、教会の塔からは鳩の声が遠く単調に聞えた――眠りのように穏やかな声だ。セスリーは顔をあげた。

「ジョージ、キスして」

彼は涙を味わった――二人の顔は情熱もなく触れ合った。セスリーは頭をひいて相手の顔を見つめながら、「ジョージ、いまのが最後の接吻だったのよ」

「違う、いやだ」と彼は反対しながら、抱きしめる腕の力を強めた。セスリーはわずかに争ったが、それから激しく彼にキスした。

「ダーリン！」

「ダーリン！」

彼女は坐りなおし、ハンカチで眼を拭いながら、「さあ、これで気持が直ったわ。ねえ、家へ連れて帰ってちょうだい」

「だけど、セスリー」と彼は抗議をし、再び娘を抱きしめようとした。セスリーは冷静に彼を押しのけた。

「もうこれ以上はだめ、いい子だから、連れて帰ってね」

「だけど、セスリー」

「それともあたしにここから、歩いて行かせたいわけ？　そうすることもできるのよ、そんなに遠くないいんだもの」

彼はエンジンをかけ、若者のものうい悲しみをみせて走りだした。彼女はその細いしなやかな指で髪をなでつけ、二人はまた大通りへ入った。門のところで降りる彼女に、ジョージは最後の必死の試みをおこなった。

「セスリー、お願いだよ！」

彼女は男の苦しげな顔を肩越しに見やった。「ジョージ、馬鹿な人。もちろんあなたにはまた会えるのよ。あたし、結婚していないのよ——まだね」

陽差しのなかに出た彼女の白い服は体の動きにしたがって耐えがたい明るさで動き、その姿は陽の当る場所から影へと過ぎて、踏段を登っていった。玄関で振りむき、ちらりと微笑をみせ、手を振った。それからその白い服は、年月の経過でぼやけて洗われぬまま美しい色になった欄間ガラスの光の向うへ消えてゆき、あとに残ったジョージはその家の空ろな入口を、希望と絶望と戸惑った若い欲情の混じった気持で、じっと見つめていた。

5

窓辺にいたジョーンズは二人が車で走り去るのを見た。その円い顔は神の顔のように謎めいていて、その冷静かつ淫猥な眼には何の感情も現われていなかった。うまいぜ、君は、なかなかの女だよ、と彼は口惜しいながらも公平な讃美の念とともに考えた。君が男を扱うまさには、兜《かぶと》をぬいだぜ。なおも彼がセスリーのことに思いふけっていると、あの意地悪げな顔の黒髪の女は、牧師が息子の子供時代の思い出を当てもなく語り続けるのをさえぎって、そろそろ駅へゆく時間だと言った。

牧師はセスリーがいないことに気がついた――その当人はその時には人気のない道に停った自動車の中に坐って、ドナルドという名ではない男の肩にすがって泣いていたのだ。この娘が出てゆく無作法さを咎《とが》めた唯一の人物であるジョーンズは、自分でもはっきり言えぬ理由から、セスリーをかばって無言だった。牧師は苛立たしげにセスリーこそ（そのセスリーはその時ドナルドという名前でない男にキスをしていた――）こんな時にいなくなっては困ると述べたてていた。しかしもう一人の女は（きっとこの女はうんと意地悪だぞ、とジョーンズは思った）再びその言葉をさえぎって、いないほうがいいと思いますわ、と言った。

「しかしあの娘は彼に会いに駅へゆかねばならぬ身なんだがねえ」と牧師は不満足の気持を述べた。

「いいえ、憶《おぼ》えておいででしょ、あの人は病気なんです。できるだけ興奮させないほうがいいんです。それに、二人は静かに、誰もいない所で会わせたほうがいいんですわ」

「ああ、そうだ、全くそのとおりだ、こういうことは、ジョーンズ君、女性に任せるのが一番なんだね。そういえば、その同じ理由で君もここへ残ってもらうかね、どうです?」

「ええ、結構ですとも。ここで待っていて、ミス・ソンダーズが来たら、彼女がおいてゆかれた理由を話しますよ。きっとそれを知りたがるでしょうからね」

馬車が到着して彼らが立ち去ると、ジョーンズはなおも立ったまま、底意地の悪い手つきでパイプに煙草をつめた。あてどなく部屋のなかをさまよい歩き、時には窓の外を見つめ、パイプを吹かした、それから立ちどまって、燃えかすのマッチ棒を足元の敷物の下に押しこみ、目的をもった足取りで牧師の机の方に向った。机の引出しを二つほど開けたり閉めたりして、ついに目ざすものを見つけた。

瓶はずんぐりとして黒く、口にあてて傾けると、こころよく光を反射した。彼はそれを元に戻し、手の甲で口を拭った。それもちょうどいいタイミングだった、というのはヴェランダに彼女の小刻みな早い足どりが聞え、そして自動車の遠のいてゆく音も聞えたからだ。

ドアに現われた姿はひよわな驚きを見せて、こう言った、「あら! ほかの人たちはどこにいったの?」

「どうしたんだい? パンクでもしたのかい?」ジョーンズが意地悪い応じ方をした。彼女の眼が小鳥のようにあちこち飛びまわる間、なおも言い続けて、「ほかの人たち? みんな駅へ行ったよ、鉄道の駅へね、ほら汽車というものが入ってくるところさ。なんでも牧師さんの息子とかいうのが今日の午後帰還するのだとさ。素敵なニュースだね、そうだろ? とにかく、お入りになったらどう?」

セスリーは相手を見まもりながら、ためらいがちに入った。

「さあさあ、どうぞ、お嬢さん。べつに悪さはしませんよ」

「あの人たち、どうしてあたしを待っててくれなかったのかしら?」

「君が行きたくないと思ったのさ。君の態度、そういう印象を残さなかったかな？」

静まった家の中では大時計が規則正しい呼吸のように響き、エミーの動く音がどこかでかすかに聞えた。これらの物音に安心して、彼女は数歩なかへ入った。「あんたはあたしが出てったのを見たわけね。どこへあたしが行ったか、みんなに話さなかったの？」

「手洗いに立ったと話しておいたよ」

セスリーは探るように彼を見やり、理由はわからぬながら、彼が嘘をついてないと悟って、「どうしてそんなふうに言ってくれたの？」

「君は自分の用事で勝手に出かけたんだ、ぼくは関係ないさ。彼らに知らせたいつもりなら、君は自分でそう話したろうからね」

彼女は油断なく腰をおろした。「あなたって、おかしな人ね、そうじゃない？」

特別にどこへゆくともなく、何気なしに動きながら、ジョーンズは、「どんなふうにおかしいんだい？」

彼女は立ちあがった。「さあねえ、正確には言えないけど……あなたってあたしを好きでないくせにあたしのために嘘をついてくれたでしょ」

「おいおい、ぼくが嘘をつくのをためらうとは思ってないだろ、ええ？」

彼女は考え深い口調で言った――

「あなたって、これは楽しめるぞと思ったことだったら、何だって逃がさない人なのね」相手の眼を見まもりながら、セスリーはドアの方へ動いた。

ズボンが妨害したけれども、それでも彼の敏捷さは驚くほどだった。ただし彼女も機敏であって、今や取り澄ました上品さは逞しい冷静さと素早さに変った、それで彼が触れたのは滑っこい木の板戸だけで、彼女の服は視野から消え去り、彼の耳には鍵の音、嘲りのくすくす笑いばかりが聞えた。

「この馬鹿娘」と彼は静かで平板な感情をこめて言った、「ドアを開けろ」

ドアの板は不可解な無表情さで立ちはだかり、その磨いた板の奥に彼自身の肥えた白い顔をぼんやり映し出していた。息をつめて耳を澄ましたが、どこかで鳴る時計のほかにはなにも聞えてこなかった。

「ドアを開けろ」と彼は繰りかえしたが、なんの物音もなかった。彼女、行ってしまったのか、それとも？　彼は思い惑い、耳をそばだて、その磨かれた板に映る自分のだぶつく服を着た色男姿に身をかがめた。窓のことに思いつき、急いで部屋を横切って近づいたが、それが細かい網戸で動かないのを知った。足音を忍ばせさえせずに部屋の中ほどへ戻り、高まる怒りのままに立ちどまって低い声で娘を罵った。するとドアの把手《とって》の動くのが見えた。

彼はそれに飛びついた、「このお転婆娘、ドアを開けろってば。さもないと蹴破るぞ」

鍵のはずれる音がして、彼がドアを引き開けると、そこにエミーがいた、腕には彼のズボンをさげ、例の怯《おび》えと反発のこもった眼で彼を見つめていた。

「どこに――」とジョーンズは言い始めると、セスリーが物陰から出てきて、スカートを持ちあげる気取った挨拶をしてみせた。

「これはジョーンズ君、一本とられたね」ジョーンズは甲高い作り声で牧師の口真似をした、「いいかい、あんた――」

「はい」とセスリーは素早く言い、エミーの腕をとった。「でも、どうかヴェランダでおっしゃって」彼女が先導し、ジョーンズは一本やられたという気持とともに従った。先にたった彼女と不機嫌で無口なエミーは、腕を組み合せたままヴェランダの揺り椅子に坐った――そこには午後の陽の光が、じきに花を垂らす紫の藤の蔓《つる》の間に染《し》み渡っていた――二人の娘が揺れるにつれて、午後の陽は二人の上で潮のように満ち、引き、そして絹の靴下と綿の靴下をした四本の足は、それぞれの特徴のままに光を吸い、反射していた。

「お坐りなさいな、ジョーンズさん」わざと大仰に彼女は口を開き、「どうかあなたのことをお話しくださいな。わたしたちとても興味がありますの、そうだわね、エミーちゃん?」エミーは動物のように眼を見張ったまま言葉もなかった。「ねえ、ジョーンズさん、エミーはね、さっきのあなたのお話をすっかり聞きそこなったのよ、でもほんとはあなたをとても尊敬しているの――その点では誰もみんなそうですけど――だからね、ジョーンズさん、エミーとしたらどうしてもお話をききたいわけなのよ」

ジョーンズは掌をくぼめてマッチをつけ、すると彼の両眼には小さな二個の炎がピンの先ほどになって踊りひらめいた。

「なにも言わないのね、ジョーンズさん。エミーもわたしも、あなたの広い恋愛経験からわたしたちをどう見たか、ぜひお聞きしたいと思っているのよ。そうでしょ、エミーちゃん?」

「いいや、それは後にとっておいたほうがいいね」とジョーンズは不機嫌に答えた。「いずれあんたたちは、自分の値打について、じかに情報を得ることになるはずだからね。エミー嬢に関しては、いずれ、ぼく個人からよく教えてあげますよ」

エミーは相変らず激しい素朴な不信感をもって彼をにらんでいた。セスリーが言った――「じかに教える?」

「君はあした結婚する身じゃなかったのかな？　君はオズワルドから学べるわけさ。確かに彼は教える資格がありそうだね、これまでだって練習相手を連れて旅行してきたらしいからね。ついにあんたも罠にかかった、そういうわけだろう？」

セスリーは身ぶるいした。その姿がいかにも繊細で、いかにも庇護を必要とする様子だったので、逞しくて感傷的になったジョーンズは自分を鈍感無情な悪党と感じた。またもパイプに火をつけていると、ようやく自分のしゃべる力に気がついたエミーが言った——

「あそこにみんなが来た」

馬車が門の前に到着しており、セスリーは飛び立つと、ヴェランダの踏段の方へ走った。ジョーンズとエミーも立ちあがり、エミーがどこかに姿を消したときには、四人の人たちが馬車から降りてきつつあった。ああ、あそこが彼だな、とジョーンズはあわてて文法を間違えた考え方をしながらセスリーのあとに続き、彼女が踏段の上で鳥のようにポーズをとって立つのを見まもった——片手を自分の胸に当てているのだ。あの娘は、きっと、あんな芝居をすると思ったよ！

彼が再び眼をむけると、門を入ってくる一同のなかでは牧師の大きな姿がきわだっていた。ただその牧師の姿には何かの変化があった、まるで年月の疲れが一度に彼に襲いかかった——街道に待ち伏せた強盗のように容赦なく彼の上に襲いかかったといったようだった。病気みたいだな、とジョーンズはひとりごとした。あのミセス何とかいう女が一同を離れてひとり先に急いできた。彼女は踏段をあがってセスリーに近づいた。

「ねえ、あなた」と彼女は娘の腕をとりながら、「なかへいらっしゃい。彼は体がよくなくて、明りが眼に痛いんです。中に入って、あそこでお会いなさい、そのほうがいいでしょ？」

「いいえ、ここがいいの。あたし彼を本当に長いこと待ってたんですもの」

相手の女性は親切だが、頑固だった。しまいに娘を導いて家へ入った。セスリーは余儀ないふうに、顔をそむけながら言っていた――「アンクル・ジョーの顔ったら、――あの方、病気じゃないの?」

牧師の顔は汚れた雪のように、灰色で、締りがなかった。踏段の所で少しつまずき、ジョーンズが前に飛び出てその腕を支えた。「ありがとよ、兄貴」と三番目の男が言った――それは兵隊の服装をしていて、その腕がマーンの肘を支えていた。一同は踏段を登り、ヴェランダを横切って、欄間の下をくぐり、暗い廊下に入った。

「中尉さん、帽子を取りなよ」と兵隊がささやいた。相手はそれを脱ぎ、兵隊に手渡した。部屋を横切る小刻みの足音が聞え、そして書斎のドアが開いて、光の流れが皆のうえに落ちた、そしてセスリーが叫んだ――「ドナルド! ドナルド――彼女の話だとあなたの顔は傷が――おお――」相手の顔を見たとたんに、叫びながら言葉をとぎらせた。

病めるポプラの木のようにくずおれた娘の体のまわりには、光が落ちて、その美しい髪のまわりに光彩を作り、柔らかな服のまわりに光の暈《かさ》を与えた。ミセス・パワーズが急いで彼女を抱こうとしたが、しかし間に合わずに娘の頭はドアの枠に当ったのだった。

第三章

1

ソンダーズ夫人が言った、「あちらにおいで――お姉さんは一人にさせておきなさいよ」

息子のロバート・ソンダーズは不満に顔をふくらませたが、それでも落胆はせず、今まで負けてばかりいるのにめげずにまたも親と子の間の変らぬ戦いに突入した――

「でも、おとなしく質問するんならいいでしょ？　姉さんにただ、彼の傷がどんなか教えてと――」

「さあ、出なさい、ママと一緒に」

「だけどぼくはただ、あの人の傷が――」

「ロバート」

「だけどママ」彼は再び諦めながらも試みた。母親はしっかりした手つきで彼をドアの方へ押した。

「庭へ走っていって、お父さんにここへ来るようにとお言い、さあ、走っておゆき、走って」

彼は憤慨したまま部屋を出た。もしも母親に彼の考えが読めたなら、びっくり仰天したことだろう。どこのママもみんな同じなんだ、うちのも変りないや、と彼は大まかに推断したのだが、こういうやり方は、彼の前の男も彼の後《のち》に来る男もみんなするものだ。べつにぼく、あの臆病猫《ドナルド》をいじめるつもりなんかないのにな。

服を脱がされたセスリーは、冷たい敷布の間にぐったりと哀れに横たわり、タオルでかこわれた繊細な顔のまわりには香水とアンモニアの混じった匂いが立ちこめていた。母親はベッドの脇に椅子を引きよせ、娘の美しくて浅薄な顔を丹念に眺めた――その白い頬には長い睫毛《まつげ》がかかり、上掛けの下の体の輪郭ぞいに二本の腕がおかれて、そのか細くて青い静脈のういた手首や長くてしなやかな両手はぐったりと、掌を上にむけて伸びていた。それから、息子のロバートが知ったら、「いい気味だ」と叫ぶような状況になった。

「ねえ、お前、あの人の顔はどんなふうだったというんだい?」

セスリーは身ぶるいをし、枕の上の頭をそむけた。「おおー、やめて、やめてよ、ママ! 考えるのもいや」

(だけどあたしはただ、おとなしい質問をしようとしただけじゃないか。)「いいよ、さあ、そのことはお前の気分が直るまで、話さないことにしようね」

「いつまでもいや、二度といや。あの人にまた会わなければならないのなら、あたし——あたし、死んじまうわ、我慢できないの、とても我慢できない」

彼女は再び手放しで子供のように泣いて、その顔を隠そうとさえしなかった。母親は立ちあがり、娘の方に身をかがめた。「さあ、ねえ、これ以上泣くのはおよし、病気になってしまうよ」娘の髪をその額から払いのけ、タオルを直してやった。身をかがめて娘の青ざめた頰に接吻した。「かわいそうなことしたね。少しは眠ったらどう。夕御飯はお盆にのせて持ってきてあげようか?」

「要《い》らない、食べられないわ。ひとりで寝かしておいてくれない? じきによくなると思うから」

年輩の夫人の方はなおも好奇心にかられて、立ち去りかねていた。(わたしはただ優しくたずねてみただけなのにね。)電話が鳴り、彼女は枕もとを空しく最後に軽くたたいてから出ていった。

受話器をあげながら、彼女は自分の夫が庭の門を後手に閉めているのを認めた。

「はい?……ソンダーズ夫人ですよ……あら、ジョージ? そうね、だめじゃないかと思うわ。……なあに?……ええ、でもね、あの娘《こ》は気分がよくないのよ……あとでならたぶんね……今夜はだめでしょう。明日電話をかけてください……そう、はい、とても元気ですよ、ありがとう。さよなら」

彼女は涼しくて暗い廊下を通り過ぎ、ヴェランダへ出ると、揺り椅子のなかへしっかりコルセットをはめた体をもたせかけたが、その時に夫が薄荷《はっか》の小枝と帽子を手に持って踏段を登ってきた。その姿はまさにセスリーを男にしてたっぷり肉をつけたというところだ――やや浅薄で整った顔と、どこかしら生真面目《きまじめ》さの欠けた弛《たる》んだ性質を漂わせたところも似ていた。かつてはきちっとした気取り屋だったのだが、今では手入れもせぬ灰色の服をだらしなく着て、汚れた靴をはいている。髪はまだ若い頃のような巻毛をしていて、それに眼の色もセスリーと同じ色だった。彼はカトリック教徒であって、それはこの町では共和党員であるのと同じ程度に忌わしいことなのだった。街の同僚たちは、この小さな社会における彼の社会的・財政的地位を羨みながらも、同時に彼を軽蔑気味に眺めていた、というのも彼とその家族が教会へ出席するためにアトランタ市へ、定期的に旅をしたからである。

「トーブ！」とどなりながら、彼は妻の隣りの椅子に坐った。

「あのね、ロバート」と彼女は熱心に言いはじめた、「ドナルド・マーンが今日家に帰ったのよ」

「政府が彼の死体を送りかえしたわけだな、ええ？」

「違うの、自分で帰ってきたの。今日の午後、列車から降りたのよ」

「ええ！　だって彼は死んだんだろ」

「死ななかったのよ。セスリーもその場にいて彼に会ったの。あの子、見知らぬ太った青年に馬車で家まで送られてきたのよ――それがすっかり参ってしまった様子なの。なんだか彼の傷がどうとか言ってて――かわいそうに気が遠くなっちまったのよ。あたし、すぐにベッドに連れていったわ。あの見知らぬ青年が誰だか、とうとうわからずじまい」と彼女は苛立たしげに口を閉じた。

白い上っぱりを着たトーブが氷と砂糖と水の入った鉢とウイスキー瓶を持って現われた。ソンダーズ氏は妻を見つめたまま坐っていた。「そうか、そいつはたまげたな」としまいに彼は言った。それから再び「ぶったまげたな」

妻の方は素敵なニュースを知らせた満足感に身を揺すっていた。しばらくすると、呆然とした気持から我に返って、ソンダーズ氏は身動きした。薄荷の小枝を指の間で折りつぶし、氷の塊《かたまり》をとって、それに薄荷をこすりつけて高いグラスに落しこんだ。それから砂糖をすくって入れ、高い酒瓶からウイスキーをゆっくりと注いでから、中身をゆっくりかきまわしつつ妻を見つめ、「そいつはたまげたなあ」と三度目の言葉を吐いた。

トーブは水差しからそのグラスに水をつぎ足し、引きさがった。

「じゃあ、ほんとに帰ってきたわけなんだな。まあ、あの人のためには、よかったというもんだな。とてもいい人なんだからな」

「ほかにどんな意味があるのか、あなたは忘れちまってるのね」

「ええ?」

「あたしたちにとって、よ」

「あたしたちに?」

「ほら、セスリーは彼と婚約してるのよ」

ソンダーズ氏はひとすすりすると傍の床にグラスを置き、葉巻に火をつけた。「それは、わたしたちも承諾したことなんだ、そうだろ?　いまさら取り消すわけにいかんだろう」ふと考えが彼の頭をよぎり、「娘はまだ婚約していたいのかね?」

「さあねえ。とにかく、あの子には強いショックだったようよ、急に帰還してきて、それも傷やら何やらあったりして。でもあなたはどう思う——これ、喜べることかしらねえ?」

「わたしはこの婚約を一度だって喜んだことないんだ。はじめっから気に入らなかったんだから」

「あら、あたしのせいにするつもり?　あたしが無理に婚約させたとでも言いたいわけ?」

長い間の経験からソンダーズ氏はおとなしくなって言った、「あの子はまだ結婚する年じゃあないよ」

「そんな馬鹿な。あたしが結婚したのはいくつの時だったと思うの?」

彼は再び自分のグラスを取りあげた。「たしかこの婚約はおまえが気に入ってまとめたはずだがねえ」ソンダーズ夫人は体をゆすりながら相手を見つめつづけ、それで彼は自分の愚かさに気づきながら、「それなのにどうして、このことが喜べないんだい?」

「ほんとに、ロバート、あたしときどき……」彼女は溜息をつき、それからしようのないお馬鹿さんの子供に向って説明するといった調子で、「あのねえ、戦争中にする婚約と平和な時の婚約とは同じではないのよ、二つは別のものなのよ。だからあの青年だって、うちの娘との婚約が今でも有効だなんて主張できないわ」

「おい、いいかいミニー。あの青年は娘が待っていてくれると期待して戦争にいったわけだろう、そうしていま帰ってきて、娘と結婚したいと言うのだったら、それを変えることなんかできないだろう。それにもしも娘のほうでも結婚したがっているのなら、解消させようと説き伏せたりしないほうがいいだろうね」

「あなたって自分の娘を無理に結婚させようとするの?　若すぎると言ったばかりじゃないの」

「いいかね、わたしはただ、結婚したいのなら、という意味で言ったのさ。ところで、彼は足を引きずってるとか大怪我したとかいうんじゃなかろうな、ええ？」と彼は急いでたずねた。

「わからないの。こっちがたずねると、セスリーは泣いてばかりいて」

「あれはときどき馬鹿みたいになるからな。とにかく、いまは手出しをせんでそっとしておいたらいい」彼はグラスをあげ、ながい一飲みをし、それからいかにも腹立たしげな、自分だけ正しいといった態度で葉巻を吹かした。

「正直のところあたしね、ロバート、あなたがときどきわからなくなるわ。自分の娘を、なんにも持たないし半分死んでるかもしれない人と結婚させようとしたりするなんて――しかもその人はたぶん仕事などしないにきまっている青年なのよ。あなたご自身だってこういう帰還兵がどんなだか、よく知ってるでしょ」

「あの娘を結婚させたがってるのはお前なんだよ。わたしじゃないさ。ところでお前があれと結婚させたい相手というのは、誰なんだい？」

「そうねえ、例えばドクター・ゲアリー。彼は娘を好いてるわ、それからアトランタ市にいるハリスン・モーリア。たしかセスリーはあの人を好きよ」

ソンダーズ氏は無遠慮に鼻を鳴らして笑った。「誰だと？　あのモーリアというやつか？　あんな男、家のそばにさえ寄せつけたくないね。髪をなでつけて、そこらじゅう煙草を投げつけるやつだ。ほかの人間をつかんでほしいねえ、どうせつかむんなら」

「あたしは誰もつかむつもりないわ。ただ、あなたがあのマーンという子にうちの娘を結婚させようとするのが、気に入らないだけ」

「無理にあれとさせる気はないさ。もう一度言うがね、女に無理をさせたらどうなるか、今までさんざ君に教えこまれてるからな。ただしあの子がマーンと結婚したいんなら、その邪魔はしないつもりさ」

妻は椅子をゆすりながら坐り、夫はグラスを飲みほした。芝生に生えた樫《かし》の木は夕暮れとともに静まり、その枝々はいずれも、深い海にある珊瑚樹《さんごじゅ》のように微動もしなかった。一匹の雨蛙が震えるような単調な声を響かせ、西の空には大きな緑の空があって、永遠を思わせる静まり方を見せていた。召使のトーブが静かに現われた。「ミニー奥様、夕食ができました」

葉巻が赤い炎のままカンナの花壇に弧を描いて落ち、二人は立ちあがった。

「トーブ、ボブはどこかしら?」

「さあて。ちっと前に庭へゆくのは見ましたがな、それから見んです」

「あの子をみつけておくれ。そして顔と手を洗うように言っておくれ」

「へえ」彼がドアを開けて支え、夫婦は家へと入っていって、その背後には夕暮れの光が残り、そこからはトーブの子供を呼ぶ深い声が、夕闇の中を渡っていった。

2

しかし息子のロバート・ソンダーズにはその声は聞えなかった。その時の彼は、夕暮れ空さえ自分の頭から覆い隠すような高い板塀を登っていた。ようやくそれを征服し、滑りおりるときにズボンがひっかかった。それは抵抗し、しまいに彼の強引さに降参して裂ける音とともに塀から離れた。彼は茂った草のなかに這いつくばり、その若い尻に軽い焼けたような感覚をおぼえた、くそっと言いながら立ちあがり、腰を曲げて尻のあたりを見返した。

ちぇっ、すごく破いた、と彼は夕暮れの光に向って言った。運が悪かったからだ、それに姉さんも悪いんだ、ぼくに話してくれなかったんだから、と彼は、どんな弟でも姉に文句を言いたがるあの態度で言った。滑りおりるときに落した物を拾いあげ、露に濡れた牧師館の庭を建物の方へと歩いていった。二階の、これまで使われなかった部屋に明りがともっていて、彼の気持は沈んだ。あの人はこんな早くからベッドへ寝にいったのかな？　それからヴェランダの手すりぎわに黒い足と、煙草の赤い点をみとめた。彼はほっとして溜息をついた。彼に違いないぞ。

踏段を昇りながら彼は言った、「こんにちは、ドナルド」

「よう、大佐」とそこに坐っている人が答えた。近づくと兵隊の服装が見分けられた。きっとあの人だ。さあ自分で確かめられるぞ、と彼は嬉しい興奮のまま懐中電燈を点じ、その光芒《こうぼう》を相手の男の顔へまともに向けた。ちぇっ、何だ、彼はすっかり落胆しはじめた。実際ぼくは運が悪いなあ。ドナルドのことは誰かが悪《いた》戯《ずら》を言ったに違いないぞ。

「なんにも傷なんかしてないじゃないか」と彼は失望した調子で言った。「それにあんたはドナルドでもないんだ、そうでしょ?」

「そのとおりだ。おれはドナルドでもないさ。ところで、君、その懐中電燈の光をどっかよそに向けてくれないかね?」

彼は幻滅からくる失望にとらわれて光を消した。思わず声を高めて、「みんなぼくに話してくれないんだよ。ぼくはただ彼の傷がどんなふうだか知りたいだけなのに、みんなはなんにも話してくれないんだ。ねえ、あのね、彼はもう眠っちまったの?」

「そうさ、眠っちまったよ。いまどき彼の傷を見ようたって無理だな」

「あしたの朝はどう?」と希望に満ちた声で、「あしたなら見れる?」

「どうかな。まあ、それまで待つほかないな」

「あのね」と彼は思いつきを口にしはじめて、「こうしたらどう? 明日の八時ごろ、ぼくが学校へゆくとき、あんたが窓のところまで連れてきておくれよ、そうすればぼくは通り過ぎるとき見れるもの、姉さんにたずねたんだけど、彼女、まるっきり話してくれないんだ」

「姉さんて誰だい?」

「ぼくのうちの姉さんさ。ちぇっ、とても意地悪なんだぜ。ぼくがあの人の傷を見れたら、ぼくは姉さんに話してやれるんだけどなあ、そうでしょ?」

「そのとおりだ。その姉さんの名はなんていうんだい?」

「名前はセスリー・ソンダーズ、ぼくと同じだけど、ぼくのはロバート・ソンダーズだよ。さっきのことやってくれる？」

「おや……セスリー……もちろんさ、大佐、おれに任せておけよ」

彼は安堵の溜息を洩《も》らしたが、まだそこにためらって立ったまま、「ねえ、ここには幾人の兵隊さんがいるの？」

「まあ一人半ぐらいさ」

「一人半？　二人とも生きてるのかい？」

「まあ、ほとんどな」

「二人とも生きているとすれば、どうして一人半ということになるの？」

「政府の徴兵係にたずねなよ。あそこじゃそのことを知ってるぜ」

彼は少し思案をし、「ああ、ぼくのうちにも兵隊さんが泊ればいいのにな。そういうことできると思う？」

「うん、そりゃできるだろうな」

「できる？　どうやって？」と彼は熱心にたずねた。

「お前の姉さんに聞いてみな。きっと説明してくれるぜ」

「だめだよ、あれはなんにも話してくれないんだ」

「話してくれるとも。聞いてみろよ」

「じゃあ、聞いてみるよ」と彼は希望もないくせに楽天的に同意した。「じゃあ、ぼくは帰ることにするよ。ぼくのこと心配してるかもしれないんだ」と踏段を下りながら説明し、「おじさん、さよなら」と礼儀正しくつけ加えた。

「あばよ、大佐」

明日はあの人の傷が見れるんだ、と彼は興奮して考えた。姉さんは兵隊をどうやって泊めるか知ってるのかなあ？　姉さんって何でもあんまり知らないけど、このことは知ってるかもしれないな。でも女の子ってなんにも知らないからな、てんで頼りにはならないや。とにかくぼくは明日彼の傷を見るんだ。

家の角のあたりで、トーブの白い上っぱりがまだ薄明るい夜の中に鈍く光っていた、そして息子のロバートが玄関の黄色い長方形の入口に向って踏段をあがってゆくと、トーブの声が言った――

「なんで夕飯に帰ってきなさらんのだね？　あんたがこんなに遅くなるってえと、奥様はわしの髪とあんたの髪を引きむしっちまいますぜ。食堂にゆく前によく洗いなさいと。お風呂場にはきれいな水をとっておきましたで、さあ走ってゆきなせえ。あんたが帰ったのは話しておくから」

ロバートは姉の部屋のドア越しに走りながら声をかけた、「ぼくは明日見れるんだぞ、やーい！」それから石鹸で洗い、空腹の体のまま、しかも臀部《でんぶ》の破損状況を隠す複雑な作戦をおこないながら、食堂へと騒がしく入っていった。彼は母親の冷たい視線を無視した。

「ロバート・ソンダーズ、あなたはどこへ行っていたの？」

「ママ、あそこには兵隊がいるんだけど、ぼくたちの家にも泊めることができるんだって」

「なにがいるって？」父親は葉巻の煙のなかからたずねた。

「兵隊だよ」

「兵隊？」

「うん、そう、あそこにいるあの人がそう言ってたよ」

「あの人って誰だ?」

「ドナルドのいる所にいる兵隊だよ。その人の話だと、ぼくたちの家でも兵隊を泊められるんだって」

「どうやって?」

「それはぼくに話してくれないんだ。でもその人はね、姉さんに聞けば、どうやって兵隊を泊めるかわかるってさ」

ソンダーズ氏とその夫人は息子ロバートの無邪気なる頭越しに互いを見やった、その間に息子は皿の方へ頭をかがめ、食物をかきこんでいた。

3

フリスコ急行列車内にて
一九一九年四月二日、ミズーリ州

愛するマーガレット——
ぼくが君を恋しがっているほど君もぼくを恋しがってるかなあ。とにかくぼくはセントルイスではおもしろいことなんかなかった。あそこには半日いただけだった。この手紙は君にぼくを待っていてくれるようにと頼むだけの短い手紙だよ。ぼくはあんなにすぐに君から離れてしまうなんて、とても残念だった。ぼくは母に会ったら、いくつか用事を片づけて、じきに戻ってゆくよ。マーガレット、君のためにぼくは馬みたいに働くよ。この手紙は君がぼくを待っていてくれるようにと頼むためだけの短い手紙だ。このガタガタ列車、とても揺れるんで、どうせ長くは書けないけどね。じゃあ、ギリガンによろしく、ぼくが戻るまでは、あんまり飲みすぎて参らないようにしろと言ってください。いつも君を愛している。

愛とともに
ジュリアン

「あの子の名は何といったかしら、ジョー?」

ミセス・パワーズは彼女好みの黒っぽい簡素な服で、陽の当るヴェランダに立っていた。朝の微風はその髪の中に、そして服の下に、冷たい水のように流れ、そこにも陽の光を運んでいた、そして教会の塔にいる鳩の群れは微風に向って身を乗りだし、その姿は斜めに散った銀色の絵の具のように見える。板塀へ向って下り斜面となる芝生は露に満ちて灰色だった、そして下着の上に仕事服という気ままな姿の黒人が芝刈機を押して過ぎてゆき、その機械の背後には絨毯《じゅうたん》を広げていくように濃い緑の縞が残った。湿った草の葉は回転する刃から飛びはねて彼の両脚にべったり付着した。

「どの子のことだい?」ギリガンは新品で突っぱりがちなサージ服と麻のカラーをつけたぎごちない姿で、手すりに坐って不機嫌そうに煙草をふかしていた。返事のかわりに彼女は手紙を手渡した、そして彼は口の端に煙草をくわえたまま、その煙ごしに眼を細めながら読んだ。

「ああ、あのエースか。名前はロウさ」

「そうだった。ロウだったわね。彼が出発してから幾度か思いだそうとしたんだけれど、どうしてもうまくいかなかったわ」

ギリガンは手紙を彼女に返した。「面白い若造というわけだね? それだもんで、おれの恋の気持は放っておいて、やつのを受けた、というわけだな?」

彼女の柔らかな服は風になびいて、そのしなやかな体つきを形づくった。「庭に出ましょうよ、あたしも煙草をすいたいから」

「ここだって、すえるさ。神父さんは気にしやしない」

「あの人が気にしないのはわかってるわ。むしろ彼の信者たちのことを、あたし、気にしてるわけ。朝の八時から牧師館のヴェランダで黒っぽい服の見知らぬ女が煙草をすってる——そんな光景をあの人々が見たらどう思う?」

「まず中尉がフランスから引っぱってきた何とか女、と考えるだろうね。ああいう信者連中の噂の種になったら、それこそ、あんたの女としての評判は下落して元に戻らないだろうな」

「そんな評判、あたしは気にしないわ、それを気にするのはあんたたちのほうでしょ」

「おれたちが気にする? どういう意味だい?」

「女の名前が汚れるといって気にするのは男たちなのよ、というのは、男性はいつも女を清純なものだと思っていたいからだわ。でもね、女性というのはそんな面倒なこと気にしないのよ、だって自分たちのことで忙しいもの。女らしくしとやかだなんていう評判はね、透けて見える服みたいなものよ、身につけると気分が重くなるわ。さあ、庭へゆきましょうよ」

「あんたは口で威勢のいいことを言ってるだけで、本気じゃあないんだ」とギリガンは言った。彼女はかすかに笑っただけで、顔を振り向けもしなかった。

「いらっしゃい」と彼女は踏段をおりながら、また言った。

二人は騒がしい雀の群れや若草の甘い匂いを背後に残して、薔薇の灌木《かんぼく》にはさまれた砂利道へ入っていった。その道は延びていって二本の樫《かし》の木が行儀よくつくるアーチの下をぬけると、そこからは塀に這いあがる小形の薔薇が道ぞいに並び、彼女が大股な足どりでゆくとその後からはギリガンが、気まぐれでいて慎重な歩き方でついていった。花のある所へゆくと、彼はきまって、女たちのいる部屋へ入ったときと同じような気持になるのだった――絶えず自分の体や歩き方が気になり、まるで砂の上を歩くような感じになる。そのせいで、彼は自分が花を好きではないと本気で信じこんでいるのだった。

ミセス・パワーズは時折り立ちどまっては、匂いをかいだり、露のたまった芽や花に口づけしたりした、それから菫《すみれ》の花壇の間を通って、イボタノキの垣根ぞいに百合の生えだしているあたりへ来た。木蓮《マグノリア》の樹の下には緑に塗った鉄製のベンチがあり、そこでも立ちどまると樹を見あげた。物真似鳥が飛びたち、彼女は言った――

「ジョー、あそこにひとつあるわ」

「ひとつ何が？　鳥の巣かい？」

「いいえ、花よ。まだ開かない。あと一週間ほどかしら。あなたは木蓮《マグノリア》の花を知ってる？」

「もちろんさ。摘んでも、てんで役に立たないんだ。さわったとたんに、茶色になっちまう。褪《あ》せちまうんだ」

「たいていの物、みんなそうじゃないかしら？」

「そうさ。ただ、たいていの人間がそうとは信じないのさ。あの中尉さんはどうかな？」

「どうかしらねえ……だいいち、彼にはあの花にさわれる機会があるかしら？」

「さわりたいとも思わんだろうね。なにしろ、すぐ茶色く色褪せるものを自分の手に持ってるんだからな」

（セスリーのことをさす―訳注）

すぐには了解できぬままに、彼女はギリガンを見やった。その黒い服、柘榴《ざくろ》の花のように赤い唇。それから彼女は言った――「ああ！　木蓮《マグノリア》と比べたのね？……あたしは彼女のことを別の花と――たとえば蘭《らん》のような花と比べていたわ。あなたには彼女が木蓮に見えるのね」

「とにかく蘭には見えないな。蘭の花ならどこにでも見つかるけれども、彼女みたいな娘っ子、北部ではとても見あたらないからね」（木蓮は南部、ミシシッピ州の州花。北部には見ない――訳注）

「そのとおりらしいわね。あんな娘って、この南部にさえも珍しいのじゃない？」

「どうだろうね。ほかにはいないかもしれないが、あの一人だけでもたくさんだね」

「ちょっと坐りましょうよ。あたしの煙草はどこ？」彼女はベンチに腰をおろし、ギリガンは紙包みの煙草をさしだし、マッチをすってやった。「じゃあ、あの娘、彼と結婚する気はない、というのがあなたの考えなのね？」

「以前ほど確かじゃあなくなったね。少しばかり考えが変ってきた。あの娘っ子はね、英雄《ヒーロー》だと威張れるような相手とならば一番先に結婚するからね――他の女に奪われないためだけにでもね」（あんたがその女だというわけさ、と彼は思った）

（その女はあたしというわけね、と彼女は思った。）彼女は言った、「あの青年が死んでゆく人だと知ったら、結婚はしないんじゃないかしら？」

「死ぬってことがどういうことか、あの娘にはちんぷんかんぷんだろうな。だいたい、彼女には自分が年をとってゆくことさえ想像できないんだからね、ましてや自分の気に入った相手が死んでゆくなんて、夢にも考えられやしない。あの娘はね、医者に頼めばあの傷は治って跡さえ見えなくなると思ってるんだよ」

「ジョー、あなたって救いがたい感傷家なのね。あなたの考えでは、あの娘が結婚する気になったのも、彼がそう信じているためであり、それを裏切るほど彼女は悪い女ではないから、というわけなのね。あなたって、ほんとに優しい心の人なのね、ジョー」

「それどころか！」と彼はかっと熱くなって返答した、「おれは冷酷な人間だよ。そうなるほかなかったんだ」彼は相手が信じずに笑っているのを見てとると、情けなさそうににやりと笑い、「まあ、あの時に、おれはあんたに見抜かれたのさ、そうだろう?」突然、まじめになり、「とにかく、あの娘っ子なんかどうでもいいけどね、あの親父のほうは気になるな。あんた、どうして彼の状態がひどいということを打ち明けて話さなかったんだい?」

彼女はいかにも女っぽく、ナポレオンのように巧みな愛嬌をみせ――

「だからあたしを先に伝令に送ったりしないで、あなた自身が行けばよかったのよ。あの時もあなたに言ったでしょ、あたしでは失敗するって」彼女は煙草をはじき飛ばし、手をギリガンの腕にかけた。「ジョー、それにあたしには打ち明けて言うだけの心臓がなかったの。あの老人の顔を見た人なら誰だってそうよ！ それにあの声を聞いたら！ まるであの人、子供みたいだったのよ、ジョー。ドナルドの持ち物をみんなあたしに見せてねえ――写真やパチンコや、それにフランスで彼が持っていたものでは女の子の下着やらヒヤシンスの球根なんかも。そしてあの娘のこともあったり、何もかもあって――あたし、どうしても言えなかったわ。あたしの責任だと思う?」

「いいさ、いまはすんだことだものな。たしかにあの老人に自分の眼で本当のことをわからせたのは、ちっとかわいそうだった――それも駅のなかで、人のいる前でね。だけどおれたちはできるだけのことをしたんだ、そうだろ?」

「そうね。できるだけのことをしたわ。でも、それ以上にできたら、と思うわ」彼女が哀しげな視線を向けた庭のむこうでは、樹陰ごしの陽当りで、蜂の群れがすでに働いていていた。庭を越え、通りや別の塀をも越えたあたりには燭台を思わせる梨の木の張り出した枝が見えた——しかもそれはびっしりと花をつけている、白、白、白……彼女は身動きして膝を組みながら、「でもね、あの娘は気絶しかけたのよ。あなただって……」

「いや、おれは意外とは思わなかったね。おや、あそこに黒人が来た、こっちを捜してるらしいや」

二人の見まもるなかで、芝刈機を押していた黒人は無骨な靴で砂利道をやってきたが、二人をみとめると立ちどまった。

「ギルマンさん、牧師さんが家にきてくれと」

「おれに?」

「あんた、ギルマンさんね、そうでしょ?」

「うん、そうだ」と彼は立ちあがった。「失礼しますぜ、奥さん。それとも、あんたも一緒に来る?」

「先に行って、何の用事か聞いておいて。あたしはじきに後からゆくから」

黒人は彼の先に立って足を引きずりながら戻ってゆき、ギリガンが家へと踏段をあがるときには、芝刈機は低い歌をつぶやいていた。牧師がヴェランダに立っていた。その顔は静かだったが、しかし眠らなかったのは明らかだった。

「あなたには申し訳ないが、ギリガンさん、息子が目を覚ましておるのに、どうも私には、あなたのようにうまく服を着せられんのでしてな。あの子の普通の服はみんな譲ってしまったもんで——なにしろあの子がまさか——」

「ええ、大丈夫」とギリガンは灰色の顔をした老人への鋭い同情にかられて答えた。この人はまだ自分の息子のことを知っていないんだ！「おれが手助けして着せるから」

大儀な身だったが牧師はできれば後からついてゆきたかった、しかしギリガンが階段を跳ねあがって遠ざかってゆくのを見てあきらめ、次に庭の向うからミセス・パワーズが来るのを認めて、それを迎えるように芝生へおりていった。

「お早うございます」と彼女は相手の挨拶に応じ、「あなたの花を拝見してましたの。かまいませんでしたかしら？」

「ええ、ええ、結構ですとも。老人というものは自分の花を褒められるのが何よりのことでしてなあ。若い人たちは自分の心の若々しさに一点の疑念も抱かない、だから、よほど年上の姉さん連は別だが、若い娘さんが服を着飾るのも、身を飾る必要があるからではなくて、ただおもしろ半分でするか、または理想の男性へ媚びるためか、どちらかだ。ところが年をとってくると、自分のなかにあるものに自信を失って、その代りに自分の行うことに意義を見つけようとする。わたしなどはこのところ、一人前にできることといえば、花を育てることだけですよ。そしてこれはですな、たぶん、自分の中に潜んでいる家庭の主婦的なる感情の発露なんですなあ。以前からわたしは、自分が庭の薔薇の間に坐って書物を読みながら年をとってゆくものと思っておりました——眼が字を読みとれる限りは読書をつづけて、その後の余生は日向《ひなた》ぼっこをして暮すつもりでした。しかし、いまは息子が戻ってきたんですから、こんな余生は少しばかり延期するほかないですなあ。今朝はあなたにもドナルドと会ってもらいたいですね、なにしろひと目で病気の回復してきたのがわかっていただけると思うんでしてな」

「きっと、ひと目でわかりますわ」と彼女は答え、相手の体のまわりに腕をまわして抱きたく思ったが、なにしろ相手は巨大すぎたし、それに嬉しげで慰めは必要としないらしい。屋敷の片隅には一本の木が立っていて、群生する裏白の小さな葉はまるで霧か、淵に渦まく白い水のように見えた。牧師は鈍重な気取り方とともに腕をさしだした。

「お食事に参りましょうかな?」

二人のくる前にエミーが水仙を持ってきていたらしかった、そして平たくて青い水盤には苺の赤さの上に花瓶の赤い薔薇が重なっていた。牧師が彼女のために椅子を引いた。「わたしと二人のときには、エミーはここに坐るのです、しかし見知らぬ人とかお客さんとかが来ると、どうも食事を一緒にするのをいやがる性質でしてな」

ミセス・パワーズは坐り、そしてエミーがまた、何の理由かわからないが、ふと姿を現わしてから消え去った。待つうちに、開いたドア口から上へ続く階段に足音がした――のろい足音である。彼女の眼には初めに二人の脚が見え、それから二人の体が視野に入り、それがドア口に現われると、そこで牧師が立ちあがった。「お早う、ドナルド」と彼は言った。

(あれはぼくの父か? そうさ、中尉さん、そのとおりさ。)「お早うございます」

大きな姿で緊張して無力のまま立っている牧師の前で、マーンはギリガンに助けられて椅子に坐った。

「中尉さん、ここにミセス・パワーズもいるよ」

マーンは戸惑いがちな驚きの視線を彼女へ向けた、「お早う」と言ったが、彼女の眼はやはり父の顔に据えられていた。彼女は眼頭の熱くなるのを感じながら自分の視線を料理皿の上におとした。あたし、どうしてこんな運命にばかり会うのかしら？　と彼女は考えた、あたしには、どうしてこんなことばかり起るのかしら？

彼女は食べようと努めたができず、ただ皆を見まもりがちだった――ぎごちなく左手を使い、自分の皿をのぞきこむようにして、ほとんど食べていないマーン、ナイフとフォークを操って旺盛に食べるギリガン、そして味もわからぬままに食べながら、老いの心労とともに自分の息子の動作のすべてを見つめる牧師。

エミーが新しい料理を運んで再び現われた。エミーが顔をそむけながら粗雑に料理皿を置き、そして急いで立ち去ろうとすると、眼をあげた牧師が彼女を呼んだ。エミーは予期した恐怖に身をこわばらせ、頭を垂れながら振りかえった。

「ドナルド、ほら、ここにエミーがおるよ」と彼の父は言った。

マーンは頭をあげて父を見やった。それからその戸惑った視線はギリガンに向い、次には自分の皿の上に戻った、そして彼の手をゆっくりと口のほうへ動かした。エミーはわずかの間そこに立っていた、そしてその黒い両眼は大きく見開かれ、顔からは血の気が次第に引いていった。それから、自分の赤い手の甲を口に押しあて、ドアの外へとよろめくように逃げ去った。

とても我慢できないわ。ミセス・パワーズは気づかれぬように立ちあがり（ギリガンだけは気づいた）、エミーの後を追った。エミーは台所のテーブルの上へ二重《ふたえ》になって折れ伏し、赤い両腕で頭をかかえていた。泣くにしても、なんてひどい姿勢かしら、とミセス・パワーズは考えながら、両腕でエミーを抱いた。娘は思わず身を起して彼女を見つめた。その顔は泣いたためにゆがみ、醜かった。

「あの人、あたいに話しかけてさえくれなかった！」と彼女はむせた。

「あの人は自分の父親さえ誰だかわからないのよ、エミー、馬鹿なことを考えないで」彼女はエミーの肘を押え、安石鹸の強い匂いをかいだ。エミーは彼女にすがりついた。

「でもあたいを、あたいをよ！　あたいを見てくれさえもしなかった！」と彼女は繰りかえした。

『当り前じゃないの！』というのが口先まで出かかった言葉だったが、身を絞るようにして泣くエミーの姿に押えられた——そこには互いの涙と涙を通しての強い共感があった、彼女自身もまた長いこと他人のための支えにばかりなってきた自分のはかなさを感じたのだ。

窓の外には、アサガオの棚のなかに一羽の雀がいた、そしてエミーにすがりつかれ、自分なりの哀しみに幾度か襲われつつ互いに抱きあっていて、彼女は自分の咽喉《のど》にも涙のわき起るのを感じた。

いまいましい！　なんてことだ！　と彼女は自分の涙がこみあげにじみ出るままにひとりごとを言った。

4

ソンダーズ氏が牧師を見つけたのは郵便局の前であり、そこでは彼が好奇心にあふれた連中に取りまかれていた。その人々の群れは町の代表的人物たちの塊《かたまり》と言えるほどで、自由業を営む種々の職業の連中をよせ集めていた——ネクタイのない者、仕事服を着ている者もいない者も、いずれも現在のところは緊急の仕事に縁がないらしく、出来事となれば密造酒の押収現場から癲癇《てんかん》にかかった黒人やハーモニカを吹く男にまで、磁石に引かれる原子のように引きよせられてくる——これは南部ではどんな小さな町でも起る風景だ、いや、野次馬に関する限り、北部の町でも西部の町でも同じだろう。

「ええ、まったく。実にもう、突然でしてな」と牧師は言っていた。「前触れはぜんぜんなかったんですよ、何ひとつ——だしぬけに一人の友達が——この人はあの子と一緒に旅をしてくれた人ですが——というのは、うちの子はまだ充分に回復していなかったからですがね——その人が先に来て知らせてくれたというわけでしてな」

(あの飛行機乗りのひとりだな)

(おれの考えじゃあ、もしも人間に空を飛びまわらせるつもりでいたのなら、神様は人間に翼《はね》をくださったはずなのさ)

(とにかく、彼はあんたよりも神様に近いところまでゆけたわけだ)

人の輪の外側には、これほど意地悪ではない好奇心を抱いた連中がいて、彼らはソンダーズ氏が前へ出るのに場所をゆずった。

（とにかく、あの男《ソンダーズ》よりは天国の近くにいったのは確かだよ。どよめき笑い。）こう言った男はバプティスト派だったろう（ソンダーズ氏は旧教の信者ゆえ、新教信者が罵った―訳注）。

ソンダーズ氏は手をさしだした。

「やあ、牧師さん、家《うち》ではいいニュースを聞いて、とても喜んでいますよ」

「ああ、お早う、お早う」牧師は相手のさしだした手を自分の大きな手で握った。「ええ、ほんとに驚きましてな。あなたにはお会いしたく思っとりました。今朝のセスリー、どんな具合ですかな？」彼は低い声でたずねた。しかし今はべつに人の耳を気づかう必要もなかった。人々の動きは郵便局のほうに向っていたからだ。郵便物がはいって窓口が開いたからであって、手紙など来そうにない連中や、ここ数カ月手紙の来ない連中でさえ、アメリカ国民のすべてに深く根ざした衝動にうながされて郵便局へ出かけるのだ。スタンプを押された何か（何でもいい）自分宛ての通信にたいする期待の前には、牧師に起った出来事も色あせてしまうのだった。

チャールズタウンは、南部一帯に数知れず存在する町と同様、馬や騾馬《らば》の繋ぎ場が円い型をなすままにそれをめぐって建てられたのであった。広場の中心には郡役所――それは簡素で実質的な建物で、煉瓦造り、そして十六本の美しいギリシャ風の柱があるが、これは幾代にもわたっての嚙み煙草の跡で汚れている。楡《にれ》の木立ちがこの郡役所を取りかこんでいて、これら木々の下には傷だらけで風雨にさらされたベンチや椅子が置いてあり、そこに町の長老たちがいた――きびしい法律の遵守者で堅固な市民たち、トム・ワトソン（十九世紀末に出た人民党の指導者。一八五六―一九二二―訳注）の説を信じ、恐れるものといえば神様と早魃だけであり、黒い紐ネクタイをしていたり、今では無意味になった色あせた銅の南軍勲章をつけていたりして、もはや労働をしないのを恥じることもなく、長くて怠惰な一日を眠ったり呆然と過したりしていると、彼らよりも下の年輩の連中は、さまざまの年代ではあるが、いずれも公然とは昼寝しかねる年なので、チェッカーをしたり、煙草を噛んでしゃべりあったりしている。一人の弁護士と薬屋の店員、何の商売か不明の二人の男の四人は地面にある二個の穴へと鉄の円盤を投げ入れ遊んでいる。これらすべての上に、初春四月の空が、真昼時に近づいた豊かさとともに、延びひろがっていた。

それでもこうした人々はみな、牧師とソンダーズ氏が通りすぎるときには、親切な言葉をかけた。居眠り組さえ、老人特有の浅い眠りから覚めて、ドナルドのことをたずねた。牧師の歩き方はほとんど凱旋行進のようだった。

ソンダーズ氏は彼の横を歩き、挨拶を返しながら、心は上の空だった。女連中というものは実に手に負えんものだ、と彼は苛立った。二人は石の記念碑の下を通った――そこには一人の南軍の兵士がその大理石の両眼に手をかざして永遠の監視をつづけていて――牧師は再び同じ質問を繰りかえした。

「ええ、今朝はだいぶ気分いいようです。昨日はあれも気を失ったりして、申し訳ありませんでした、なにしろ、体が丈夫の方とは言えんので」

「いや、無理もなかったんです。なにしろ、あんまり突然で、誰だって驚いたんですからな。きっと、ドナルドだってその点は了解しとりますよ。それから、二人の愛情もです」

街路の上に覆いかぶさった樹々がそこに静かな緑のトンネルをつくり、歩道には日影の縞目が落ちていた。ソンダーズ氏は自分の首を拭いたいと感じた。彼は二本の葉巻を取りだしたが、牧師は手を振って断わった。まったく、女連中は手をやかすな！　こんな話は妻の役目なんだに！

牧師は言った――「ソンダーズさん、わたしらの町は美しいですな。この街の通り、並木……まさにドナルドの暮すべき土地はここですな」

「ええ、まったく彼には適当な所ですよ、牧師さん――」

「あなたと奥さんは午後に彼に会いに来てくださらにゃあ、困りますな。昨日の晩に来ていただきたかったんだが、きっとセスリーのことでご心配だったろうと思って――まあ、おいでにならんでよかったんですがね。ドナルドも疲労しておったし、それにミセス・パ――そのう、医者に見せたほうがよいということになりましてな、（もちろん、ほんの用心のためだけにですよ）そうしましたら医者はドナルドに休息したほうがよいと忠告してくれましてな」

「ええ、わたしたちもお訪ねする気だったんです、しかし彼も最初の晩で疲れてるだろうし、うちのセスリーの状態もですな――」彼は自分の気分が萎《な》えしぼむのを感じた。それでいて、昨夜、妻との間での激しい議論をしたあげく、泣いているセスリーの姿を見せられてからは、自分の取ろうとする態度も仕方ないものだと納得していた。あの女どもには手をやくな！　と彼は三度目を繰りかえした。葉巻をふかし、それを放り捨て、気力を振いたたせた。

「この婚約のことですがね、牧師さん――」

「ああ、そのことはわたしもちょうど考えておったところでしてな。いいですか、セスリーこそドナルドを治しうる最高の良薬なんですよ。私はそう信じます。待ってください」と相手がさえぎろうとするのを押えて、「もちろん、彼女が慣れるには少しは時間がかかりますよ、あの子の――あの子というものに――」彼は打ち明けるように相手のほうへ向いて、「あの子はご存じかもしれんが、傷をしています。しかしあれは必ず除きうるものと信じておるんです、もちろん、セスリーは慣れて気にしなくなるでしょうがね。正直のところ、彼女だけがうちの子を短期間に回復させてくれる人なんです、わたしはとても頼りにしておるんですよ」

ソンダーズ氏はあきらめた。明日だ、と彼は自分に誓った。明日、きっと話をつけるぞ。

「いまのところ、あの子は少し混乱しておりますが」と牧師は話しつづけた、「しかしこちらで心を配ってやれば、それに何よりもセスリーがおれば、治るに違いないのです。打ち明けますがね」と彼はその優しい視線を再びソンダーズ氏に転じて、「打ち明けますが、今朝わたしがあの部屋に入ったとき、あの子はわたしさえ誰だかわからなかったんです。ただしこれは、むろん、ほんの一時的な症状でしてね。よくあることなんですよ」と急いでつけ加えて、「こんなことがよく起ることはあなたもご存じでしょうな?」

「ええ、知っていますとも、ええ。しかし彼はどんな事故に遭《あ》ったんです? どうやって生きて帰ってきたんです?」

「話そうとはせんのです。あの子と一緒に帰ってきた友達の話だと、あの子は知らない、覚えていないのだそうです。しかしこういうことはよく起るんだ、とその若い人が——その人自身も兵隊ですが——話してくれました、それに間もなく元どおりになるだろうとも言ってました。ドナルドは記録をみんな失くして、ただイギリスの病院からの退院証明があるきりなんです。ところで、失礼しましたが、あなたはさっき、婚約のことで何か言いかけましたな?」

「いや、なに、なんでもないんです」太陽は頭上にあった、もうじき昼だ。地平線のあたりには厚い雲がホイップクリームのようにこんもりと見えた。午後には雨だな。突然彼は話しかけた――「ところで、牧師さん、ちょっとお寄りしてドナルドに会いたいんですが、どうですか?」

「結構ですとも。むろんですよ。むかしのお友達に会えれば、あの子も喜びますよ。どうぞご遠慮なく」

二人が教会の塔の下を過ぎて芝生を横切るころには、雲の峰は次第に高くなっていた。牧師館への踏段をあがりかけて、二人はミセス・パワーズが坐って本を読んでいるのを見た。彼女は眼をあげ、ただちに似ていることを見抜いた、それで、牧師の『ソンダーズさんだよ、ドナルドとは古い友人でしてな』という紹介も彼女には不必要だった。人差指をページの間にはさんで本を閉じ、彼女は立ちあがった。

「ドナルドは横になってると思いますわ。ギリガンさんが一緒にいます。とにかく呼んでみましょう」

「いや、いや」とソンダーズ氏は急いでさえぎった。「彼の邪魔はしないでください。また後で訪問しますよ」

「あら、わざわざ、ここまで話しに来たというのにですか? 会ってやらないと彼は失望しますわ。あなたはドナルドの古いお友達なんでしょ。牧師さん、たしかあなた、ソンダーズさんを彼の古い友達だとおっしゃったわね?」

「そうとも。実はね、この人はセスリーの父親なんだよ」

「それでは、なおさら上にいって会ってあげなければ」と彼女は相手の肘に手をかけた。

「いや、奥さん。ねえ、牧師さん、いまは彼をそっと休ましておいたほうがよくないですか、どうです?」

と彼は牧師に訴えた。

「さよう、あるいはそれがいいかもしれんな。それでは、あなたと奥さんは午後にはおいでくださるでしょうな?」

しかし彼女は頑強に主張した――「だめですよ、牧師さん。ドナルドだって、セスリーの父親ならすぐに会いたいにちがいありませんもの」彼女は相手を強引にドアから招き入れ、彼と聖職者はその後から階段を昇った。ノックをし、ギリガンの返答をきくと、彼女はドアを開けた。

「ジョー、あのね、セスリーのお父さんがドナルドに会いに来たのよ」と彼女は言いながら、横に立った。ドアが開くと、細い廊下には光があふれ、閉ると、再び廊下は光を失い、彼女は両側の壁にはさまれた薄明りのなかを歩いてゆき、またも階段をゆっくり下りていった。芝生では芝刈機がすでに沈黙してしまっていて、樹陰には人の横臥《おうが》した姿が見えた――疲れた運転者が片膝を立てて眠りをむさぼっているのだ。その向うの通りには、黒人の子供たちの絶えざる流れの一部が、ゆっくりと通りすぎていた――この連中は、自分の自由時間もないらしいとともに、義務の時間や勉強の強制もないらしく、陽のある八時間の内ならいつでも学校へ行ったり帰ったりしているのだ。以前は糖蜜用やラード用だった罐を弁当箱にして持ち歩き、なかには本を持っているものもいる。昼食は普通は学校への途中で食べてしまう。学校では薄織のネクタイにアルパカ羅紗《らしゃ》の服を着こんだ太り気味の黒人教師がいて、本となれば電話帳からでも手当り次第に引用して使い、出席した学童たちがそれをみんな口をそろえて、彼の後から暗誦する――まるでヴェイチャル・リンゼイ（アメリカの民衆的な詩人―訳注）の詩そのままだ。それがすむと子供たちは学校から帰ってゆく。

雲はさらに高く厚くなり、周囲は薄い紫色を帯びてきて、その間からのぞく空の色をことさらに青く見せていた。空気は湿っぽく、重苦しくなった、そして教会の塔は立体感を失い、今ではただブリキとボール紙でできた平板な存在に思われた。

木の葉は生気なく哀しげに垂れさがり、まるで充分の生命が与えられる前に奪い去られて、ただ若葉の亡霊のみが残されたかのよう。彼女はドア口のあたりにたたずんでいて、エミーが食堂で皿を動かす音を聞いた、そしてしまいに自分の待っていた声を耳にした。

「では今日の午後に、奥さんとご一緒においでください……」二人が姿を現わしたとき、牧師はこう言っていた。

「ええ、ええ」と訪問者は熱意のない答え方をした。彼の視線はミセス・パワーズの眼と合った。この人ってあの娘とそっくりだ！ と彼女は思い、気持が沈みこんだ。あたし、また失礼な眼つきをしたかしら？

彼女は素早く相手の顔をさぐり、そして安堵の溜息をついた。

「ソンダーズさん、彼の様子はどう見えまして？」と彼女はたずねた。

「元気ですな、長い旅をしてきたにしては、元気ですな」

牧師は嬉しそうに言った――「今朝はわたし自身もそれに気づいたんでしてな。あなたもでしょう、ミセス・パワーズ？」その眼は彼女に嘆願していて、彼女は、ええとうなずいた。「昨日のあの子の様子を見ておったら、実に、今日の回復の目ざましさがわかるんですが――ミセス・パワーズ、そうでしょう、ええ？」

「ほんとに、そのとおりですわ。みんな今朝はそのことを言ってますのよ」

ソンダーズ氏は、ぐんなりしたパナマ帽子を手にして、踏段のほうへ動いた。「とにかく、牧師さん、自分の息子が家に帰ったのは素敵ですな。あなたばかりか、わたしの家のものもみんな喜んでますよ。もし何か、わたしたちにできることがあれば――」と彼は隣人の持つ誠実さでつけ加えた。

「ご親切にありがとう。躊躇せずにお願いしますとも。ただ、ドナルドはいまや自分でやれるようになりましたのでな、もちろん、治療の薬をたっぷり飲んでのことではあるが――いや、この点では、お宅を大いに頼りにしておりますよ、ほれ――」と牧師は陽気に暗示の言葉を加えて答えた。

ソンダーズ氏は相手の期待にそって笑い声をあげ、「うちの娘が元気になると、そのとたんにわたしと妻とは、今度は逆にあなたにお願いすることになりますよ――時折りはセスリーをわが家へ戻してほしいとね」

「まあ、それも断われんでしょうな――とくに友達同士のことですからな」牧師も笑い声をあげ、聞いていたミセス・パワーズは心が明るくなった。それから、ふと、短いが不吉な予感を覚えた。でも、父と娘、あんまり似すぎてる！　あの女たちがマーンのためにこの人の気持を変えてくれるかしら？　彼女は言った――

「かまいませんでしたら、あたしがソンダーズさんを門まで送りますわ」

「うん、かまわんとも。どうぞ」

二人が踏段をおりてゆくと、牧師は玄関口に立って微笑を送り、「食事に残っていただけないなんて、申し訳なかった」と言った。

「またいずれ、ご一緒しますよ。今日は、妻が待っていますんで」

「さよう、いずれ、ご一緒しましょう」と牧師は同意し、家の中へと戻ってゆき、二人は夕立ちの来そうな空の下の芝生を横切っていった。ソンダーズ氏は相手を鋭く見やった。「どうも気に入らんですな」と彼は言った、「あの子のことでは誰かが本当の事実を牧師さんに話すべきだ。どうして誰も話さんのかね？」

「あたしも気に入りませんね」と彼女は答えた。「たとえ誰かが話したにしても、あの人はそれを信じるかしら？　あの人以外なら誰だって、ひと目みただけで真実を悟れるほどですのにね」

「全く、そのとおりだ！　まともに見つめる勇気さえあればな。わたしは気持が悪くなったよ。いや、もちろん、気の弱い男だからだがね」と彼は陰気な弁解をつけ加えた。「医者は何と言っておるんです？」

「なにも確かなことは言いません、ただ、彼は負傷する前のことを何ひとつ覚えていないそうです。負傷したときにこの青年は死んでしまって、その後の彼は新しい人間だ、大きな子供だ、と言うんです。何よりもかわいそうなのは、あの呆然とした様子、なすがままといった放心状態のところですわ。彼は自分がどこにいて何をする人間なのか、まるで気にしていないみたい。彼、まるで子供みたいに、人の手から手にと渡ってきたんですわ」

「わたしの言うのは、そのう、彼の回復力のことだが――」

彼女は肩をすくめた。「誰にもわからないんですわ。あなたの意味が体のことなら、彼には手術で外科医が治せるような肉体的疾患、どこにもないんですもの」

彼は黙りこんで歩いていった。「あの子の父親だけは知っておるべきだなあ」と彼はしまいに言った。

「その通りですわ、でも話せる人がいますかしら？　それに、いずれは自分で知るときが来るんです、だからあの人が望むかぎりは知らずに過させたらいかが？　引き延ばしたからって、知ったときのショックは増してゆくわけじゃないでしょうし。牧師さんは年寄りで、あんなに大きな体で嬉しそうにしてるんだし。それにドナルドが回復することだってありうるわけでしょ」と彼女は嘘をついた。

「うん、そのとおりだな。しかしあなたは彼が治ると思うかね？」

「そう考えて悪い理由はないですわ。彼は永久に今のような状態でいるわけにいかないんですもの」二人は門に到着していた。その鉄は彼女の手の下で陽にやけて熱くざらついた感触だったが、しかし空にはどこにも青さは見えなかった。

ソンダーズ氏は帽子をいじりながら、言った、「しかし、もしも彼が――彼が回復しなかったら？」

彼女は相手をまともに見つめて、「死ぬとすれば、という意味ですの？」と残酷にたずね返した。

「そうですな、もし率直に言いたいとお考えなら、そう言ってもよいが――」

「ええ、その点について、あなたとお話ししたかったんです。問題はドナルドの気力を弱らせないことなんです、なんとか彼にそのう――盛り返す気持を与えることなんです。その点ではソンダーズ嬢ほど適当な人はいないんです、そうでしょ？」

「それは、どうも少し無理な注文ではないですか？　それほど不確かな状態の相手に、わたしの娘の幸福を賭けろと言われても、それは困りますなあ」

「誤解なさっておいでですわ。わたし、あの婚約を破ってくれるなと頼んでいるわけではないんです。ただ、セスリー――ソンダーズ嬢――ができるだけ彼を見舞ってやってほしい、必要なら彼の恋人になってやって、彼の意識が戻って自分で治ろうと努力するまで助けてほしい――それだけをお願いしているんです。婚約について話し合う時間はたっぷりありますわ。ねえ、ソンダーズさん、もし彼があなたの息子さんだとしたら、友人に向ってこれくらいのこと頼むのも、無理ないと思うでしょ、どう？」

彼は相手の女を抜目なく感心した眼つきで見やった。

「お若いのに似ずなかなか冷静な頭をお持ちのかたですなあ、――結局のところ、わたしが娘に、できるだけ彼の見舞いにゆけと伝えればよい、ということですな？」

「それ以上のことをしていただきたいわ――本当に彼女が来るようにさせてください、それも、彼に向って以前と同じような態度で接するようにさせてください」彼女はソンダーズ氏の腕をつかんだ、「奥様が彼女にその反対のことを説得しようとしたら、押えてくださいね。そんなことさせてはだめ。いいですわね、あの青年があなたの息子だったら、と考えてください」

「私の妻が反対するなんて、なんの理由でそう思ったのかね?」と彼は驚いた表情でたずねた。

彼女はかすかに笑って、「あたしだって女のひとりだということをお忘れなく」それから突然に真剣な、心配げな顔になり、「それだけは、押えてくださいね、わかりました?」その眼の色には彼を縛るものがあった。「約束してくださる?」

「よろしい」と彼は女の冷静な眼に応じながら同意した。相手のしっかりした手を取り、そのさっぱりした男っぽい握り方を感じた。

「では、約束しました」と彼女が言ったとき、どんより曇った空からこぼれおちる暖かい大粒な雨が地面を重くたたきはじめた。彼女はさよならと言って逃げだし、灰色をした雨の軍隊が襲来する前に家へ向って芝生の上を走りだした。その長い脚がヴェランダへと駆けあがると、後を追ってきた雨は取り逃したくやしさに、銀の槍を持った騎兵隊のように芝生の上を旋回していた。

5

ソンダーズ氏はこぼれ落ちる空を不安そうに見上げてから、門の外に出た、するとそこには学校帰りの彼の息子がいて、こう言いかけた――「父さん、あの人の傷を見た？　あの傷を見た？」

彼はこの面倒なる自己の小模型を見つめおろしていたが、それから突然にひざまずき、両腕にかかえて、強く抱きしめた。

「ひとりで彼の傷を見ちまったんだね」と息子のロバート・ソンダーズは文句を言い、身を振り放そうともがいた――雨が樹々を通して二人の上に落ちすぎていった。

6

エミーの眼は玩具《おもちゃ》の動物のように黒くて表情がなかった、そしてその髪は陽に焼けて何の色とも名づけようのないものだった。表情にはどこか逞しいところがある。彼女は登るのも走るのも喧嘩するのも、弟たちに負けなかった——いわば彼女は糞の山に生えた小さくて強靭な野草だと想像すればいいだろう。花ではない。だからといって糞でもないのだ。

彼女の父親はペンキ職人であって、この仕事をする人につきものの酒飲みでもあったから、絶えず細君を殴りつけていた。細君は幸せなことにエミーの下の四人目の弟を生んだときに亡くなり、それを機会《しお》に父親は酒を控えるようになって、しまいに求婚、再婚まで運んだが、その後妻というのが気の強いじゃじゃ馬で、いわば天の配剤役として、気分のいいときにはストーブの薪《まき》で夫を思いきりひっぱたいた。「エミー、女なんかと結婚するでねえぞ」と父親は気弱な情愛に駆られると、忠告したものだ。「おれは、もう一度生れ直せたとしたら、男と一緒に暮すよ」

「あたい誰とも結婚しないよ」エミーは熱烈に自分に誓ったものだった、とくにドナルドが出征してしまい、自分の苦労して綴った手紙が梨のつぶてに終った後はそうだった。（そしていま、あの人はあたいに気がつきさえしないんだ、と彼女はぼんやり考えた）

「あたい誰とも結婚しないんだ」と彼女は繰りかえしながら、テーブルに料理を置いていた。「もう死んじまいたい」と言い、水の流れる窓ごしに雨を見つめた——両手に最後の皿を持ったまま、吹き降りの雨が銀灰色の船のように視野のなかを横切ってゆくのを見まもっていた。ふと思い出から覚め、その皿をテーブルに置いてから出てゆき、書斎の外で立ちどまった。そこでは彼らが坐って水の流れる窓ごしに眺めていて、耳には灰色の夕立ちが屋根や樹々を百万の小さな足となってたたくのを聞いていた。

「用意できたわ、アンクル・ジョー」と彼女は言い、台所の方向へ逃げていった。

昼の食事が半ばも終らぬうちに雨は止んでしまい、雨の船は風に押されてかなたへと走り去り、後にあるのはただ濡れた青葉の間でのささやき、そして時折りは芝生の上を風が、手をつなぐ妖精たちのように白い線となって走りすぎた。しかしエミーは食後のデザートを運んでこなかった。

「エミー！」と牧師はもう一度呼んだ。

ミセス・パワーズが立ちあがった。「あたしが見てきますわ」

台所には誰もいなかった。「エミー？」と彼女は静かに呼んだ。返事はなく、それで戻ろうとしかけたが、直観に促されて外へ出るドアの背後をのぞいてみた。そのドアを一押しあけると、そこにエミーがぼんやり立っていた。

「エミー、どうしたの？」と彼女はたずねた。

しかしエミーは押し黙ったまま自分の隠れていた場所から歩みだし、お盆を取りだすとその上に支度してあるデザートをのせ、それをミセス・パワーズに渡した。

「エミー、こんな真似するの、およしなさい。馬鹿らしいわ。あの人が慣れるまで、あたしたち、すこし我慢してやらねばかわいそうでしょ」

しかしエミーはただ漠とした絶望の表情で相手を見つめるだけであり、それでミセス・パワーズは盆を食卓に運んできて、「エミーは気分がよくないんですって」と弁解した。

「どうもエミーは働きすぎるようだな」と牧師は言った。「むかしから仕事熱心じゃったよ、ドナルド、覚えておらんかね？」

マーンはその戸惑った視線をあげて父の顔を見た。「エミー？」と彼は繰りかえした。

「お前、エミーを覚えておらんのかね？」

「ええ、知ってる」と彼は調子のない口調で繰りかえした。

7

まだ雨は止んでいなかったが、窓ガラスは透きとおった色になった。男たちが去った後も彼女は坐っていて、するとエミーが、しまいにドアから顔をのぞかせ入ってきた。彼女も立ちあがり、エミーが弱く断わるのを無視して一緒にテーブルの上を片づけ、残された食器類を台所へ運んだ。ミセス・パワーズはきびきびと袖をまくりあげた。

「だめ、それはあたいにやらせて」とエミーが反対した。「あんたの服を汚してしまうから」

「これは古いのよ、汚れたってかまわないわ」

「あたいには古く見えないわ。とってもきれいみたい。とにかくこれはあたいの仕事だから。放っといてあたしにやらせて」

「それはわかってるけど、あたしだって何かしたいのよ、さもないと気が変になりそう。この服のことは気にしないでよ。あたしかまわないんだから」

「あんたは金持だ、だからかまわないんだ」エミーは服を眺めながら冷たく言った。

「これが好き?」エミーは返事をしなかった。「こういう服って、あなたやあたしみたいなタイプに似合うかもしれない、どう思う?」

「知らない。そんなことを考えたこともないもん」と流しの中の水をはねかす。

「いいことがあるわ」とミセス・パワーズはエミーの頑丈な背中を見まもりながら言った、「あたしのトランクには新しい服があるけど、どうしてだか、それがあたしに似合わないの。これが終ったら、あなた、一緒に来てみない？　二人で着つけしてみて、あなたに合うように直してあげるわ、あたし少しは裁縫もできるから。どう思う、この考え？」

エミーはほんの少し和《やわ》らいだ。「そんなもの、あたしには用がない。どこにも出かけないし、洗濯や掃除や料理するための服なら、ちゃんと持ってるんだし」

「それはわかってるわ、でもね、たまには盛装してみるのも、女にとって気持いいものよ。それに合う靴下やそのほか、帽子も貸してあげるわ」

エミーは熱い湯のなかに皿を滑りこませ、その赤らんだ両腕のあたりからは湯気が立ち昇った。「あんたの夫はどこにいるの？」と彼女は関連もなしにたずねた。

「戦争で死んだのよ、エミー」

「あれ」と彼女は言い、しばらくして、「あんたはまだそんなに若いのに」ミセス・パワーズに向って素早くて優しい視線を投げた——嘆きの姉妹としての共感。（あたしのドナルドも、やっぱり戦死したんだ）

ミセス・パワーズはすかさず立ちあがった。「ふきんはどこ？　これをすましてしまって、着つけしてみましょうよ」

エミーは流しから両手を引き、エプロンで拭いた。「待って。あんたにもエプロンをあげるから」

泥のついた雀が一羽、ぐんなりとしたアサガオの棚から彼女をのぞきこみ、そしてエミーはエプロンを彼女の頭越しに着せかけ、うしろにまわって紐を結んだ。再び湯気がエミーの二の腕あたりに立ち昇り、頭のまわりに漂った、そして陶器の肌ざわりは暖かで滑らかで快かった。グラス類はミセス・パワーズのふきんの下から輝いた。鈍くひかる銀器の列は周囲の光線を静かに吸収し、あたりを鎮静させ、そのなかで二人は尼僧のように、皿洗いの儀式をすましていった。

書斎の前を通るとき、二人の眼には牧師とその息子が見えた――二人は雨に濡れた一本の木を静かに見つめていて、それに傷《いた》んだ長椅子の上ではギリガンが仰向けに伸びて、煙草をふかしながら本を読んでいた。

8

頭から足の先まで盛装して、エミーは口ごもりがちに感謝した。

「雨のにおいって素敵ね！」とミセス・パワーズは相手の言葉をさえぎり、「少し坐らない、どう？」

自分の美しい服にうっとりしていたエミーは、突然シンデレラ姫の夢から覚めた。「だめ。あたし縫い物があるもの。すっかり忘れてた」

「じゃあ、その縫い物をここに持ってくればいい、そうすれば話しながらできるわ。あたし、もう幾カ月も女の人と話をしていないみたい。ここに持ってらっしゃいよ。手伝わせてよ」

エミーは嬉しくなりながら言った、「どうして、あたしの仕事なんかしたいの？」

「言ったでしょ、あたしって、二日も何もしないでいると、気が狂ったみたいになってしまうって。お願い、エミー、頼むわ。いいでしょ？」

「いいわ、持ってくるわ」彼女は自分の衣裳を取りまとめてから部屋を去ったが、やがて籠に山盛りのつぎ物をもって戻ってきた。二人はその両側に坐った。

「彼の靴下の大きいこと」とミセス・パワーズは手をさし入れたまま拡げてみせ、「まるで椅子のカバーみたい、そう思わない？」

エミーは針を持ったまま幸せそうに笑った、そして屋根を洗ってすぎる雨まじりの風の下では、丁寧に積み重ねられる縫い物の山が次第に高くなっていった。

「エミー」とミセス・パワーズがやがて言った、「ドナルドは戦争にゆく前、どんなふうだったの？　あんたは彼のこと、ずっと前から知ってたんでしょ、ねえ？」

エミーは黙ったままその針を小さく光らせて運んでいた、そしてしばらくすると、ミセス・パワーズは籠ごしに身をかがめ、エミーの顎の下に手をおいて、その伏せた顔をあげた。エミーは顔をそむけ、再び自分の針の上にうつむかせた。ミセス・パワーズは立ちあがってゆき窓の覆いを引いたので、雨のぱらつく午後の光はさえぎられた。エミーはのぞくようにしてなお自分のかがり物をつづけたが、しまいに相手がその針を取りあげたので、彼女は頭をあげた。そしてこの新しい友達を、動物に似た、抗《さか》らわぬが手に負えぬ絶望の表情で、じっと見つめた。

ミセス・パワーズはエミーの両腕をとって、まっすぐに立たせた。その固くて筋肉質の腕の骨を感じながら、「おいで、エミー」と言った。ミセス・パワーズの考えでは、ベッドがないなら他のものにでも体をゆっくり横たえれば、人は心の秘密を打ち明けやすくなるものだ……そこで彼女はエミーを引いていって、自分のそばの古風な巨大な肘かけ椅子に坐らせた。あたりかまわぬ雨の音が単調な低い音を伝える部屋で、エミーは自分の短い経歴を語ったのだった。

「あたいたち、学校が同じだったの——ただ、一緒だったのは少しの間だけだったけどね。だって彼はろくに来なかったもの。学校でも困ってた。ひとりで勝手に田舎のほうに出ていっちゃって、二日でも三日でも帰ってこなかったから。夜もそうだった。ある晩、彼が——彼が——」

その声が薄れてゆくと、ミセス・パワーズは言った、「彼が何をしたの、エミー？　あんた、少し早く話しすぎやしない？」

「ときどき、彼はあたいと一緒に学校から歩いて帰ってきた。彼って帽子や上衣はぜったいに着ないで、その顔はまるで――まるで森のなかに住んでいるほうが似合うみたい、わかるでしょ、学校に行ったり着飾ったりするの、彼には似合わなかったの。いつも思いがけないときに現われたり消えたりしてた。好き勝手なときに学校に来てみたり、夜は遠い田舎の人に見つかったり。ときどきは田舎の農家のなかで眠ったり、それから砂の河原で眠っているのを黒人に見つかったりしたわ。誰でもみんな彼を知ってた。それからある晩――」

「その時あんたはいくつだったの?」

「あたいは十六、彼は十九だったわ。それである晩――」

「でもあんたは話を早く進めすぎるわ。その前に彼とあんたがどうだったか話してよ。あんた、彼が好きだったの?」

「誰よりもうんと好きだった。もっと前には二人で河に堰《せき》をつくって水溜りにして、毎日ふたりで泳ぎにいった。それから持っていった毛布を敷いてその上に横になって、帰る時がくるまで眠った。夏にはあたいたち、ほとんど一緒に過ごした。それからある日、彼はいなくなっちゃって、誰も彼のいるとこを知らなかった。それからあと、彼は朝になってあたいの家の外から呼んだりするようになった。

「あたいのいやだったのはね、あたいがどこに行ってたか、いつも父ちゃんに嘘ついてたこと。あたい、とてもいやだった。ドナルドはいつもお父さんに話してた――自分のすることを何ひとつ嘘つかなかったよ。きっと彼のほうがあたいよりも勇気あったからだね。

「それから、あたいが十四になったとき、父ちゃんはあたいがドナルドを好きだってこと知って、そして学校から下げちまって、一日じゅう家のなかに置いとくようになった。だからドナルドにはほとんど会えなくなったの。父ちゃんはあたいに、あの子とは遊ばないことにすると約束させたのよ。彼は一度か二度やってきたけど、あたい、出られないと言った、それから一度、彼が来たときに父ちゃんが家にいたの。

「父ちゃんは門まで走っていって、ここらをこれ以上うろつくな、って言った、でもドナルドは平気だったわ。べつに乱暴はしなかったけど、ただ父ちゃんを蠅かなんかみたいな眼つきで見てた。それで父ちゃんは家に入ってきて、おれの娘にはそんなまねさせんぞなんてどなって、あたいを殴って、そしてすまなかったって泣いたよ、(ほら、酔ってたわけよ)そしてあたいに二度とドナルドと会わないでくれといって誓わせた。あたい、仕方なしに約束した。でもね、以前は二人でどんなに楽しかったろうなんて思いだして、あたい、死にたいほどだった。

「それだもんで、長いことあたい、ドナルドには会わなかった。それから、人の噂だと、ドナルドは結婚することになった、相手は――相手は――彼女だって言うの。あたい、ドナルドがあたいをそんなに好きじゃないのは知ってたさ。あの人って誰のことだって気にかけなかったもの。でもね、彼があの女と結婚する気だって聞いたときは――

「とにかく、あたい、夜もよく眠れなくなって、だから服をぬいだ後でよくポーチに坐って、彼のこと考えたり、お月さまが毎晩大きくなるのを見てたりしてた。そしたら、ある晩、月がほとんど円くなって昼間みたいに明るかった晩、誰かが門のところまで歩いてきて立ちどまった。あたい、それがドナルドだってわかったけど、彼のほうもあたいがそこにいると知ってたみたい、だってこう言ったもの――

「『エミー、ここに来いよ』

「あたい、彼のとこへ行った。そしたら、まるで前と同じ気持になって――だってあたい、彼があの女と結婚することなんか忘れちまったんだもの、それに彼が今になって来たのは、まだあたいが好きだったと思ったし。彼、あたいの手をとって、二人で道路を歩いていった、何にも話なんかせずにね。しばらく行くと、いつも水溜りへゆくときに道路からそれる所にきて、それであたいが柵の間を這いぬけようとしたら、パジャマが引っかかったの、そしたら彼が『脱いじまえよ』って言った。あたい、脱いでからそれを杏の藪のなかに置いて、また歩きだした。

「月の光のなかで水はほんのりした色してて、どこが水だか見分けがつかないみたいだった。二人で少しばかり泳いで、それからドナルドも服を隠してから、丘の上へあがっていった。見るものはみんな美しく見えたし、足にさわる草もとっても気持よかった、そしてそれから、だしぬけにドナルドが先のほうへ駆けだしたわ。あたいだって、追いつく気ならできたけど、その晩はなんだかその気がなくって、だからそこに坐ったの。そこからは彼が丘の上に駆けてゆくのが見えた、月の光に輝いた体でね――それから彼は小川のほうへ駆けおりていった。

「あたいはそこに寝てた。ただ空だけしか見えなくて、長いことそのままいたみたいな気がするけど、そしたら急に空のなかにドナルドの顔が現われた、あたいの上にね。彼はまだ濡れていて、その濡れた肩や腕には月の光が流れ落ちてるみたいで、そして彼はあたいを見つめた。あたいに彼の眼は見えなかったけど、でもその二つの眼があたいにさわってるような感じだった。彼に見つめられると、なんだか自分が小鳥になったみたいな感じ――まるで自分が地面から上へとすくいあげられるみたいな感じになる。でもね、あの時は少し違った感じもあったわ。彼は走ってきたんで喘《あえ》いでいるのが聞えたし、それにあたいの中でも何かが喘いでるみたいに感じたもの。あたい、恐かったけど、恐くもなかった。なんだか、あたいたち二人のほかは、何もかも死んじまったみたいだった。そしてそれから彼が言ったわ――

『エミー、エミー』

「こんなふうな呼び方だったたよ。そして、それから――それから――」

「ええ。それから彼はあんたを愛したのね」

エミーは突然に身をそむけ、相手は彼女をしっかりと抱いた。「それなのに、いまのあの人はあたいが誰だかわかりさえしない、あたいが誰だかわかってさえくれないんだよ！」と彼女は嘆いた。

ミセス・パワーズは彼女を抱きつづけ、しまいにエミーは片手をあげて、顔にかかった髪を払いのけた。

「それからどうしたの？」とミセス・パワーズは促した。

「それからその後、二人は抱きあったまま横になってて、あたい、気持が静かで、とてもいい気持になって、そして牛がいくつも来ては、あたいたちを眺めて、向うにいったりして。彼の手がね、あたいの肩からずっと脇腹の下のほうへ、手のとどくとこまでなでていってまた戻ってきた、ゆっくり、ゆっくりとね、あたいたちなんにも話しないで、ただ彼の手があたいの脇をあがったり下ったりして――とても滑らかに、静かにね。それから、少ししたら、あたいは眠りこんじまったわ。

「それから目を覚ましたら、夜が明けかけていて、あたいは体がこわばって、濡れてて寒かった。彼はいなくなってた。……でもね、彼が戻ってくるって知ってた。そのとおりだったわ、黒苺をすこし持ってね。それを食べながら、東のほうが明るくなるのを見つめてた。それから黒苺がなくなると、あたい、また体の下の草が冷たくて濡れてるのに気がついたし、彼の頭のむこうにある空だって冷たい黄色になって見えた。

「少ししてからまた水溜りの所へ戻って、彼は服を着るし、あたいのパジャマも見つけてくれて、あたいがそれを着た。どんどん明るくなってきて、それなのに彼はずっと家まであたいと一緒にゆきたがるの。だけどあたい、そうさせなかった。あたいだけならどんなことが起っても気にならなかったけどね。やっぱり門を通ったとき、ポーチに父ちゃんが立っていたんだよ」

エミーは黙った。自分の物語を語り終えたらしい様子で、相手の肩にもたれたまま、子供のように平静な息づかいだった。

「そしてそれからどうなったの、エミー?」とミセス・パワーズは再び促した。

「あのね、あたいがポーチにきて止ったとき、父ちゃんは言ったよ、『どこにいたんだ?』そいであたいが言った、『余計なお世話よ』そしたら父ちゃんが、『この淫売野郎、たたき殺してやるぞ』そいであたいが言ったわ、『さわってごらんよ』でも父ちゃんは手を出さなかった。あたいはもしさわられたら殺す気だと知っていたのさ。父ちゃんは家に入ってゆき、あたいも入って服を着換えて、着るものや何かをまとめて出ていったわ。それから二度と家へ帰らないまま」

「それからどうしたの?」

「ミセス・ミラーという名の洋裁店にいって縫い仕事をした、あたいがお金を稼げるまでは店に住んでていいと言ってくれたわ。そこに三日もいないうちに、ある日、牧師のマーンさんが入ってきた。ドナルドがあたいたちのことを話したといって、それからドナルドは戦争にいってしまった。だからあたいを迎えに来たのだと言ったわ。だからあたいはそれからあと、ここにいるわけ。だからあの時からドナルドに会ってなくて、それなのに今、彼はあたいを誰だかわかりさえしないんだもの」

「かわいそうな子」とミセス・パワーズは言った。彼女はエミーの顔を持ちあげた——その表情は静穏で清らかだった。彼女はもはや自分がこの娘よりも上の存在と感じられなくなった。だしぬけにエミーは立ちあがり、縫い物を集めた。「待ってよ、エミー」と彼女は呼んだが、エミーは立ち去ってしまった。

彼女は煙草に火をつけ、さまざまな家具が雑然と置かれた大きな暗い部屋に坐ったまま、ゆっくり煙草をふかした。しばらくすると立っていってカーテンを引いた。雨はすでに上っていて、洗い清められた空気の中を陽差しが長い槍になって、滴のたれる木々の枝を輝かせていた。

彼女は煙草をもみ消した、そして階段を降りかけると、そこに奇妙な様子の人影を認めた。それは牧師だった、ドアから振りむきざま彼女を見つめて、絶望に満ちた口調で言った——

「どうもドナルドの視力は回復しない、と医者は言っとるんですよ」

「でもあの人はここらの診療医ですわ。アトランタから専門医を呼びましょうよ」と彼女は相手の袖に手をふれながら励ました。

そしていまあのセスリー・ソンダーズ嬢が、みずみずしく光る草の間で早くも乾きはじめた小道ぞいに、気取った足取りを運んでくるのだった。

9

自分の部屋に坐っているセスリーは、薄色の繻子《しゅす》の下穿《したばき》をはいて薄いオレンジ色のセーターを着こみ、ほっそりした両足を別の椅子の上に投げあげて本を読んでいた。彼女の父親はノックもせずにドアを開けたが、そのままもの言わぬ不機嫌さで娘を見つめた。その視線をしばらく見つめ返してから、彼女は両足を下ろした。

「まともな娘がこんな半裸体みたいな格好で坐っていていいものかね」と彼は冷たくたずねた。彼女は本をかたわらにおき、立ちあがった。

「たぶんあたしって、立派な娘じゃないのよ」と彼女は生意気な答え方をした。父親は娘がその細い体を柔らかで透きとおるローブに包みこむのを見まもった。

「それを着て少しは身なりが改良された、とでも思っているのかね?」

「お父さんだって、ノックせずにあたしの部屋に入らないでほしいわ」と彼女は苛立たしげに言った。

「お前があんな坐り方をしてるんなら、これからは気をつけるよ」父親は自分がこれから言いたいことを言うには適当でない空気をつくりだしていると意識していた、しかしどうにも続けざるをえないと感じた、「お前の母親があんなふうに半裸体で自分の部屋に坐っている姿など想像できるかね?」

「それは考えたことなかったわ」彼女は慎ましいが反発の気持をみせて、暖炉によりかかった。「でもね、お母さんがしたいというんなら、あたし気にしないわ」

父は腰を下ろした、「ねえ、お前と話がしたいんだが」彼の口調は変化していたが、娘の方はベッドの裾にのって坐り、両足を下にまるめて相手をきつい眼で見やり続けた。わたしはどうも下手だな、と彼は考え、咳払いをしながら、「あのマーンの息子のことだがね」

娘は父を見つめ直した。

「今日の昼、彼に会ったんだよ」

この娘はわたしにすっかり話させようとしてるんだ。なんということだ、子供というやつは親の説教をむずかしくさせるような特別な才能をもっているな。ボブのやつさえこの頃はこの手を覚えはじめたんだ。

セスリーの眼は緑色で、はかりしれぬ深さだった。片手をのばすと衣裳テーブルから爪やすりを取った。驟雨《しゅうう》は止んでいて、雨はただ濡れた木の葉のささやきになっていた。セスリーは両手のほっそりとした優雅な指先に顔をかがめた。

「いいかね、わたしは今日マーンに会ったと言ったんだ」と父親は癇癪《かんしゃく》の高まる声で繰りかえした。

「そうなの? 彼、どんな様子だったの、お父さん?」その口調は実に優しくて、実に無邪気だったから、彼は安堵の溜息を洩《も》らした。娘を鋭く見やったが、しかしその顔は優しく漠としたままうつむいていて、ただその髪が暖かな赤い色を帯び、頰の線や柔らかで気弱そうな顎が見えるだけだった。

「あの青年は、どうもあまりいい状態でないなあ」

「彼のお父さんがかわいそうね」とセスリーは忙しく動かす手の間から同情を示し、「あの人にはとても辛いことね、そうでしょ?」

「彼の父親は知らんのだ」

セスリーは素早く見あげ、その眼は灰色に暗くなり、さらに暗くなった。娘も知らなかったのだな、と彼は悟った。

「知らないって?」と彼女は繰りかえした。「あんな傷を見て、悟らないわけがあるの?」その顔は青ざめ、片手をそっと自分の胸に当てた。「ということは——」

「いや、いや」と彼は急いで言った。「わたしの言うのはな、あの牧師さんが考えてることは——いや考えていないことはと言うべきかな——とにかく彼の父親は息子が旅で疲れきったということを忘れているんだ、わかったろ」と彼はぎごちなく言い終えた。素早く言葉を続けて、「お前に話したかったのもその点なんだ」

「彼と婚約しているということ? あんな傷をもった人となんて、あたし、どうしても我慢できっこないわ」

「いや、そうじゃあない、もしいやなら婚約しなくてもよい。今はあの婚約のことなど考えないことにしよう。ただな、彼がよくなるまで会いに行ってやりなさい、いいかね」

「でも、お父さん、できないわ。とてもできないわ」

「どうしてだね?」

「だって、あの顔。あたし二度と我慢できないわ」過ぎ去った苦しみの思い出に自分の顔もゆがめて、「あたしが我慢のできないこと、わからないの? あたしだってできればそうしたいわ」

「だがな、じきに慣れるものだよ。それに医者がうまくあの傷を縫って隠してくれるだろうしな。この頃の医者はどんなことでもするからな。そうさ、セスリー、今はどんな医者よりも、お前の方が彼の助けになるんだよ」

セスリーはベッドのすそにある手すりの上に重ねた両腕の方へ頭をかがめ、父親はそのかたわらに立って、片手を娘のしなやかで落ち着かぬ体に置いた。

「ねえ、それぐらいはしてやれるだろう？　ときどき立ち寄って会ってやるぐらい」

「どうしてもいやだわ」と彼女は嘆いた、「我慢できないのよ」

「まあ、それじゃあ、お前はあのファーという青年にも会えないことになるな」

セスリーは素早く頭をあげ、その体は彼の腕の下でこわばった、「そんなこと誰が言うわけ？」

「わたしが言うんだよ」と彼は優しいが確固とした口調で言った。

彼女の眼は怒りで青く、ほとんど黒っぽくなった。

「そんな邪魔はできないわ。できないって知ってるはずでしょ」セスリーは彼の腕から逃れようと、身をくねらせた。彼が押えると、頭をひねって横を向いた。

「わたしをごらん」と彼は静かに言い、もう一方の手を娘の顎に当てた。娘は抵抗し、その暖かい息が彼の手にかかるのを感じ、無理にその顔をこちらに向けた。娘の眼は彼をにらみつけた。「お前が婚約している青年を、しかも病気の青年をときどき見舞うことさえできないんなら、お前は他の誰と遊びまわるのも許されないよ」

娘の頰には彼の指の跡が赤くつき、両眼はゆっくりと涙をにじませた。「あたし、痛いのよ」と彼女は言い、父親は自分の手の中に柔らかでとりとめのない顎を感じ、そして腕の中にひよわな体を感じて、だしぬけに後悔の気持を覚えた。体ごと娘を持ちあげ、娘を膝にのせたまま椅子にまた坐りこみ——

「さあ」と娘の顔を肩に当てたまま、身をゆすりながら、ささやいた。「あんな手荒にするつもりはなかったんだよ」

娘はぐんなりと父によりかかり泣き続けていて、外では雨がその泣き声の合間に、屋根の上や木の葉の間でささやき続けていた。かなり長いこと、二人は軒の水滴の音や、樋《とい》の陽気な響き、部屋にある小さな象牙製の時計の音などを聞いていたが、それから娘が身動きし、彼の上衣に顔を埋めたまま、父親の首に抱きついた。

「このことはこれ以上考えないことにしような」と父は娘に言い、その首筋にキスした。娘は再びしっかりと父を抱き締め、それからその膝から抜けでて、鏡台の前に立ち、顔を白粉《おしろい》でたたきはじめた。彼も立ちあがり、娘の肩越しに鏡の中の汚れた顔や、その両手の巧みな細かい動きを眺めた。「話はこれでおしまいにしような」と彼は繰りかえしながらドアを開けた。ドアを閉めるときに見返ると、見せかけの透きとおるローブの下に着こんだオレンジ色のセーターはひっそりと輝いた色で、その細い背中の形をむきだしに見せていた。

妻の部屋の前を通ると、なかから妻が呼びかけた。

「ロバート、セスリーに何を怒ってたの？」と彼女はたずねた。

だが彼はそれを無視して階段を足音荒く下りてゆき、じきに妻の耳には彼が裏のポーチからトーブを叱りつけているのが聞えた。

ソンダーズ夫人は娘の部屋に入っていった、そして娘が急いで着換えているのを見た。太陽はふいに雨の中から顔を出し、洗われた清純な空気を貫く長い光の矢は雨滴の滴《したた》る木々の間に輝き渡った。

「セスリー、あんた、どこへゆくの？」と彼女はたずねた。

「ドナルドに会いによ」と彼女は答え、靴下を引きあげたり膝のあたりで巧みにそれを直したりしていた。

10

ジャヌアリァス・ジョーンズは濡れた草の上をうろつき、家の外をまわって台所の窓からのぞきこみ、エミーの背中や、体の前を左右に動く曲げた片腕をみとめた。彼はそっと踏段をのぼり、なかに入った。持ちあげたアイロン越しに見つめるエミーの眼は同情の気配さえない反発的なものだった。ジョーンズの黄色い眼は恥ずかしげもなくそれを受けとめ、アイロン台のほかは何もない台所の様子をずうずうしく眺めまわした。ジョーンズは言った――

「やあ、シンデレラ姫」

「あたいの名はエミーだよ」と彼女は冷たく言った。

「そうだった」と彼も平気で同意して、「エミーだったな。エミー、エムライン、エミイルーン、お月様《ルーン》――『汝《なれ》こそは恋うらめしきお月様』ちがうかな? それとも君はこのほうが好き?――『月の面《おもて》は悲しくて?』それとも、君はもっと適切なる、または不適切なる定義を下せるかい? いや、もうちょっと気取れるかなあ。うん。アイオロスは気取れたと思ったね、うっとりね。もっとも、あの時の彼女は道具立てがよかった――夕暮れの窓辺に身をもたせてて、その悲しみをふちどる金色の髪をもっていたものね。君は金髪じゃあないみたいだなあ、いや、それにしてもその髪、ちょっと気取った形にしたらいいのに。ああ、この焦燥の若き世代よ! すべてを気取りめかさんともがくなり――彼らの複合観念《コンプレックセズ》ばかりか、そのお尻の格好まで!」

彼女はすげなく背を向けて、ぴんと伸ばした布の上にアイロンを動かしはじめた。彼が静かで物音もたてぬので、どうしたのかと気になって振りかえると、相手はすぐ間近に迫っていたので、彼女の髪は相手の顔をこすった。アイロンをつかんだまま、彼女は悲鳴をあげた。

「おー、わがあでやかなる美人よ！」とジョーンズはおきまりの口調でささやき、両腕にひしと抱きしめた。

「放してよ！」と彼女は相手をにらみつけながら言った。

「君のせりふは間違ってるよ」とジョーンズは親切に教えて、『放しやがれ、この下郎、さもなくば辛《から》き目に遭《あ》うぞ』——こう言わなければ、いけません」

「放してよ」と彼女は繰りかえした。

「大事な書類のありかを教えぬかぎりは」と彼は、太った体にもったいをつけ、黄色い眼を死人のもののように無表情にして答えた。

「放してよ、さもないと火傷《やけど》させるよ」とエミーは怒ってアイロンを振りかざしながら叫んだ。二人は互いに見つめあった。エミーの眼は猛々《たけだけ》しい拒否の色をみせていて、ジョーンズはしまいに言った——

「本気でする気だろうかね」

「本気かどうか、見てたらいい」と彼女はかっとなって言った。しかし、ジョーンズは素早く彼女を離して飛びのいた。エミーは赤らんだ手で上気した顔から髪を払いのけ、燃えるような眼でにらんで、「出てゆきな」と命じた。そしてジョーンズは、気軽にドアのほうへ歩きながら、不満げに批評した——

「どうも、ここの女連中って、どうかしてるなあ。みんな山猫だ。凄《すさ》まじいや。ところで、あの瀕死の英雄、今日はどんな具合かね？」

「さあ、出てゆけ」と彼女はアイロンを振りながら繰りかえした。彼はドアから出ていって後手にそれを閉めた。それから再びそのドアを開け、退場する際の大仰な身振りで深々とお辞儀をしてみせた。

暗い廊下に立って、彼は耳をすませた。玄関からの光が直接に彼の顔へ当り、それで散在する家具は輪郭だけが見てとれる。足をとめたまま耳をすます。いや、彼女はこの家にいないな、と彼は判断した。彼女がいれば、もっと話し声が聞えてくるはずだ。あの娘、猫が水をきらうみたいに、黙りこんでるのがいやなんだ。セスリーと沈黙――水と油だ。それも自分ひとりで喋りたがるという口なんだ。手におえん小娘だよ。彼女の昨日のあの言葉、どういう意味だったのかな。それにジョージもだ。あの娘は男扱いがすばしこいから、その気なら男を束にしてさばけるだろうな。まあ、いいや、明日という日もあるんだ。ましてや、今日だってまだ過ぎたわけじゃあないし。行って、あの大木《たいぼく》牧師でもからかってこよう。

書斎のドアで、彼はギリガンと出会った。はじめ相手が誰だかわからなかった。

「これは驚いた」と彼はようやく言った、「軍隊はすっかり解体したんですか？　するとパーシング将軍はいま、敬礼する兵隊もいなくなって、何をやってますんですかね？　わが国は戦争を遂行するのに必要な人数をかろうじて備えたが、それが今後の平和を前にして――実に絶望的状況だ――」

「何の用だい？」とギリガンは冷淡に言った。

「いや、失礼、何でもありません。どうもありがとう。ぼくはただ台所にいたわが若き友達を訪問しまして、そのついでにヘルメス神（ギリシャ神話の神。これが翼を持つことでマーンを諷している―訳注）の弟をお見舞いしようと思いまして」

「誰の弟だって？」

「では、口語体に直して申しますと、マーン氏の息子のことでしてね」

「牧師が一緒にいるんだ」とギリガンは荒っぽく言った、「いま入らんほうがいいぜ」彼はくるりと身をまわした。

「なるほど、そのとおりですな」とジョーンズは立ち去っていく相手の背中に向けて言い、「いや、あなた、全く、そのとおりですな」欠伸《あくび》をし、廊下のなかをぶらついた。玄関口に立ちどまり、思案するふうでパイプを詰めた。またもおおっぴらに欠伸をした。右手に一つのドアが開いていたので、その形式ばった風通しの悪い部屋へ入った。ここには燃えかすのマッチを置くに便利な窓の張り出しがあったからその傍に坐ると、両腕を別の椅子にのせた。

それは気の滅入るほど大きな部屋であって、誰かの祖先たちの陰気な肖像画がずらりと並んでいたが、彼らはその共通の特徴として、いずれもが胃病持ちではないかと思える表情だった。それとも彼らは各時代ごとの「老水夫」それもまだ阿呆鳥《あほうどり》を食わない前の「老水夫」の肖像たちと言えようか（コールリッジの長詩を参照―訳注）。（腐った魚を食ったたって、あんな顔つきにはなるまいな、とジョーンズは思いながら、いかにも消化不良に悩むらしい苦渋の眼つきの群れから顔をそむけた。牧師が地獄を信じているのも無理はない。）一台のピアノがあるが、それはもう何年となく開けられていなかったから、もし開けて鳴らせば、たぶんあの肖像画の顔の表情と同じような音を出すことだろう。ジョーンズは立ちあがり、書棚からミルトンの『失楽園』を取りだした（どうも罪深い人間が取りだす本にしてはちょっと陽気だな、と彼は思った）、そして椅子に戻った。椅子は堅かったが、ジョーンズの体はそうではない。彼はまたも両脚を投げあげた。

牧師と見知らぬ者とが彼の視野に入ってきて、会話をつづけながら入口のあたりで立ちどまった。その見知らぬ人は立ち去り、あの黒い髪の女が現われた。牧師との間に数語が交わされた。ジョーンズは肉欲的な眼でゆっくりと眺め、そのしっかりとして柔軟そうな体つきに首をうなずかせ、そして——

そしてこの場景にセスリー・ソンダーズ嬢も登場してきたのだった——薄い藤色の服の腰には緑のリボンをつけ、雨滴に輝く芝生の間で早くも乾いてゆく砂利道を、繊細な足どりで歩いてくる。

「アンクル・ジョー！」と彼女は呼んだが、その時にはすでに牧師は書斎に引っこんでしまっていた。彼女を迎えたミセス・パワーズに向って、「あら、こんにちは。あたし、ドナルドに会っていいかしら？」

玄関の欄間から落ちる美しい薄明り、その下にきた彼女は、あちこちと見まわして、窓辺に背をもたせて坐っている人影を認めた。ドナルド！　と言い、部屋のなかへと小鳥のように飛んでいった。片手で自分の眼を覆い、もう一方の手は伸ばした姿で、小刻みの早い靴音をたてて駆けより、彼の足もとに身を沈めてその膝に顔を埋めた。

「ドナルド、ドナルド！　あたし、あなたの顔に慣れるようにするわ、一生懸命にね！　ねえ、ドナルド、ドナルド！　ほんとにひどい顔！　でもね、あたし、慣れるわ、きっとよ」と彼女はヒステリックに繰りかえした。その手は盲目に探って彼の袖にさわり、その腕を滑りおりて、彼の手をつかむと自分の頬の下に引きあげ、しっかり握りしめたまま、「昨日のこと、許してね。これからはね、ドナルド、あなたの気持を傷つけるようなこと、けっしてしないわ。あの時は仕方なかったのよ、でもあたし、愛してるわ、ドナルド、あたしの大切な人、あたしのものよ」彼女はその膝に、さらに深く顔を埋めた。

「ドナルド、あたしを抱いてちょうだい」と彼女は言った、「あたしがまた前のように、あなたとしっくりくるまで」

彼は承諾し、相手の身を引きあげにかかった。ふと、上衣に見覚えのあるような気がして、彼女は顔をあげた。それはジャヌアリァス・ジョーンズだった。

彼女はぱっと立ちあがった。「この助平男、どうして違うと言わなかったのよ!」

「これはお嬢様、神様の贈り物を拒む者など、この世におりましょうか?」

しかし彼女はそんな言葉に耳をかさなかった。ドア口にはミセス・パワーズがいて、興味ぶかげに見まもっていた。あの女ったら、あたしを笑ってるんだわ! とセスリーは逆上しかねぬほどの怒りにかられた。その眼は青い短剣になり、声は滴る蜜のように甘くなった。

「あたしって、なんてお馬鹿さんなんでしょ、ろくに見もしないで」と彼女はぬけぬけと言った、「あなたを見たもんだから、あたし、ドナルドがそばにいるものと思いこんでしまったの。だってあなたって、もしあたしが男だったら、いつもあなたのそばから離れたがらないような人ですものね。でもね、あたし、あなたとミスター――ミタスー・スミスが仲良しだったの、知らなかったわ。もっとも、太った人って魅力的だとは聞いたことあるけど。ドナルドに会っていいかしら――かまわないこと?」

怒りが彼女に勇気を与えたのだった。それで書斎に入ったときも、その傷をふくめてマーンを嫌悪もなしに見ることができた。牧師に挨拶のキスをしてから、素早く優雅に、ただし眼はその傷痕《きずあと》からそむけたまま、ドナルドの方に向いた――ドナルドは彼女を静かに、感動もなしに、見まもった。

あなたのおかげで、あたし、道化役をやってしまったのよ、とセスリーは怒りを滑らかなささやきに変えて話しかけ、やさしく彼の口にキスした。

無視されたジョーンズは後から廊下を横切ってゆき、書斎の閉じたドアの外に立って耳をすまし、なかのセスリーの気取った早口のおしゃべりを無表情なドア板ごしに聞いていた。それから身をかがめ、鍵穴からのぞいた。しかし何ひとつ見えないで、ただ腹のあたりをズボンで締めつけられるのに息苦しくなり、それにズボン吊りが肉づきのよい肩に痛く食いこむのを感じて立ちあがると、そこにはギリガンの冷淡な思案ぶかそうな視線があった。ジョーンズ自身の黄色い眼は急に空《うつ》ろになった、そしてギリガンが不動の反感をみせて立っている周囲をぐるりとまわって、玄関のドアへ向った——さりげなく、口笛を吹きながら。

11

セスリー・ソンダーズはまだ冷えきらぬ怒りの炎にくすぶりながら家に帰った。家への角を曲ると、ヴェランダから母親が彼女の名前を呼び、見ると両親がそこに並んで坐っていた。

「ドナルドはどうでした?」と母親がたずね、返事を待たずにまた言った。「あんたが出ていってから、またジョージ・ファーが電話してきたよ。出かけるときは伝言を残しておいてちょうだい。さもないとトーブがいつも仕事をやめて電話に走り寄らなくちゃあならないからね」

セスリーは返事もせずに、ポーチへ開いたフランス窓から中へあがりかけたが、しかし父親は彼女の手を捕えて止めた。

「今日のドナルド、どんな様子だった?」と彼は妻と同じ質問を繰りかえした。

セスリーの手はこわばったまま父の手から離れようともがいた。「知らないわ、それに気にもしないわ」と彼女はすげなく言った。

「あら、あんた、あそこへ行かなかったのかい?」その母親の声はかすかに驚きの筋を引いて、「行ったものとばかり思ったけど」

「お父さん、放してよ」その手は落ち着かなげにもがいた。

「あたし、服を着換えたいのよ」父はそのこわばった細い骨を感じた、「お願い」と彼女は哀願した。そして父は言った——

「ここにおいで」

「まあ、ロバート」と妻がさえぎった、「あなた、この子の自由にさせると約束したでしょ」

「セスリー、ここへおいで」と父は繰りかえし、娘は力をゆるめ、父の椅子の肘掛けに身を据えた——落ち着かなげに、苛立たしげに坐ると、父は彼女の身に腕をまわした。「おまえ、どうして牧師館に行かなかったんだい？」

「ねえ、ロバート、あなた約束したでしょ」と妻はむなしく同じことを言った。

「お父さん、放してよ」娘は薄地の淡い色の服の下で身を固くし、なおもつかまれたまま言った——「あたし、行ったことは行ったわ」

「ドナルドに会ったかね？」

「もちろんよ。あの黒い髪のいやな女が、しまいに数分だけ彼に会わせてくれたわ。もちろん自分の眼の前でね」

「ねえ、あなた、黒髪のいやな女って何のこと？」とソンダーズ夫人は好奇心をみせてたずねた。

「黒髪の女？　ああ、あれはミセス何とかといったなあ——なんだ、セスリー、お前と彼女は仲のよい友達かと思っていたよ。彼女って、冷静で頭のいい人かと思ったがね」

「さあ、どうかしら？　ただ——」

「セスリー、その黒髪の女って誰？」

「ただね、お父さん、あなたも彼女に惚れこんでるなんてこと、ドナルドには知らさないほうがいいわよ」

「おい、おい、セスリー、そりゃあどういう意味だね」

「あら、そうやってとぼけるほうが利口かもしれないけど」とセスリーは緊張した口調のまま、「でもあたしだって自分の眼を持ってるわ。あたしに見抜けないと思って？　シカゴかどこだか知らないけど、そんな遠くから彼についてくるなんて、ただの関係と思える？　それでもお父さんはあたしに知らんぷりをしろと――」

「誰がどこから来たって？　セスリー、どの女のことよ、ロバート、どの女のこと？」二人は母親を無視した。

「おい、セスリー、それは彼女に公平じゃない。あんまり、興奮するんじゃないよ」

彼の手につかまれたセスリーはなおも脆弱な頑固さを捨てなかった。

「問題はそんなことじゃないのよ――女のことなんて、あたしとっくに気にしないでいるのよ、だって彼は病気だし、前からのこともあるんですもの――女の子のことについてはね。ほら、戦争前にもあったわ。でも今度は、彼、あたしを公衆の面前で侮辱したのよ――今日の午後、彼は――彼は――放してよ、お父さん」と彼女は頼みを繰りかえし、父から離れようともがいた。

「だけど、セスリー、どんな女なのよ？　女のことって、いったいなんなのよ？」と母親の声は苛立っていた。

「いいかね、セスリー、あの子が病気なのを忘れちゃあいかん。それからわたしはお前よりもミセス――ええと――ミセス・パワーズのことはよく知ってるんだ」父はその手を動かしたが、なおも娘の手首をつかんだまま、「それでね、お前――」

「ロバート、その女って誰のこと？」

「――今夜、改めて考えなさい、明日の朝、話そう」

「いやよ、あたし、彼とは別れるわ、ほんと。あの女の前であたしを侮辱したんですもの」その手を振り放して彼女は窓の方へ素早く動いた。

「セスリー」と母親は娘の服が滑らかに回転して遠ざかる後から呼んで、「あんた、ジョージ・ファーに電話をかけるつもり？・」

「いやよ！　彼がこの世に一人っきりの男だとしてもいや。男なんて大きらい」素早くひびく足音は階段のうえに消え去っていき、やがてドアがばたんと鳴った。ソンダーズ夫人は椅子をぎしぎし鳴らして坐りこんだ。

「さあ、ロバート」

そこで彼は妻に話して聞かせた。

12

セスリーは朝食に現われなかった。父親は彼女の部屋まで昇ってゆき、そして今度はノックした。

「はい？」娘の声は木のドア越しに、細くぼんやり聞えてきた。

「わたしだよ。入ってもいいかね？」

返事はなかった、そこで彼は入っていった。彼女はまだ顔を洗いさえしていなくて、枕にのせた顔は眠気に赤らんで子供っぽかった。部屋には若い肉体の気ままな憩いの雰囲気が漂い、それは父の鼻を香水のように刺激して、彼は居心地悪く、なんとなし場違いなぎごちなさを感じた。ベッドの端に腰を下ろし、娘の従順な手をおずおずと握った。手は何の反応もなかった。

「今朝はどんな気分だね？」

娘は返事もせず、気怠《けだる》げに自分の優越性を感じとっており、父の方は相変らずの気軽な態度をとり続け——

「今朝はあのかわいそうなマーン君について、少しは気持が直ったかね？」

「彼のことは頭から追い出したわ。彼、あたしをもう必要としないもの」

「もちろん、必要とするさ」と心をこめて言い、「みんなはお前が彼の最上の薬になれると思っているんだ」

「どうやったらなれるの？」

「どうやったらだって？　それはどういう意味だね？」

「だって彼、自分用の薬は自分で持ってきたんでしょ」

その冷静さ、まったくいやになるほどの冷静さ。父親は昨日の怒りに自分を駆りたてるよりほかないと思った。この連中を扱うには、あれしか方法はないんだ、しようのないやつらだ。

「お前、こんなこと考えたことはないかい――わたしはわたしなりに、このことについてはお前よりもよく知っているのだ、と――」

娘はその手を引いて毛布の下に滑りこませ、返事もせぬばかりか父親を見やりさえしなかった。

彼は言い続けた、「セスリー、お前は馬鹿みたいに振舞っているよ。あの青年は昨日お前になにをしたというんだね?」

「彼ったら、もう一人の女の前であたしを侮辱したの。でもその話したくないわ」

「だけど、いいかね、セスリー。彼がもう一度治るかどうか、それがお前にかかっているときなのに、それでもお前は彼を見舞う気が起きないかね?」

「彼にはあの黒い髪の女がいるのよ、彼女が自分の経験をつかって治せないんだとしたら、あたしにはとても無理だわ」

父親の顔はゆっくり赤らんできた。娘は無表情に彼を見やり、それから枕の上の頭を転じて、窓の外を見つめた。

「するとお前は彼にこれ以上会いたくないと言うんだね」

「ほかにどうしようもないでしょ? 彼ったら、あたしにお節介やかれるのはいやなのよ、それ、はっきりしてるんだわ。お父さん、あたしが歓迎されないとこへでもあたしをゆかすつもりなの」

父は怒りを呑みこみ、なんとか冷静に話そう、娘の冷静さに対応しようと試みた。「わたしがお前になにも無理強いしないのは、わかっているはずだ。わたしはただあの青年が独り立ちするのを助けたいと思っているのだ。あの青年がお前の弟のボブだと思ってごらん、弟があんなふうにベッドに横たわっていると想像してごらん」

「そんならお父さんが自分で彼と婚約したらいいわ。あたしはいやよ」

「わたしをごらん」と父が意外に静かな押えた口調で言ったので、娘は思わず身動きもせず、息を詰めた。父は荒っぽい手つきで娘の肩をつかんだ。

「そんなに荒っぽくしなくてもいいわ」と娘は彼に冷静な口調で言い、顔をそむけた。

「お聞き。お前はあのファー青年にもこれからは会えんのだぞ、わかったかね?」

娘の両眼は海の水のように測り知れぬものだった。

「わたしの言ったことわかったかね?」と彼は繰りかえした。

「ええ、聞えるわ」

父は立ちあがった。二人は驚くほどよく似ていた。父はドアの所で振りかえり、娘の頑固で冷静な視線を認めた。

「本気で言っているんだぞ、セスリー」

娘の眼は急に曇った。「あたし、男なんて飽きあきしたわ。あたしがそんなこと気にすると思って?」

父親の背後でドアが閉ると、彼女はその謎めいたペンキ塗りのドアを見つめたまま寝ていて、五本の指を軽く乳のあたりに走らせた、それから腹部へと移り、毛布の下の肉体の上にいくつもの同心円を描きながら、赤ちゃんを持つのはどんな感じだろうと空想し、そんな時がきて自分のほっそりした少年めいた魅力をすてるのはいやだと思い、自分の美しい体を痛みで汚すなんて……

13

薄青い麻地の服を着たセスリー・ソンダーズ嬢は、朝の挨拶に寄ったというふりで、おしゃべりをしながら隣りの家へ入った。女たちは彼女を好きでなかったし、それをセスリーも知っていた。それでいて彼女は要領を心得ていた――すなわち、本気ではないにしろ、いつも礼儀正しい調子で話しかけてその場の人々の気分を和らげる要領を知っていたのだ。その巧みさ、優美でしとやかな態度が見事だったので、女連中もただ彼女のいないときだけ悪口を言うのだった。近所の女の誰ひとり、彼女に抵抗できなかった。彼女はいつも他の人たちの噂話をするのが好きだった。ただし、後で探ってみると、噂話をした本人は彼女ではないのだった。これはなかなか技術を要することなのだ。

セスリーはこの家の女主人が木鉢に植えた草花の間をうろつく間しばらくおしゃべりをし、それから頼んで許可を得ると、電話を使うために家に入った。

14

郡役所の外廊下をなにげなくうろつきながら、ジョージ・ファー君は向うの日陰の道から近寄ってくる者こそまさしく彼女だと認め、その足早な落ち着かぬ歩き方を見まもっていた。その姿を眼のなかでなぶるように味わいながら、悦に入っていた。女を扱うのはこういうふうにするのさ、女のほうから男にやって来さすのが本当なのさ。彼は自分がこの三十時間に五度もむだに電話したことを忘れていた。ところがその得意な気持も彼女の素振りを見ていて揺らぎはじめた。彼女は偶然に彼を見かけたといった驚きの様子をみせ、いかにもなにげなく挨拶してみせたからだ。

「参ったぜ」と彼は言った、「二度と君が電話に出ないのかと思ったよ」

「あら、そう」と彼女は立ちどまったが、それは急ぎの用事の途中で止められたとでもいいたげな、不愉快な姿勢だった。

「病気だったのかい?」

「ええ、そんなふう。とにかく」と歩きだしながら、「あなたに会えて嬉しかったわ。あたしが家にいるとき、いつかまた電話してね。いいでしょ」

「だけど、セスリー」

彼女はまた立ちどまり、いかにも優雅な我慢強さをみせて肩越しに振りかえり、「なあに?」

「どこへゆくんだい?」

「あら、今日はお使いにゆくのよ。お母さんに買物を頼まれたの。さよなら」再び歩きだして、その青い麻の服は歩くにつれて繊細な鮮やかな形を作りだす。黒人の馭者の乗った馬車が二人の間に割りこんで通りすぎた――それはあたかも『時間』のように二人の間をのろのろ過ぎてゆく――彼にはその馬車が永久に過ぎ去らぬように思え、それで急いでそのまわりをまわって彼女に追いついた。

「気をつけてよ」と彼女は急いで言った、「お父さんが今日は町にいるのよ。あなたにはこれ以上会えないことになってるの。家《うち》の両親、あなたをだめだというのよ」

「どうして?」と彼は呆然としてたずねた。

「知らないわ。たぶんあなたが他の女と遊びまわっているとでも聞いたもんで、あたしを堕落させる人と考えたんでしょ。たぶん本当かもね」

煽《おだ》てられて、彼は言った、「おい、よせよ」

二人は日よけの下を歩いた。眠そうな騾馬《らば》や馬をつないだ馬車の群れは広場のなかで動かなかった。それらの上に積み重なり、取り巻き、埋めつくすように、体を洗わぬ黒人たちの強烈な匂い――彼らは濃いオリーブ色の払い下げ軍服を着こんでいて、ゆっくりした物憂げな声やのんきで気安い笑い声には底になにか本質的な悲しみと抵抗しがたいものが潜み、彼らは午後の陽差しのなかで物憂げに横になっている。

その町角にはドラッグ・ストアがあって、両側の窓には同じ型のガラス鉢が置かれ、なかには以前はそれぞれ赤と青であった水が入っていたが、幾夏もの日に照らされて今ではそれが同じ薄茶色に変っていた。彼女は男を手で止めた。

「ジョージ、これ以上来ちゃだめ、お願い」

「おい、よせよ、セスリー」

「だめ、だめなのよ、さよなら」そのほっそりした手はその場に彼を押しとどめた。

「入ってコカコーラを飲もうよ」

「だめ、できないわ。用事がたくさんあるのよ。ごめんなさい」

「じゃあ用事をすました後で、な」と彼は最後の頼みとして申し出た。

「約束できないわ。でもそうしてほしいんなら、ここに待っててよ、できたら戻ってくるから。ただし、あなたがそうしたければ、のことよ」

「いいさ。ここで待ってるよ、セスリー、来てくれよ」

「約束できないわ。さよなら」

セスリーが離れ、気取って優雅に遠ざかってゆくのを、彼はやむなく見送った。ちぇっ、彼女は来ないさ、と彼はつぶやいた、だが来るかもしれないという恐れからそこに釘づけとなり、彼女の姿が見えなくなるまで見送った――彼女のほっそりした独特の体つきがちらちら見え、次第にその頭だけが他の人々の頭の間で小さくなってゆくまで見送っていた。煙草に火をつけ、ドラッグ・ストアに入っていった。

しばらくすると郡役所の時計が十二時を打ち、彼は五本めの煙草を投げ捨てた。えい、くそ、これ以上あの女に待ちぼうけを食わされんぞ、と彼は罵った。罵ったおかげで気分が軽くなり、網戸を押し開けた。

彼は急いで店の中に飛びこみ身を隠したから、滑らかな髪と白いジャケットを着たバーテンが、興味深げに、「何で隠れるんだい?」と言った。セスリーはデパートに勤める結婚した若い男と並んで陽気に話しながら通り過ぎ、なにげない様子でふと眼を向けたが彼を見つけなかった。

怒りと嫉妬に身を絞られながら、彼はセスリーが角を曲ったと知るまで待った。それからドアを外側に力まかせに開いた。滅多やたらにまたも彼女を罵り、すると誰かが背後から、「ミスト・ジョージ、ミスト・ジョージ」と単調な声で呼びつつそばに寄ってきた。振りかえると黒人の少年がいた。

「何の用だ？」と彼は荒っぽく言った。

「あなたに手紙」と黒人少年は冷静に答えて、その礼儀正しさで彼に恥ずかしい思いをさせた。彼はそれを取り、子供に小金《こぜに》を与えた。手紙は包み紙の破片に書かれ、内容はこうだった――『家の人たちが寝たら、今夜きて。あたしは出られないかも――でも来て――もし来たければ』

彼はそれを読み、また読み返し、その下手な落ち着かぬ字体を見つめ続け、しまいに手紙の言葉そのものは彼の心に何の意味もなくなってしまったのだ。彼は安堵の気持に溢れて眼がまわるほどだった。なにもかも――古風で静かな郡役所、楡《にれ》の並木、つながれた眠たげな馬や騾馬、濁ったように固まっている黒人たちや、そののろまな間のびした話や笑い声、すべてが前とは違って思えた、物うげな真昼の下にあるすべてのものが愛らしく、美しく思えた。

彼は大きく息を吸いこんだ。

第四章

1

ジョージ・ファー君は自分を魅力たっぷりの男性だと思いこんでいた。こういう男性的魅力というのは顔に出るものかな？　と彼は考えて、行きかう男たちの顔を鋭く見つめはじめた——そういう魅力を持つ顔と持たぬ顔があるはずだと思いこみたかったのだが、正直のところ、何の区別も見分けられず、落胆し、少しばかり憂鬱になった。変だな。男の顔なんて、そういう魅力を現わさなければ、役に立たない雁首と同じじゃないか？　女にもてる男たちが会ったら、口に出さないでも（ジョージ・ファーは紳士だったから、あけすけの自慢はしない）自分たちは魅力ある男性なのだと互いに通じ合えるはずだ——そうなったら素敵だな——いわば無意識のうちに通じ合う信号みたいに自動的に結びあう装置が備わっていて、色男同士はすぐと互いに知り合えるとしたら。もちろん彼ははじめて恋人を持って有頂天になっているのではない。しかし今度のこんな娘とははじめてなんだ……それから彼の心には嬉しい考えが浮んだ——世間には自分ほどの魅力のある男は少ないんだ、ほかのどの男にだってこんな素敵なことは起らないんだ、どんな男も彼にこんなことが起るなんて想像さえできないんだ……。とにかく自分だけはよく知ってるんだ。彼は口のなかの甘味のようにこのひそかな考えを頭のなかでしゃぶりつづけた。

あの時の彼女は、泣きながら真暗な家へ寝巻姿で駆けこんでいった……このシーンを再び思いだしたとき、（思いだす？　いまはこのことのほか何も思っていないのじゃないのか？）彼は自分を男性的で、ひとに傑れた優しい人物だと感じた。彼女は大丈夫さ、心配ないのさ、娘って、一度はあれをするんだから。

しかしながら、このゼウス神のごとき平静さは長く続かなかった——はじめは電話を二度もかけたのに彼女が出なかったので、その平静さが少しぐらついた、そして午後も遅くなって、彼女が女友達と二人で車に乗って彼のそばを、完全に彼を無視して通りすぎたとき、その自信は粉々になってしまった。彼女はぼくに気づかなかったんだ。（おい、気づいたのは知ってるだろ）彼女はぼくに気づかなかったんだ！（お前、彼女が気づいてたことを、お前はよーく知ってるんだ）

日の暮れかかるころには、激しくはないが彼なりの軽い狂気の淵におちこみそうになった。それから陽が落ちて涼しくなると、気持も冷えてきた。なにひとつ感じなかったが、それでいて、彼女が町にくれば現われるに違いない町角のあたりを、さまよう亡霊のようにうろついた——それしかできないという感じだった。それから突然に恐怖を覚えた。彼女がもし別の男と一緒にいるのを見たら、どうしよう？　死んじまいたい気になるぞ、そうわかっていて、だから傷ついた獣のようにどこかへいって身を隠していようと思うのだが、体のほうが動こうとしないのだった。

彼女だ、と眼に映じることは幾度もあったが、それが違う女性だとわかるたびに、それで自分がなにを感じたかさえ自覚しないのだった。だから彼女が本当に町角に現われたときには、はじめ、彼は自分の眼を疑った。まず最初に彼女の弟のほうをみとめ、それからセスリーをみとめると、とたんに彼の全生命力は両眼に集中してしまって、体のほうは不格好で醜い身振りのまま粘土細工になってしまった。自分が石の記念碑と化して凍りついたのが時間にしてどれほどの長さだったか、自分にもわからなかったが、その間も彼女とその弟は彼の視界のなかをゆっくりと容赦なく動いていて、それから彼の生命力は動きだし、両眼から流れ出て再び体に戻っていって両腕や両脚への彼の支配力を復元させ、かくして彼は一時的な盲目状態となって彼女の後から走りだしていた。

「やあ、ジョージ」と息子のロバートが友達のつもりで、気軽く彼に挨拶した。「映画を見にゆくの?」

彼女は素早く、さりげなく相手を見やった――いかにも恐ろしくていやらしいものを見るときのように。

「セスリー――」と彼は言った。

彼女の眼は暗く、黒かった、そして顔をそむけて、足どりを早めた。

「セスリー」と彼は嘆願し、彼女の腕に触れた。

その接触と同時に彼女は身を縮めながら身ぶるいした。

「やめて、さわらないで」と彼女は傷《いた》ましい調子で言った。その顔は蒼ざめて血の気がなかった、そして彼は取り残されたまま、彼女と弟とが去ってゆく姿を――とくに彼女の体のひよわな動きにつれて流れる柔らかな服の動きを、見まもっていた。そして彼もまた、何かはわからぬが彼女の抱いた苦痛と恐怖とを自分も共感しているのだった。

2

哀れな男ドナルド・マーンの帰還は『九日間の驚異』さえ作りだせなかった。訪ねてきたのは、好奇心と親切心のまざった近所の人々——陽気な調子で気取って立ったり坐ったりする男たち、彼らはただの商人根性しかなく、戦争というものはただ大統領の浮き沈みの副産物であって、ドルと関係のあるときだけ気にかかるといった連中だ、そして彼らの妻たちはマーンの額《ひたい》の恐ろしい傷の上で互いの服装のことをしゃべりあっていたし、牧師とは気軽な交際をする少数の人々は庶民的にネクタイなしでやってきて、噛み煙草で頬をふくらませたまま低い声で話すが、自分の帽子だけは、もじもじしながらもけっして脱いで渡そうとしない——マーンとは遊び友達で、ダンスをしたり夏の夜に彼が送り迎えした娘たちは、彼の顔を見ようと一度はやってくる、それからひと目見て吐き気を押えながら顔をそむけ、二度とは訪ねてこない、ただし最初のときに彼の顔が隠されているときは別だ（その場合でもしまいには見る機会をつかんでしまうのが常だったが）。青年たちは訪問しても長居しなかった、なにしろ相手が戦争の話をぜんぜんしなかったからだ——こうした訪問がつづく間、マーンの陰気なる執事役のギリガンはこれらの連中を一様に冷静に、素っ気ない能率の良さでさばいていった。

「さあ、帰りなよ」と彼は息子のロバート・ソンダーズに繰りかえした。この息子は、負傷した兵隊がいて素敵におもしろいことがあるからと約束して一群の友達を引きつれ、ここを訪問していたのだった。

「あの人はぼくの姉さんと結婚するんだ。ぼくが彼に会えないなんて、変だと思うな」と息子のロバートは抗議した。彼は、金鉱があるからと仲間をそそのかしたのに金《きん》が掘り出せないでいる男と同じ立場にいて、困りきっていた。みなに嘲《あざけ》られ、なんとか自分の立場を正当化しようと、懸命にギリガンに訴えていたのだ。

「さあ、帰りな。見世物は終ったんだ。行きな」ギリガンは彼の顔の前でドアを閉めた。階段を下りてきたミセス・パワーズが言った、「何だというの、ジョー?」

「あのソンダーズの馬鹿息子が仲間をひと山引っぱって彼の傷を見にきやがった。こんなこと、やめさせなきゃいけねえよ」とげっそりした口調で言い、「一日じゅう、こんな連中が出たり入ったりして、彼を見つめてるんだ、とても我慢できやしねえ」

「でもね、それも終りに近いようよ」と彼女は慰める口調で、「もう、ほとんどの人たちが訪問してしまったもの。町の変てこな新聞でさえ記事にしてしまったしね——『戦場の英雄帰る』とおきまりの文字をならべてね」

「そうだといいがねえ」と彼は期待できないといった調子で答えた、「これで連中が全部ここに来たかどうか、誰にもわからんよ。ところで、おれは男たちと一緒に眠るのも食うのも共にしたけれども、その間、男のことを評価しなかった、だけどもね、こうやって世間に帰ってきて、ここらの女連中を眺めたりおしゃべりを聞いたりしてると——そのおしゃべりというのが、『かわいそうな子、なんてひどい顔になったのかしら?』とか、『あの娘は彼と結婚するかしら?』『あの娘、今日の午後、町を半分裸の姿で歩いてましたわ』なんていうものばかりで——結局のところ、男のほうが少しはましだ、という気になってきたな。兵隊たちはね、彼みたいな男のことをあまり気にしないものなんだ。とくにヨーロッパの戦場にいた連中はそうだったよ。なんでも簡単に片づけてた。彼は運が悪かっただけさ、どうしようもねえだろ——とそう考えるだけさ。運の悪いやつもいれば、いいやつもいるさ、というのがやつらの考え方だったよ」

二人は立ったまま、窓の向うの眠たげな通りを見やっていた。ひと目みて『着飾った』とわかる女たちが、パラソルをかかげて、一つの方角へと絶えず通りすぎていた。「婦人援護会さ」とギリガンはつぶやいた、「それともキリスト教婦人禁酒同盟かな」

「どうやらあなたはすこし悲観論者になってきたようね」

ギリガンは自分の顔と並ぶあたりにある彼女の滑らかで思索的な横顔を、ちらりと見やった。

「女全体についてかい? さっき兵隊どもと言ったときには、おれは自分をさしてはいなかったよ。時計を直せるやつがすべて時計屋とは限らないのと同じで、おれはもう兵隊じゃない。だから女たちと言ったとき、おれはあんたのことを含んではいなかったのさ」

彼女はギリガンの肩にその腕をまわした。それは力を内にひそめ、確固として、気持よかった。ギリガンは自分も同じように彼女を抱けるのだとわかっていた、それればかりか、もし頼んだら、彼女は率直にしっかりとキスもしてくれるだろうし、その時には眼を閉じてごまかしたりしないだろうとわかっていた。この人にふさわしいのはどんな男だろう? と彼は思案してみた。が、心の底では、この人にはどんな男も合わないのだと悟っていた——彼女は肉体的な交渉なら平気でやり通すだろう、そして恋人? のためなら服も脱ぐだろうけど、ただ常にこの同じ冷静な、手まわしのいい態度は捨てないだろう。(相手になる男は、いわば、一個の——一人の——闘士とか政治家とか、勝利に誇る将軍とか、そんな男でなければだめなのだ——冷徹で非情で、なにひとつ彼女から期待せず、彼女の方でもなにひとつ期待しない——そういう関係の作れる男でなければだめだ。二人は豪華な遊びをやる神様たちのようでなきゃだめだ。ところがおれは闘士でも政治家でも将軍でもない。無名平凡な男なんだ。たぶん、それだから、こんなに彼女が欲しいんだな。）彼は腕を相手の両肩の上においた。

黒人たちと騾馬の群れ。愛されたばかりの女のように、通りはいま午後の陶酔のなかにあった。静かで暖かで——恋人が立ち去ってしまったので、なにひとつない平和さ。木々の葉はいま、緑色の流れが中断され停止したように、平たく延びている——まるで緑色の紙から鋏《はさみ》で切りとられて午後の体に張りつけられたかのようだ——誰かが夢を見て、そこにそのまま置き忘れてしまった——その夢のよう。黒人たちと騾馬の群れ。

長い耳をした動物に引かれた馬車が単調に這いすぎてゆく。どの馬車にものっそりと坐った黒人がいて居眠りに背をまるめ、荷台の上には別の黒人が椅子の上に坐っている——午後の陽のなかで異教徒の駆る霊柩車のようだ。こわばった姿勢は一万年前のエジプトで彫りつけられたもののようだ。舞いあがる埃が『時間』そのもののようにゆっくりと、行き過ぎる彼らを覆う。騾馬の頸は左右にゆれるゴムホースの先のように動いて、絶えず自分の背後を振りかえっている。しかしそういう騾馬もまた居眠りをしているのだ。『眠ってるとこ見つければ、旦那はおらをぶったたく。だけどもおらは騾馬の性分、旦那が眠ればおらも眠る、旦那がおきれば、おらもおきる』

ドナルドの坐っている書斎では、彼の父親が明日の説教の原稿を書きつづけていた。外では午後が眠りつづけている。

「町」

戦場の英雄帰る……

彼の顔……あの娘があのファー家の青年と一緒に歩く様子ったら……


「息子のロバート・ソンダーズ」

ぼくはただ彼の傷が見たいだけ……


「セスリー」

これであたし、善良な女じゃあなくなったわけだわ。ああ、でも時と場合で、仕方のない時だってあるんだわ……


「ジョージ・ファー」

そうだった！　うん！　彼女は処女だったんだ！　だけど彼女、ぼくに会わなければ、誰か別の男としたんだ。彼女が別の男の腕に抱かれる……そんなことが我慢できるか？　我慢できるか？　セスリー、君は何がほしい？　言ってくれ——何だってするよ、何だって……


「マーガレット・パワーズ」

あたしって、どんなことにも心を動かさなくなったのかしら？　あたし、なにひとつ欲しくないのかしら？　あたしの心を動かし、かき立てるものは何もないのかしら、憐《あわ》れみの心のほかには何も……？

「ギリガン」

マーガレット、あんたは何をしてほしいのか言ってくれ。おれはそれをするから。言ってくれよ、マーガレット……

牧師は書きつけた、「神《エホバ》はわが牧者なり、われ乏《とも》しきことあらじ」（旧約聖書、詩篇第二十三章―訳注）

ドナルド・マーン――彼にとって『時間』とは単に、自分が失うのも気にならぬ世界を彼から奪い去ってゆく何者かだと知っていて、窓の外の動かぬ緑の葉を――動かぬ漠とした世界を見つめていた。

午後は日没の方角へ向って夢みつづけていた。黒人たちと騾馬ども……しまいに、ギリガンが沈黙を破った。

「あのデブの老婦人がね、彼女の車をよこして彼にドライヴさせてくれるときさ」

ミセス・パワーズは返事をしなかった。

3

サンフランシスコ、カリフォルニア州
一九一九年四月五日

愛するマーガレット——
さてぼくはまたも家に帰ってるんだ、今日の午後にここについたんだ。母親から逃げだしてすぐと坐りこんでこれを書いてる。たくさんの連中がやられたあんな危ないことをしてきた後だと、故郷って気分がいいところだと思うね。ここの娘っ子たち、とても退屈だよ。あんたも経験したかもしれないけど飛行機乗りに向って同じことばかり聞いたり褒めたりするのを聞いてると、うんざりしちまうんだ。汽車のなかでも二人ばかり女の子に会ったよ。とにかく向うでぼくの帽子のバンドを見て誘いかけてきたんだけども彼女たち上流社会の女だと言ったけどもぼくはそんな馬鹿じゃあないさ、とにかく気持いい女の子だから本当にそうかもしれないけど、とにかく電話番号はもらったからいずれひと声かけてみるつもりだよ。ただからかい半分にするんだよだってぼくの恋人はただひとりマーガレットそれは知ってるだろ。それでぼくたちは特別室で笑ったり話したりしてサンフランシスコまで乗っていったんだ、そしてぼくはそのなかでもいちばん美人なのを今週デートして連れだすことになってるけども彼女は彼女の友達のために男友達を連れてきてくれと言うだろうから、そうするつもりでいるんだ、男たちも哀れなもんだよ、連中はぼくが戦争で楽しんだみたいには楽しめなかったらしいや。だけどもぼくはただ遊び半分にしてることだからねマーガレットだから嫉妬《しっと》しちゃあいけないよぼくだって君のことでマーン中尉を嫉妬しないんだから。じゃあ母さんがお茶に来いって言ってるし本当にいやでしかたがないけれども行かないとうるさいから。ジョーによろしく。

愛する

ジュリアン

ミセス・パワーズとギリガンは駅でアトランタ市から来た専門医を迎えた。車のなかで、医者は彼女の話に注意深く耳を傾けた。

「しかしですな、奥さん」と彼は相手が話し終ると反対をとなえ、「あなたの申し出は、わたしに医者としてのルールを破れということですよ」

「あら、でも先生、彼の父親に信じたいように信じさせておくのは、けっして職業倫理に違反したことじゃありませんわ、そうでしょ?」

「いや、それはわたしの個人的倫理を破ることなんですよ」

「じゃあ、あなたがわたしに話してくれて、それをわたしが彼の父親に話しますわ」

「ああ、それならいいでしょう。ですが失礼ですが、もしたずねていいならばですが、あなたは彼にとってどういう関係の人ですかな?」

「あたしたち結婚するはずですの」と彼女は相手をしっかり見やりながら答えた。

「ああ、それならちっともかまいません。父親の心を乱すようなことは彼の前で言わないように約束しましょう」

彼はその約束を守った。昼食の後、彼女が日陰の静かなヴェランダに坐っていると、医者はそこへやってきた。彼女は自分の刺繡の枠を横に置き、医者の方は椅子に坐ると、葉巻の先が均等に燃えるまで、やたらとふかし続けた。

「彼は何を待っているんですかな？」と彼はだしぬけにたずねた。

「何を待っている？」と彼女は繰りかえした。

医者は相手に鋭い灰色の眼を向けた。「彼には最後の希望さえないんですよ、ご存じでしょうな」

「彼の視力が、という意味ですか？」

「そのほうはもうほとんど見えなくなっておるね。彼の生命がという意味です」

「知ってますわ。そのことはギリガンさんが二週間前に言いました」

「おや。ギリガンさんというのは医者ですかね」

「いいえ。でもあのことはお医者じゃなくてもわかるでしょ、どうかしら？」

「それはそうだが。しかしどうも、ギリガンさんがそういう診断を公表するのは、少しばかり出すぎているようですな」

彼女はゆっくりと体を揺すった。医者は頭が煙に包まれるほどにふかし、葉巻の先の燃え方が均等なようにと眺めていた。彼女は言った――

「すると、彼には何の希望もない、とお考えですね？」

「率直に言って、そう考えますな」彼は手すりごしに注意深く灰を落した。「今でも実際は死人と同様ですよ。そればかりか、あの青年は、もしなにか待っているものがないとすれば、三カ月も前に死んでいたはずの人ですよ。彼はなにか自分がやりはじめてまだ完成しないでいるものを持っておる、自分ではもう意識しないが、以前の生活から抱き続けてきたなにかがあって、それを彼は持っているようだ。それが唯一の支えで、彼は生きているんですな」医師は相手にまたも鋭い視線を投げ、「彼はあなたを今、どう考えておるのかね？　負傷する前のことは、なにひとつ覚えていないはずだが」

医者の鋭い優しい視線を受け止め、それから彼女はふとこの人に真実を話そうと決心した。その話を聞き終るまで、医者は熱心に彼女を見まもっていた。

「するとあなたは、神の御手にちょっかいをだしているというわけですな？」

「あなただって、そうなさったのじゃないかしら？」と彼女は自己弁護をした。

「わたしだったらどうするか、考えたことはないが」と彼は簡単に答え、「なにしろわたしの職業では、もしもということはありえませんからな。条件など考えずにその場の現実を処理するのがわたしの仕事ですからな」

「とにかくあたしはもう始めているんです。いまさら引き返せませんわ。するとあなたは、彼が今にも死ぬかもしれない、と考えるんですのね？」

「あなたはまたもわたしに想像させようとしているが、わたしの言えることはただ、彼のなかにあるあの最後の火花が衰えてしまったら、いつでも消え去る、ということだけです。彼の肉体はすでに死んでおる。それ以上のことはとても言えませんな」

「手術は？」と彼女はたずねた。

「第一に彼は持ちませんよ。第二には人間の肉体は、あれこれ継ぎ接《は》ぎのきくのもある程度まででしてね。

彼には手を尽せるだけのことはしてある、さもなければ病院でも退院させっこなかったでしょうな」

午後が過ぎ去ってゆく。二人が静かに話しながら坐っている間に、日の光は傾き、覆いかかる木の葉の間を洩れおちて、ヴェランダの上に黄色い斑点《はんてん》を散らした——まるで小川の流れのなかの雲母のようにきらめいた。相変らず下着姿の黒人が芝刈機を押して芝生を往来し、時折りは騾馬に引かれた馬車が眠たげに軋みながら過ぎてゆく、そしてまた自動車が午後の空気にガソリンの匂いをあわただしくふりまいて、遠ざかってゆく。

しばらくすると、牧師が二人に加わった。

「するとですな、先生、あの子がすることといえば、ただ体を鍛えてゆくこと、それだけでいいんですな?」と牧師はたずねた。

「そうです、わたしの忠告するのはそれですな。気をくばってやり、休息と安静を与え、昔の習慣を彼に思いださせること。ただし彼の視力については——」

牧師はゆっくりと眼を上げた。「ええ、わたしもあの子の視力が失くなるに違いないとは知っております、しかしですな、それを償うものがあります。あの子はとても素敵な婦人と結婚することになっていましてね。このことはあの子に、自分の体を鍛える励みになる、そう思えませんか?」

「さよう、まず他のものよりも、それこそが薬ですな」

「どうお考えです? 急いで結婚させたほうがいいでしょうかな?」

「さあて——」と医者はためらった。彼はこういう問題について、忠告を与えるのに慣れていなかった。

ミセス・パワーズが助け船を出した。「そんなに急がせないほうがいいと思いますわ」と急いで口をはさみ、「彼にはゆっくりと慣れさせたほうがいいですわ。そう思いませんか、ベアード先生?」

「ええ、牧師さん、その点はここにおいでのミセス・パワーズにご相談なさるといいですな、この方の判断は非常に信頼できますよ。この問題は彼女に任せたらよろしいでしょう。なにしろ女性はいつも男より有能ですからな、こういうことでは」

「まったくその通りです。わたしたちはすでに、ミセス・パワーズにはいろいろ数知れずお世話になってるんです」

「とんでもない。あたしはただドナルドを親身に思ってるだけですわ」

ついに車がきて、ギリガンが医者の荷物を持って現われた。彼らは立ちあがり、ミセス・パワーズはその腕を牧師の腕に差し入れた。彼女はその腕をしっかり握り、それから放した。彼女とギリガンが医者をはさんで階段を下りてゆくとき、牧師はまたも、おずおずと言った——

「先生、いま即座にしてやることは何もないですかな? なにしろ、気がかりなもので」と彼は弁解するように言い終えた。

「いいや、ありませんな」と医者は腹立たしげに答え、「わたしらがしてやれる以上に、彼は自分でやれますよ」

車が角を曲るまで、牧師は立ったまま見送った。彼女は振りかえってみて、牧師が玄関で自分たちを見つめているのを知った。それから彼らの車は角を曲った。

汽車がホームに入ってきたとき、医者が彼女の手を取りながら言った——

「あなたの立場ではこれから不愉快な目にあうかもしれませんな」

彼女は相手をまっすぐに見つめ返した。

「あたし、覚悟してます」と彼女は相手の手をしっかり握りながら言った。

「それでは、さようなら、幸運を祈りますよ」

「さようなら」と彼女は答えた。「どうもありがとうございました」

医者はギリガンの方に向き、手を差しのべた。

「それからあなたにも幸運を、ギリガン先生」と彼はかすかな皮肉を含めて言った。二人は医者のきちんとした灰色の背中が消えるのを見送り、そしてギリガンが彼女の方に向きながらたずねた——

「彼は何でおれを先生と呼んだのかな?」

「行きましょう、ジョー」と彼女は相手の質問に答えずに言い、「歩いて帰りましょうよ、また森の中を歩きたくなったわ」

4

あたりには製材したばかりの新鮮な木の匂いが漂い、同じ高さで両側に積みあげられた板の山が黄色くつづくなかを、二人は歩いていった。ちょうど貨車に鶏を追いこむときと同じように、桟打ちをした板が斜めに渡してあって、その上を一列になった黒人たちが板材を運んでゆき、ばたんと下へ投げおろす、そしてそれを見おろす白人がひとりいる——雑な服装のまま、積み上げた材木に気楽によりかかり、物憂げに煙草を噛んでいる。踏み跡のかすかな馬車道を二人が通りすぎてゆくと、彼は好奇の眼でじっと見まもった。

二人が雑草の生えた鉄道線路を横切ると製材工場は木々の茂みのために隠れてしまったが、それでも丘の下に達するまでは黒人たちの無意味に大笑いする声や悲しげな調子の歌声などが聞えていた、そしてその合間には、投げおろされる板材のゆるい響きも一定の間隔をおいて耳にとどいた。陽の傾きかけた午後の不思議な静けさのなかで、くねりつつさがる小道の導くまま、二人は柔らかな土の丘を下っていった。麓へくると、一本の花みずきが平たく掌状に枝をひろげ、濃緑の木々の間で白い尼僧のようだった。

「黒人たちは割りやすいものだから、あればかり切り倒して薪《まき》にするのよ」と彼女は沈黙を破って言った、「困ったことだわ、そう思わない?」

「そんなことするのかい?」とギリガンは興味もなしに低い声で言った。足もとで崩れる砂まじりの柔らかな土を踏みしめながら、彼らは水の流れに達した。それは忍冬《すいかずら》の蔓《つる》が茂りからまるなかからひそかに流れだし、踏み跡も定かでない道を横切って、また別の薮のなかへ流れこんでいる。彼女はとまった、そして二人が前に少しかがむと、そこに自分たちの頭や寸づまりになった体を眺めることができた。

「あたしたち、ひとにはこんなに変に見えるのかしら?」と彼女は言った。それから急いで流れを渡り、

「ゆきましょう、ジョー」

道は小暗い緑のなかから再び陽差しのなかへ出ていった。なおも砂地がつづき、前よりも歩くのに骨がおれて、時には困惑さえするのだった。

「ジョー、あたしを引っぱってよ」彼女はひと足ごとに自分のヒールが沈みこんで滑りそうになるので、相手の腕をとった。そのぐらつく歩きぶりに彼自身の動きも困難となり、ジョーは腕を振りほどいて、その手を彼女の背中にあてた。

「そのほうが楽だわ」と彼女は男の確固とした手に体重をもたせながら言った。道は丘の麓をめぐってのび、湾曲して緑の谷に入ってゆくと、そこには丘の上から下へと森の軍勢が押しよせてきて、わずかにこの一本の道でその勢いが押しとどめられているかのようだ、まるで二人が通りすぎたら、道をまたいで押し進もうとしているかのようだ。太陽は木の間から洩《も》れおちて、まるで宙に浮いた横なぐりの雨だ、そして前方の曲りこむあたりでは、緑色の筋をみせる小川がまたも道に近づいてきて、二人の耳には若々しい声や水の音が聞えてきた。

ゆるい砂の道を歩いてゆくと、濃く茂る青葉の向うの声は前よりも高くなった。彼女は相手の腕をぎゅっとつかんで黙らせ、二人は道をはずれると、用心ぶかく木々の葉を分けて進んだ、するとそれはまばゆい水の光、陽の光を吸ったり反映したりして、金色に金色を重ねて眼もくらむほどの明るさ。二つの濡れた髪の頭が麝香鼠《じゃこうねずみ》のように水へ扇形の波紋をひろげると、三人目の泳ぎ手はいま、大枝の上に立って、飛びこも

うと危うげに立っていた。その全身は古い羊皮紙色、若い動物のような美しさ。

二人はその場に姿を現わし、そしてギリガンは言った――

「よう、大佐」

飛び込みかけていた少年は驚きあわてた視線を向け、それから足場を失って、石のように水のなかへ落ちこんだ。他の二人も驚きで身動きできず、ただ侵入者たちを見つめていたが、それから落ちた少年が水面に浮きあがってくると、彼に向って容赦ない嘲りの笑い声をあげた。彼はうなぎのように淵《ふち》を横切って泳いでゆき、突き出た堤のかげに姿を隠した。その仲間はなおもとりとめのない笑い声をあげて彼をからかいつづけた。ミセス・パワーズはその騒ぎを越すように声を高めて――

「行きましょう、ジョー、彼らの楽しみの邪魔をしたわね」

二人は騒ぎを背後に残して再び道に出てゆき、それから彼女が言った――

「あんなこと、しなければよかったわ。かわいそうにあの子、あの二人にからかわれるわね。男の子って、どうしてあんな馬鹿なことをするのかしら?」

「わからんな。ただ、やつらが馬鹿なのは確かさ。あれが誰だか知っているかい?」

「いいえ。誰だったの?」

「彼女の弟さ」

「彼女の――」

「ソンダーズの息子さ」

「あら、そうだったの? かわいそうな子、あたし驚かしたようで、すまないことしたわ」

しかし、もしも彼女が自分を見送る少年の悪意に満ちた顔を見たなら、本気で後悔したことであろう。少年は素早く服を着ながら彼女のほうをにらみつけ、きっと仕返ししてやるぞ！　とほとんど泣き声で罵《ののし》ったのだった。

道は二つの小さな丘の狭間《はざま》を通っていた。陽はまだ木々の頭にあり、杉の林は日を洩らさずにおごそかで、緑の静まりかえった寺院のようだった。一羽の鶫《つぐみ》が鳴き、二人は同時に立ちどまってその四度の鳴き声に耳を澄まし、丘の頂上からかすかに洩れる陽の影を見まもった。

「少し坐って、一服しましょう」と彼女は提案した。

彼女が気楽に身を下ろし、その横に彼が坐ったとき、息子のロバート・ソンダーズは二人の背後から丘を喘《あえ》ぎ登り、二人の姿を見るとばったり伏せ、できるだけ近くまで這い寄ってきた。ギリガンは肘《ひじ》をついて身を横たえ、彼女の青白い顔を見まもった。彼女はうつむいた顔のまま、小枝で地面をほじくっていた。その無心な横顔は暗い杉林を背景にして浮き彫りとなり、彼女は自分が見つめられてると感じて言った——

「ジョー、あの娘のこと、なんとかしなくてはね。もうマーン先生も、病気を口実にいつまでも引き伸ばせないわ。彼女の父親がなんとか来させるようにしてくれればいいけど、でもあの二人はそっくり同じタイプだし……」

「どうしようって言うんだね？　おれにあそこへいって、彼女の髪を引っつかんで連れて来させたいわけかい？」

「結局それしか方法はないようね」彼女の持った小枝が折れ、それを投げ捨てるとまた別の小枝を求めた。

「ああいう娘を扱うには、まあ、それしかないだろうな」

「だけどね、残念なことに、いまは文明の時代だから、そんなことはできないわけよ」

「それが文明ってやつか」とギリガンはつぶやいた。彼は煙草を吸い、その煙が白く渦巻いて昇るのを見やった。沈黙の合間を縫って、あの鶫が再び鳴き、そして息子のロバートは考えて——彼らが話してるのは姉さんのことかな?——足にちくりと感じて、ほとんど半インチほどもある蟻《あり》をそこから払いのけた。髪をつかんで引っぱってくるだって? と彼はつぶやいた。やるならやってみろ、ちぇ、蟻は痛いな! そして役には立たないが足を擦《こす》り合した。

「ジョー、どうしたらいいと思う? 教えてよ。あなたは人の気持を知ってる人なんだから」

ギリガンは体の重みを移し、すると折り曲げた肘がもう一方の手の下で痛んだ。

「おれたち、会ってから今までやつらのことばかり考えてきたな。ちっとはあんたとおれのことを考えようよ」と彼は荒っぽく言った。

彼女は相手を素早く見やった。彼女の黒い髪、柘榴《ざくろ》の花のような口。その眼は黒かったが、いま懇願の言葉を言うとき、それは非常に優しい色になった——

「お願いだから、ジョー」

「いや、おれは結婚の申し込みなんかしないぜ。ただちっとばかりあんたが自分のことを話してくれればいい、と思うわけさ」

「あたしにどんなことを話してほしいの?」

「あんたが話したくないことはいいのさ。少しはあんなこと考えるのをやめてくれよ。ただあれこれおしゃべりしてくれよ」

「すると、あなたは驚いたわけね——あたしを見てて、世の中にはなにかの具体的な目的なしに動くものがいると知って、変に思ったわけね。そうでしょう?」彼は黙ったまま自分の両膝を擦り、地面を見つめていた。「ジョー、あなたはあたしが彼に恋をしていると考えてるのね、そうでしょ?」(おや! 姉さんの恋人を盗むんだな。息子のロバート・ソンダーズは胸に砂の入るのもかまわず、さらに近くに寄った。)「そうでしょ、ジョー?」

「わからんな」と彼は不機嫌そうに答え、そして彼女はたずねた——

「ジョー、あなたはどんな種類の女と交際してきたの?」

「まあ、だめな種類だろうな。少なくとも、どの女だって、おれが夜も眠れなくなるなんてことはなかったもんな、あんたに会うまでは」

「あなたが夜眠れなくなったのも、あたしだからじゃないのよ。ただ、あなたはあたしみたいな女にはじめて会った、それだけのことなのよ——普通なら男がやると思えるようなことをやっている女、そんな女にはじめて会っただけなのよ。あなたには女とはこうだという固定観念があったのに、あたしがそれをくつがえしたわけよ。そうじゃない?」

彼女はジョーのそむけた顔を見やった——それはたのもしい無骨な顔である。(あいつら、一晩じゅうしゃべってるつもりかな? と息子ロバート・ソンダーズは考えた。腹の中ががらっぽで、それに砂がざらついて気持悪かった)

陽はほとんど沈んだ。ただ木々の梢だけが褪《あ》せゆく光に染まり、二人の坐っているあたりでは影が紫色を帯びてきて、もはや鶫の鳴き声もとぎれがちだった。

「マーガレット」とギリガンがしまいに言った、「君は自分の夫を愛していたのかい?」

夕闇のなかの女の顔は滑らかな青さであった、そしてしばらくしてから——

「どうかしら、ジョー、たぶん愛してなかったと思うわ。あのね、あたしは小ちゃな町で育ったのよ、そして午前は家の中でぶらぶらして、午後は着飾って散歩したり夜は男の人と交際したりして、すっかり飽きてしまったのね、それで戦争になると、お母さんの友達を説き伏せてニューヨークに仕事を見つけてもらったの。それから赤十字に入ったのよ——ほら、酒保の手助けをしたり、休暇になってまごついているかわいそうな田舎出の兵隊を相手にダンスしたり、楽しませようとしたわけ。ニューヨークでは、とにかく大変な仕事だったのよ。

「そしてある晩、ディクが(わたしの夫よ)入ってきたの。最初はべつに気がつかなかったけど、一緒に踊ったりして、彼が——なんていうかしら——気をひかれたのを知った後で、彼のことをいろいろ訊いたのよ。その時の彼は将校訓練所にいたわ。

「それから彼があたしに手紙を書きはじめて、しまいにヨーロッパへ行くまではニューヨークにいると書いてきたわ。その頃にはディクにも慣れてきたし、それに会ったときの彼は素敵な軍服を着ていて兵隊たちが敬礼するのを見て、彼が素敵だと思ったの。あの頃がどんなだったか、憶えているでしょ?——誰も彼も興奮して、ヒステリカルで、まるで世の中が大きなサーカスみたいだったわ。

「そこで毎晩あたしたちは食事やダンスに出かけて、それからあたしの部屋に坐って煙草をふかしたりおしゃべりしたりして、夜が明けるまで坐っていたわ。どんな調子かあなたも知っているでしょ——兵隊はみんな腹では信じないしろくに知りもしないくせに、戦場で勇敢に死ぬなんておしゃべりばかりして、それに女たちも同じような考えに取りつかれて——まるで流行性感冒みたいにね——そして生きるのは今日ばかり、明日というものはないんだなんて思いこんでね。

「あたしたち、両方とも、お互いにいつも愛していたわけではないとは承知してたの、でも二人とも若かったし、だからできるだけ楽しもうと考えたわけね。それから出帆する三日前になって、結婚しないかと言いだしたの。そのころの女の子って、会った相手から必ず結婚を申し込まれていたんで、あたし驚きもしなかった。あたしは他の男の友達もいると打ち明けたし、彼が他の女たちを知っているとはわかっていたの、だけど二人ともそんなこと気にしなかったわ。それに彼はフランスで女を知るだろうし、あたしにも彼の留守の間、聖者みたいにしなくともよいと言ったわ。それから二人は次の朝会うと、結婚して、それからあたしは働きにいったわ。

「あたしが酒保で休暇の兵隊たちと踊っていると彼がやってきて、そして他の娘たちはみんなあたしたちにお祝いを言ったわ。(彼女たちの多くも同じことをしてたのよ。)ただそのなかの幾人かは、あたしが少し気取って将校となんか結婚したなんて冷やかしたわ。わかるでしょ、あたしたち、あんまりたくさんの求婚があったから、結婚なんて本気では考えなかった。男の方でもそうだったと思うわ。

「彼が迎えにきて、あたしたちは彼のホテルに行った、あなたにはわかるでしょ、ジョー、ちょうど闇のなかにいる子供が、ここは暗くないんだ、暗くないんだと自分に言いきかせるようなものだったわ。あたしたち三日一緒にいて、それから彼の船は出帆したわ。はじめ、死ぬほど彼が恋しかった。誰も慰め手がないまま、めそめそしてたわ——あたしの友達の多くも、同じような状態だったわ。同情なんかされる暇がなかったのね。それからあたし、赤ちゃんができるのじゃないかと、すごく恐ろしくなり、ほとんどディクが憎くなったくらい。でもそうではないと確かになったとき、また酒保に戻った、そしてしばらくすると、あんまりディクのことを考えなくなったわ。

「もちろんそれからも結婚の申し込みは受けたし、そんなにつまらない生活ではなかった。ときどき夜中に目が覚めるとディクが恋しくなったけど、少しすると彼は人間でなくて影になったわ。例えばジョージ・ワシントンみたいにね。しまいにあまり彼を恋しがりさえしなくなったの。

「それから彼の手紙がきはじめて、それには愛する妻よなんて書いてあって、いかにあたしを恋しがっているかとかそんなことが書いてあったわ。そうね、それで少しはまた元に戻って、あたし彼に毎日手紙を書いた。でもやがて書くのが退屈だとわかったし、向うからの薄ぺらな封筒が来るのも待ちこがれなくなったわ——どうせ検閲で前に開けられてるものなんですもの。

「あたしそれからは手紙を書かなかった。ある日、向うからの手紙がきて、いつこの次に書けるかわからないが、できるだけ早く書くと言ってきた。たぶん前線へ出かけるときだったのね。一日か二日そのことを考え、それからあたし決心したの——あたしたち二人にとって最良の道はすべてをご破算にすることだとね。そこであたし坐って彼に手紙を書き、幸運を祈ります、あなたもあたしに同じことを祈ってくださいと書いたわ。

「そしたらあたしの手紙が彼に着く前に、公用の通達がきて、彼は戦死したと言ってきたの。彼はあたしの手紙をついに読まずじまいだったのよ。あたしたちの間は前と同じだと信じながら死んだわけね」

夕闇の濃くなるなかで彼女は物思いにふけった。「わかるでしょ、ある意味で、あたしは彼にすまなかったと感じてるのよ。だからまあ、なんとか別の方法で彼への償いをしようとしているわけね」

ギリガンは物憂い、面倒くさい気持になった。彼女の手を取り、それを自分の頬に当てた。その手は彼の手のなかで転じて彼の頬をそっとたたき、引き去られた。(手を握り合ってるぞ! と息子のロバート・ソンダーズはほくそえんだ。) 彼女は前にかがみ、ギリガンの顔をのぞきこんだ。彼は身を固くし、身動きもせずに坐っていた。この腕に彼女を抱け、と彼は自分を叱った、おれの情熱で彼女を圧倒しろ。相手の気持を感じとって、体を動かさぬまま、彼女は男から遠ざかった。

「いまはだめなのよ。ジョー、わかるでしょ、いまはその気持になれないってことを——」と彼女は言った。

「ああ、わかってるさ」と彼は言った。「行こうや」

「勘弁してね。ジョー」と立ちあがりながら彼女は低い声で告げた。彼は立ちあがって女の立つのを助けた。彼女は自分のスカートをたたき、男のかたわらを歩いた。日はすっかり没していて、あたりは牛乳のように柔らかな紫色の沈黙に満ちていた。「あたし、できれば恋がしたいと思うのよ、ジョー」と彼女はつけ加えた。

相手の返事がないまま彼女は言った——「あたしの言うこと、信じないの?」

男はただ歩き続け、彼女はその腕をつかんで止めた。くるりと振りむいた相手を、性的欲望のない抱き方でしっかり抱き締めると、ギリガンは自分の顔と同じほどの高さにある漠とした女の顔を見つめながら、憧れと絶望のなかで立ちすくんでいた。(ああ、キスしている! と息子のロバート・ソンダーズは手足のこわばりを解きほぐし、インディアンのように後をつけてゆきながら、叫んだ。)

二人はそれから身をかえして歩き続け、彼の視野から去った。ほとんど夜になっていて、あとにあるのは昼間の足跡、昼間の残り香、木々の間の光のかすかなささやき、亡霊のみ。

5

彼は姉の部屋に飛びこんだ。姉は髪をいじっていて、その鏡のなかに弟を認めた――喘いでいて、情けないほど汚れた彼の姿。

「出ておゆきよ、なんて汚ない子だろ」と彼女は言った。

たじろぎもせず彼は自分のニュースを知らせた――「ねえ、彼女はドナルドと恋してるんだよ、あのもう一人のが言ったぜ、そいでぼく、二人がキスしているのを見たんだよ」

彼女の両手は、その柔らかな髪のなかで動きを止めた。

「誰のこと?」

「ドナルドの家にいるあの別の女の人さ」

「彼女がドナルドにキスするのを見たの?」

「違うさ、傷もなにもない兵隊のほうにキスしてたのさ」

「彼女、自分がドナルドと恋してると言ったの?」と振りかえって、弟の腕をつかもうとした。

「違うよ、だけどあの兵隊のほうが彼女が恋してると言ったんだ、そして彼女もそうじゃないなんて言わなかったぜ。だからさ、彼女はそうだと思うんだ、違うかい?」

「あの猫め! ひどい目にあわせてやるから」

「そうだよ、そうとも」と彼はけしかけた。「ぼくが裸でいたとき、忍び寄ってきたんだ、その時もぼくはね、いまにみてろと言ったんだ。姉さんは他の女に、ドナルドをとられたりしやしないよ、そうだろ？」

6

エミーはテーブルに夕食を並べた。牧師館は静かで暗かった。まだどの部屋にも燈火がついていていない。彼女は書斎のドアへ行った。マーンと父親は夕闇のなかに坐り、闇がゆっくりと音もなく静かな呼吸のように近寄ってくるのをじっと見まもっていた。ドナルドの頭は光の薄れる窓の前で黒く浮きだしていて、エミーはそれを見ると、ずっと以前のあの晩に自分の上で空に浮き出たあの頭を思いだして、心臓が縮むように感じた。

しかし今は自分の方には背中を向けた彼、それに彼はもはや自分を覚えてもいないのだ。彼女は夕暮れの光のように黙ってその部屋へ入ってゆき、彼の椅子のかたわらに立ち、かつては乱れに乱れて柔らかだった髪が薄くなっているのを見おろしながら、思わずその彼の従順な頭を自分の固い小さな腰に引きよせた。彼の顔は彼女の鈍い手の下で静かだった、そしてエミーは窓の外を見て、そこにむかし二人が見つめたものと同じような夕暮れがあるのを知ると、口の中に古い悲しみが苦い灰のようにひろがり、ふいに彼の傷つき痛んだ頭の方へうつむき、そっとそれを抱き、嘆き悲しんだ。

牧師は夕闇の中で身重く動いた。「ああ、お前かね、エミー?・」

「夕食ができました」と彼女は静かに言った。ミセス・パワーズとギリガンがヴェランダの階段を上ってきた。

7

医師のゲアリーは水の入った平たいグラスを頭に載せてワルツを踊っても水一滴こぼさなかっただろう。ただしもっと新しいダンス、落ち着かぬ動きのものは好きでなかった。「あんなにぴょんぴょん跳《は》ねて──猿のようなもんだ。動物がもっとよくできるものを、なんで人間が真似したがるのかね?」と彼はよく言ったものだ。「しかし、ワルツは違う、犬がワルツを踊れるかね、牛も踊れるかね?」彼は小柄な人間で、身ぎれいで、禿げかかり、女たちに好かれた。それに診察のときはとっても礼儀正しいのよ。かくてドクター・ゲアリーは職業上でも社交上でも招かれることが非常に多かった。彼はまた一九一四年、一五年、一六年とフランスの病院に勤務したことがあった。「実にひどい」と彼はそこを描写して、「排泄物と赤ペンキがどこまでも並んでいるようなもんですなあ」

ギリガンを従えたドクター・ゲアリーは、ドナルドの部屋から気取った足どりで下りてきて、上衣の皺を伸ばし、絹のハンカチで手を拭った。牧師がその書斎から、ぬっと大きな体を現わし、言った──「それで、先生?」

ドクター・ゲアリーは布製の袋から粉煙草を取りだして細巻の煙草に巻き、その袋を袖口にある穴へしまいこんだ。ポケットに入れて運ぶと、上衣がふくらむからである。彼はマッチをすった。

「食事では誰が彼の世話をしますかな?」

牧師は驚いて答えた──「エミーが彼に食事を出しているんです──彼の手助けをして、というわけですが」と彼は認めた。

「彼の口に入れてやる、というわけですな?」

「いや、いや、ただ彼の手の動きを手伝うだけですよ。何でそんなことを訊くんです?」

「誰が服を着たり脱いだりさせるんです?」

「ここにいるギリガンさんですよ。ですがなぜ──」

「赤ん坊みたいに彼に着させたり、脱がせたりするわけだね、え?」と彼は鋭くギリガンの方を向いた。

「まあ、そうですね」とギリガンは認めた。ミセス・パワーズが書斎から出てくると、ドクター・ゲアリーはその方へ短くうなずいた。牧師が言った──

「ですが先生、なぜそんなことを訊くんですか?」

医師は相手を鋭く見やった。「なぜ? なぜですと?」彼はギリガンの方へ向いて、「君、この人に話したまえ」ときびしく言った。

牧師はギリガンを見つめた。どうぞ言わないでおくれ、とその眼は懇願するように思えた。ギリガンの視線は下に落ちた。彼が黙って立ったまま自分の足を見つめていると、医師はだしぬけに言った──「あの青年は盲人ですよ。盲人になって三日か四日たっていますよ。どうしてそんなことがわからなかったか見当がつきませんな」彼は上衣を直し、山高帽を取った。「君はなぜ話さなかったのかね?」とギリガンにたずねた。「君は知ってた、そうだろう? まあ、どちらでもよろしい。明日また診《み》にきますよ。ではさようなら。奥さん、さようなら」

ミセス・パワーズは牧師の腕を取った。「いやな人ですわね」と彼女は言った、「本当に気取った俗人。でも気にしないでね、アンクル・ジョー。覚えておいででしょう、あのアトランタからきたお医者は彼の視力が失くなると言ってましたもの。でもね、医者が何もかも知ってるわけじゃありません、もしかすると彼が丈夫になって、そうすれば視力が回復するかもしれませんもの」

「そうだとも。そうだとも」と牧師は藁《わら》にすがるように、同意した、「あの子を丈夫にできればきっとわかるさ、ねえ」

彼は重々しく身を転じ、書斎に入りなおした。彼女とギリガンは長いこと互いに見つめ合った。

「あの人のために泣いてあげたい気持だわ、ジョー」

「おれだってそうさ――もしそれが何かの役に立つんならね」と彼はまじめに答えた、「だけど、頼むから、今日は見物連中を押しとめてくれよ」

「そのつもり。ただね、なかなか断われないのよ――親切に心配する気持で訪ねてきてくれるんですもの」

「親切だって、ちぇっ。連中はあのソンダーズの餓鬼と同じだ、彼の傷を見にくるんだ。入ってきて、うろついて、どうしてそんな傷をうけたのか、それは痛いのかときく。まるで彼がそれを知っているとか、気にしてるとでも思ってるんだ」

「そうね。とにかくお客がきて彼の哀れな顔を見つめないようにさせるわ。ジョー、みんな断わりましょう、彼は具合がよくないからと言ってね。どう言ったってかまわないわ」

彼女は書斎に入った。牧師は自分の机の前に坐り、真白な紙の上にペンを構えていたが、しかし書いている様子はなかった。その顔は大きな拳骨《げんこつ》に支えられていて、視線は向うの壁の上をぼんやりさまよっている。

彼女はそのかたわらにいって立ち、それから彼に触れた。牧師は怖気《おじけ》づいた動物のようにびくりとし、それから相手を認めた。

「あのね、いつかは知らなくてはならなかったんです」と彼女は静かに告げた。

「さよう、わたしは予期しておりましたよ。わたしらはみんなそうだった、そうではなかったかね？」

「ええ、みんなそうでした」と彼女はうなずいた。

「かわいそうなセスリー。いま彼女のことを考えておったんだよ。どうもあれには大変な打撃になるでしょうからなあ。ただありがたいことに、あの娘は本当にドナルドを好きでいてくれる。彼に対する愛情は本当に美しい。あなたもそれに気がついたでしょう。どうですか？」

「ええ、そうですわ」

「丈夫でなくて毎日来れないのが本当に残念だ。なにしろ彼女はとてもひよわだからね、気がついたでしょう、え？」

「ええ、ええ。きっと彼女、来れるときには来ますわ」

「わたしもそう思うんだ。ありがたいことに、ドナルドを裏切らない人がひとりはいるんだ」

彼の両手は眼の前の紙の上でゆったりと組み合さっていた。

「あら、あなたは説教の原稿を書いていましたのね、お邪魔しましたわ。知りませんでしたので」と彼女はあやまりながら、身を引きかけた。

「とんでもない。行かないでおくれ、これは後でもできるんだから」

「いいえ、今おやりになって。あたしは向うにいってドナルドと坐っていますわ。今日はギリガンさん、芝生で彼の坐る椅子を作ってるんです、外へ出ると気持がいいですものね」

「そうですな。この説教を書き終えたら、わたしも行きますよ」

ドアの所から彼女は見返った。しかし牧師は書いていなくて、その顔を大きな拳で支えたまま、向うの壁をぼんやり見つめていた。

マーンはデッキチェアに坐っていた。青い眼鏡をかけ、ぐんなり柔らかな帽子がその額を隠していた。彼は読んでもらうのが好きだった。もっとも彼に意味がわかるかどうかは誰ひとり確かめることができなかった。あるいは彼の好きだったのは読む人の声の響きだったかもしれぬ。今度のはギボンの『ローマ帝国衰亡史』であって、ギリガンがそのむずかしい言葉を懸命に鵜呑みにして読んでいるとき、ミセス・パワーズがやってきたのだった。彼の運んできた椅子に坐った彼女は、聞くでもなく聞かぬでもないといった様子で、ギリガンの眠たげな声がマーンをあやすと同じように自分をあやすままにしていた。頭上の青葉は美しい空の色に興奮したのか、かすかに揺れて、彼女の服にまだらな影を落した。刈りこませたばかりと見える芝生の間からはクローバーがまたも突き出しはじめて、それに蜂の群れがたかっていた――蜂の群れは金色の矢であり、矢先に蜜をつけたりつけなかったりして、唸りながら飛んでゆく、そして教会の塔からは鳩たちが、眠りのように遠くおぼつかなく鳴いていた。

彼女は物音に身を起し、ギリガンは読むのをやめた。マーンは身動きもせずに、『時間』そのもののように非情に坐ったままでいて、そのとき芝生を横切って黒人の老婆がやってきた、そしてその後からは兵隊の制服を着たしなやかな若い黒人。二人は坐っている一同の方へまっすぐにやってきて、その女の声は、眠たげな午後の中に甲高くあがった。

「うるさいよ、ルーシュ」と彼女は言っていた、「あたいのベビーちゃんがカルリン婆ちゃんに会いたくないなんて、そんなこたあるもんかね。ドナルド、ドナルド坊ちゃん、あんたのカリーが来ましたよ、――あんたの母ちゃん代りのカリーがね」彼女はばたつく歩き方で最後の踏段を上りきった。ギリガンが立ちあがって、彼女をさえぎった。

「お婆さん、待ってくれよ。彼は眠ってるんだ。邪魔しないでやれよ」

「そんなことねえよ！　自分の家族の者が会いてえというのに誰が眠りたいものかね」その声はまた高くあがり、ドナルドは椅子の中で身動きした。「言ったとおりだろ！　この人は目を覚ましてるよ――ごらんよ。坊ちゃん、ドナルド坊ちゃん！」

ギリガンにしなびた腕をつかまれたまま、彼女はつながれた猟犬のように勢いこんだ。

「神様のおかげじゃわい、あんたをこの母ちゃんの所へ戻してくださった。はい、神様！　毎日祈ったんで、神様はあたいの言うことをきいてくれやした」彼女はギリガンの方を向き、「放しておくれ、お願いだから」

「ジョー、放してあげなさいよ」とミセス・パワーズも助けをだし、そしてギリガンは彼女を放した。老婆はドナルドの椅子のかたわらにひざまずき、その両手を彼の顔に当てた。ルーシュはもじもじ背後に立っていた。

「ドナルド、ベビーちゃん、あたいをごらんよ。これが誰かわからんかね？　あんたのカリーだよ、いつも寝かしつけてあげたじゃねえかね。あたいをごらんよ。あれ、まあ、白人衆はひどいことしたもんだね、でもあたいらは違うよ、あんたの母ちゃんが面倒みるよ。おい、ルーシュ！」なおもひざまずいたまま、老婆は振り向いて彼女の孫を呼んだ。「ここにきて、ドナルドさんに話せや。見てもらえる所へ来いや。ドナルドちゃん、ここにいるつまんねえ黒人があんたに話しますよ。見てやっておくれ、この兵隊服を着た男を」

ルーシュは二歩前に進み、気取った気をつけの姿勢をとると、敬礼した。「中佐殿には失礼ですがネルソン伍長はとても嬉しく——ネルソン伍長は中佐が元気な様子、とても嬉しく思います」

「こら、坊主、そんなとこでお前のドナルドさんに腕なんかぶんまわしてねえで、ここに来て、昔みてえにこの人に話しなよ」

ルーシュはそのいかめしい軍隊調をすてて、再び昔の、マーンを知っていた頃の少年になった。まだこの世界が狂気におちいらぬ頃の彼らになった。おずおずと近寄り、その優しい荒れた黒い手にマーンの手を取った。「ミスタ・ドナルド?」と彼は言った。

「それがいいだ」と彼の祖母は励ました。「ドナルド坊ちゃん、あのルーシュがあんたに話してますだ。ドナルド坊ちゃん、え?」

マーンが椅子のなかで身動きをし、ギリガンは無理にも老婆の体を持ちあげて立たせた。「ねえ、お婆ちゃん、今日はこのくらいにしてくれよ。明日また来てくれな」

「なんてこった！　あたいのドナルド坊ちゃんがあたいに会いたくねえなんて、どんな白人でも言えねえだ！」

「お婆さん、彼は病気なのよ」ミセス・パワーズが説明した。「もちろん彼はあなたに会いたいのよ。この人がよくなったら、あなたとルーシュは毎日来てくださいね」

「そうとも、奥様！　あたいが自分のベビーちゃんに会いに来るんだもの、七つの海だって邪魔できねえよ。ねえ、戻ってくるよ。あんたの面倒をみてあげるからね」

「ルーシュ、彼女を連れてゆきなさい」とミセス・パワーズは黒人にささやいた。「あのね、彼は病気なのよ」

「うん。本当にあの人は病気だ。用があったら、黒人なら誰でも、おれがどこにいるか教えてくれるからね、奥さん」彼は自分の祖母の腕を取った。「おいでよ、婆ちゃん。行かなきゃなんねえよ」

「ドナルド坊ちゃん、また戻ってくるよ。あんたをほっときはしねえからね」二人は引きさがってゆき、彼女の声は薄れていった。マーンが言った——

「ジョー」

「何だね、中尉さん？」

「ぼくはいつ出てゆくのだ？」

「どこから出てゆくということかね？」

しかし彼は黙りこみ、ギリガンとミセス・パワーズはじっと互いに見つめ合った。しまいに彼がまた口を開き——

「ジョー、ぼくは家に帰らなきゃならん」彼は手をあげていじくるように動かし、眼鏡に触れてそれを顔から下に落した。ギリガンは眼鏡を元に戻した。

「中尉さん、何で家に帰りたいって言うんだい？」

しかし彼は思索の道筋を失っていた。それから——

「あの話をしていたのは、誰だった？　ジョー？」

ギリガンが説明すると、彼は坐ったままゆっくりと上衣の端をその指でいじくっていた。(その服はギリガンが彼にやったものであった。)それから彼は言った――「ジョー、続けてくれよ」

ギリガンは再びあの本を取りあげ、じきにその声は物憂い調子で流れはじめた。マーンは自分の椅子のなかで静かになった。しばらくしてからギリガンが読みやめたが、マーンは動かなかった。ギリガンは立ちあがって、青い眼鏡の上からのぞいた。

「彼が眠っているのかそうでないのか、いつも見当がつきゃしねえ」と彼は腹立たしげに言った。

第五章

1

この中隊を編成したという功績によって、グリーン大尉は州知事から大尉の辞令を手に入れたのであった。しかしグリーン大尉は死んでしまったのだ。彼はいい将校になれたかもしれなかったし、人間としては捨てたものではなかったにちがいない、なにしろ友達のことは忘れない男だったからだ。自分の意思と関係なく、政治的配慮によって部下にする士官の辞令が二つも彼から取りあげられてしまい、それで彼は自分の友達のマドンを軍曹にしか任命できなかった。それで彼はそうしたのだった。

そこで生れたのが将校記章に皮ゲートル姿のグリーンと、その彼に向って丁寧な口調を使う癖を習おうとするマドンであり、それにがやがや連中が従った。グリーンとマドンはこうした兵隊連中と賭けをしたりウイスキーを飲んだりして、彼らとグリーンやマドンの間には違いがあるばかりでなく、マドンとグリーンの間にも違いがあるのだと教えこむことに努めたのだった。

「まあ、いいさ」と兵隊たちはアメリカの訓練所にいたときは言ったものだ、「大尉も一生懸命やってるんだ、勝手にやらせとけよ。威張れるのは閲兵のときだけだからな、そうだろ、軍曹?」

「そうさ」とマドン軍曹は答えた。「連隊長は服装のことはえらくうるさいんだ。もうちょっと念入りにやれんものかい?」

しかしブレスト（フランスの軍港—訳注）についたときには——

「うちの大尉は自分を何様だと思ってやがるんだ? パーシング大将か?」と連中はマドン軍曹にたずねた。

「さあ、いい加減にやめとけよ。もう一言でもしゃべったやつは、大尉の前に突き出すぜ」とマドン軍曹も変ってきた。

戦時中では人は今日に生きる。昨日は消えていて、明日はまた二度と来ないかもしれぬ。おれたちが戦場に出るまで待とうぜ、と連中は互いに言い合った、あん畜生を殺してやるからな。「マドンのほうじゃないのか?」びっくりした一人がたずねた、彼らはただその男を見やるだけだった。「馬鹿なこと言うなよ」としまいに一人が口をきいた。

しかし「運命」は、陸軍省というものを道具に使って、兵隊たちを出し抜いたのだった。マドン軍曹が彼の現在の隊長で昔の友達である相手のもとに出頭したとき、そのグリーンはひとりきりで待っていた。

「おい、坐れよ」とグリーンが彼に言った。「誰も入ってこないんだ。君が何を言おうとしているか、知ってる。しかしどう言われようと、ぼくは転属することになったんだ——その書類は今夜にもくるはずだ。待ってくれ」とマドンがさえぎろうとするのを押えて、「ぼくが将校の地位を保とうとするには、このほかに手はないんだ。あのいまいましい訓練所もとにかく将校をきたえてはくれるんだ。ところがぼくはその訓練を受けなかった、だからいまからしばらく、その学校へゆくわけなんだ。たしかにかなわんさ、ぼくのこの年で行くなんて——。まったく誰か別の男がこの隊を編成してくれたらよかったのにと思うよ。ぼくが今どこにいたいか、君は知ってるかい? あの兵隊連中の間にいたいのさ。いま彼らがぼくを呼んでるように、ぼくも誰かをあん畜生なんて言っていたいよ。ぼくがこの隊長の地位にいるのをおもしろがっているとでも思うかい?」

「まあ、あんなおしゃべりは気にせんことだよ。兵隊たちに何か期待しても無理だ」

「期待するものか。ただあの野郎どもの母親には、一人一人、面倒をみるし怪我もさせないと、約束しちまったんだ。ところがその兵隊どもがみんな機会さえあれば、ぼくをうしろから騙し打ちにしかねないんだからなあ」

「しかし彼らからなにを期待できる？ 何をさせたいわけだい？ これはピクニックじゃないんだよ」

二人はテーブルをはさんで黙りこんだまま坐っていた。影もつくらぬ燈火のなかで、二人の顔は空《うつ》ろに、鋭く骨張って見え、そのまま二人は坐って故郷のことを考えていた——静かな楡《にれ》の木陰のある道、埃っぽい昼間は馬車が軋《きし》ってのろのろ動き、夕方になると若い男女が映画館へ出かけたり、ドラッグ・ストアで甘い冷たい飲み物をすすったりする——戦争のない時代の、あの平和で静かで、すべてが気楽な時代のことを。

二人はそんなに昔でもない若かった時代のことを思った——それは肉体的にはすっかり満足しているがどこか不安だった時代、青春と欲情はケーキにのった砂糖のようなもので、それがあるためにケーキがもっとうまくなった時代だった。外はブルターニュ（フランス北西部の半島—訳注）の泥の野、怪しげな町、仮の宿営であるだけに二倍も異国じみて感じる土地、耳なれぬ言葉にこもる欲情。明日おれたちは死ぬんだ。

しまいにグリーン大尉が遠慮がちに言った——

「君のほうは大丈夫なのか？」

「うん、大丈夫さ。連中も一時はおれを引きずり落そうとしたがね、しかしいまは大丈夫だ」

グリーンはその口を二度、魚のようにぱくつかせた、しかしマドンが急いで言った——「連中の世話はおれがみるから心配しないでいい」

「ああ、心配はせんさ。あんなやつらのことなんか」

伝令が入ってきて敬礼した。グリーンが応じると、その男は堅苦しく彼に書類を渡して引きさがった。

「これがそうだ」と大尉は言った。

「すると、明日は行くんだな？」

「うん、そうだ。そうだといいがね」と彼は軍曹をぼんやり見つめながら、答えた。マドンが立ちあがった。

「さて出かけるとするかな。今夜はくたびれたようだ」

グリーンもまた立ちあがり、二人はテーブルをはさんで見知らぬ人のように互いを見つめ合った。

「明日の朝、君はぼくを送りにくるかね？」

「そうするつもりだがね——うん、くることにするよ」

マドンはそこから引きさがりたかったし、グリーンも彼がそうすることを望んでいたが、それでも二人はぎごちなく黙って立っていた。しまいにグリーンが言った——「君にはありがたく思っている」マドンの明るい空ろな眼は質問の色をみせた。二人の影は大きく不気味だった。「あの、淋病《さいなん》からなんとかぼくを助けだしてくれたことだ。軍法会議だよ、あの……」

「友達として当然のことをしただけさ」それはよくわかってるが、とグリーンは感謝の意を示し、マドンは続けて、「あんな女たちはほっといたらいいんだ。連中はみんな病気持ちなんだからな」

「言うのはやさしいがね」グリーンは喜びのない笑いをみせ、「君にとっては、という意味だが」

マドンの手はその上衣のポケットのあたりまで動いたが、それからまた脇に垂れた。しばらくして彼は繰りかえした——「さてと、行くことにするかな」

大尉はテーブルをまわって歩みより、その手をさしだしながら、「それじゃ、さよなら」

マドンはその手を取らなかった。「さよなら?」

「君には二度と会えんかもしれんから」と相手は気弱そうに弁解した。

「なんだ。まるで国へ逃げ帰るようなしゃべり方だな。元気を出したらいいんだ。あんなやつらに貶《けな》されたって、何の意味もありやしない。どうせ誰が来たって同じことを言うのさ」

グリーンはテーブルの上に置いた自分の握り拳が固く白くなるのを見まもった。「そういう意味ではないんだ。ぼくの言ったのは——」彼には戦死するかもしれないとは口に出せなかった。そんなことは誰でも言えることではなかった。「どうせぼくよりも君のほうが先に前線へゆくことになるようだな」

「たぶんそうだ。しかしどうやら危ない目にあうのはみんな同じらしいね」

雨は止んでしまっていて、その湿った大気のなかには、多くの隊がひっそり集まったときに生じるかすかな物音がただよっていた——その整った静寂さはかえって暴動騒ぎよりも音高く響くのだ。外に出るとマドンは泥を感じ、闇と湿り気を知り、平和と戦争の区別さえつかぬ遠くの空の下で、食物と排泄物と熟睡の気配を嗅《か》ぎとった。

2

時折りグリーン大尉のことを思いだしながら、マドンはフランスの土地を横切って進んだ——彼の眼に映ったのはとりすました銀色の時雨《しぐれ》がそそぐかなたに並ぶポプラの群れ、それが永遠の透し彫り彫刻のように、豊かな耕作地の風景を鮮やかに縁取り、そこに道路や運河や屋根を輝かせた村落——塔と森、道路、村——村、町、都会——村、村、それから道路の交わる所には車と軍隊、車と軍隊の群れ。彼は人間というものが戦場へ出て行くのに、まるで商売でもしにゆくような気軽さで出かけるのを知った、またフランスの兵隊たちが汚れた青い服を着てクロケットをやっていたり、それを見まもっているアメリカ兵たちがアメリカの煙草を彼らに与えているのを見た——そしてアメリカとイギリスの兵隊が喧嘩しているのに、それを誰もべつに気にもしなかった。憲兵だけは別だ。だいたい憲兵になってるやつの気がしれない。誰があんな損な役割をするものか。その点では黒人の将軍になるのも同じだ。戦闘地帯に入る。相変らずの取引き。一般の兵隊たちはのんきに遊んですごせるとき。

彼は時折りグリーンのことを思い、相手がどこにいるだろうと考えた、——それは彼が自分の新しい隊長をよく知るようになった後でもそうだった。この隊長はグリーンとは全く違った男だった。前身は大学の講師で、だからアレグザンダー大帝やナポレオンやグラント将軍がどこで失敗したのか説明することもできた。おとなしい男で、その声は閲兵場ではほとんど届かなかったし、彼の部下はみんな言った、「戦場へゆくまで待ってろよ。あん畜生をやっつけてやるから」

しかしながらマドン軍曹は自分の上官たちとはごく仲よくやっていた——特にパワーズという名の中尉とはそうだった。それに部下たちともそうだった。藁人形や小型の模型陣地でやる訓練期間が過ぎた後でさせ、彼は部下とうまく溶けあった。彼らは戦場ずれがしてきて、夜の地平線にひらめく砲火や遠くの大砲の（ただし、他の方角に射つものだけであるが）響きなどにはもう平気になっていた。一度ならず彼らは食事用のテントの前に並んでいるときに飛行機の爆撃を食らいもしたが、その間隠蔽されたフランス砲兵の連中の塹壕から興味もなげに彼らを見まもっていたものだ。彼らは前線にいた古参兵たちからいろいろの忠告も聞きとった。

とうとう彼らもここかしことあてどなく果てしない空間をさまよい歩く身になって、大砲の音はべつに近づいたようにも思えないのに、それでももはや他人事と思えなくなった。彼らは夜間に行進して自分たちの足が沈みこみ、泥の中でべとつく音をきいた。それから大地が傾くのを感じ、気がつくと塹壕だった。その暗くて濡れた大地の底にある自分の墓に下りてゆくのはまるで自分を埋葬するかのようだ、嫌悪感に息がつまり、心臓も止りそうな感じだ。それからまたも闇の中をよろめき歩いてゆく。

彼らが受けた多くの無料の忠告のなかでも、もっとも心に刻みこまれたのは、大砲が発射され弾丸の飛来音が聞えたときには地に伏せろ、ということだった——そこで一つの機関銃が、それもずっと右翼の方から、断続音を響かせたとき、彼らは一瞬の間呆然《ぼうぜん》自失の状態となり、それから誰かが地に伏すとその上に誰かがつまずき、次にはみんなが一人の人間のようにいっせいに倒れ伏した。将校は兵隊たちを罵り、下士官は蹴りあげて彼らを立たせた。それから彼らが闇のなかでかたまって、死のにおいを嗅いで立っていると、あの中尉が隊列の前まで走ってきて、短いが苛烈な演説をやった。

「誰が伏せろなんて命令した？　このあたり二マイル以内にある鉄砲といえば、お前たちの手にあるものだけだぞ。これにさわってみろ、ここにあるものだ」——小銃をたたきながら——「これが鉄砲なんだ。軍曹、もし今度誰かが倒れたら、そいつを泥の中に踏みにじって、そのまま進むんだ」

兵士たちは喘《あえ》いだり低い声で罵ったりしながら泥の中を進んだ。突然彼らは他の男たちにはさまれており、そして実戦を体験して四日目の古参兵の一人が、前線へ向う初年兵たちの恐怖心を感じとって言った——

「おい、戦争をやりにきた連中を見ろや」

「おい、黙れ！」と下士官の声、そして一人の下士官が飛ぶように近づいてきて言った、お前の将校はどこだ？　前線へ出てゆく連中が黒い濡れた闇の中で彼らとすれちがい、すると一つの声が意地悪くもささやいた、『毒ガスに気をつけろよ』この毒ガスという言葉は口から口へと伝わり、しまいに上官が再び彼らを黙りこませた。だがこの悪戯《いたずら》はすでに効力《ききめ》を発揮しはじめていたのだ。

毒ガス。弾丸や死や地獄落ちはいい。だが毒ガス。それはまるで霧のようなんだと彼らは聞かされていた。お前は気がついたときには、その中にいる。そしてそれから——グッド・ナイト。

沈黙のなかで聞えるのは不安な泥の上の動きと呼吸のみだ。東の方の空はかすかに青ざめて、それは何かの誕生というよりも、何かの死を思わせた。前方を透かし見たが、何も見えなかった。右手では低い大砲の響きがあがり、物憂げな夜明けの光の生れるあたりにどさんと落ちる音がしたが、このあたりにはどこも戦闘はないようだった。将校のパワーズは部下から部下へと動いていた。誰も射撃してはならんぞ、前方の闇のどこかには偵察隊がいるのだ。ゆっくりと灰色に暁《あかつき》がはじまり、しばらくすると大地はぼんやりと姿を現わしはじめ、その薄白い闇を眼にした誰かが叫んだ、「毒ガスだ！」

兵隊たちはやみくもに自分のガスマスクをさぐったり引き出したりして、その間もパワーズとマドンは彼らの間を飛びまわったが、力およばなかった。中尉は拳固《げんこ》であたりのものを殴りながら、なんとか自分の命令を聞かせようとしたが、毒ガスと叫んだ兵隊は突然射撃台の上で振りむき、物悲しげな夜明けの空にその頭と肩を鋭くうかばせてぐるりと振りむいた。

「お前がおれたちを殺したんだ」と彼は悲鳴をあげ、将校の顔にまともに銃をぶっぱなした。

3

マドン軍曹はその後もグリーンのことを思い出した、カンティニュ（北フランスの村。アメリカ軍の戦場―訳注）の荒れた土地を走りまわって、「進め、こいつら、いつまでも生きたいという腹なのか？」とどなっていたときもそうだったのだ。もっともふと忘れているときもあった、たとえば二人では狭すぎる弾丸跡の穴の中で、かつて故郷で彼に靴を売りつけたことのある男の隣りに横たわっていたときなどはそうだった――そこでは彼の突き出した足が嵐にもまれる木の小枝のように疾風にさらされていたものだった。しばらくすると夜がきて疾風が過ぎ去ったが、彼の隣りの男は死んでいた。

病院にいる間に、彼は公表された死傷者名簿の中にグリーン大尉の名前を見つけた。それからまた、その病院で自分の持っていた写真が見えなくなっているのも気がついた。病院の係員や看護婦たちに聞いてみたが、彼の持ち物の中にそれがあったのを誰ひとり思いだせなかった。もっともそれでよかったのだった。写真の彼女はそのころすでに、大学の予備士官訓練隊にいる中尉と結婚していたからだ。

4

バーニー夫人の喪服はぴったりとしていて完全に空気を通さない――彼女は空気というものを、呼吸には必要だがあとは有害な存在だと信じている。バーニー氏、無愛想な黙りこくった人で、職業は例ののんびり板を切ったり削ったりした後で釘を使って軽くつなぎ合せるという仕事の人だが、彼は妻の考えをすべて取り入れる主義だったから、この空気のこともまた同じように信じていた。

バーニー夫人は留め針のようにしゃんとした姿で歩いてゆく――この暑さはやりきれないけれども持病のリューマチにはありがたい、と思いながら、ひとを訪問しようと道路を歩いてゆく。自分の訪問先の家を思ったり、この町での自分の地位の変化したことを思ったりすると、かすかながら誇らしい気持を自覚する――その気持は消しがたい鈍い哀しみをいやしてくれるのだ――彼女から大切なものを奪った運命の一撃は、いまや彼女を上流婦人にしてくれたのである。いまやあのウォージングトン夫人も、ソンダーズ夫人も、みんな彼女にむかって、同じ仲間のように話しかけてくれる。まるで彼女もまた車に乗ったり年に半ダースも新しい服をつくる婦人のひとりみたいに話しかける。こんなことも彼女の息子がしてくれたことだ、息子が戦死したから、これが実現できたのだ、もしあの子がこの町にいたらこんなことは実現しないし、できもしなかったろう。

彼女の黒い喪服は熱気を吸収してじっとりと体にまつわりついたから、かかげている木綿の日傘はただの飾りものとなっていた。四月にしてはなんと暑いこったろ、と彼女は思い、眼は通りすぎる車のなかにいる薄着した涼しげでしなやかな女たちの姿を追っていた。道を歩いている別の女たち――派手だが洗練された色の服を着た婦人たちはバーニー夫人のかがまって小柄で丸まっちい姿に向って、愛想よくうなずいて挨拶した。平べったい「堅実なる」靴をはいた彼女はトコトコと誇らかに歩を運んだ。

ひとつの角を曲ると、並木の楓《かえで》の枝から洩れた陽がじかに彼女の顔に当った。それに向って日傘をかしげ、しばらくはこわれた排水溝を眺めたり、下手《へた》に敷かれてそり上がった舗道石を足のうらに感じたりしながら、再びまた傘を元にもどした。塔にいる鳩たちは熱気から隠れて涼しげに、眠りに似た静まり方をみせ、彼女はその下の鉄の門を通って砂利道に入った。向うには不格好な正面を見せる牧師館が午後の陽のなかで眠っており、その前にひろがる芝生にはゼラニウムの花壇、大樹の陰に散るいくつかの椅子、そして彼女が芝生を横切ってゆくと、それを出迎えて牧師が、岩のように巨大に、ゆったりした黒い服の姿を現わした。

（あれ、気の毒に、なんとまあわるい顔色だろ。あたしたち老人に、年寄りに、こんなことが起るなんて、ほんとにひどいこった――うちの子は良い子じゃあなかったよ、でもやっぱりあたしの子だった。だからいまウォージングトン夫人だってソンダーズ夫人だってウォードル夫人だって、みんな立ちどまってあたしに話しかけるんだ、あたしのデューイが死んだから、あれこれと話しかけてくれるんだ。あの人たちにゃあ息子はないけど、いまこの牧師さんにゃあ息子がいて、それが帰ってきたのにあたしの子は戻って来ない、それなのに、なんとこの人、わるい顔色なんだろう、気の毒に）

彼女は暑さから犬のように喘ぎ、節々に痛みを感じて、ひどく足を引きながら、ひとかたまりの人々に近づいていった。陽のまぶしさのために よく見えなかった――ちょうど陽が藤蔓《ふじづる》のからまった格子垣の向うへ沈みかけているところだった。鳩の群れは塔の上で、傾いてペンキのしみのように見えながら低くて太いつぶやき声を立てており、そして牧師が言っていた——

「バーニーさん、こちらはミセス・パワーズですよ、ドナルドのお友達でしてな。ねえドナルド、この方はバーニー夫人だよ。バーニー夫人を覚えているかね、ほれ、デューイのお母さんだよ、覚えてると思うがな」

バーニー夫人は上の空で、さしだされた椅子をとった。着こんだ服の暑いこと！　開いた日傘にけつまき、傘のほうがおとなしく転げて避けた。牧師がそれを閉じると、ミセス・パワーズは彼女を椅子に坐らせた。黒い縁取りをした綿のハンカチを取りだして両眼を拭った。

ドナルド・マーンは人々の声によって目を覚ました。いまミセス・パワーズが言っていた——「まあ、遠くから、わざわざご親切に。ドナルドのお友達はみんな彼に優しくしてくれますのね。息子さんを戦争に送り出した方は特にそうですわ。気持がわかるからですわね、そうでしょ？」

（まあ、かわいそうに。ほんとにまあ。それにその傷だらけの顔ったら！　ドナルド、あんたの顔にそんな傷跡があるなんて。マドンはなんにも言わなかったよ）

鳩の群れはおだやかな眠りを好み、午後は過ぎてゆき、絶えんとしている。バーニー夫人はぴったりして暑くるしい喪服、牧師は巨大で黒くてゆったりした服、バーニー夫人は哀しみもまだ癒えぬまま、ミセス・パワーズは——（ディク、ディク。なんて若かったろう。ほんとに若かった。明日なんて気にしなかった。あたしにキスして——髪のなかにキスして。ディク、ディク。あたしの肉体は自分から流れだし、分解してゆく。男って、裸だとなんて醜悪なのかしら、——離れないで、あたしを離れないで！　だめ、ちがうわ！　あたしたち愛し合っていないわ！　ほんとよ！　ほんとよ！　しっかり抱いてちょうだい、しっかり——あたしの体は盲目のまま、独りのものでなくなった——でもあたしの体は眼が見えないから有難かった。あんたの体って、ディク、なんて醜いの！　愛するディク、あんたの骨組み、あんたの口さえ固くて骨のようにがっしりしてる。あたしの体は流れてってしまう。あんたはつかまえることができない。ディク、どうして眠ってしまうの？　あたしの肉体はまだ流れて、流れつづけてて。あんたにはこれがつかまえられないわ、だって、あんたのはあまり醜いもの、ねえディク……『しばらく、ぼくは手紙書けないかもしれないけど……またなんとか書けるときが……』）

ドナルド・マーンは人々の声を耳にし、椅子のなかで身動きした。彼は自分の見えない椅子の固さを感じ、自分の心に全く訴えない声を聞くだけだった。「ジョー、読んでくれ」

午後は相も変らず夢みつづけている。無造作な下着姿の黒人は芝刈機を押すのをやめ、木の陰に立って垣根ごしに一人の女としゃべっている。見ていても窮屈そうな黒服姿のバーニー夫人は——ウォージングトン夫人があたしに話しかけてくれるけど、でもデューイは死んじまってる。まあ、お気の毒にねえ、なんという悪い顔色だろ、あたしの息子は死んだ、でもこの人の息子は戻ってきた、戻ってきたよ……それも女を連れて。この女はここで何をしてるんだろ？　ミッチェル夫人が言ってた……ミッチェル夫人が言ってたけど、ソンダーズ家の娘がこの息子と婚約してるとか。あの娘は昨日まるで裸みたいな様子で町を歩いてたっけ。彼女の上に陽が当って……はっきり定まった春の陽気のなかで彼女はまたも両眼を拭った。

ドナルド・マーンは、人々の声を耳にして、「ジョー、読んでくれ」

「あたし、あなたの息子さんがどんな具合か、お見舞いに来たんですよ」（デューイ、あたしのかわいかった息子）

（ディク、とってもあなたが恋しいわ。誰か一緒に寝たい男がほしいという意味？　さあ、どうかしらね。

ディク、ああ、ディク。あんたって、あたしに何のしるしもつけないでいっちまった、なにひとつね。あたしの髪の上からキスしてちょうだい、ディク、そのあんたの無骨な体で愛して……そして二度とお互いに会わないことにしましょう、二度と……そうよ、もうおしまいよ、愛する醜いディク)

(さよう、あの姿こそドナルドだった。いまの彼は死んどるのだ。)「ありがとう、彼はよほど回復しましたよ。あと数週間も休めば、すっかり元どおりになるでしょうな」

「まあ、それは結構でしたねえ。ほんとに結構でした」と彼女は答え、彼を憐《あわ》れみ、彼を羨みながら——(あたしの息子は死んだよ、死んで英雄になったよ。ウォージングトン夫人やソンダーズ夫人は、あたしとおしゃべりしてくれない。)「かわいそうに、この子は自分の友達のこともまるで覚えてないんですかねえ?」

「いや、覚えてますとも」(これはドナルドだった、わたしの息子だったのだ。)「ドナルド、お前はバーニー夫人を覚えていないかい? ほら、デューイのお母さんだよ」

(……でも永遠にではないわ。あなたが世界じゅうの幸運と愛に恵まれますように。ねえディク、あたしにも祈って……)

ドナルド・マーンは、人々の声を耳にして、「読んでくれよ、ジョー」

あの娘が男と遊びまわる様子ったら! と彼女は勝ちほこって考えた。デューイは死んじまった、だけどもありがたいことに、あの子はあんな娘とは婚約していないよ。「息子さん、帰ってきてくれたんですから、これからじきに結婚をさせたり、あれこれと……ほんとうに結構ですねえ、ほんとに……」

「まあ、それはとにかく」と牧師は言いながら、彼女の肩に優しく触れて、「またぜひ彼に会いに来てくださいよ」

「ええ、また来ますとも」と彼女は黒い縁取りの綿のハンカチごしに答えた、「息子さんが無事に丈夫で帰ってきて、ほんとに結構でしたねえ。帰らない人もいるんですからねえ」（デューイ。デューイ）

陽は藤の格子垣のなかの隙間を求めてはそこでゆるやかに燃えかがやいた。たぶんあたしはこれからダウンタウンでウォージングトン夫人に会うだろう、と彼女は思う。きっとウォージングトン夫人は、お元気ですか、ご主人はいかがとたずねるだろう。（あたしの神経痛！　でもあたしは年寄りだ。ええ、ほんと。人間って年をとると……あんただって年寄りだよ、と彼女は気分のいい意地悪さとともに考える――あたしよりも年寄りなんだよ。年とったあたしたち、こんな年寄りのあたしたちにこんなことが起るなんてひどすぎる。あの子はあたしにとてもよくしてくれた、大きくて強くて、勇敢で……）彼女は立ちあがり、すると誰かが綿《めん》の日傘を手渡した。

「ええ、ええ、また見舞いに来ますよ」（気の毒な子。かわいそうな人、なんて顔色がわるいんだろ）

芝刈機はゆっくりと音をたてて動いて、夕暮れの静寂を無精げにかき乱していた。バーニー夫人は蜂の群れを驚かしながら芝生をやみくもに横切っていった。門のところで誰かが彼女と行きちがい、そして彼女は置き方が悪くてそり返った舗道石や割れた排水溝に眼をつけてから、傘を背後に傾けて、ぴったり空気を通さぬ黒服を陽差しから隠した。

雲の影のない空の下、塔の上の鳩の群れは柔らかなペンキのしみのよう、身を傾けて低い銀色の音《ね》で鳴いている。夕陽は藤蔓に覆われた格子垣の影を長くのばし、涼しい木陰にある椅子の群れをも呑みこんだ。日の沈むのを待っている。

（ディク、あたしの愛人、あたしが愛さなかった人、ディク、あんたの不格好な体があたしのなかに盗賊みたいに侵入してきて、あたしの体は流れ去り、あんたの跡をすっかり洗い去り、……キスしてあたしを忘れてちょうだい――あたしの幸運を祈るだけにしてちょうだい、ねえ、かわいい、醜い、死んだディク……)

(これは、ドナルドはわたしの息子だったのだ、あの子はもう死んでおる)

芝生を横切ってきたギリガンが言った。「あれは誰です?」

「バーニー夫人という人でなあ」と牧師が説明した。「息子に戦死されたんだよ。君もたぶんダウンタウンで、その息子のことは耳にしたと思うが」

「ああ、聞いたことがありますね。それは、たしか砂糖を五十ポンド盗んで起訴されたもんで、家族が兵隊にさせちまった息子だ、そうでしょう?」

「いろいろと噂は立つものでな……」牧師の声は弱く消えた。

ドナルド・マーンは、沈黙を耳にとめて、「ジョー、読むのをやめたのか」

ギリガンは彼の近くに立ち、その顔にある色眼鏡を直してやりながら、「いいさ、中尉、もっとローマのこと聞きたいかい?」

塀の影が完全に一同を呑みこみ、しまいには彼が言った――

「読んでくれ、ジョー」

5

彼女はウォージングトン夫人に会いそこねた。その老婦人が自分の車の後部座席に一人で坐ってプライス家から滑らかに走り出てゆくのを見かけたのだった。運転手の黒人の頭は大砲の弾のように丸かった。そしてバーニー夫人はガソリンの臭いを嗅ぎながら、それが走り去るのを見送った。郡役所の建物の影はまるで薄い煙草の煙のような色をして広場の一郭を満たしており、彼女は店のドアに立っている知り合いの男を見かけた——それは彼女の息子の友達だった人だ。あの人はデューイと同じ隊にいて、将校か何かだった、しかし彼は殺されなかった、殺されたのは彼じゃない！　だいたい将軍や偉い人たちの言うことなんて、とんでもないでたらめだったのさ！

（いいえ、だめ！　こんな気持になるのはおよし！　あの人だって、できるだけのことはしたんだ。勇気がなくってデューイみたいに戦死できなかったのも、あの人が悪いわけじゃないのさ。人ってみんなデューイのことでは焼餅を焼くわ——ただし口先だけではあの子が正しいことをやったという。正しい義務を果したって！　あの子がそうするぐらい、初めっからわかってたよ。デューイ、デューイ。まだ本当に若かったし、とても大きくて勇敢な子だった。あの子をあのグリーンという人が連れてって戦死させちまったんだ）

彼女はその男を気の毒に思い、優しい気持を感じ、憐れみさえ覚えた。その男の横に立ちどまった。「ええ、奥さん、彼は立派でしたよ。ええ、他の兵隊たちも立派でしたよ。

「でも、あんたは戦死しなかったわよ」と彼女は告げた。「デューイみたいな兵隊はほかにいなかったよ——

あんなに勇敢で——無鉄砲なほどで……あたしいつもあの子に言ったんだよ、あのグリーンの後についてゆくな——あの男には気をつけなよ——言うままになるんじゃないよ、と——」

「ああ、そうですか」と相手はうなずきながら、バーニー夫人の念入りな、少し猫背の気取り具合を眺めた。

「あの子は立派だったね？　あの子は別に何にも泣きごとを言わなかったのかしらね？」

「いや、彼は立派にやりましたよ」と彼は相手を安心させた。夕陽がほとんど沈みかけた。埃だらけの楡《にれ》の木では最後の一さわぎをする雀たち、ゆっくりと田舎へ出てゆく最後の馬車の群れ。

「男の人にはわからないのさ」と彼女はにがにがしげに言った。「あんたもたぶん、あの子にしてやれるだけのことをしてやれなかったのだろ。あのグリーンさん……あたしはいつも彼を信用しなかったね」

「あの人も死んだんですよ、ご存じでしょうけど」と彼は相手に注意した。

（この人に意地悪な態度はしないわよ！）「あんたは将校か何かだったのね——あんたのほうがきっと部下の面倒をよくみたような人だね」

「おれたちはみんな彼によくしましたよ」と相手は我慢強く説明した。いま馬車の群れがいなくなって、広場は静かだった。日没の最後の光のなかを女たちがゆっくりと歩き、夫のもとへ、家での夕食へと帰っていった。いま空気が冷えはじめたので彼女にはリューマチが前よりも感じられ、窮屈な黒服のなかで落ち着かぬ気持になった。

「そういえば、あんたはうちの子の墓を見た、そう言ったっけね……本当にあの子は立派だったの？」あの子は本当に大きくて、強かった、あたしに本当に親切だった。

「ええ、そう。彼は立派でしたよ」

マドンは彼女の後姿を見送った――そのかがみ加減な、ちんまり丸まった姿は日陰になった町を、ブリキ製の日よけの下を歩き去っていった。高い郡役所の影はいまや静まり、勝ち誇った軍隊のように、一発の砲声も響かせずに町の広場を占領していた。雀の群れは最後の埃っぽい騒ぎをおえて飛び去っていた、夕暮れを越えて朝のなかへ、さらに続いて過ぎ去った歳月のなかへ――

塹壕《ざんごう》の射撃台にいた誰かが『毒ガス』と叫んだ、そしてあの将校は飛びあがって兵隊どもを殴りつけたり懇願したりした。それからマドンの眼には、赤らんで苛烈な表情を浮き彫りにしたあの将校の顔が見え、その瞬間に射撃台にいたあの男が、物悲しい夜明けの空にくっきりと姿を現わして、叫びながら振りむいた、そして、お前がおれたちを殺しやがるんだ、と叫び、それから彼の顔に向って、まともに発砲したのだった。

6

カリフォルニア州、サンフランシスコ
一九一九年四月十四日

愛するマーガレット——

君の手紙もらって、じきに返事をするつもりでいたんだけど、あちこち出かけるのに忙しかったんだ。たしかに彼女は悪い娘じゃないし、つきあうととてもおもしろいよ、いや、顔はよくないけれども写真に写るとてもいいから彼女映画に出たがってるんだ。そして一人の監督は今まで会ったどの娘よりも彼女の写真はいいと言ったんだ。彼女は車を持っていてダンスも素敵にうまいけども、もちろん彼女とはただ遊びまわってるだけさ、ぼくには若すぎる娘だものね。本気にはなれないよ。そういえばぼくはまだ働かないでいるんだ。この娘が大学へゆくんでぼくにも来年同じとこへゆかないかと言っている。だから来年そこへ行くかもしれない。さてこれでたいしたニュースはないんだ、少しばかり飛んだけれども、ほとんどはダンスか遊びまわることばかり。これからもパーティに行かなくちゃならないからこれ以上は書けないんだ。今度、この次にはもっと書くからぼくの知ってるみんなによろしく。

君の誠実なる友
ジュリアン・ロウ

7

マーンは音楽が好きだった。そこでウォージングトン夫人は彼らに迎えの車をよこした。この夫人は大きくて美しい古い家に住んでいた――これは彼女の夫がちょうどよいときに死んで残してくれたものだが、その他にもうひとり従兄弟《いとこ》がいた、その男は彼女にとってなんのたしにもならない平凡な人物で、入れ歯をしているせいか発音がひどく悪くて（彼は米西戦争のときキューバで賽子《さいころ》ゲームをやり、斧で口を殴られたのだった）――たぶんそのせいで彼は何もしないでいたのだろう。

ウォージングトン夫人は食べすぎたせいで、痛風にかかり、気持がいらだちがちであり、それで彼女のゆく教会では牧師も信者たちも彼女に悩まされた。しかしながら彼女はお金という、肉体や精神の病を治《なお》す万病薬を持っていた。それにまた、女の権利はここまでと彼女の定めた範囲を他の女性たちが守る限り、女権拡張論者でもあった。

ふだん人は、彼女とこの従兄弟を無視した。しかし時にはこの男性を憐れむ人もいた。

しかし彼女が迎えの車をよこしたので、ミセス・パワーズとマーンが後部の座席に坐り、ギリガンは黒人運転手の横に坐り、彼らは楡の木の下を滑らかに走りながら、澄んだ空に星を眺めたり、樹木の茂る匂いを嗅いだりしていると、やがてはじめはリズムのある響きだったのが音楽になって耳に聞えてくるのだった。

8

一九一九年の春、これは若い連中の順番が来た日だ、――それは軍隊にゆくには年の足りなかった彼らを解放してくれた瞬間であった。この二年間というもの、若者は味気ない日を過していた。もちろん青年は少なくなっていたから、娘たちは彼を利用してくれたが、その態度は常によそよそしく、親身でないものだった。その交際は、絶えずチューインガムを噛んでいる美人と性交するような味気なさだった。ああ、軍服よ、ああ、虚栄心よ。娘たちは軍隊へゆかぬ若者を利用したが、軍服が現われると、彼にたちまち秋風を吹かしたのだ。

あの日がくるまで、軍服だけが大威張りでまかり通ったのだった――彼らは洒落《しゃれ》ていてロマンチックなばかりか、持っているだけの金を気前よく使った、そして人につげ口をする間もなく海外へ出征してしまう存在だった。もちろん軍人が別の軍人に敬礼するのは滑稽だったが、しかしそれは素敵でもあった。娘たちにとっては自分のつかまえた相手が敬礼される方の軍人だと、とくに素敵だった。ましてや飛行機の操縦士を示す翼記章が娘たちの心をどんなに締めあげたか、これは語るだけ野暮というものであろう。

かくして、映画がはじまる――

美しくて清純なる娘たち（アメリカ生れ）が外出着や盛装姿で（これは疑いもなく族団命令である）人っ気のない前線の塹壕にいるとそれをつかまえるのは華やかな軍服姿のドイツ軽騎兵たち（ベラスコ［当時の有名な舞台監督。ここでは彼が衣裳を検査したの意―訳注］の署名入り通行証を持った連中だ）――パリの粋なドレスを着た娼婦たちが旅団の高級将校たちを蕩《たら》しこみ、その間も一方の手では矢印カラーをつけたいきな横顔とぴったりした乗馬ズボンの若手将校たちをつかまえると、将軍はみんな娼婦たちをドイツのスパイと考え、逆に若手将校たちはこんな気取った将軍たちこそドイツ軍のまわし者だと考える――この老いたる将軍たちは、けだるげな彼女の体ごしに互いに相手をにらみつけており、その間に喜劇役の下士官たちは、手足だけ長くて美しいが怠け者の赤十字看護婦たち（アメリカ産）を嬉しがらせている。登場するフランス女はきまって侯爵夫人か娼婦かドイツのスパイだ、時にはその両方であるし、さらには三つを兼ねているときもある。侯爵夫人はじきにわかる、というのも彼女たちは衣服をすっかりフランス陸軍に寄付してしまったから、木靴をはいていて、耳に四十カラットのダイヤを下げているだけだからだ。彼女たちの息子はみんな飛行士で、それも先週の火曜日からは偵察飛行に出ているから、これが少しばかり侯爵夫人の心配の種。こんな飛行機乗りをひいきにするのは下等な娼婦たちで、高級なドイツのスパイたちは将軍たちに恋を仕掛ける。

やがてひとりの高級娼婦が（これも明らかに旅団長の内命を受けて）爆薬では失敗した扇状戦闘地区を性的魅力によって救出する、そして最後《フィナーレ》にはすべてがまるで張子の塹壕を前にした園遊会と化し、連合軍の兵隊たちは六十ポンドの背負袋を背にして並んで坐り、三人そろって煙草をふかしていると、一方では近くのボール紙張りの塹壕からはドイツ軍の歩哨たちが羨ましげに歯ぎしりしてにらんでいる。

従軍牧師が現われる――自分も兵士のひとりであるから君たちに愛されているのだと知らせたくてしかたがない男だ、だからここでも家庭と母親と性交についてのお世辞まじりの説教をやる。大きな新しい旗が高くあがり、敵は、二十二口径ライフル銃でそれに空しくも発砲する。牧師にうながされて、こちら側の兵士たちは歓声をあげる。

「どの点が」と化粧の濃い美しい娘が、相手の話に耳もかさぬまま、ジェームズ・ドウにたずねた——ドウは二年間もフランス軍飛行小隊の下士官操縦士だった男である、「どの点がアメリカ人飛行士とフランスやイギリスの飛行士では違ってるんですの？」

「違いは映画のなかだけだよ」と陰気にジェームズ・ドウは答えた。（なんて退屈な人！　こんな人をウォードル夫人はどこから連れてきたのかしら？）彼は敵機を十三機射ち落し、彼自身は二度も墜落して、天国にも昇らずに功績点十一をかせいだ男なのだが——。（ジェームズ・ドウはアメリカの兵隊を一般に呼ぶ時の仮称—訳注）

「まあ素敵。ほんとにそうですの？　じゃあ、フランスでも映画は見てたのね？」

「そう、暇なときには何かさせとけ、というわけでね」

「そうね」とその特有の放心したような横顔をみせながら、彼女は言った。「あなたたち、むこうではとっても楽しんだのねえ、その間あたしたち女はこっちで一生懸命に包帯を巻いたり編み物をしたりしてたのよ。次の戦争では女も戦えるといいのに——あたし、編み物するよりも進軍したり鉄砲うったりしたかったわ。この次の戦争では政府は女にも戦争させるかしら？」と彼女はたずねたが、眼はひとりの青年が虫のように身をくねらせて踊るのを見まもっていた。

「そうだな、もしもう一度やりたいとなると、女でも駆りだすほかないだろうなあ」ジェームズ・ドウは自分の義足を動かし、曳光弾《えいこうだん》が骨の間を貫通した痛む腕をさすった。

「そうね」彼女はしなやかに踊る若者の方へ眼を向けた。ずっと若々しい体つき、そして髪をぴったり分けている。きれいに剃った青白い顔には粉がはたいてあり、洒落ていて、彼とその相手の金髪で短いスカートの娘は、夢のように滑らかにすべり、とまり、揺れていた。黒人のトランペット吹きが汗ばんだ楽士たちの動きを押えると、踊る人々の動きはとまって、引きあげてゆき、あとにはおしゃべりしかできない連中が黙りこんで壁に並んでいるのみ。若い男女は腕を組んだまま揺れ、音楽の始まるのを待ちながら滑るような足取りで歩き、例のしなやかな青年は隙のない身振りをみせて言った――「今度のダンスをいかがです?」

彼女は「ハロー」と甘く言葉を引きながら「あなたにドウさんを紹介しますわ。リヴァーズさん、こちらドウさんです。ドウさんはこの町を訪問中の方なの」

リヴァーズ君は気軽くドウ氏に挨拶をしてから、また繰りかえした――「次の曲を踊ろうよ、どう?」リヴァーズ君はプリンストン大学で一年を過していた。

「残念だけれど、ドウさんが踊らないから」とセスリー・ソンダーズ嬢は隙のない答え方をした。リヴァーズ君――育ちはよいし文化の中心である大学で一年を過して、すべての利点をそなえた彼は――思わず相手の顔をぼんやり眺めやった――

「おや、おいでよ。まさか一晩じゅう坐っているつもりじゃないでしょ? なんのためにここへ来たっていうの?」

「いいえ、だめなの。あとでなら、もしかしたらね。あたしドウさんとお話がしたいのよ。あなたには、そんなこと思いもよらないでしょうけど――」

彼は相手の娘を静かに、空ろに見つめた。しまいにつぶやくように、「失礼」と言って、ゆっくり離れていった。

「本当に」とドウは言った。「ぼくのためだったら、やめてください。あんたが踊りたいのなら――」

「あら、あんな――あんな連中にはいつだって会ってるのよ。でもダンス以外のことも知ってる人って、稀《まれ》にしか会えないわ、まして――そのうえ踊れる人なんてね。とにかくあなたのことを話してちょうだい、――あなた、このチャールズタウンは好き？　あなたってもっと大きな都会に慣れてるようね、そうでしょ？　でもこういう小さな町にもどこか魅力があると思わなくて？」

リヴァーズ君は眼をきょろつかせ、二人の娘が招くような身振りで自分を見つめているのを知ったが、しかしまっすぐに歩いていって、階段のあたりで立ったり坐ったりしている男たちの方へ近寄った。この連中のまわりには、パーティへの参加者であるが同時に傍観者であるといった雰囲気が作りだされていた。彼らはみんな同じような種類の人間で、いわばいずれも同じにおいを発散させている種族ともいえた――そしてわざと反発的に引っこんで立っているという空気をただよわせている。壁の花の群れだ。彼らは女主人の話相手になるか醜い女の子の踊りの相手ぐらいしか使い道はない。しかしおしゃべりな女主人さえ、いまはこの連中をあきらめてしまっていた。なかでは少し大胆な二、三の男が――ただしあの同じかすかなにおいを発散させて――娘たちの横に立ったまま、音楽がまた始まるのを待ち構えていたが、そのほかの男たちは階段のあたりにかたまりあい、まるでお互いを保護するかのように、身をすり寄せあっていた。リヴァーズ君は彼らの口にする低級なフランス語を耳にし、自分の高価な麻織りのぴったりした夜会服を意識しながら、彼らのなかにはいっていった。

「マドン、ちょっと話がしたいんだが、いいかい？」

静かに煙草を吸っていた男が群れから離れた。大きな体ではなかったが、それでいてどこかしら大きくて、落ち着きのある男だ――活動のあとの物憂げな精力をただよわす男だ。

「何だい?」と彼は言った。

「頼みがあるんだけど、きいてくれないか?」

「何ですかね?」と相手の男は踏みこまぬ態度で丁寧に繰りかえした。

「このパーティには踊れない人が来ているんだ、ウォードル夫人の甥《おい》でね、戦争で負傷したんだ。セスリーが——つまりソンダーズ嬢のことだけど——今夜ずっと彼のそばにいるんだけどね。彼女は踊りたがっているんだ」

相手は静かな注意力をこめて彼を見まもり、リヴァーズ君のほうはふいに優越者の気取りを失った。

「本当を言うとね、ぼくは彼女と踊りたいんだ。すまないけれど、あの男のそばにしばらく坐っていてくれないか? そうしてくれるととてもありがたいんだけど」

「ソンダーズ嬢はダンスをしたいのかい?」

「もちろんそうだよ、彼女は自分でもそう言ったんだ」相手の視線があまりに見抜くようだったので、彼は汗を感じてハンカチを引きだし、白粉《おしろい》をふった額を軽く、髪を乱さないようにしながら拭った。「かなわないよ」と彼は思わず声を高め、「君たち軍人は何でも自分の自由にできると思ってるんだ、そうだろ?」

向うには古代風の円柱の立つ小さなバルコニーが高く薄ぼんやりと見え、そこでは音楽を待つ男女が歩きまわり、屋内からの不透明なカーテン越しに見ると、おしゃべりも笑いも動きもゆがんでいた。ヴェランダの手すりにそって煙草の赤い眼が光った。駝鳥《だちょう》のように身をかがめた娘はストッキングをひきあげ、窓からの光がその若くてぶよついた足を照らす。あの黒人のトランペット吹き、すでに三十年間も白人の欲望の世紀を学びつくしてきた彼は情熱のない眼つきで合図し、またも楽員たちを景気よく駆りたてた。男女のひと組は飛びたち、抱き合い、踊った。光の届かぬ芝生の上でも、ぼんやりした影の群れが組み合っていた。

『……ジョーおじさん、ケイト姉ちゃん、みんなお皿のゼリーみたいに、ぶるぶるふるえるシミーダンス……』（「ケイト姉さんのように踊りたい」という流行歌―訳注）

リヴァーズ君は自分を水の中の流木のように感じ、心に鋭い子供っぽい怒りを覚えた。ヴェランダの角を曲ると、そこにセスリーを見た――まるでガラス糸で織ったように繊細な銀色のドレスを着た姿。手には緑の羽根扇を持ち、華奢だが活気のある身をそらせて細い神経質な美しさをみせ――それらが彼の胸にさまざまな思いを湧きたたせた。光はおずおずと彼女の上に落ち、その腕や小さな体にさわり、巧みに彼女の長くて、処女らしい両脚を照らした。

『……バッドおじさん九十二、杖をふるわせ、シミーを踊る……』

医師のゲアリー先生も相変らず水差しを頭にのせたような姿勢で踊り過ぎ、二人が彼を避けるとたん、セスリーが眼をあげてしゃべりはじめた。

「あら、マドンさん！　こんにちは」彼女は手を差しのべ、彼をミスター・ドウに紹介した。「あなたがあたしに話しに来てくれるなんて、とっても嬉しいわ――あら、それともリーがあなたを無理に引っぱってきたのかしら？　ああ、きっとそうだったのね。マドンさんはあたしのこと知らんぷりするつもりだったのよ。そうよ、ええ。もちろんあたしたちなんて、フランス女には太刀《たち》打ちできないでしょうけれど――」

マドンはありきたりの文句でそれを打ち消し、彼女は身をずらせて彼への席をあけた。

「お坐りなさいな。ドウさんも兵隊さんだったのよ」

リヴァーズ君が気取って言った――「ドウさんは君が踊るの、気にしないと思うな。ひと踊りどう？　じきに家に帰る時間になるから」

彼女は品よく相手を無視しつづけて、ジェームズ・ドウはその足を動かした。「本当に、ソンダーズさん、どうか踊ってください。せっかくの夜をつまらなく過したら、ぼくが申しわけないから」

「マドンさん、今の言葉を聞きました？ この方はあたしを追い払うつもりなのよ。あなたならそんなことしないでしょ？」巧みに彼へ流し目を送り、それからドウの方にいかにも押えた優雅な自然さで向き直った。「あたしまだ彼のことをマドンさんと呼ぶのよ、ずっと生れたときからの知り合いなんだけど、この人は戦争へいったでしょ、だからとっても経験者。ところがあたしは戦争にゆかないから、ほんの小娘というわけ。もしあたしがリーみたいな男の子だったら、きっと今ごろはぴかぴかした長靴をはいた中尉か将軍かなにかになっていたのにね。そうじゃない？」その振りかえる体つきは優雅で、無邪気で――いわば脆弱な天然の美しさだ。「あたし、これからはもっと気軽にあなたを呼びたいわ。かまわない？」

「踊ろうよ」リヴァーズ君が音楽に合わせて足を踏みながら、この情景を気取った退屈さを見せて見まもった。おおっぴらに欠伸《あくび》をし、「踊ろうよ」

「ルーファス、と呼んでください」とマドンが言った。

「ルーファスね、それから、呼んでくださいなんて言い方、やめてちょうだい。もう言わないでしょ、ねえ？」

「言いませんよ、――いや、言わない」

「あら、もう忘れかけてるじゃないの――」

「踊ろうよ」とリヴァーズ君が繰りかえした。

「でもこれからは忘れないわね。そうでしょ、ねえ？」

「ああ、忘れない」

「ドウさん、彼に忘れさせないようにしてね。あなたにお願いしてよ」

「いいとも、いいとも、さあ、あなたは行って、このミスター・スミスと踊りなさい」

彼女は立ちあがった。「この人はあたしを追い払うつもりなのよ」とセスリーはわざと情けない表情をつくって言った。それからわずかに神経質に肩をすくめて、「あたしたちがフランス女ほど魅力的でないのは、よく知っているわ、でもあなたたちだって、少しはアメリカ娘のいいところを見てほしいわ。ここにいるかわいそうなリーは、フランス女を知らないもんだから、あたしたちでも気に入ってくれるわけね。でもあなた方兵隊さんて、アメリカ娘をもう好きじゃないみたいね」

「とんでもない、ぼくらはあなたをリー君に譲るのも、あとで戻ってきてくれるから、という条件づきだからですよ」

「それならまだましね。でも、あなたって、ただお世辞にそう言ってるんでしょ」と彼女は責めた。

「いや、違うさ、君がここにいるリー君と踊らないと無礼なことになるからさ。彼は君にもう幾度も頼んでいるんだからね」

彼女は再び神経質に肩をすくめた。「どうやら、リー、あたしは踊るほかないわね。ただしあなたも気持が変ってあたしが欲しくないのなら別だけど？」

彼はセスリーの手を取った。「さあ、おいでよ」

彼をとどめながら、セスリーは、やはり立ちあがっていた二人の方へ振りむいた。「あたしを待っててくれるわね？」

うなずくのを見て、セスリーはやっと二人を解放した。ドウの義足の軋《きし》る音は音楽の響きに埋もれ、そしてセスリーはリヴァーズ君の抱擁に身を任せた。二人の足はリズムにのり、彼はセスリーの薄い胸と膝が自分に触れるのを感じながら、言った――「君は彼に何をしてたんだい？」そしてさらに腕を相手の体に深く巻きつけ、手の下に彼女の腰の動きを探った。

「彼に何をしてた？」

「いいさ、踊ろう」

しっかりと組み合い、二人は身構えたり、動いたりしはじめた――音楽のリズムを感じ、それと戯れ、リズムからはずれ、またもそれを求めたりして、きれぎれの夢のように漂いながら動いた。

9

ジョージ・ファーは屋外の闇にいて、そこから彼女をにらむように見まもっていた——彼女がそのほっそりした体を男の腕に任せ、頭を相手の頭に寄せ、銀色のドレスの下の両脚を相手の両脚の動きに合わせて動かす——そういう彼女を見つめ、その白く光る腕が男の黒い肩の上にのせられた様子や、その曲げた手首から扇が夕暮れの柳のように垂れ動くのを見つめていた。耳には淫らに感覚をくすぐるサキソフォンを聞き、闇のなかに漠として動く人影を見まわし、大地とそこに生えるものの匂いを鼻にかいだ。ひと組が彼らのそばを通りかかり、娘が言った。「ハロー、ジョージ、入らない?」「いいや」と彼は答えながら、心の中では春と若さと羨望の痛苦にひたり、同時にそれによって陶酔にちかい自己満足を味わっていた。

彼の隣りにいる友達、バーテンをしている男が煙草を吐きすてた。「もう一杯飲もうぜ」

その瓶には店からくすねてきた甘いシロップとアルコールの混合物が入っていた。飲むときだけは咽喉《のど》に熱い感じがあるが、それが過ぎると残るのはただ甘ったるくて奥深い熱気、やけ半分の勇気。

「あんなやつら、どうにでもなれだ」と彼は言った。

「お前は入らないんだろ、ええ?」と彼の友達はたずねた。二人はまた一杯飲んだ。黄色く黙して散在する星々の下で、音楽は春の若葉の間の闇を伝わっていった。ヴェランダから昇る光の薄れるあたり、空を背景にこの家は大きくそびえてみえた——それは絶えず木々の波が打ち寄せている大岩のようであり、それらの波は永遠にそこに凍りついているかのよう、そして星々は金の一角獣となって声なきいななきと、氷のように鋭くひらめくひづめをもって、青い牧場を疾駆してゆく。空は——かくも遠く、かくも哀しき空は——かの声なきいななきとともに夕暮れから夜明けへと疾駆する金色の一角獣の群れの飛ぶままに、あの時だって彼ら二人を見おろしていたのだ、彼女の張りつめた肉体がぐんなりとむきだしになり、まるで細い水溜りが二つに優しく分れていって、——一つの泉から二つの銀色の流れが出てゆくように……

「おれは入らねえよ」と彼は答え、歩きだした。彼らは芝生を横切ってゆき、そしてサルスベリの木の影のなかで、キスの音とともに一つの影が二つに分れるのを見た。二人は互いに視線をそらしながら、足早に歩いていった。

「ちぇっ、いやなこった」と彼は繰りかえした、「誰が入るもんか」

10

この晩は『若い連中』のための一日、男性にしろ女性にしろ若い連中のための一日だった。

「ジョー、あそこにいる連中を見てごらん」とミセス・パワーズは言った。「まるで地獄ゆきを待っている亡霊みたいに坐りこんでるわね」

彼らの車は横むきに停っていたので、すべての光景がよく見わたせるのだった。

「おれには坐っているようにはみえないな」とギリガンは興奮にかられた声で答えた。「あの二人を見なよ、――どうだい、あいつが手をおいてるところったら。これがやつらのいう品のいいダンスっていうものかね？ こんなのは一度もやったことがないぜ。おれがダンスをしてた土地だったら、あんなことをすれば放り出されるよ。もっともおれは運が悪かったのかな、お品のいい連中とは一度も踊ったことがないからね」

両側に二本の太い、そっくり同じ木蓮《マグノリア》の木がそびえ、その間から光線に浮きでるヴェランダは舞台のようであった。踊る者は二人ずつ組み合ったまま、色の変る光を受けて、その中を滑るように動いた。

『……ゆすりな、離れな、だけど続けて……』

手すりにいる男たちは、小鳥の群れのように、すねた仏頂面のまま坐っていた。壁の花たち。

「違うわ。そうじゃなくって、あたしの言ったのはあそこにいる復員兵たちのことよ。ほら、ごらんなさいな。あそこに坐って、軍隊おぼえのフランス語をしゃべって、お互いをからかっているのよ。ジョー、なぜあの連中やってきたのかしら？」

「おれたちがきたのと同じ理由さ。映画見物と同じさ、そうだろ？　だけど、あんた、どうして連中が兵隊だってわかるんだい？……あそこにいる二人を見ろよ」と彼は子供っぽい熱心さをみせてだしぬけに声をあげた。この一組は滑るように動くと思うと停止し、わざとリズムをはずすかと思うと、それを追ってつかまえ、またも見失う……女の手足は相手の動きを避けるように動くかと思うと迎えるように応じ、――いわばさわったり逃げたりする群れの中から相手の男を巧みに煽っている。さわっては引っこむ――飽くなき追いかけっこ。「どうだい、あの曲が終ったらたちまちその場で、といった様子だ！」

「ジョー、馬鹿なことを考えないで。あたしああいう復員兵をよく知ってるわ。ちょうどあんな様子してるのを酒保で何度も見たもの。親切だけど退屈な男たち、ただこれから戦争にゆくところだったもので女の子たちに優しくされてたわ。ところが今はあの連中、出征する戦争もないでしょ、だからほら、女の子たちにあんなに無視されて――」

「なんと言った？」とギリガンが心を奪われた者の口調でたずねた。彼はようやくその二人の踊りから眼をひき離し、「すげえ、うちの中尉さんがこれを見たら、ぱっちり目を覚ますんだがな、そうだろう？」

マーンはミセス・パワーズの横に静かに坐っていた。黒人運転手の横に坐っていたギリガンは彼の静かな顔を見やった。音楽のリズムがあたりに息づき、水のように生暖かでうるさい吹奏楽器と弦の繰りかえしが続く。彼女はマーンの方に身を寄せた。

「ドナルド、これが好き？」

彼は身動きをし、片手を眼鏡のほうに上げた。

「おいおい、中尉さん」とギリガンが素早く言った。「それを落しちゃだめだぜ。ここだと見つからないかもしれないからね」マーンは従順にその手を下ろした。「この音楽、とても素敵だろう、ええ？」

「とても素敵だ、ジョー」と彼はうなずいた。

ギリガンはまたも踊っている二人を見やった。「とても素敵どころじゃないぜ。あの二人を見なよ」

「……おーおー、あたしのいい人は、どこへ行ったの……」

彼はだしぬけにミセス・パワーズへ向きかえり、「あそこにいるあれ、誰だか知ってるかい？」

ミセス・パワーズは水差しを頭にのせた姿勢のゲアリー先生を認め、それから夕暮れの中の柳のように揺れる羽根扇や、おきまりの黒服の肩にのせたむきだしの白く輝く腕を認めた。二人の脚がゆっくりと微妙に連合して動くまま、二つの頭は一つになり、頬と頬を触れ合せ、その二つの顔はまるで儀式のように無表情に固定していた。「あれはソンダーズ家のご婦人ですぜ」とギリガンが説明した。

彼女はその娘の気取った踊り方を見まもった。そこには控え目ながら微妙に投げやりな動きが潜んでおり、ギリガンは言葉を続けて、「おれはもっとそばへいくぜ、あそこに坐っている連中のところにね。これはどうしても拝見しなくっちゃなあ」

男たちは喜んで彼を迎え入れた、というのも彼らは淋しくて仲間がほしかったからだ、なにしろ彼らは招待されて出てきたというものの、自分に自信がないし招待者の気持も計りかねていたからだ。こういった連中は常に仲間のふえるのを喜ぶものだ、とくに今の場合、ここにかたまったのはアメリカの田舎ならどこにも見うけるお定まりの田舎の兄ちゃん連中、それがまさにその対極的存在である大都会的な雰囲気のなかで戸惑い、気圧《けお》されているわけだ。自分たちが田舎的だ、野暮だと感じ、自分の知ってる習慣がひと晩で古道具のように廃物になっちまったと知って仰天しているのだ。

ギリガンはこの連中のほとんどの名前を知っていたから、自分も並んで手すりにのった。煙草を出されたので受けとり、彼らの間に腰かけていると、みなは声高《こわだか》にしゃべった――というのもそうすることで、自分たちには真似もできない踊り手たちの親しげな様子を打ち消したかったからだ、それから娘たちをも――以前は彼らの機嫌をとっていたのに今では知らんぷりである娘たちをも無視したかったからだ。彼らは戦争というものに倦きてしまった社会に残された二日酔い的存在。さまよう哀れな亡霊たちだ。ついこの間までの社会は戦争という酒に酔い、戦争への甘い讃美のなかで彼らを男に仕立てあげた、それがいまや「社会」はどうやら別の飲料を見つけてしまったらしいのだ。それなのにこの連中だけは、いまだにこんな度の薄い酒には口慣れずにいるのだ。

「みろよ、あれがおれたちのいない間にでかくなった連中だぜ」とひとりが熱した口調で彼に説明した、「娘たちはあんな踊り好きじゃないんだ。だけども、どうしようもないんだ。おれたちにはあんな踊り方できないしな。ただ動いてるだけじゃあだめなんだからな。そりゃあ、覚えようと思えば覚えられるさ、たぶんな。ただ――ただ――」彼は空しく言葉をさがした。彼はそれをあきらめ、言いつづけた、「それに、妙なもんだぜ。おれはフランス女からいろいろ教わったろ。……ところがあの娘たちはそれが好きじゃあないんだ。娘たちはそれほど進歩してないってわけなんだ、わかるかい?」

「そうさ、彼女たちはそんなの好きじゃあないんだ」とギリガンは答えた、「みろよ、あの二人を」

「そうさ、娘たちはきらいなのさ。そのほうがまともな、いい娘なんだ。次の世代をになう母親になる連中だものな。もちろん彼女たちには気に入らんのさ」

「だが、好きな子だっているぜ」とギリガンは答えた。医師のゲアリーが通りすぎた――その踊り方は滑らかで、きびきびして、すっかり気取っているが、それでいていかにも楽しんでいる。その相手は若くて短いスカートをはいていて——あきらかにこの娘はダンスをするならゲアリー先生のような人とすべきだと思いこんでいる様子だが、しかしなぜそうするべきなのか、誰も知らないのだ。娘は自分の肉体の解放感を味わっていた、締めあげるコルセットをすてた若い体、それは少年のように細くて、少年の体のように動きと自由さを楽しむ。まるで動きと自由さが水であるかのように、彼女の肉体は時折り触れる絹の感触を楽しんでいる。娘の視線はゲアリー先生の肩ごしに動いた（その肩は平凡きわまる黒い服だったためにかえってたくましく見えた）——そして故意にはずしたリズムを追い求める動きを見つめつづけた。ゲアリー先生の相手役は、巧みに彼の動きに合わせながら、もう一組の踊り手を見つめていた——ただし娘のほうは無視して——（もしも機会があったら、なんとかしてあの青年と踊ってみたいわ）

「あなたとの踊りは」とゲアリー先生は言った、「まるで、スウィンバーン（一八三七—一九〇九。イギリスの詩人—訳注）という二流詩人の詩みたいですな」ゲアリー先生はミルトンのほうが好きだった——彼はミルトンの詩句を、芝居のせりふのようにすっかり暗記していた。

「スウィンバーン?·」と娘は曖昧に微笑し、リズムをはずさず、顔の化粧にひび割れも作らずに、向うで踊る二人を見まもりつづけた。彼女の顔は巧みに手入れされていて、まるで蘭《らん》のように人工的な感じだった。「その人も詩を書いたの?·」（この先生の考えてるのはエラ・ウイルコックス（アメリカの詩人。一八五〇—一九一九—訳注）か、アイリーン・カッスル（アメリカの女優。一八九三年生れ—訳注）のことなのかしら？　あの人は素敵に踊りがうまいわ。セスリーの相手にはああいう踊り手じゃないとだめなんだわ。）「あたし、キップリングが素敵だと思うのよ、そうじゃない?·」（セスリーの着てるの、なんて変な服かしら）

ギリガンはこの踊り手たちに気を取られながら言った、「なんだって?」

相手は弁解するように同じことを繰りかえした、「彼はフランスの野戦病院にいたんだ。ほんとだぜ、二年か三年ぐらいかな。いい男だぜ」と彼はつけ加えた、「あんないやらしいダンスを踊れる男にしてはね」

光と動きと響き——すべて固定するものはなく、いたるところで熱し膨張したつかの間の衝動。そして屋外には春、まるで幸福を奪われたまま悲しむこともできない若い娘のような春。

「……それを壁に投げつけろ。お、お、お、お……」「……やつは言った、『ジャック、おれのは梅毒もってたよ。あの女は……ああ』そう言ったときの顔つきったら……」「……振りな、思いきり、振りな……」「パリでの最初の夜……そして次の夜……」「……気を落しちゃ、だめよ……」「……ガンを持って……金貨で二十ドルを服に縫いこんでたんだ……」「……あたしのいい人、どこにいる……」

「そうとも」とギリガンは同意した。自分の好きなマドンはどこにいるのかとたずね、返事は期待しなかったのに、居場所を知らされた。(また彼女があそこに来た。)娘の羽根扇は夕暮れの柳のように揺れ、お定まりの黒服の肩におかれた腕は白く細くて暖かな横線。ゼウス神が見たらこう言うだろう——彼女の両脚はなんとまあ処女らしく、ういういしいことだ! と。しかしギリガンは、ゼウス神でないから、言った、ちぇっ、すげえ、そしてドナルド・マーンが彼女のパートナーだったらと願い、それがだめな以上、彼にはあんな姿など見えないほうが幸せだと思った。

音楽が止んだ。踊る者たちは立ったまま、その再開を待っている。絶えずしゃべりつづけている女主人が現われた、すると、疫病神の前で人々が逃げ散るように、彼女の前の道がひらけた。ギリガンがつかまり、おしゃべりの波の下に沈みこみ、彼女に辛抱しながら、男女がヴェランダから薄闇の芝生へおりてゆくのを見ていた。あの連中の体は実に柔らかく見えるな、あの小さな背中もお尻も、と彼は考え、口では、ええ奥さん、いいえ奥さんと言っていた。しまいにしゃべりつづける女主人を残してそこを離れた、そして、マドンと見知らぬ男が、吊り椅子に坐っているのを見つけた。

「こちらはドウさんだ」とマドンは彼を迎えて言った。

「マーンはどうかね?」

ギリガンは握手した。「彼はあそこ、外のほうにいるんだ、ミセス・パワーズと一緒にね」

「彼がいるって? このマーンというのは英軍にいた男でね」と彼は連れの男に説明した。「飛行隊なんだ」

彼はかすかな興味を示した。「イギリス空軍かい?」

「そうらしいね」とギリガンが答えた。「彼に少しは音楽でも聞かそうと思って、ここに連れてきたんだ」

「連れてきた?」

「頭をやられたんだ。記憶がほとんどないのさ」とマドンが相手に教えた。「君、ミセス・パワーズが一緒だと言ったっけね?」と彼はギリガンにたずねた。

「ああ、来てるんだ。どうだい、一緒にきて彼女と話してみないか?」

マドンは連れの男を見やった。ドウはコルク材の義足を動かした。「ぼくはやめておこう」と彼は言った、「君の戻るまで待ってるよ」

マドンは立ちあがった。「来いよ、一緒に」とギリガンは言った、「彼女は君みたいな男には喜んで会うんだ。マドンに聞けばわかるけど、彼女はいやなタイプの女じゃあないぜ」

「ありがとう、でもぼくはここで待とう。しかし君は戻ってこいよ、な?」

マドンはドウの口に出せぬ考えを読みとった。「あの娘はまだ踊ってるさ。あれが終らないうちに戻ってくるよ」

二人は煙草に火をつける彼を残して立ち去った。黒人トランペット吹きは楽員たちを押えてしばらく引きあげたから、ヴェランダにはただ手すりに坐っている連中のほか人気《ひとけ》はなかった。楽天的快活さを取り戻した女主人がこの連中をまたも追いつめて捕獲した。

ギリガンとマドンは照明を背後に残して、芝生を横切っていった。「ミセス・パワーズ、覚えてますね、こちらはミスター・マドンです」とギリガンは彼女に形式ばって告げた。マドンは大柄でなかったが、どことなく大きくて落ち着いた感じがあった、――それは激しい活動をした後の悠然とした沈着さといったものだ。マドンの眼には黒い車の後部にいる彼女の青白い顔がうつった、それからその黒い眼と、傷のように赤い唇。そのそばにはマーンが身じろぎもせず、心そこにあらずといった風情で坐っていて、再び音楽の始まるのを待っている様子だが、実際に彼に音楽が聞えるかどうかは誰もわからないのだった。

「今晩は、奥さん」とマドンは言い、相手の確固とした落ち着いた手を握りながら、空にぬっと突き出た姿が叫ぶのを思いだしていた――お前がおれたちを殺しやがるんだ、そしてもう一人の男の顔へ向けてまともに発砲し、物悲しげな暁のなかでひらめいた光のなかでその顔は赤く、苛烈に見え……

11

ジョーンズは競《せ》り合いに加わって、二度も彼女と踊った、一度は六フィート、二度目は九フィートだけ踊ると別の青年に割りこまれた。セスリーは他の娘たちのように元気に手軽に踊りまくるといったことはできなかった。たぶんそのためにかえって、男たちからの申し込みが集まったのだろう。青年たちとしても、もっとダンスのうまい娘と踊るのは、いわば敏捷な男性と踊るような感じだったにちがいない。とにかく青年たちはみんなセスリーと踊りたがったし、彼女にさわりたがるようにみえた。

ジョーンズは二度目の踊りにも失敗すると、ひねくれた思案にしずみ、つづいて陰謀をめぐらしはじめ、それから機会をうかがって、割って入った。彼女の相手は髪をぴったり分けた夜会服の男で、うるさそうに平板な空《うつ》ろな顔をあげたが、ジョーンズは巧みにそんな踊りの群れの間から彼女を引きだし、手すりの角のつくる隅に連れていった。そこは自分の背中だけで邪魔物を妨げる場所だった。

彼は自分の有利な立場が長つづきしないものだと知っていた、そこで口早に言った。

「君の友達、今夜ここに来てるよ」

セスリーの羽根扇が彼の首筋を柔らかくこすった。彼は自分の膝で娘の膝をさぐり、相手はそれを巧みに避けて隅から逃れようと空しくあがいた。彼の背後からは、割りこみたいと願う男の頼みこむ声、そして彼女は困惑のすえに言った、「ねえ、踊らない、ジョーンズさん？　ここの床《フロア》はとてもいいのよ。なんとかやってみましょうよ」

「君の友達のドナルドは踊れるんだよ、ひと踊り申し込んだらどう?」そう言いながら、彼女の薄い胸にさわり、自分から逃れようとするか弱い動きを感じとった。誰かが彼の背後から頼む声、そして彼女はその美しいが人工的につくった顔をあげた。頭に無造作にまとめられた彼女の髪は柔らかくて見事だった、そして塗られた唇はこの燈火の下では紫色だった。

「ここで? 踊ってるの?」

「二人のニオベ（ギリシャ神話で子を失って泣く女神―訳注）と一緒にね。女神は見かけたから、きっと男のほうの神様も来てるんだろうな」

「ニオベ?」

「あのミセス・パワーズとかいう女のことさ」

彼女は相手の顔を見ようとして頭をうしろに引いた。

「あんた嘘ついてるのね」

「いや、嘘は言ってないよ。彼らはここに来てるんだ」

彼女は相手を見つめた。その曲げた手首から垂れた扇が彼の頬に軽く当るのと、背後から誰かがせっついているのとを感じながら、「車のなかに、いま坐ってるのさ」とつけ加えた。

「ミセス・パワーズと一緒に?」

「気をつけないと、彼女に奪《と》られちまうよ、お嬢さん」

ふいに彼女は相手からすり抜けた。「もしあんたが踊らないんだったら――」

背後から彼に頼み込んでいた男は倦きもせずに繰りかえして、「交替して踊ってくれる?」そして彼女はジョーンズの腕をよけた。

「あら、リー、このジョーンズさんは踊らないのよ」

「この曲を踊れる?」と平凡な青年が平凡につぶやきながら、もう彼女を引きまわしはじめた。ジョーンズはでぶついた淫らな姿で、淫らな眼つきのまま見まもった――相手の男の上衣のあたりで揺れる彼女の扇、それはまるで音のない水の飛沫のようだ、そして彼女の細くそりあがった首筋、男の黒い両肩ぞいに置かれた彼女の腕の暖かな輝き、銀色の衣裳の下に動く両脚は踊る相手の脚の動きを避けるふりしていざなう――まるでそれは男の追うはかない夢のようだ。

「マッチを持ってるかい?」ジョーンズは立ちどまりながら、揺り椅子にひとり坐っている男へだしぬけにたずねた。彼はパイプに火をつけ、それから踏段ちかくの手すりに小鳥のように並んで坐っている連中の間へ、ぬっと無愛想に割りこんだ。黒人のトランペット吹きは楽員たちをさらに猛烈に駆りたて、管楽器が中絶すると、物悲しげな調子の声がリズムを受けつぎ、しまいにまた管楽器が長い溜息をつきながら、リズムをとった。ジョーンズは両手をポケットに突っこんだままパイプを吸っていると、不意にそのツイード服の袖の間に細い腕が差しこまれた。

「リー、待っててちょうだいね」ジョーンズは振りかえり、彼女の扇やガラスの脆さを思わせる服をみとめた。「あたし、車のなかの人に会いにゆくの」

青年ののっぺりした顔は純白の夜会服の上で愚鈍な苛立ちをみせ、「ぼくも一緒にゆくよ」

「いいえ、いいの、ここで待っててちょうだい。ジョーンズさんが一緒に行ってくれるから。あなたはこの人たちを知ってさえいないんだから――あなたは帰ってくるまで踊っててよ。ね、約束してくれる」

「だけど――」

彼女の手はしなやかに動いて彼をとどめた。

「いいえ、お願い。ね、約束して?」

彼は約束をし、立ったまま見送った、その間に二人は家の外へ踏段をおり、二本の木蓮の樹を過ぎて闇のなかに入ってゆくと、そこではジョーンズのぶよついたツイード服の隣りで、彼女の服は実体のない汚点《しみ》のよう……それを見送ってから青年は身を返して、人の去りはじめたヴェランダを歩いていった。二人の娘が誘うような姿勢で彼を見やっているのに気づきながら、彼は考えつづけた、あのずうずうしい野郎、誰なんだろう。この家はどんな人間でも自由に入れるのかな?

ためらっていると、そこへ女主人が絶えずしゃべりながら現われたが、彼は慣れた物腰で巧みに彼女を避けてしまった。揺り椅子のある薄暗い片隅に男がひとりで坐っていた。彼が近づいた、そして頼もうとするとすでに相手の男はマッチの箱をさしだしていた。

「ありがとう」と彼はべつに驚きもせずにつぶやき、煙草に火をつけた。ぶらぶらと歩き去ると、マッチを出したほうの男は小さな脆い木の箱をいじくりながら、あの三人目の男は誰だろう、とぼんやり考えるのだった。

12

「いいえ、だめ。はじめのあの人たちのところへ行くのよ」

彼女は歩みをとめ、それから自分の腕をようやく彼から振りほどいた。二人が立っているとき、一組の男女が通りかかった。そして娘のほうがセスリーのほうに身を寄せると、ささやいた、「あんたの服、まるで透いて見えるわ。電燈のささないところにいたほうがいいわね」

セスリーは通りすぎてゆく二人を見やり、娘の後姿を見まもった。うるさい女！ あのひと、なんて変なドレスを着てるんだろう。足首だって変な形。まあ、おかしい。お気の毒さま。

しかしいま彼女には、ジョーンズにまといつかれているため、そんな冷静な考えをする余裕がなかった。「いいえ、だめよ」と繰りかえし、彼のとらえている手をひねりながら、彼を車のある方角へ引いていった。マドンの頭ごしに、ミセス・パワーズは二人をみとめた。

ジョーンズがその力弱くももがく指を放すと、彼女は湿った草の上を軽く気取って走っていった。重たげに後からつづくジョーンズをしたがえて走りついた彼女は両手を車のドアにかけた、細くて神経質な手、そしてその両手の間では緑色の扇が澄まして垂れていた。

「あら、今晩は。あなたが来るなんて、夢にも思わなかったのよ！ 知ってれば、踊りの相手を見つけてあげたのに。あなたって、きっと踊りは上手ね、そうでしょ？ でも、あなたがここにいると知ったら、踊りたい人はたくさん出てくるわね、きっとそうよ」

（この娘、いま彼に何の用があるのかしら？　あたしを見張ってるのだわ――あたしが彼と一緒にいるんで、心配だというわけね）

「とっても素敵なダンスよ。それにギリガンさんもいるのね！」（この娘っ子、いまさら何のためにドナルドのこと気にかけるんだ？　彼が家にいるときは、てんでかまいもしなかったじゃあねえか。）「そうよ、ドナルドがいるのにギリガンさんがいないはずないわねえ。ギリガンさんがあなたをこんなに好いてくれるの、ほんとにありがたいわね。ミセス・パワーズ、そう思いません？」そのまっすぐ突っぱった両手は、尻から上へとしなやかにゆるく曲る上体を支えた。「それにルーファス。（うん、彼女は美しいや。馬鹿だけど、でもやっぱり美人だ。）あんた、あたしを捨てて別の婦人に乗りかえたのね！　嘘だなんて言ってもだめよ。ミセス・パワーズ、あたしは彼にダンスさせようとしたんだけど、このひと動こうとしないの。たぶんあなたは成功したかもね」片膝を落すと、彼女の銀色の服はガラスのような脆さを形づくった。「ああ、あなたは何も言う必要ないのよ。あたしたち、ミセス・パワーズがどんなに魅力的な人か、よく知ってますもの、そうでしょ、ジョーンズさん？」（君の尻は丸見えだよ、その形までな。そんな立ち方をしてると、両脚もすっかり見えるんだ。そしてそれを、よくご存じときてるのさ）

彼女の両眼は怒りに黒くなった。「あんたはこの人たちが踊ってるなんて嘘ついたのね」と彼女は責めた。「彼は踊れないのよ」とミセス・パワーズは言った。「音楽を聞かせに連れてきただけなのよ」

「ジョーンズさんは、あなたと彼が踊ってるなんて言ったのよ。それをあたしも信じちまったの――彼のこと、あたしが一番なんにも知らないみたいねえ。でも、もちろん、彼は病気だし、自分の古い友達のことも……覚えてないわけよ、そうでしょ、とくに今みたいに新しいお友達を作ったんだから、なおさら――」

(彼女は泣きはじめるのかしら？　そうなればいかにも彼女らしいわ、このお馬鹿さん。ちっちゃなお馬鹿さん。)「あら、もっと彼を暖かく見てやらないといけないわ。とにかく、なかに入って坐らない？　マドンさん、すみませんけど——」

マドンはすでにドアを開けていた。

「いいえ、いいの。彼が音楽を聞きたいのなら、あたし邪魔したくないわ。彼はミセス・パワーズと一緒に坐ったほうが、ずっといいのよ、そうでしょ」

(やっぱり、彼女はここでひと泣きしてみせたいんだわ)「お願い。ほんのちょっとだけでいいわ。彼は今日、まだあなたに会っていないんですもの」

彼女は躊躇した。それからジョーンズには彼女の両腿がちょっと分れて柔らかな曲線やそこに露出した靴下が見え、彼はギリガンからマッチを借りた。音楽は止んでいて、同じ形の二本の木蓮にはさまれたヴェランダはいま空虚な舞台のように見えた。黒人運転手の頭は帽子つきの大砲の弾《たま》のように丸かった——たぶん眠っているのだ。彼女は上にのぼり、マーンが静かにあきらめたような姿で坐っている隣りの暗い席に沈みこんだ。ミセス・パワーズがだしぬけに言った。

「マドンさん、あなたダンスします？」

「ええ、少しはね」と彼は正直に言った。彼女は車から降りてから振りかえり、セスリーの驚いた浅薄な顔をみとめた。

「マドンさんと一、二度踊ってくる間、あなたはドナルドのお見舞いをしててくださいね。マドンさん、いかない？」彼女はマドンの腕をとった。「ジョー、あんたも入ってみない、どう？」

「まあ、よそう」とギリガンは答えた。「ダンスの競り合いには勝てそうもないからな。いつか、あんたに個人教授をしてもらうよ、そしてあんたが自慢できるくらい上手になってから、踊ってもらうよ」

セスリーは自分の見せ場を眺める観客の一人が他の女にさらわれてゆくのを見て、口惜しい思いだった。しかしまだジョーンズとギリガンが残っていた。ジョーンズは勝手にのぼってきて、空《あ》いた席へどさりと身を落した。セスリーは彼を鋭くにらみつけ、彼の腕を脇腹に感じながら、くるりと背を向けた。

「ドナルド、あたしの恋人」と彼女は言い、マーンに片腕をまわした。その側《がわ》からは彼の傷痕《きずあと》が見えなかった、それで彼女はマーンの顔を自分の顔に引き、頰と頰を寄せ合った。彼女の肌を感じ、声を耳にし、マーンは身動きした。「あたしセスリーよ、ドナルド」と彼女は甘く言った。

「セスリー」と彼は鸚鵡《おうむ》返しに言った。

「ええ、そうよ。ドナルド、ねえ、前によくしたように、あたしの体に腕をまわしてよ」彼女は小刻みに身動きした、しかしジョーンズの腕がその長さいっぱいぴったりと、まるで吸盤のように、鮹《たこ》の触手のように、彼女にまつわりついていた。彼を避けようとするため、セスリーはマーンをことさら強く抱きしめた、そして彼は手を上にあげ、彼女の顔にさわり、自分の眼鏡をいじくった。「中尉、気をつけなよ」とギリガンが素早く注意をし、彼は手をおろした。

セスリーは軽く彼の頰にキスすると、彼を放して、坐り直した。「あら、また音楽がはじまったわ、あたし、この曲の約束があるの」彼女は車のなかで腰を浮かしながら周囲を見まわした。白の夜会服でぶらつく一人が、煙草をふかしながら通りかかった。「あら、リー」と彼女は嬉しい助けとばかり、呼びかけた、「あたし、ここにいるのよ」

彼女はドアを開け、例の俗物青年が近づいてくると、飛びおりた。ジョーンズもぶよついた様子でどさりと降り立ち、厚くて巨大な尻の上にまくれた上衣を引っぱりおろしながら、意地悪げにリヴァーズ君をにらんだ。彼女は再び気取った姿勢になり、振りかえりざま、ギリガンに言った、「あなた、今夜は踊らないの？」

「こんなダンスはごめんこうむるね。おれの生れた土地じゃあ、そんな踊り方をするには警察の許可証がいるのさ」

彼女の笑い声は長く尾を引き、姿はまるで風に吹かれる樹のようだ。伏し目がちの眼と、紫色の唇の間の歯が瞬間だけ光った。

「とっても洒落《しゃれ》た言い方ねえ。それにジョーンズさんも踊らないから、残る人ってリーしかいないわけねえ」

リー――リヴァーズ君――は立って待っていた、するとジョーンズがぶすりと言った、「この曲はぼくの踊る番だ」

「ごめんなさい、あたし、リーと約束したのよ」と彼女は素早く答えた。「でも、あとで呼びにきて、ね？いいでしょ？」彼女の手は瞬間だけ彼の袖にかかり、ジョーンズはリヴァーズ君をさぐるように見ながら、意地悪く繰りかえした――

「これはぼくの番なんだ」

リヴァーズ君は彼を見やり、それから急いで眼をそらせた。

「おや、失礼、君の番なんですか？」

「リー！」と彼女は言い、またも手をのばした。リヴァーズ君はもう一度ジョーンズのにらむ眼を見つめかえした。

「失礼」と彼はつぶやいた、「あとで申し込むよ」彼はぶらぶらと歩き去った。セスリーはその姿を眼で追い、それから肩をすくめてジョーンズに向いた。その首筋や腕はかすかな光を暖かく滑らかに反映した。彼女はジョーンズのツイード織りの袖をとった。

「おい」とギリガンは二人の去ってゆくのを見まもりながら言った、「彼女の服、すっかり透けて見えるぜ」

「それが戦争でさあ」と黒人の運転手は説明し、またただちに眠りこんでしまった。

13

ジョーンズは逆らうセスリーを引いて物陰の間を歩いていった。サルスベリの樹が二人の姿をぼやけさせた。

「放してよ！」と彼女はあらがいながら言った。

「なんだって言うんだい？　君は一度ぼくにキスした、そうだろ？」

「放してったら！」と彼女は繰りかえした。

「だれのために？　あの死んだも同然の男のためにかい？　あの男は君なんかかまやしないんだぜ、そうだろ？」彼は強く抱きしめ、彼女はしまいにか細い精力が尽きはてて、小鳥のようにひよわくぐったりとなった。彼は白い漠とした娘の顔を見つめ、娘のほうでは闇のなかに男の巨大なぶよついた姿、毛織り服地や煙草の匂いなどを意識した。

「放してったら」と彼女は哀れな調子で繰りかえした、そして自分が突然に自由になったのに気づくと、芝生の上を走りだした――足には夜露のあたるのを感じ、手すりに鳥の群れのように並ぶ男たちをみて嬉しく思いながら。純白の麻地の服の上にのっぺりした顔をのせたリヴァーズ君が出てくると、彼女はその腕をつかんだ。

「踊りましょう、リー」と彼女はか細く言い、彼にぶつかるように組むと、サキソフォンのむせび泣きに合わせて動きだした。

14

ミセス・パワーズは小さな勝利を得た――手すりの鳥どもが彼女に「押しよせた」からである。

「おい」と彼らは互いに突つきあった、「ルーフが連れてきた女を見ろや」

そして彼女が、饒舌《じょうぜつ》の噴出をつづける女主人の傍にすらりとした黒い服の姿で立っていると、男たちのうちの二人が、ささやきあった末に、マドンをわきへ呼びつけた。

「パワーズだって?」と二人は、彼が寄ってきて話すと、声をあげた。しかし彼は静まらせた。

「そうなんだ。あの男の細君なんだ。しかしこれはしゃべるなよ、いいか。あの連中には言うなよ」彼は手すりに並んだ男たちのほうをちらっと見やった。「言ったって何の役にも立たんからな」

「うん、言わんさ」と二人は彼に約束した。あのパワーズの細君!

そこで男たちは彼女と踊った――はじめは一人二人だったが、彼女の確実にこなす踊り方を見てとると、いままで踊ったことのある男はみんな喜んでこの競り合いに参加しはじめた――仲間のひとりが彼女と踊っている間もその後からついてゆき、曲の終りごとに頼みこむ、そしてそのなかには、しまいに自分の知っている別の娘《パートナー》を求めるほどの勇気を出すものさえ現われた。

マドンは少し踊った後はただ見物していた、しかし彼の二人の友達は疲れも知らずに世話をやいて、彼女が下手な踊り相手とのダンスを中止するのを見てとると、気のぬけたパンチ酒を持ちはこんできたりした――親切だが少し間のぬけた行為だ。

彼女に人気が集まると、当然のことに、女性側からのさまざまな憶測が発生した。彼女の衣服が批評され、普段着でダンスに来るなんて『ずうずうしいわ。』だいたい入ってくるのでさえそうだわ。あの人、同じ家に二人の男の人と住んでいるのよ、それも一人のほうは見知らぬよそ者。その家にはほかに女性はいないのよ……女中ひとりは別だけれど。それにあの女性には変なことがあったんですって、何年も前だけれど……しかしながら、ウォードル夫人は彼女に話しかけた。もっともこの夫人はつかまえた相手なら誰にでも話しかける人だ。そしてセスリー・ソンダーズは曲の合間には立ちどまり、腕をあげ、少しかすれた神経質な早口の声でしゃべりつづけた、気をひかれる男たちにはみんな流し目をおくりながら、絶えず話しつづけた……黒人のトランペット吹きはその疲れ知らずの一団を新たに駆りたてはじめ、ヴェランダにはまたも組み合った男女が散っていった。

ミセス・パワーズは、マドンの視線をとらえると、合図を送った。「帰りたいわ」と彼女は言った、「もしあのパンチをもう一杯飲まされたら、あたし……」

二人は踊り手たちの間を縫ってゆき、その後には引きとめようとする男たちがつづいた。しかし彼女は譲らなかったから、彼らは口惜しさと感謝をこめて『おやすみ』と言い、その手を握った。

「まるであの頃に帰ったみたいだったですよ」と一人がおずおずと口に出し、彼女は親しげだが笑わない落ち着いた視線でみなを見やった。

「そうでしたの？　じゃあ、またじきに会えるといいわね。さよなら、さようなら」彼らはその黒いドレスが照明のあたる地帯を越えた向うに融けこむまで見送った。音楽はつづき、管楽器がかすかに絶えてゆくと、いくつかの物悲しげな声がリズムを受けて低くささやき、しまいにまた管楽器がそれを受けついだ。

「おい、彼女の服、すっかり透けて見えたぜ」とギリガンは二人が戻ってくると興味にみちた声で言った。マドンはドアを開け、形だけだが彼女を上に助けあげた。

「あたし、疲れたわ、ジョー、行きましょう」

黒人運転手の頭は帽子つきの大砲の弾のように丸く、そして彼は眠りこんでいなかった。マドンは立ったまま、エンジンが鳴りだしてからギヤの入る音に耳をかたむけ、そして車が滑らかに道を外へ出てゆくのを見まもっていた。

パワーズ……おじけづいた小隊のいる塹壕《ざんごう》をとびまわっていて愚劣な狂気にやられてしまった男。パワーズ。一瞬だけライフル銃の炎を浴びた顔――渋々と物悲しく明けてゆく暁のなかにいる一匹の白い蛾。

15

ジョージ・ファーと彼の友達であるバーテン、二人はいま並木の下を歩いていたが、動きが逆になって樹々が彼らの頭上を後方に流れてゆくように思えた、そして家々は大きなものは暗く静まり、小さなものは植木がなくて平たい形で、かすかな灯を洩《も》らしていた。人々がそのなかで眠っていた、ひとときだけは肉欲から解放されて、深い眠りにゆすられていた。ほかの人間たちは春の空の下で踊っていた——若者たちと踊っている娘たち、そしてその間も、女の体を親しく知ってしまった若者だけは暗い町の通りをさびしく歩いている、さびしく……

「うん」と彼の友達は言った、「まだ、ふた口分はたっぷり残ってるぜ」

彼はたっぷり飲んだ——咽喉《のど》を通る火が内臓でありがたい火に転じるのを感じ、そのことにまるで熱烈な男性的陶酔に似たものを味わった。(裸になったうつぶせの彼女の体はまるで細い水溜りみたい。ひとつの泉から流れ出る二つの銀色の流れ。)ゲアリー先生は彼女と踊るだろうな、腕を彼女にまわすんだ、誰も彼も彼女にさわるんだ。(お前だけは別さ——彼女がうつぶせに、銀色になったのを見たことのあるお前なのに、お前のことなんか口にも出さないんだ……あのとき月光は彼女の上へ、水がゆっくり流れ落ちるみたいにそそいでいた、くまなく影もなく、大理石のようで、ほっそりして、汚れのない姿。締めつける彼女の両腕から伝わる甘美な情熱、その締めつける力とともに、切なく求める彼女の口だけが漠として眼にうつり、彼女の体全体は見えなくなって——)ああ、ちぇっ! ああ、ちぇっ!

「おい、どうだい、店にもどって、もう一本、つくりなおそうか?」

彼は答えなかったので、友達は同じことを繰りかえした。

「放っといてくれ」と彼はだしぬけに容赦なしに言った。

「なんだ、おれは悪い気で言ってるんじゃないぜ!」と相手は自分の正しさをかばうように熱くなって言った。

二人は町角で立ちどまった。そこからは別の通りが樹々の下を闇のなかへ——無気味な親密さをみせる闇のなかへと、のびていた。(すまなかった。おれは馬鹿だ。なんにも悪くないお前に向ってどなるなんて、おれは馬鹿だ。すまない。)彼はのっそりと振りむいた。

「おれ、ベッドにかえることにするよ。気分がよくないんだ。明日また会おうぜ」

彼の友達はその口裏に隠れた申しわけなさを読みとった。「ああ、明日また会おうや」

その男のワイシャツ姿は薄れてゆき、しばらくするとその足音も消え去った。そしてジョージ・ファーにはこの町と、大地と、世界と、彼の哀しさがあるのみだった。音楽が、遠くのせいで甘く優しい音になって、まるで春の夜の悩ましい噂話のように、かすかに伝わってきた——恋の憧れに安息はない。(ああ、ちぇっ、ああ、ちぇっ!)

第六章

1

しまいにジョージは彼女に会いたいという気持を捨てたのだった。幾度も空《むな》しい電話をかけ、それがたび重なると果ては電話が手段ではなくて目的になり、自分が何のために彼女へ電話をかけたがっているのかさえ忘れてしまった。最後には、あんな女はきらいなのだ、もう別れてしまおうと自分に言い聞かせ、ついには彼女に会いたがっていたときと同じほどの苦しい気持で彼女を避けようとするのだった。かくして彼はセスリーに会うまいとして、犯罪人のように通りをこそこそ歩き、時折り、まさしく彼女にちがいない姿を遠くから見たりすると、自分の心臓が凍りつくのを感じた。夜になると眠れずに横たわり、彼女のことを考えて悶え、それから起きあがって服をひっかけると、暗くなった彼女の家のまわりをうろつき、彼女が柔らかくて暖かい気楽な眠りに落ちているとわかっている部屋のあたりを惨めな気持でのっそり見つめ、それから家に帰ってくるとベッドに入り、きれぎれに彼女の夢を見るのだった。

ようやくセスリーからの手紙がきたとき、彼はほっとし、まるで痛みと同じような鋭い苦い安心感を味わった。郵便局からの四角な白い紙を手にしたとき、そしてその上に落ち着かぬ下手な書き方がくねっているのを見たとき、彼は自分の頭の奥に音のせぬ衝撃を食らったように感じた。おれは行かないぞ、と彼は自分に言い聞かせたが、自分が行くということは知っていて、もう一度読み返し、いったい自分は彼女に会うだけの元気があるのか、彼女に話せるのか、もう一度さわれるのだろうか、と疑ったりした。

約束の時間よりもずっと早く行って、バルコニーへの階段の曲り角に隠れて坐った。その階段はがっしりした木の手すりで囲われ、その足もとからはドラッグストアの長い入口がのびている――その入口のトンネルにもすでに石炭酸と甘いシロップの匂いが混ざって漂い、いわば人工的な薬物でできた清潔さがあった。

表のドアから入ってくる彼女を見つけて立ちあがると、向うも自分を見て立ちどまるのがわかった、それから彼女がやってきたが、それはまるで夢の中のようだ――ドアのあたりでは外の光が白いドレスに戯れ、まるでかすかな後光のようになって彼女を黒く浮きださせ、そのなかを彼女が高いハイヒールの音をたてて彼の方へやってきたのだ。彼は坐ったまま身を震わし、彼女が階段を昇る音を聞いた。彼女の股を見て自分の息が止るのを感じ、思わず眼を相手の顔にあげると、たちまち彼女のほうは、まるで巣に籠《こも》る小鳥のように、彼の腕の中へ沈みこんだ。

「セスリー、ああ、セスリー」と彼はとりとめなく言い、彼女のキスを受けた。その口をひいてから、「君にはほとんど殺されそこなったぜ」

彼女は相手の頰に何かをささやきながら、急いでその顔を自分の方へ引き寄せた。彼はしっかりとセスリーを抱き、二人はそうして長い間坐っていた。しまいに彼が低くささやいた――「ここに坐っていると服が皺くちゃになるぜ」しかし彼女はただ頭を振り、なおも彼にすがりついた。しまいには彼女はちゃんと坐った。

「これがあたしの飲み物かしら?」とセスリーはたずねながら、彼のそばにある甘い飲み物のグラスを取りあげた。セスリーがもう一つのグラスを彼の手に渡すと、彼はそれを自分の指でくるみ、なおも相手を見つめながら――

「もう結婚しなくちゃならない、ぼくらはな」と頑固な口調で言った。

「そうかしら?」と彼女は飲み物をすする。

「そうじゃないのか?」と彼は驚いた様子でたずねた。

「あなたはさかさまに考えてるようね。今はあたしたち、結婚しなくてもすませるんじゃないかしら」とセスリーは素早い視線を彼に送り、相手の顔を見やって笑いだした。生れつき完全な繊細さを保っている彼女が今のように時折り粗野になると、いつも彼はびっくりした。なにしろジョージ・ファーは、ほとんどの男と同様、男女関係に関しては『すまし屋』だったからだ。彼は相手を不満げに見やり、黙っていた。セスリーは自分のグラスを下ろし、彼の方へ寄りそった。「ジョージ、どうしたの?」

彼の気持は溶け、片腕をセスリーの身にまわしたが、しかし相手はキスを拒んだ。自分の身を反らして彼を避けようとし、彼のほうも自分がすでに征服したと感じて、相手を放した。

「だけど、君はぼくと結婚する気がないのかい?」

「あら、あたしたち、今はもう結婚してると同じでしょ。あなたってあたしを疑うの、それとも結婚許可書がないと、あなたはあたしを信じられないというの?」

「そうじゃないことは知ってるだろ」彼には、自分が彼女を信じないのではなく、嫉妬のために不安なのだとは言明できなかった。「ただそれは――」

「ただ何よ?」

「ただ、もし君がぼくと結婚しないんなら、君はぼくを愛していないことになるんだ」

セスリーは少し彼からいざった。その眼は暗い青さを帯びた。「そんなこと言えるかしら?」と彼女は視線をそらし、なかば震えるような、なかば身をすくめるような動作をした。「あたし、もっと早くから悟ればよかったのね。でもあたしって馬鹿なんですもの、そうでしょ。あなたってただ――ただあたしと時間つぶしに遊んでたのね、そうでしょ？」

「セスリー――」と彼は相手を再び自分の両腕に抱きしめようとしながら言ったが、彼女はそれを避けて立ちあがった。

「あなたが悪いとは言わないわ。たぶん、あなたの立場にいれば、どんな男でもそうするんだわ。男の人って、どうせそんなふうにあたしを欲しがるのよ。だから他の人よりも、どうせなら、あなたにあげてよかったたかもしれないわ……ただね、そんならもっと早くに本当のことを話してくれたらよかったのよ――もっと早くにね、ジョージ。あたし、あなただけは別だと思ってたの」セスリーはその細い背中を向けた。その小さくて、なんと――なんと可憐《かれん》な姿！　それなのにおれは彼女の気持を傷つけたんだ、と彼は鋭い痛みとともに考えて、立ちあがって両腕を彼女にまわした――誰が見ていようとかまわなかった。

「やめて、やめてよ！」と彼女が急いで振りかえりながらささやいた。その両眼はまったく元の緑色になっていた。「誰かに見られるわよ！　坐って！」

「君が自分の言ったことを取り消さないかぎり、いやだ」

「坐ってよ、ねえ、坐ってよ！　お願い、ジョージ！　お願い、お願いったら！」

「じゃあ、さっきの言葉、取り消してくれ」

彼女の両眼はまたも暗い色になり、彼はその顔に恐怖を読みとって両手を放し、また腰を下ろした。

「あんなこと二度としないと約束してちょうだい」

彼が鈍い口調で約束すると、セスリーはその脇に坐った。彼女がその手を彼の手にすべりこませると、彼は顔をあげた。

「あなたって、あたしをどうしてこんなふうに扱うの？」

「こんなふうってどんな？」と彼はたずねた。

「あたしがあなたを愛していないなんて言ったりして。ほかにどんな証拠が欲しいというの？　ほかにあたし、どんな証拠を上げられるというの？　証拠ってどんなものだって考えているわけ？　言ってよ――あたしそのとおりしたいから」彼女は巧みに情けないという表情をみせて彼を見やった。

「悪かったよ、許してくれ」と彼は元気なく言った。

「とっくに許しているわ。ただ、結婚しないなら愛してないなんて、あんなこと言われたのは、忘れられないかもしれない。ジョージ、あたし、あなたを疑ってはいないわ。さもなければあたし、あんなこと言われてとても……」彼女の声は薄れてゆき、男の手を衝動的につかむと、また放した。立ちあがって、「あたし、行かなくっちゃあ」

彼は相手の手をつかんだ。それは何の反応もなかった。

「今日の午後、君に会えないか？」

「あら、だめ。今日の午後は戻ってこれないわ。少し針仕事があるんですもの」

「なんだ、いいじゃないか、延ばしてくれよ、それは延ばしてくれよ。前にしたみたいにぼくを放りっぱなしにしないでくれ。頭がおかしくなりそうだったぜ。本当さ、ほんとにそうだったんだ」

「あら、それはできないのよ、本当にできないの。あなたと同じくらい、あたしだって会いたいのよ、知ってるでしょ、あたしだって会いにこられたらくることは、知ってるでしょ？」

「じゃあ、ぼくが君の家を訪問してもいいか?」

「あなたって気が狂ったのね」と彼女は思案するように言った。「あたしがあなたに会ってはいけない身なこと、知らないの?」

「じゃあ、今夜君のところへ行くよ」

「しいっ!」彼女は階段を降りながら、急いでささやいた。

「だけど本当に行くんだ」と彼は頑固に繰りかえした。彼女は急いで店の中を見まわし、そして自分の心臓が凍りつくのを覚えた。二階に昇ってゆく階段でできた窪みのなかのテーブルに、あのでぶの男が坐っていたのだ、なかば飲みほしたグラスを自分の前において。

彼女はひどい恐怖をおぼえながら、その丸くてうつむいた頭を見つめ、自分の血がすっかり冷たい心臓から引き去るのを感じた。手すりをつかんだ、さもなければ転げ落ちそうだったからだ。それから怒りの感情に変った。あの男こそ復讐の神なのだ——最初の日に牧師館での昼食で会ったとき以来自分を侮辱し、悪魔的な巧みさで自分を傷つけてきたのだ。こんな男がいま、もし盗み聞きでもしたとしたら——

ジョージも立ちあがって後から来かかったのだが、彼女の凄《すさ》まじい身振りや恐怖にかられた顔を見て、後戻りした。それからセスリーは表情をまるで帽子を変えるように巧みに変えた。彼女は階段を降りていった。

「お早う、ジョーンズさん」

ジョーンズはいつもの無愛想な平然とした眼をあげ、それからいかにも無精な礼儀正しさをみせて立ちあがった。セスリーは恐怖で鋭くなった動物的直観力で彼を細かく見やった、だが相手の顔や動作はなにも語らなかった。

「お早う、ミス・ソンダーズ」

「あなたもやっぱり朝はコカコーラを飲む癖があるのね。どうして上へきて、あたしとご一緒してくれなかったの?」

「その喜びを逃したのは、いまだに腹立たしいけれどね。察してくれると思うけど、あんたが一人だったとは知らなかったんだよ」その意地悪な漠とした視線はウインドウにある黄色っぽい液体の入った壺のように無表情だった、そして彼女の気持は沈んだ。

「あなたが入ってきたのは見えなかったし、聞えなかったの、さもなければあなたをお呼びしたわ」

彼は曖昧な態度だった。「ありがとう。とにかく、これはぼくの運が悪かったからだよ」

彼女は突然言った――「あのね、あたしのお手伝いをしてくれないかしら? 今日は午前中、あたし、とてもたくさんすることがあるの。あなた、一緒に行って、あたしが用事をするのを助けてくださらない――どうかしら?」その両眼は必死の媚《こび》をたたえていた。

ジョーンズの眼は測りしれぬ深さをみせ、ゆっくりと黄色く意地の悪い表情だ。「喜んでゆきますとも」

「じゃあ、その飲み物を飲んでしまってよ」

ジョージ・ファーの美男顔が嫉妬にゆがんで、二人をのぞき下ろしていた。彼女はなんの合図もしなかったが、しかしその態度全体には哀れなほどの恐怖が見えていたから、ジョージの鈍くて嫉妬にくらんだ知性でさえ彼女の意味が読みとれたのだ。ジョージの顔はまたもその場から消え去った。ジョーンズが言った――「この飲み物は要《い》らないんだ。なぜこんなものを飲もうとしたのか、自分でもわからないのさ。たぶんこれをハイボールと信じこもうとしてたのかもしれないね」

彼女は例の長く引く笑い方をした。「この町ではそんな舌を満足させるもの、ありませんわ。いまアトランタ市にいれば――」

「ほんとだ、アトランタにいれば、ここではできないいろんなことができるね」

彼女は再び相手をあやすような笑い方をし、二人はこのドラッグストアの消毒薬臭いトンネルを通りぬけて入口へ向った。彼女は、ごく無邪気に言われた言葉にも裏の意味を感じたような笑い声をあげ、それで相手はたちまち自分の言った意味もわからぬまま自分が洒落たことを言ったように思いこむのだ。ジョーンズの意地悪で無表情な視線は彼女の体の動きや、その美しくて繊細な顔をゆっくり眺めまわし、その間ジョージ・ファーは鈍い失望の怒りのまま、外の光のために平たい影になった二人を見まもった。それから二人は立体感を取り戻し、彼女はタナグラ人形のように脆弱な姿、男は背をかがめてぶよついたツイード服の姿となり消え去っていった。

2

「ねえ」と息子のロバート・ソンダーズは言った。「おじさんもやっぱり兵隊なの?」

ジョーンズはゆっくりとした昼食を終える間ごく礼儀正しくおしゃべりも慇懃《いんぎん》丁寧にして、すでにソンダーズ夫人を手に入れてしまっていた。主人のソンダーズ氏から気に入られたかどうか、彼にも確かではなかったが、べつに気にならなかった。この客が経済や収穫や政治についてはろくに知らないとわかると、ソンダーズ氏はじきに見放して、彼が夫人とつまらぬおしゃべりをするままにさせたのだった。セスリーは完璧だった——いかにも気持よく心を配り、彼に話をさせた。しかし息子のロバートは自分の興味の方向へ引っぱろうと夢中だった。

「ねえ」と彼は三度目を繰りかえしながら、ジョーンズの動きを感嘆の眼差しで見まもり——「おじさんもやっぱり兵隊だった?」

「でしたか、とお言い、ロバート」と彼の母親は教えた。

「はい。おじさんもあの戦争では兵隊だったの?」

「ロバート。ジョーンズさんにうるさくしないで、さあ」

「そうさ、君」とジョーンズは答えた。「少しばかり戦ったよ」

「あら、そうですの?」ソンダーズ夫人がたずねた。「まあ素敵」と興味もなしにつけ加え、それから——「もしかするとあなた、フランスでドナルド・マーンと出会ったかもしれませんわね、どうでしたの?」

「いいえ。人の出会うような暇はほとんどなかったですね」とジョーンズは威厳をみせて答えたが、ご当人はあの自由の女神を背後から見たことさえないのだった。

「何をしてたの?」と根気強く息子のロバートはきいた。

「たぶんそうでしょうね」ソンダーズ夫人は飽食の満足をみせて溜息をつき、ベルを鳴らした。「あの戦争はとても大きかったんですものね。参りましょうか?」

ジョーンズが夫人の椅子をうしろに引くと、息子のロバートは飽きもせずに繰りかえした――「戦争でなにをやったの? 人を殺した?」

夫妻のほうはヴェランダへ出ていった。セスリーは頭で合図して一つのドアを教え、そしてジョーンズが中へ入ると、息子のロバートはなおもせがみながら後に続いた。ソンダーズ氏の葉巻の香りが廊下づたいに部屋まで入ってくるなかで彼らは坐りこんでいた、そして息子のロバートは先ほどからの質問を我慢していたが、ふとジョーンズの黄色くて深さも知れぬ眼、蛇のような眼に気がついた、そしてロバートは背筋にふとかすかな冷たさを覚えた。用心深くジョーンズを見張りながら彼は姉の方へいざり寄った。

「ボビー、行きなさい。本当の兵隊はね、あんまり自分のことを話したがらないのよ、わかった?」

それは彼の望むところだった。急に自分が暖かな陽当りへ出たくなっているのを感じた。この部屋は寒くなっちまったのだ。なおもジョーンズを見まもりながら、彼はドアの方へ後ずさりした。「じゃあ」と彼は言った、「ぼくは遊びにゆくとするよ」

「あんた、彼に何をしたの?」と弟が出ていってしまうと、彼女はたずねた。

「ぼくが? 何も。なぜ?」

「どうしてか知らないけど、あんたは彼を嚇《おど》かしたのね。あの子があんたをみた眼つき、気がつかなかった?」

「いいや、気がつかなかったな」彼はゆっくりと自分のパイプを詰めた。

「たぶんそうね。そうすると、あんたはいろんな人を嚇かしてるのね、そうでしょ?」

「君が考えてるほど多くはないさ。ぼくが嚇かしたいと思う人は、たいてい平気の平左だからね」

「そうかしら? でもなぜみんなを嚇かすの?」

「自分の欲しいものを手に入れるにはそれが唯一の方法だからね」

「あら……そのやり方には名前があるわね、そうじゃない? 脅迫、そういう名前でしょ?」

「知らないな。そうかい?」

彼女はとぼけたふりで肩をすくめた。「どうしてあたしにそんなこと聞くの?」

相手の黄色な眼が耐えがたいものとなり、セスリーは眼をそむけた。昼さがりの一刻、屋外はなんと静かなことだろう。そこに立つ樹木に家を覆われて、部屋は暗く涼しかった。家具は薄闇のなかにおとなしい輝きをみせており、息子のロバート・ソンダーズを六十五歳にした肖像が、暖炉の上の額縁におとなしく納まっていた——彼女のお祖父《じい》さんだ。

彼女はジョージがいてくれればと願った。彼こそここにいてあたしを助けてくれる役の男なのに。でも彼に何ができるかしら? 結局、女を強引に手に入れる彼のような男って、がむしゃらで向うみずな子供と同じだわ、役になんか立たない——とセスリーは考え直した、というのも女は体を与えることによってつかまった男性には甘い寛大な気持を持つものであり、セスリーもそういう眼でジョージを眺めたのだ(そうでなければ、どんな女にせよ男性とは一緒に長く暮せっこないのではなかろうか?)彼女は懸命な観察力を働かせてジョーンズを見まもった。もしこの人がこんなに太っていなかったらねえ! この人まるで芋虫《いもむし》みたいだわ。

彼女は繰りかえした、「どうしてあたしにたずねたりするの?」

「知らないな。君は今までに誰にも驚かされたことはないんだ、そうだろう?」

彼女は相手を見まもったまま返事しなかった。

「ということは、君が人を恐れるようなことは一度もしなかったからというわけだろ、そうだね?」

彼女は長椅子に坐っており、両方の掌《てのひら》を上に向けたまま左右において相手を見まもっていた。相手がだしぬけに立ちあがると、それに応じて彼女もまた弛《たる》んだ紐《ひも》を引き締め、用心深く身構えた。しかしジョーンズはただ鉄の暖炉格子でマッチをこすっただけだった。それをパイプにさし入れて吸う間、セスリーはその肉づきのよい頰のくぼみや、眼に光る黄色な炎のひらめきを見ていた。彼はマッチを網格子の間から押しこみ、またもとの席に坐った。だが彼女は気を許さなかった。

「君はいつ結婚することになるの?」と彼は不意にたずねた。

「結婚?」

「そうさ。ほかのこともすっかり手筈《てはず》はすんでいるんだろう?」

彼女は自分の咽喉《のど》と手首と両の掌に ゆっくりと血が脈うつのを感じた——顔にのぼった血がそのまま去らずにそこで凝固《ぎょうこ》するかのようだ。ジョーンズは黄色い無精な偶像といった姿で、彼女の美しい髪に当る光を見まもっていたが、しまいに彼女を釈放した。「あの男は期待してるんだよ」

彼女の血は再び液化し、冷えていった。体じゅうの皮膚が縮むのを感じた。セスリーは言った――「彼が期待してるなんて、どうしてそんなことわかるの？　彼はいま、あんな病気だから、なんにも期待してないわ」

「彼？」

「ドナルドが結婚を期待している、と言ったんでしょ」

「ねえ、お嬢さん、ぼくの言ったのは……」彼にはセスリーの髪をとりまいた光の輪や体全体が見えたが、その顔の表情はわからなかった。彼は立ちあがった、そして相手の横に腰掛けたときも、彼女は動かなかった。長椅子は彼の重みでゆっくりと沈み、心地よく彼を包みこんだ。セスリーは身動きもせず、両手は掌を上に向けたまま二人の間におかれていたが、彼はそれを無視した。「ぼくがどれくらい聞いてしまったか、思いきってたずねたらどう？」

「聞いた？　いつ？」彼女の体にはいかにも珍しいことを聞くといった態度が現われた。

自分の顔をまじまじと眺めるセスリーの表情には冷静な観察と少しの軽蔑心もある、と彼は知った。なんとか彼女の向う側へ動いて、光線がセスリーの顔に当り、こっちの顔は影になるようにしようと彼は考えた……いま彼女の髪におちた光は形のいい頬をなでている。二人の間にある手はむきだしで掌を上に向けたま、巨大な大きさになっているのだ――いわばそれが彼女の体の象徴といえた。彼の手こそ彼女をくるみ包む逞《たくま》しき肉体ならん。これはブラウニング（イギリスの詩人。一八一二―八九―訳注）だったかな？――昼が午後へと移り、樹々の葉の間で金色になり、女の垂れた両手のようにやや物憂げだ。彼女の手はか細いが非情な障害になって、彼を押しとどめていた。

「あなたって、ほんのキスぐらいを、とても重大に言うのね、そうじゃないかしら？」と彼女はしまいにたずねた。彼は自分の手の中にセスリーの手ごたえない手を納めたが、彼女はなおも軽く言いつづけた、「あなたにしては、おかしいわね」

「なぜ、ぼくにしてはおかしい？」

「あなたって、あなたに夢中の女の子をいっぱい持っているんでしょ、そうじゃない？」

「どうしてそう考えるんだい？」

「知らないわ。ただあなたのやり方——あなたの態度、何もかも」セスリーには彼がどんな人間か、なにひとつ明確にはわからなかった。彼のなかには女性的な要素が大きな領域を占め、その残りは狡猾な残忍さ——男の肉体と猫の性質を持った女と同じだ。

「どうやら君が正しいらしいね。君って自分の同類のことに関しては権威者なんだからね」彼はセスリーの手を放しながら「失礼」と言い、またもパイプに火をつけた。彼女の手は二人の間でなんの感情もみせずだらりと動かなかった——いわばハンカチがあるのと同じだった。彼は燃えかすのマッチを網越しに押しやり、言った——

「ぼくが一度だけのキスにえらくこだわると思ってるらしいけど、どうしてそう考えるの？」

彼女の髪を隈《くま》どった光線は銀貨のまわりのすり切れた光のようであり、その光は長椅子に静かに包まれた彼女の長い手足にも斜めに這いおりていた。窓の外では風が吹きはじめて梢《こずえ》の葉を揺すった。昼はすでに過ぎていたのだ。

「だって、あなたって、女が男にキスしたり愛の言葉を言ったりすることに、特別の意味を見ようとするんですもの」

「たしかに女は特別の意味をこめてするんだよ。もちろんその意味は哀れな男が本気にするような意味とは違うけれど、とにかく女はなにかの意味をこめてするのさ」

「それじゃ、もしも男が女のほうの心も察せずに勝手な意味を考えついたとしても、それは女のせいではない、というわけね、そうでしょ？」

「そうとも言えんさ。相手の言ったことを額面どおり受け取れなくなったら、それこそ世の中はてんやわんやになるよ。あの日、君がぼくにキスさせたとき、ぼくがどんな気持だったか、君はよく知っているはずだ」

「あなたになにか魂胆があったなんて考えもしなかったわ、あたしのほうも、なにひとつ考えたわけじゃないわ。あなたっていう人は――」

「君がなにも考えずにしたって！　とんでもない」とジョーンズは手荒くさえぎった。「ぼくがどういう意味でキスしたか、よく知ってるはずだよ」

「どうやらこの話、感情的になったようね」と彼女はかすかな嫌悪感を含めて彼に言い聞かせた。

ジョーンズは自分のパイプを吸った。「たしかに感情的さ。君とぼくとのことになれば、個人的感情を含めないで話ができないもの」

彼女は膝を組んだ。「まあ、あたし生れてからこんな失礼な――」

「お願いだからそいつは言わないでくれ。いろんな女からその文句は聞き飽きたよ。ぼくみたいな己惚屋《うぬぼれや》はね、きまり文句より少しはましな返事を期待するね」

この人だってかなりの美男子になれるんだわ、と彼女は思った、もしこんなに太ってさえいなかったら――それにあの眼の色を別の色に染め変えられさえしたら。しばらくして彼女は言った。

「キスしたり愛情のことを口にするとき、あたしがどんなつもりでいるのか、あなたにはわかるの?」

「まるでわからんね。君は手の早い人だよ——早すぎてとても追いつけないね。君はいろんな男にキスをしては嘘をつくんだから、その連中を数えあげられないし、ましてやそのたびに君がどんな気持でするのか、てんで見当がつかない。たぶん君自身にもはっきりしないのじゃないかな」

「女は自分を好きになった男にむかって出まかせを言うものよ、でもあなたにはそんなこと、想像もできないというわけね?」

「そのとおりだよ。ぼくは自分の言ったりしたりすることで、必ず何かの意味を伝えるからね」

「例えば?」彼女の声はかすかに興味を帯び、皮肉を含んでいた。

またも彼は移動することを考え、なんとか彼女の顔に光を当てて自分は影に入ろうとした。しかしそうなると、もはや彼女の横にいられなくなる。彼はぶすりと言った——「ぼくがあのキスをしたのは、いつか君の体をもらいたいという意味だったのさ」

「あら」と彼女は涼しく言い、「するとすっかり手筈《てはず》が整ってたというわけね。なんて素敵なんでしょ。あなたがどうして女に成功するか、いまわかったわ。結局は意志力の問題なのね、そうでしょ? 相手の眼をじいっと見つめる、すると彼は——いえ女のほうは——あなたのものになる。そういうやり方であなたの貴重な時間や手間をすっかり省くわけね。そうじゃない?」

ジョーンズの視線は静かで、大胆で、計画的で、山羊のように淫らだった。「ぼくができるとは信じられないわけだね?」と彼はたずねた。

彼女は優美に気取って肩をすくめ、二人の間におかれた弛《たる》んだ手は再び花のように大きく開いた——まるでそれは彼女の肉体全体がその手に化したとでもいったふうだ。微妙で、実体のない欲望の象徴だ。彼女の手は彼の手へ溶けこむかと思えながら、それでいて意志力もないままに彼の手の中で目ざめずにいて、それはまた彼女の肉体も眠っていることなのだ——その脆い衣服に柔らかくくるまれたままなのだ。彼女の長い両脚は、肉体を運ぶためというよりは、美の極限を完成する大切なリズムの役をするもの——進んだり動いたりするのはお義理の仕事——そして彼女の肉体もまたすべての男がその後を追って夢みるために作られたものなのだ。傲慢でひよわい一本のポプラ、さまざまな姿態を次から次へと試み、さまざまの身振りを試み、——『戸惑いつつも喜びに満ちて、次から次へと衣裳を変えてみる娘。』セスリーの光に隅どられた漠とした顔、そして彼女の肉体は、もはや肉体ではなくて、夢とも思える衣裳をそよがせる存在。出産のためではなく、愛のためでさえなくて、眼と心とのためのもの。「性を失った存在だ」と彼は思いながら、そのほっそりした骨や、その肉体に潜む神経質な鋭さを感じていた。

「ぼくが本気で君を抱きしめたら、君はまるで幽霊みたいにぼくを通りぬけて行っちまうみたいだ」と彼は言いながら、まつわるように柔らかく相手を抱きしめた。

「でも通り抜けるのは大変な仕事だわ」と彼女は無遠慮に言った。「あんたってどうしてそんなに太ってるの?」

「しいっ」と彼は言い、「ロマンチックな気分をこわさないでくれよ」

彼の抱擁はわずかに彼女に触れた程度であり、セスリーは思いのほかの思慮をみせて、それを我慢したのだった。彼女の肌は暖かくも冷たくもなく、長椅子の上で抱擁される肉体は無に等しく、その手足はただ皺くちゃの衣服のありかを指し示すだけだ。ジョーンズには自分の腕の中のものが肉体を持っていると感じられず、だから彼女が呼吸するのさえ信じがたかった。象牙でできた像ではない——それなら少なくとも実体、抵抗感があるはずだ。これは食べたり消化したりする動物でもないのだ、これは肉欲を去った精神の欲望でしかない。「静かに」と彼はセスリーに言うばかりか自分にも言った、「気分をこわさないでくれよ」

彼の血に流れるラッパの響き、生命の交響楽は死に果ててしまった。明るい昼間の世界の金色の「時」の砂は細い管を通って下にある夜の球体へと流れ落ち、やがてひっくりかえって朝の方へ流れ出るまで待つのだった。ジョーンズは黒い砂がゆっくりと人生の時を流れ去ってゆくのを感じた。「静かに」と彼は言った、「気分をこわさないで」

彼女の血の中にいる歩哨《ほしょう》たちは横になった、ただし胸壁の近くで手に武器を持ったまま休んでいて警報がくればすぐ起きあがる態勢なのだ、そして彼ら二人は漠とした薄明りに満ちた部屋の中で抱き合ったまま坐っていた——ジョーンズは、清浄なるプラトニックな愛の恍惚に浸ったでぶのミランドラ（十五世紀イタリアの自由人—訳注）、グレイのツイード服を着ながら宗教的、感傷的放逸にふけり、頼りなく形を変える湿った粘土をいじってなんとか古来の不滅の欲望を造型しようと試みているのだ、なんとか紙製の『処女マリア』を造ろうとしているのだ——そしてセスリー・ソンダーズのほうは、いったいどれほど彼が盗み聞きしたのかしらといぶかり、恐怖を感じ、決心を固めていた。「いったいこの人、どんな考えの人なのかしら?」と素早く考えをめぐらし、ここにジョージがいてくれればいいのにと思っていた——彼がどんな方法でするかわからないが、とにかくこの状態にけりをつけてくれればいいと思い——彼がいないという事実は、やはり大きな意味があるのかしらと考えたりした。

窓の外では樹々の葉が揺れ、音もなく叫んでいた。昼さがりの静けさは消えていた。薄青い空の下で、樹や草、丘や谷、どこか遠くの海も、半ば安堵の溜息とともに彼のいないことを悔んでいた。だめだ、いけないよ、と彼は改めて熱心に思った、ぶちこわさないでくれ。しかし彼女はすでに動いていて、その髪が彼の顔をこすった。髪。誰も、どんな人間も、髪を持っている。(あれがつかめたらなあ。) しかしこれは幻でなく髪であり、彼の腕の中にいるのは肉体、ひよわくて細いかもしれぬが、やはり一つの肉体だ、一人の女だ——彼の肉体の呼びかけに応じるはずのもの、退くときも、立ちどまって試すように彼にさわったり、からかったりして退いてゆき、それでいてなおも彼の肉体の呼びかけに応じ続けるもの。手ごたえがないくせに強力な支配力を持つもの。彼は抱擁の腕を解いた。

「お馬鹿さんだなあ。君は、ぼくを手なずけたのに、それに気がつかなかったのかい?」

彼女の姿勢はもとのままだった。長椅子がその無表情な抱き方で彼女を抱きしめていた。光線が銀貨の縁のように取りまいた顔は漠として見定めがたく、長い脚にはドレスがまつわっていた。その手は緊張が解けて、細くだるげに二人の間に置かれていた。しかし彼はそれを無視した。

「あなたが耳にしたことを話してちょうだい」と彼女は言った。

彼は立ちあがった。「さよなら」と彼は言った。「お昼をありがとう、それとも君たちはお食事と言うのかな、とにかく何て言うにしろ、ありがとう」

「お食事と言うのよ」と彼女は告げた。「あたしたち、ただの市民ですもの」彼女も立ちあがり、気をつけながら椅子の肘掛けに尻をもたせかけた。彼の黄色い眼がセスリーを、まるで尿のように暖かくすっかり洗い終ると、それから彼は言った、「まだ誘うのか! こいつ」彼女はまたも長椅子の隅へと坐りこみ、相手がその横に坐ると、動きをみせぬような動きで、彼に寄り添った。

「あんたの聞いたことを打ち明けてよ」

彼はセスリーを黙って無愛想に抱擁した。彼女がかすかに動いたので、それは唇をさしだしているのだと悟った。

「どんなって?」

「結婚申し込みはどんなスタイルが好き?」と彼はたずねた。

「そうさ。どんな形式でされるのが好きか、と聞いてるのさ。この一週間でも、君はもう二つか三つ受けてる、そうじゃないかい?」

「あなたも申し込みをするところなの?」

「控え目ながらその気持でいたわけさ。ただし間抜けだから、どれが好きかと教えを乞うわけさ」

「するとあなたって、ほかに女を手に入れる道がないとき、その人と結婚するわけなの?」

「馬鹿だな。男は誰もみんな君の体だけが目当てだと考えてるのか?」相手が沈黙しているまま、さらに続けて――「君のことなんか告げ口しやしないよ、わかるだろ」彼女の緊張した体つきや沈黙が、それだけで一つの質問を発していた。「ぼくが盗み聞きしたことをさ、ぼくの言うのは」

「あたしがそんなこと気にしていると思う? さっきあんたは自分で、女なんて何ひとつ本気で言わないと話したじゃないの。あたしだって、だからあんたが盗み聞きしたことなんか気にしてないわ。あんた自身そう言ったんだもの」彼女の体自体が言葉を体現して挑みかかる姿勢となったが、なおも身動きはしなかった。「そうだったでしょ?」

「それは下手《へた》な言い方だよ」と彼は鋭く言った。「君みたいな美しくて魅力的な娘が、どうしてそんなに間抜けなんだろうな？」

「それ、どういう意味？　あたし、そんな言い方をされて――」

「ああ、やめたよ。君には説明できない。しても理解できないだろうしな。ぼくはふと阿呆になって結婚申し込みなんかしたけれど、もし、君がぼくを阿呆だと言えば君を殺しちまうぜ」

「そう言うかもね、あたし殺されたいのかもしれないわよ」彼女の低くて乾いた声は静かだった。

彼女の髪に当る光、しゃべっているその口、漠としてひしゃげたような形の肉体。「アッティスだ」と彼は言った。（ギリシャ神話でプリュギアの美少年。愛人の女神を裏切ったため狂人にされた。植物の枯死・復活の象徴神―訳注）

「あたしが何だって言うの？」

彼は説明した。「『その時、その永劫の瞬間、我はまさに汝の胸の険しき断崖にかかりて、しばし憩えるなり』（前出「緑の大枝」の十七節―訳注）とかいった調子さ。あのね、鷹はどんなふうに交尾するか知ってるかい？　彼らは大変な高空で抱き合うと、嘴《くちばし》と嘴を合わせたまま墜落してくるんだ――耐えがたいほどの陶酔だよ。ところが人間は実にさまざまな馬鹿くさい体位をとったりして汗びっしょりというわけなんだ。鷹は抱擁が終ると大空高く、素早く淋しく誇り高く駆けあがる、ところが人間は立ちあがって帽子をとって出て行くわけさ」

彼女は聞いていなかったし、初めっから聞く気もなかった。「あんたの盗み聞きしたこと、話してよ」と彼女は繰りかえした。セスリーが彼にさわっている部分は冷たい火だった――彼が動くとセスリーが水のようにその後を追った。「あんたの聞いたこと話してよ」

「ぼくが聞いたことなんか、べつに何の意味もありゃしないだろ？　ぼくは君の甘ったれ野郎なんか気にしていないんだ。好きなだけジョージでもドナルドでもみんなつかんだらいいんだ。好きなだけ恋人をかき集めたらいい。ぼくの欲しいのは君の体じゃないんだ。もし君がその美しくて鈍感な頭にこれをしみこませたら——もし君がわかってぼくをそっとしておいてくれたら、ぼくは二度とそんなもの欲しがらないね」

「でもあんたはあたしに結婚申し込みをしたでしょ。あたしから何を欲しいというの？」

「説明しようたって、君は理解しっこないだろうね」

「じゃあ、あんたと結婚したって、あたしにはあんたにどんな態度をとったらいいのか見当がつかないわけね？　あんたって気が狂ってるんだわ」

「それこそぼくがさっきから君に話そうとしてたことじゃないか」とジョーンズは静かな怒りのなかで答えた。「ぼくに向ってだけの態度なんか要らないんだよ。それはぼくのほうでやることさ。君はドナルドやジョージに対してだけ演技すればいいんだ」

彼女はまるで電流が切れてしまった電球のようだった。「あんたって狂ってるんだと思うわ」と彼女は繰りかえした。

「それは自分でも知っているさ」彼はだしぬけに立ちあがった。「さよなら。君のお母さんに挨拶しようか、それとも君が代りに昼食のお礼を言ってくれるかい？」

動きもせずに彼女は言った——「ここへいらっしゃいよ」

廊下にいると彼にはソンダーズ夫人の揺り椅子を軋《きし》ませる響きが聞え、玄関のドア越しには庭木や芝生や通りが見えた。彼女は再び、ここへこいと言った。彼がその部屋に戻ると、セスリーの体は漠として白く、光線がその髪のまわりを銀貨の縁のように隅どっていた。彼は言った——

「ぼくが戻ってくるとすれば、それがどういう意味か君は知っているね」

「でもあたし、あんたとは結婚できないのよ。婚約してるんですもの」

「ぼくの言ってたのはそんなことじゃないんだ」

「それならどういう意味のこと?」

「さよなら」と彼は繰りかえした。玄関のドアにくると、彼の耳にはソンダーズ夫妻のしゃべっているのが聞えたが、彼の出てきた部屋からは柔らかな動きが伝わってきた——他のどの音よりもはっきり聞えた。彼女が後からついてくるものと思ったが、あのドア口はなおからっぽであり、彼が戻っていって部屋の中をのぞくと、セスリーは残されたままの姿でまだ坐っていた。彼女が自分を見ているかどうかさえ彼にはわからなかった。

「あんたは帰ってしまったのかと思ったわ」と彼女は言った。

少ししてから彼は言った——「今まで男はさんざ君に嘘をついたろう、ええ?」

「どうしてそんなこと聞くの?」

彼はセスリーを長い間見やった。それからまたドアの方へ身をかえした。「ここへいらっしゃい」と彼女は素早く繰りかえした。

彼女はなんの動きもせず、彼に抱擁されたときもただ顔をかすかにそむけるだけだった。「ぼくはキスなんかするつもりじゃない」と彼はセスリーに告げた。

「さあ、どうかしらね」だが彼の抱き方は冷静なものだった。

「いいかい。君は浅薄なお馬鹿さんさ、だけど少なくとも教えられたことは実行できる頭を持っている。

だからこう教えとくよ――ぼくが盗み聞きしたことは、ぼくの勝手にさせておくこと。これ、わかるかい？　これがわかるくらいの頭はあるね、ええ？　ぼくは君を傷つけるつもりはない、たぶん二度と君に会う気さえないんだ。だからあのことはぼくの気ままにさせておいてくれ。例えぼくが何かを聞いたとしても、すでに忘れちまってるんだ――しかもだよ、こんな公平にやるなんてこと、ぼくには稀《まれ》なんだ。聞いているかい？」

ジョーンズの腕の中にいる彼女は若い木のように涼しく頼りなげであり、男の顎の下で彼女は言った――「あんたの聞いたことを話してちょうだい」

「じゃあ、いいとも」彼は残忍に言った。彼の片手はセスリーの肩を押えつけてしまい、もう一方の手は容赦なくその顔を持ちあげた。その太った手から離れようと、彼女は顔を振ってもがいた。

「いいえ、だめ、最初にまず話してよ」

ジョーンズは彼女の顔を手荒く引きあげ、彼女のほうは息苦しいささやき声で言った――「痛いわ、痛いったら！」

「痛くたって平気さ。そんな言葉はジョージには効くかもしれないが、ぼくにはだめさ」

彼はセスリーの眼が黒くなるのを見た――自分の指がその頬や顎に赤い痕《あと》をつけたのも見た。娘の顔を光の落ちるところに支えたまま、快楽への期待とともにそれを丹念に眺めた。セスリーは相手を見つめながら、素早く叫んだ――「お父さんが来たわ！　やめて！」

しかしドアに現われたのはソンダーズ夫人だった、そしてジョーンズは平然と、丁寧で、偶像のように物憂げでよそよそしかった。

「あら、ここは涼しいのね、とっても。それにとても暗いわ、こんなところでよく居眠りしないですむわねえ?」とソンダーズ夫人は入りながら言った。「ヴェランダにいたらあたし、幾度も眠りこけそうになったのよ。でも陽差しが強すぎるもんだから——ロバートは帽子もなしに学校へ行ったのよ——あの子、どうする気かしら」

「たぶん学校のヴェランダは陽が当らないでしょう」とジョーンズがつぶやいた。

「あら、そうかしらね。ですけど、うちの学校はとてもモダンなのよ。たしか建ったのは——セスリー、あれが建ったのはいつだったかしら?」

「知らないわ、ママ」

「そう。でも、とにかくとても新しいんですよ。ねえ、お前、あれは去年だったかしら、その前の年だったかしら?」

「知らないわ、ママ」

「こんなに陽が強いんだから、帽子をかぶっておゆきと言ったのよ、でももちろん言うことをきかなかったわ。男の子って本当に扱いにくいわねえ。ジョーンズさん、あなたも子供のときはきかんぼうでした?」

「いいや、奥さん」とジョーンズは答えた——彼はまるっきり母親など知らなかったし、父親とてまた誰が誰だか知らない男だった——「ぼくは両親に一度だって面倒をかけなかったですよ。生れつきおとなしい性質ですからね。実際ぼくは十一歳になるまで、かっと怒ったことはなかったですよ——十一歳になって、ある日、年一回のあのピクニックが来るというのに、ぼくの日曜学校の出席カードが失くなっていて、あの時だけは怒りましたね。ぼくらの教会では出席がよくて暗記ができる子には、いろいろな賞品をくれました。

そしてぼくのカードには四十一も星の印がついていたんですが、それが失くなったというわけなんです」

ジョーンズはカトリックの孤児院に生れ育ったのだが、作家のヘンリー・ジェームズのように、嘘話を本当らしくみせるにはそれをくどく長々とやるにかぎる、と心得ている男だった。

「まあ、なんてひどい。そしてまたそれを見つけましたの?」

「ええ、そうです。ピクニックが始まらぬうちに見つけました。父がそれを担保にして競馬の一ドル賭けをやっていたんです。ぼくがいつもの習慣で父の仕事場へ帰宅を促しに出かけていったら、自在戸ごしに父の仕事仲間の一人がこう言ってたんです。『このカードは誰のだい?』ぼくはすぐに自分の四十一の星を認めましたね、そしてそれが自分のものだと言って、賭け金の二十二ドルも手に入れました。それからのぼくはキリスト教を信じる者になりましたね」

「まあ、なんておもしろい」ソンダーズ夫人はろくに聞きもせぬまま、批評した。「ロバートもそれほど日曜学校を好きだといいのにねえ」

「たぶんそうなりますよ、一ドルで二十二ドルかせげればね」

「何とおっしゃって?」と彼女は言った。セスリーは立ちあがり、ソンダーズ夫人が言った——「お前、ジョーンズさんが帰ったら、少しは横になったほうがいいよ。とても疲れた顔をしてるわ。ねえあなた、娘は疲れたように見えますでしょ、ジョーンズさん?」

「ええ、そう。ぼくもさっきそう言ったところです」

「やめてよ、ママ」とセスリーが言った。

「お昼をありがとうございました」ジョーンズが玄関へと動いてゆき、ソンダーズ夫人はおきまりの挨拶を返しながら、どうしてこの人は痩せる努力をしないのだろうと思った。(いえ、たぶん努力はしてるんだわ、と彼女は遅ればせの寛大な気持とともにつけ加えた。)セスリーが彼の後に続いた。

「またぜひきてね」とセスリーは相手の顔を見つめながら告げた。「あんたはどれだけ盗み聞きしたの?」と必死になってささやいた、「どうしても言ってよ」

ジョーンズはぶよついた姿でソンダーズ夫人にお辞儀をし、再びその測りしれぬ黄色い眼で娘を見まわした。彼女はジョーンズの横に立っていて、午後の陽がそのほっそりとした繊細な姿いっぱいに落ちていた。

ジョーンズが言った――

「ぼくは今夜やってくるよ」

彼女はささやいた、「なんですって?」そして彼が繰りかえした。

「あんたはあれも聞いたのね?」血の気の引いた顔にある口が言葉を形づくりながら、「あんたはあれも聞いたの?」

「まあそうだな」

再び血の色が皮膚に戻ってきて、セスリーの眼は漠とした、雲のかかったものとなった。「いいえ、あんたは来ないわ」と彼女は告げた。ジョーンズが冷静に見返す間、相手の袖をつかんだセスリーの指の関節は白くなっていた。「お願い」と心から真剣に言い、返事がこぬままに再びつけ加え、「あたし、父に言いつけるかもしれないわよ」

「ジョーンズさん、またおいでくださいな」とソンダーズ夫人が言った。ジョーンズの口は、『まさかそんなこと、しないだろ』という言葉を形づくった。相手を見つめるセスリーの眼には憎しみと苛烈な絶望感、どうしようもない恐怖や捨てばちな色が満ちていた。「ほんとによくおいでになったわね」とソンダーズ夫人は言っていた。「セスリー、あんたは横になったほうがいいよ——とても気分が悪いみたい。ジョーンズさん、セスリーはあまり強くないんですのよ」

「ええ、そのとおりですね。彼女が強くないことは誰にもわかりますよ」とジョーンズは愛想よく同意した。網戸が彼らを隔てると、赤いゴムのように柔軟でよく動くセスリーの口が、『やめて』という言葉を形づくった。

しかしジョーンズは返事をしなかった。木製の踏段をおり、蜂の群れがうるさく舞いくるうニセアカシアの下を歩いていった。緑の灌木《かんぼく》の上に薔薇が伸び出ていた——娼婦の口のように赤い薔薇の花、『やめて』という言葉を形づくるセスリーの口のような赤さ。

その太ってのっそりしたツイード服の背中が門から通りへ出てゆくまで、セスリーは見送っていた、それから振りむくと、そこには母親が自分の太り気味の体を早く解放したいと苛立ちながら立っていた。光線が娘の背後にあったので、母親には娘の顔が見えなかった。しかしその態度のなかに——その体つきのどこかやけ半分な緊張の中に——思わずぎょっとさせるような何かがあった。

「セスリー?」

娘は母にふれ、ソンダーズ夫人は腕をその娘のまわりにまわした、母親のほうは、例のごとく、食べすぎていて、自分を締めるコルセットの苦しさに吐息をつき、こんなものから早く自由になりたいと待ちこがれていた。

「セスリー、どうしたの?」

「ママ、お父さんはどこ?」

「あら、町へ行ったよ。ねえ、赤ちゃん、どうしたの?」と彼女は急いでたずね、「何かあったというの?」

セスリーは母親にすがりついた。相手は岩のようだった——喘《あえ》ぐ息づかいをする岩、怒りや恐怖には不感症な、小揺るぎもせぬもの、そして心のないもの。

「お父さんに会いたいのよ」と娘は答えた。「どうしても会いたいことがあるの」

相手が言った。「さあ、さあ、お部屋に行って、しばらく横になりなさいな」母親は重く溜息をつき、「あんたが気分よくないのはわかったわ。お食事に食べた新しいジャガイモのせいよ! あたし、いつになったら食べすぎないようになれるのかしらね? でも一つのものを控えれば、他のものをたくさん食べる、ねえそうでしょ? ダーリン、入って服をゆるめてくれない? あたし、コールマン夫人に会いにゆく前に、すこし横になりたいと思うんだよ」

「ええ、ママ。いいわ」と娘は答えながら、父親でもジョージでも誰でもいい、誰か助けてくれたらと願っていた。

3

通りをさまよっていたジョージ・ファーは、映画館から出た人の群れがやってくるのをみると素早く垣根を乗り越えた。自分を押えて何気なく散歩しているふりがどうしてもできなかったからだ、かえって我知らず憂鬱さをむきだしにしてこの通りを歩きまわるほかなかったからだ。気持が苛立って、よそへいって時間をつぶして帰ることなどできなかった。どこかに身を隠して待っていることもできなかった。だからそれをあきらめ、図太くうろつきまわり、映画館から出た人の群れが来はじめると素早く垣根を乗り越えたのだった。

九時半

家の人はヴェランダに出て揺り椅子に坐り、低い声で話しながら、四月の暖かさを楽しんでいる。そして通りぞいに暗い並木の下を過ぎてゆく人々は、老人も青年も、男も女も、気持よげな、意味まではとれぬ話し声をたてながら、まるで家畜小屋に帰ってゆく家畜のように動いてゆく。口の高さには赤くて小さな眼が動き、燃える煙草の匂いが甘く鋭く漂う。通りの角にあるネオンの光は通行人の姿をむきだしにし、その時だけは彼らに弾力のある影を当てる。その光の下を車が通り過ぎ、そこに彼は友達連中を認めた——若い男たちと、彼らが『つきあっている』お定まりの娘たち——ネッカチーフをしたり束ねたりした髪、それをほっそりした若い手が絶えずいじくり元の形に整えたりしていて……それらの車が闇へ入り、向うの光の中に現われてから再び闇の中へと去っていった。

十時

草におく露、まだ小さすぎて摘めない薔薇の花におく露、それがこの花に甘い香りを与えるのだ。夜露でもなければ、小さな花にはなんの香りも出せないはずだ——ただし、ちょうど若い娘が生《うぶ》で特性も持たぬのに若さと成長のにおいだけは持つように、これらの花も若さと成長力だけは発散しているのだろう。露をのせた草はかすかな輝きを帯びている——それはあたかも草が昼の光から盗んだものを、夜の湿気がまた解きはなち、この世に与え返したかのようだ。雨蛙が木立の中に鳴き、虫が草の中で低い声を立てた。雨蛙には毒がある、と黒人たちが彼に話したことがあった。もし彼らに息を吐きかけられると、あんたは死んじまうだ。彼が動くと蛙の声は止み、(たぶん息を吹きかける構えをしているのだ)彼が静かになると、またもその茂った笛のように単調な声を咽喉《のど》いっぱいに響かせ、夏が迫ったぞという気持を夜のなかにみなぎらせる。春、腰紐を解いている娘のような春……遅れた人たちが一人二人と過ぎ去っていった。意味のない言葉の破片が彼のところへ漂ってくる。蛍はまだ出てこなかった。

十時半

家々のヴェランダの上で揺れていた人影が立ちあがり、ドアを開けて部屋に入ってゆく、そしてここかしこで燈火が消える、窓覆いが下ろされる。ジョージ・ファーは誰もいない芝生を横切って木蓮の木の下へ忍び寄った。そこはまったくの暗闇で、そのためにかえって外の世界が明瞭に見えるような場所だが、そのあたりを手探りして水道栓を見つけた。吹き出した水にうっかりして靴を濡らした。物真似鳥がだしぬけに黒く飛び立った。乾いて熱い口を濡らしながら水を飲み、自分の見張り場所に戻った。再び静かに動かなくなると、雨蛙や虫の群れはその静けさを完全に破るのではなくて、やんわりとくすぐるのだった。小さくて香りのない薔薇の花が露を浴びて開くと、まるでその香り自体もまた花の二倍の大きさほどになって、あたりに拡がってゆくのだった。

十一時

郡役所の塔にある時計は、まるで親切な眠らぬ神のようにその四つの無表情の顔で町を見つめながら、十一のおごそかな音を間合正しく響かせた。その音を静寂さが運び去った。静寂と闇とが夜警人のように街路を過ぎてゆきながら、あちこちの窓に残った燈火を奪い去ってゆく——掏摸《すり》の手がハンカチをかすめとるようだ。一台の遅れた車が素早く行き過ぎる。まともな娘は十一時までには帰っていねばならない。通り、町、世界、すべてが彼にとって空《うつ》ろだった。

彼は仰向けに寝ころがり、背中や両腿、両足をのんびりと伸ばして筋肉のほぐれるのをゆっくりと味わっていた。あまりにあたりが静かになったので、煙草を吸う気持にさえなった、もっともマッチの火が見えぬように用心はしたが。それからまた仰向けになり、服の下に優しい大地を感じながら体を伸ばした。しばらくすると煙草が燃えつきた、それを二本の指ではじき飛ばし、片方の膝をかき抱いて踝《くるぶし》まで手を伸ばし、そこをひっかいた。尻のあたりには何かの生物が動いた、いや何かが動いたように感じたのかもしれぬが、それはどちらでも同じことだ。地面に尻をこすりつけ、するとそのかゆみがとまった……もう十一時半に違いない。自分では五分間と思えるほど待ってから時計を引き出し、なんとか文字面を見ようとした。しかし苛立つばかりで見当がつかず、誰かに何時何分だと言われれば、たちまちその時刻を信じこむような気分になるのだった。彼はまた用心深く掌でかこってマッチをつけた。十一時十四分だった。ちぇっ。

またも仰向けになり、組んだ両手の中に頭をのせた。この位置から見ると空は一枚の平たい板のようだ、それはまるで濃いブルーの箱の蓋であり、それに一面に真鍮《しんちゅう》の飾り釘が散らばっているといった感じだ。なおも見つめ続けていると空は再び深さを取り戻し、まるで彼自身は海の底に横たわっていて、濃く重なった海草が水面へと、動きのない水流の中で身動きもせずそびえているかのようだ——それはまた、まるで彼がうつぶせになって水中を見つめおろし、その底には醜女のもつれた髪がじっと垂れ下がっているかのようにも思える。十一時半。

彼は自分の肉体を失っていた。まるでそれが感じられなくなった。視界だけが実体のない『眼』と化して濃紺の空間につり下がっているかのようだ——『思考力』のない『眼』、それが驚異の念もなしに怪奇な世界を見つめているのだ。そこには淫奔な星の群れが一角獣のようにいななきながら、濃紺の牧場の中を駆けまわっている……しばらくすると、その『眼』は、なにも収めたり包んだりするものも持たぬために見ることをやめた、そして自分の体がさいなまれたように感じながら目を覚まし、自分の両腕が体からねじれ押しつけられているのを知った。おれは夢の中で叫んだなと思い、次には自分の両腕が、そのままでおいても動かしても、飛びあがるほど痛いのを知って、思わず唇を噛みながら身をもがいた。全身の血が熱く痛く流れ、その痛みはまるで走りすぎる陶酔となり、たちまち走り去ったが、それでいて痛みが去った後でさえ、両腕はまだ他人のもののような感じだった。自分の時計を取り出すことさえできず、これでは垣根を乗り越えられそうもないぞ、と心配になった。

しかしながら、すでに街燈の灯も消えて真夜中だと知ったからには、垣根を越えるのもむずかしくなかった。そしていかにも人気のない侘《わび》しさを包んだ通りに出ると、こそこそと歩いていった——誰にも見られていなかったのだが、いまや自分の計画に本当にとりかかったので、前にもまして自分が盗人のような感じに襲われたのだ。自分がこそ泥の黒人のように見えてはいかん、と懸命に精神力を奮いおこして歩き続けたが、暗く静まった家々はいずれも光のない無表情な視線で彼を見送り、通り過ぎるたびに彼の尻のあたりをもぞもぞさせた。みんなに見られたからってどうなんだ？　おれのやってることは誰だってしてることだろ？　夜中に人気のない町を歩いているだけなんだ。それだけなんだ。しかしこう考えても首筋の後ろで髪の毛の逆立つのを止められなかった。

彼の足どりは、完全に停止したわけではないが、思わずゆるくなった——一本の並木の根方に一つの動きを見たからであり、彼はそこに闇よりも暗いものを見分けたのだ。彼の最初の衝動は身をひるがえすことだった、しかしそれから、恐れるのは馬鹿だと自分を叱った。もしもそれが誰か人間だったら、自分だって向うと同じように町を歩く権利があるんだ。それぱかりか相手が身を隠しているのなら、なおさらだ。彼はこそこそ歩きをやめ、堂々と歩きはじめた。その並木の下を通り過ぎるとき、黒いものはゆっくりと移動した。誰だかわからぬが、とにかく向うは人に見つかりたくないのだ。相手は自分よりももっとびくついているんだ――と悟り、彼は大胆に通り過ぎた。一、二度振りむいたが、すでになにも見えなかった。セスリーの家は暗く寝静まっていた、しかしあの木の根方にいた影を思いだしたし、ほかの用心のためもあって、まず何気なく通り過ぎた。一丁ほどもゆくと立ちどまり、じっと耳をすました。聞えるのはただ穏やかでひそやかな夜の物音ばかり。道路を横切ってからまた立ちどまって耳をすました。なにも聞えない。蛙ときりぎりす、それだけしか聞えない。歩道ぞいの芝生を歩き、影のように音を立てずに彼女の家の芝生の角まで忍びよった。そこの垣根をよじこえ、身をかがめたまま垣根ぞいに忍び歩いて家の正面まで来ると、またそこで停った。建物は静かで、どこも燈火がなく、のっそり大きく四角に眠っていて、彼は垣根の影からヴェランダの影のなかへと、それもフランス窓のついている下まで走った。花壇のなかに坐り、その塀に背をもたせかけた。

堀りおこされた花壇には新鮮な土の匂いのこもった闇が漂っていた――ここの闇は身近で親しい感じだった、少なくとも、明暗の度はともあれ、漠とした巨大な闇の世界と比べれば、ずっと気楽だった。ここの夜と静寂さとは満ち足りた深さだった――このとりとめのない領域には新鮮な土の匂いが、そして彼のポケットには時計の秒を刻む音が満ちていた。しばらくすると柔らかい土の湿り気がズボンを通して股《もも》のあたりに浸みこむのを感じたが、なおもけだるい満足をおぼえたまま坐りつづけた――大地と合体した気持のまま、背後にある暗い家からの物音を待ちかまえていた。しばらくすると物音を耳にしたが、しかしそれは通りからきたものだった。彼はじっと静かに坐りつづけた。彼のような立場から生れる矛盾であるが、いま彼は侵入している場所にいるほうが安全で、自分のいるべき権利のある通りにいるほうが危ないと感じたのだった。物音は近づいてくると、二つの漠とした姿となり、黒人のトーブと料理人が門から彼らの住居へ、低い声で互いにささやきあいながら歩いてゆくのだった……まもなく夜は再び漠として空ろになった。

またも彼は大地と一つになった――闇と静寂さと彼自身の肉体と……そして彼女の肉体とも合体した……それは静かに分れる銀色の小さな流れのようだ……堀りおこされた泥とヴェランダぞいのヒヤシンス、音もせず揺れる釣鐘型の花……君の乳房はそんなに小ちゃいくせに、それでいて本当の乳房なんだ……伏せた瞼《まぶた》の下から輝く物憂げな彼女の眼、唇の間から見える歯、夢を運ぶ二つの優しい翼のように反《そ》り上がる彼女の両腕……彼女の肉体はまるで……

彼は思わず吸い込んだ息をとめた。なにかが芝生を横切ってゆっくりと、漂うようにやってきて、向うに停ったのだ。彼は再び呼吸をし、またも息をつめた。そのものは動くとみるやまっすぐ彼の方へ向ってきた、そして彼が動かずに坐っていると、それはほとんど彼のいる花壇に達するほどになった。それから彼がぱっと立ちあがり、相手の手が上にあがるより先に、黙ったままその侵入者につかみかかった。相手の男もその闘いに応じ、二人はなんの叫び声も立てずに、互いにつかみあって喘ぎながら倒れた。二人はあまりに接近していたし、闇も濃かったので互いを痛めつけることはできず、闘争に夢中のため周囲のことを忘却しかけていたが、しまいにジョーンズがジョージ・ファーの腋《わき》の下から低い声を出した――

「気をつけろ！　誰かが来るぞ！」

二人は同時に動きをやめ、つかみあったまま坐っていた――その二人の姿は、古風で緩慢な舞踏の最初の姿勢に似ていた。ふいと階下の窓に明りがついて、とたんに二人は立ちあがるやヴェランダの陰へ向って走り、花壇へ飛びこんだが、その瞬間にソンダーズ氏がフランス窓から現われた。煉瓦の囲いに身を寄せかけた二人が、隠れたいという共通感情のまま横になっていると、頭上の床ではソンダーズ氏の足音が聞えた。

二人が息をつめて駝鳥《だちょう》のように眼を閉じているると、ソンダーズ氏はヴェランダの端までやってきた、そして彼らの真上に立つと、葉巻の灰を振り落し、二人のうつぶせになった体越しに向うへ唾を吐いた……それは何年もの時が経過したかのように長かったが、やがて彼は身をかえして立ち去った。

しばらくするとジョーンズが身をおこし、ジョージ・ファーもこわばった体を動かした。再び明りが消え、家は大きく四角にそびえたまま、樹々の間で眠りこけた。二人は立ちあがって芝生をそっと横切ってゆき、その二人が過ぎ去った後には蛙ときりぎりすが例の低い単調な音を響かせはじめた。

「なんで――」とジョージ・ファーが、通りに出たとたんに口を開いた。

「黙れ」とジョーンズがさえぎった。「もっと離れるまで待ってろ」

二人は並んで歩いてゆき、やがて、ジョージ・ファーは怒りに煮えくりかえったまま安全と思える距離で立ちどまって、相手へぐるりと振りむいた。

「お前、あそこで何してたんだ?」彼はどなった。

ジョーンズの顔には泥がつき、襟《えり》のカラーははじけていた。ジョージ・ファーのネクタイも首吊り人の縄のように耳の下にぶらさがっていて、彼はハンカチで自分の顔を拭《ぬぐ》った。

「お前こそあそこで何をしてたんだい?」とジョーンズはやり返した。

「お前の知ったこっちゃあない」と彼はかっとなって答えた。「こっちが聞いているのは、あの家のまわりをうろつくなんて、どういう気だということだ」

「たぶん彼女がぼくにそう頼んだのかもしれんぜ。嘘だと思うのか?」

「この嘘つき」とジョージ・ファーは言い、相手に飛びかかった。二人はまたも、そびえ立つ静かな楡《にれ》の木の下で、闇の中に争いを繰りかえした。ジョーンズは熊のようであり、ジョージ・ファーは相手の柔らかで包みこむような把握を感じると、ジョーンズの両脚を蹴りつけた。二人は倒れたがジョーンズが上になっていて、そのまま相手を尻の下に押えこんでしまうと、ジョージは胸をおされて苦しげに喘ぎながら倒れていた。

「これでどうだ?」とジョーンズが自分の脛《すね》の痛むのを覚えながら言った。「降参したか?」

その返事にジョージ・ファーは身を反らせてもがいたが、相手は彼を押えつけて、その頭を固い土へ幾度も押しつけた。「なあ、おい、子供みたいな真似はやめろよ。ぼくらはなんで喧嘩なんかするわけがあるんだ?」

「彼女が頼んだなんて言ったこと、取り消せ」と彼は喘いだ。それから彼は静かになりジョーンズを罵った。ジョーンズは動きもせずに、繰りかえした――

「降参するか? 約束するか?」

ジョージ・ファーは身を反らせ、よじり、なんとかジョーンズの太ってのっそりした重みをはね返そうともがいた。しまいに彼は怒りも弱まり、ほとんど泣きながら約束をし、そしてジョーンズはその柔らかな重みを除いた。ジョージは身をおこした。

「お前、家へ帰ったほうがいいぜ」とジョーンズは立ちあがりながら、相手に忠告した。「さあ、立てよ」

彼はジョージの腕を取り、引っぱった。

「放せ、こん畜生!」

「めぐりあわせって、おもしろいものだなあ」とジョーンズは軽く批評しながら、相手を放した。ジョージがゆっくりと立つとジョーンズはさらに言いつづけ――「さあ、走ってお帰り。あんたはもうたっぷり遅くまで外にいたんだよ。喧嘩もなにもみんなしたし」

ジョージ・ファーはまだ喘ぎながら自分の服をととのえていた。ジョーンズはのっそりと彼の横に近づいた。「おやすみ」としまいにジョーンズは言った。

「おやすみ」

二人は顔を合わせて立ち、しばらくするとジョーンズが繰りかえした——

「おやすみ、と言ったんだ」

「それは聞いた」

「どうしたのだ？　家へ帰らないのか？」

「帰るもんか」

「じゃあ、ぼくは帰るぜ」彼は身をかえした。「また会おうな」ジョージ・ファーは強情な態度でその後についていった。闇のなかを太ってぶよついた姿でゆっくり歩きながら、ジョーンズは言った——「このごろ君はこっちの方面に住んでいるのか？　最近、引っ越した、というわけかい？」

「今夜のおれはお前の行く先に住んでいるんだ」とジョージは頑固につげた。

「そりゃあ、大変ありがとう。しかしぼくにはベッドひとつあるきりだからね。一緒のベッドに眠りたくないし、だからお入りとは言えないぜ。また別の時にな」

二人は黒い並木をゆっくりと、外見はしつっこい親密さをみせて歩き続けた。郡役所の時計が一時を打ち、その音は静寂《しじま》の中へ消え去った。しばらくするとジョーンズがまた立ちどまった。「おい、おい、なんだってぼくについてくるんだ？」

「彼女はお前なんかに、今夜あそこへ来いと言わなかったんだ」

「どうしてそれがわかる。君にだって来いと言った娘なんだぜ、ほかの人間にだってそう言うかもしれないさ」

「いいか」とジョージ・ファーは言った、「彼女に手なんか出しやがると、お前を殺すぞ。ほんとに殺すぞ」

「皇帝陛下に敬礼」とジョーンズはつぶやいた。「それを彼女の父親に言いつけたらどうだい？　彼女を保護するためなら、芝生にお前用のテントを張らせてくれるかもしれないぜ。さあ、行けよ、一人にしてくれ、聞いてるのか？」ジョージはなおも譲らずにがんばった。「もう一度ぶったたかれたいのか？」とジョーンズが言った。

「やってみろ」とジョージはむきだしの憎しみをみせてささやいた。ジョーンズが言った――

「まあ、どうせ今夜はむだになっちまったのさ。二人ともそうさ。今じゃあ、どうせ遅すぎる――」

「お前を殺してやる！　彼女はお前にやって来いなんて言わなかったんだ。お前はおれの後をつけてきただけなんだ。あの樹の下にいたのを見たんだ。お前、彼女に手を出すなよ、聞いてるな？」

「おい、頼むよ！　わからないのか、ぼくは今ただ寝たいだけなんだぜ。いい加減にして家に帰ろうや」

「お前、ほんとに家へ帰るのか？」

「うん、そうさ。本当さ。おやすみ」

ジョージ・ファーが見まもるうちに、相手のぶよつくらすぼけた姿はたちまち他の影と混ざる濃い影となっていった。冷えた怒りと苦い失望や欲望を抱いたまま、彼自身もまた家の方へ身をかえした。あのずうずうしい阿呆が今夜邪魔したということは、たぶんこの次のときにも邪魔するというわけだ。いやそれとも彼女のほうで気が変るかもしれない。なにしろ今夜待ちぼうけを食わしたんだから……こういう幸福には運命さえ焼餅をやきやがるんだ、こういう耐えがたいほどの幸福にはな、と彼は苦々しく考えた。静かな空へそりあがる樹々の下で、春が物憂げにその腰紐を解いている……彼女の体、細い水溜りのような、優しい体……君はもう会ってくれないかと思ったぜ、でもまた君に会えたな、そしていま……彼は立ちどまった、一つの考え、一つの直感に打たれたからだ。彼は身をかえして、足早に元の方向へ走った。

彼があの芝生の角にある樹のそばに立っていると、じきになにか形のない影がゆっくり、垣根ぞいのかすかな草にそって動いてゆくのを見た。彼が荒々しく踏みこんでゆくと、相手は彼を見て停った、それからまっすぐに立ったまま大胆に彼を迎える姿勢をとった。ジョーンズはつぶやいた、「ちぇっ、なんだ」そして二人はげっそりとした様子で、並んで立っていた。

「何か言ったらどうだ?」としまいにジョージ・ファーが挑んだ。

ジョーンズは舗道にのっそりと坐りこんだ。「ちょっと煙草を吸おうや」と彼は言ったが、その調子はまるで死人を守って坐っている人が使うあの非人情な調子だった。

ジョージ・ファーが横に坐ると、ジョーンズは彼の煙草にマッチをつけてやり、それから自分のパイプにもつけた。眼には見えぬ煙草の香りを頭のまわりに渦巻かせながら、彼は溜息をついた。ジョージ・ファーも背中を樹にもたせかけながら、やはり溜息をついた。星は、暗い河に浮ぶたくさんの船のマストに掲げた灯のように、大きく動いてゆく。闇と静寂、そして闇を通って次の昼へ転じてゆく世界……樹の肌はざらつき、地面は固かった。自分がジョーンズみたいに太っていればいい、せめて今夜だけは、と彼はぼんやり願った……

……やがて、目が覚めると、明け方に近かった。もはや身動きするときのほかは、地面も樹も体には感じなくなっていた。まるで尻から下の両脚はテーブルの面のように平たくなり、背中は樹の幹の凹凸《おうとつ》にそっていくつもくぼみができ、両方は車の輪が合わさるようにぴったり食いこんでいる感じだ。

東には光が生れる気配、彼女の家や、彼女が柔らかな心地よい眠りをむさぼる部屋の向う、空の奥にかすかながら暁のラッパの響き、まもなくこの不思議な世界に遠近感が戻った。もはや他の薄い影に混ざった巨大で恐ろしい影ではなくて、ジョーンズはただの太った若者、ぶよついたツイード服を着て、青ざめて哀れに、仰向いたままいびきをかいている者にすぎなかった。

ジョージ・ファーは目が覚めて、彼のそんな有様を見た、泥やかすかに光る露が彼についているのも見た。ジョージ・ファーも体に泥をつけ、そのネクタイは耳の下にぐったりとぶら下がっていた。世界をまわす車輪は、闇の時刻を過ぎる間に遅くなっていたが、今や坂を登りきって頂点を過ぎ、惰性を獲得していた。しばらくするとジョーンズが眼を開き、呻《うめ》き声をあげ、こわばったように立ちあがり、身を伸ばし、唾を吐き、欠伸《あくび》をした。

「ほんとに寝に帰ろうや」と彼は言った。ジョージ・ファーは、自分の口にも苦い味を感じ、身を動かすと数知れぬ小さな痛みが、赤蟻《あかあり》の群れのように体じゅうに走るのを感じた。彼も身を起こし、並んで立った。二人ともまた欠伸をした。

ジョーンズはぶよついた体をまわし、少し足を引いてあるいた。

「おやすみ」と彼は言った。

「おやすみ」

東の空は黄色、それから赤い色になった、そして昼がまさしくこの世界に侵入し、雀たちの眠りを覚ました。

4

しかしセスリー・ソンダーズは眠っていなかった。自分の暗い部屋のベッドで仰向けに寝たまま、彼女もまた夜のひそやかな物音を聞いた、春の甘い香りや暗く成育してゆくもの、すなわち大地の匂いを嗅いだ、そして眼にはこの世界、恐ろしく静かで必然の輪をまわす人生の車輪を見まもっていた――それは闇の時間を通ってその頂点に登りつめ、さらに早くまわりはじめ、東の空に隠された水槽から暁の水を汲みだし、雀たちの安らかな眠りを破る。

5

「彼に会わしてちょうだい」と彼女はヒステリックに頼んだ、「会わしてくれる？　ねえお願いだから？」

ミセス・パワーズはその顔を見ながら言った、「まあ！　何だというの？　どうしたというの？」

「二人で、二人だけで。お願い。会える？　会わして？」

「もちろんよ。どうして――」

「ありがとう、ありがとう」彼女は廊下を走ってゆき、小鳥のように書斎へ入った。

「ドナルド、ドナルド！　セスリーよ、恋人よ。セスリー。セスリー、わかるでしょ？」

「セスリー」と彼は低く繰りかえした。それから彼女がドナルドの口を自分の唇でふさぎ、彼にすがりついた。

「あたし、あんたと結婚するわ、本当よ、そうよ、ドナルド、あたしを見て、でも見えないのね、あたしが見えないんでしょ、ねえ？　でもあたしあんたと結婚するわ、今日でも、いつでも――セスリーはあんたと結婚するのよ、ドナルド。あんたってあたしが見えないのね、見える、ドナルド？　セスリーよ。セスリー」

「セスリー？」と彼は繰りかえした。

「ああ、ああ、あんたのかわいそうな顔、目が見えなくて、傷だらけな顔！　でもあたし、あんたと結婚するわ。みんなあたしがしないって言うけど、しちゃいけないって言うけど、でもあたし、するのよ、ええ、ドナルド、あたしの愛する人！」

ミセス・パワーズは彼女の後に従ってきたが、いまセスリーを立たせ、その両腕を解きながら、「彼が痛いほどにしちゃあいけないのよ、わかるでしょ」と言った。

第七章

1

「ジョー」

「なんだい、中尉？」

「ジョー、ぼくは結婚するわけだね」

「もちろんそのとおりさ、中尉。いつか――」あわてて自分の胸を叩きながら。

「ジョー、どうしたんだ？」

「そのな、おめでとう、と言ったんだ。とても素敵な娘を手に入れたな」

「セスリー……のことだろ、ジョー？」

「うん」

「彼女はぼくの顔に慣れるだろうな」

「そのとおりさ。あんたの顔は大丈夫さ、だけどいいかい、それを落しちゃあだめだぜ、そうさ」

するとドナルドは眼鏡をまさぐろうとした手を下ろした。

「ジョー、どうしてこんなもの掛けねばいかんのだい？　これがなくても結婚できる、そうだろ？」

「まったく、そんなものなぜ掛けさせるのか、おれにもわからないんだ。マーガレットにきいてみよう。さあ、はずしてやるよ」と彼はだしぬけに言い、眼鏡を取り去った。

「まったく、こんなものを掛けさせとくなんて、恥知らずだぜ、どうだい、これで気分いいかい？」

「読んでくれよ、ジョー」

2

カリフォルニア州、サンフランシスコ
一九一九年四月二十四日

愛するマーガレット――
とっても君に会いたいんだ。会って、いろいろ話ができたらと思うんだ。自分の部屋に坐ってると恋人は君だけしかないとわかるんだ。若い女の子って君みたいじゃなくって若くて馬鹿で信頼できないんだ。君だけが恋人だって気持になってるけれど君だってぼくのことを恋しがっててくれるんだろうね。マーガレット、あの日君にキスしたとき恋人は君だけしかいないとわかったんだ。ひとなんて信頼できない。あの男が映画に出してやるなんて言ったのは嘘っぱちだとぼくは彼女に言ってやったんだ。それでいまぼくは自分の部屋に坐っていて外の世界は前と同じように動いてゆくけれど、ぼくらは幾千マイルも離れていて会いたがってて一緒にいればどんなに幸福だろうと思ってる。まだ母には話していないんだよなぜって今まで待ってきたんだから君がいいという時まで話さずにいるわけなんだ。話をしたら母はきっと君をこっちに招待してくれてぼくらは一日じゅう一緒にいて馬に乗ったり泳いだりダンスしたり二人で話したりするんだ。こっちでのぼくの働く仕事がきまったら、できるだけ早く君を迎えにゆくよ。君がいないのはとっても寂しくて君がすごく恋しいんだ。

3

前の晩は雨だったが、今朝はそよ風のように爽やかだった。樹から樹へと飛び移る小鳥たちに笑われながら、彼が無精で皺だらけの服のまま、のっそりと当てもなげに歩きすぎてゆくと、ヴェランダの角ちかくにある一本の樹は、絶えず動く裏白の葉をすべて逆立ててみせ、まるでそれは銀のヴェールが逆にめくりあげられたかのようだ——または水を吹きあげたまま停止した噴水、彫刻された水しぶきのような姿。

彼は薔薇の茂みのなかにあの黒い服の女を見つけた——すぼめた口から煙草の煙を吹きだしながら、薔薇の上に身をかがめ、その香りをかいでいる。どうせ歓迎されぬという覚悟を意地悪く腹に隠しながら彼はゆっくり近づいてゆく、そしてその間も頭のなかでは彼女の飾り気がなくて地味な黒い服を剝ぎとっていた——そのまっすぐな背中からしっかりと落ち着いた腿まで容赦なく剝ぎとっていった。砂利の上の足音を聞きつけると、彼女は驚きもせずに肩ごしに振りむいた。その手の先にかかげられた煙草からは揺らめく煙がたゆたい、そしてジョーンズは言った——

「あなたと共に嘆こうと思って来た者です」

相手の視線に眼を返しながら、彼女はひと言も言わなかった。もう一方の手は花の紅《くれない》と葉の緑が織りなすモザイク模様の上で白く輝き、そのくつろいだ姿は彼女に直結する動きのすべてを吸収してしまっていて、その煙草の煙でさえ鉛筆のように固体化し、ただ無のなかに咲いていているかのよう。

「言いかえると、あなたが意中の人を失ったという、その哀しき運命に同情して——」と彼は説明した。

彼女は煙草を持ちあげ、煙を吐きだした。彼はさらに近よった——その上等な上衣は、買って以来あきらかに一度も手入れされず、ポケットに突っこまれる大きな手のために垂れぎみで、太い股の線をむきだしにしている。彼の眼は物憂げで大胆で、山羊の眼のように光っている。本性は残忍酷薄なのにそれを偽の知性で隠している——という印象を彼女は相手から感じとった——ひとりうろつく野良猫だわ。

「ジョーンズさん、あなたの家族はどんな人たちだったの？」しばらくすると彼女はたずねた。

「ぼくはこの世のみなし子でしてね。もしも楯に紋章を描くとすれば、私生子を示す斜めの縞《しま》を一本入れるでしょうね。自分では抑制していても、自分の性衝動は言うことを聞かぬかもしれません。なにしろ上品な育ちじゃありませんからね」

どういう意味かしら？　と彼女は思案した。「すると、あなたの紋章はどんなものになるの？」

「まず、地《じ》の色は夜《ノワル》でとても冷たい土《フロア》の感じ、そしてその上に新聞紙でくるんだ包みがひとつ、あたかも獅子のうずくまれるがごとく——そしてもうひとつは人の家の玄関口の石段。紋章の下に添える言葉は、『われはいつ飯にありつくや《カン・マンジエレ・ジュ》？』ですね」（紋章に添える銘には常にフランス語を使う——訳注）

「ああ、捨て子というわけね」彼女は再び煙草をふかした。

「どうやらその言葉が適してます。ぼくらが同じ年代なのは残念ですねえ。さもなければ、あなたがぼくを拾いあげてくれたかもしれないのに。ぼくだったら、あなたを失望させたりしませんがね」

「あたしを失望させる？」

「ああいう軍隊帰りの連中、なんとも言えないほど感情欠如の存在ですからね、そうでしょ？　自分のものになったと思ってると、たちまちそこらのごろた石連中と同じほどに間抜けだと自己証明してしまう、そうでしょ？」

彼女は巧みに煙草の先の火をはさみおとし、吸殻をくるくると空にはじき飛ばして、落した火の粒を足の先で踏みつけた。「もしそれがお世辞をにおわす言い方なら……」

「馬鹿だけがお世辞をにおわすんです。賢明な人間はお世辞をずばりと持ちだします、明快にね。悪口のほうはにおわしたほうがいい――ただしそれも悪口の相手が盗み聞きしていないときにかぎりますがね」

「そういう危険な考え方は――こう言うと失礼ですけど――敵闘精神のない人には向かないんじゃないかしら？」

「敵闘精神？」

「じゃあ、闘える人と言ってもいいわ。あなたって、頑固に闘いぬける人ではないように思うけれど――例えば相手が――そうね、ギリガンさんのような場合だと」

「ということは、あなたがギリガン君を――そのう――保護者に選んだというわけですか？」

「ということは、そんな意味を含んでないばかりか、あなたからのお世辞も期待していないということ。知性がある人にしては、あなたって女性にたいする手管をほとんど持ちあわせないのね」

ジョーンズは、冷静かつ測り知れぬ卑しさをみせて、相手の口もとを見つめた。「例えば？」

「例えば、ソンダーズ嬢との場合でもね」と彼女は意地悪く言った、「あなたって、わざと自分から彼女を手放したみたい、そうじゃないかしら？」

「ソンダーズ嬢か」とジョーンズは驚いたようなふりをしながら相手の言葉を繰りかえし、心の底では相手が性の話題に戻ることなしに上手《うわて》を取った巧みさに舌を巻いて、「これは奥様、どうも驚きましたね。あんな娘に恋をする男なんているんでしょうか？　女性的素質の完全欠如体。もちろん彼女の相手の男が半分以上も死にかけた人間なら例外ですけどね」そしてつけ加え、「彼なら結婚の相手が誰だろうとかまわないし、たぶん結婚しようとしまいと気にしないでしょうからね」

「そうかしら？　あたしが着いた日に見た印象だと、あなたは彼女に眼をつけていたようだったわ。でも、たぶん、みんなあたしの思い違いかもしれない」

「例えば眼をつけていたと仮定するとですね――するとあなたとぼくは、いまや同じ状態におちいっている、そうでしょ？」

　相手が自分のそば近くにきたのを察しながら、彼女は薔薇をつまみとった。彼を見やりもせずに――

「あなたって、あたしの言ったことをもう忘れてしまってるのね、そうでしょ？」彼は返事をしなかった。彼女は花を放してから少し遠ざかった。「あなたには女を誘惑する腕がない、とあたし言ったでしょ。あたしとあなたはお互いに慰め合う仲だ、というところへ話をもってゆきたいんでしょうけど、あんまり見えすいてやしない？　いくらあなただって幼稚すぎやしない？　あたしはね、そういう恋愛遊戯にはさんざおつきあいしてきた女なのよ、ただし相手はみんな、好きではないにしろ尊敬できる若い人たちばかりだったわ」薔薇の花は彼女の黒いドレスの上で鮮やかな色を放った。それをピンで留めて、「すこし忠告してあげるわ」と鋭い口調で言いつづけた、「今度誰かを誘惑しようとするときは、おしゃべりで釣ろうとはしないこと。女というのは言葉の操り方ならどんな男にも負けないものなのよ。それに、言葉がどんなに空々しいものかもよーく知ってるのよ」

　ジョーンズはその黄色い視線をそらした。次の動きは案外におとなしいものだった――身を返して、何も言わずにそこを離れはじめたのだ。というのも、彼はすでにエミーが向うの庭で綱に洗濯物を干しているのを見つけたからだ。ジョーンズの猫背の姿を見送っていて、ミセス・パワーズは『あら』と言った。いまはじめて彼女はエミーが洗い物をかかげる姿を認めたのだ――ギリシャ仮面劇のようにお定まりの動作をしているエミーの姿を。

彼女はジョーンズがエミーのほうに近づくのを見まもった、それからエミーの様子――彼の足音を聞いたエミーが洗濯物を半ばかかげたお定まりの姿勢で動きをやめ、ねじった体のまま頭をまわしかけて……。あの色情狂め、とミセス・パワーズは思い、後から行って邪魔すべきかどうか思いまどった。でも、そんなことが何の役に立つかしら？　彼はまた後で戻ってきてエミーにいちゃつくだけだわ……彼女は視線をそらした、そしてギリガンが近づいてくるのを見た。彼はやにわに言いだした――

「あの馬鹿娘――おれの考えを言ってもいいかい？　あの娘は――」

「どの娘のこと？」

「なんて名だったっけな、ソンダーズだ。あの娘、なにかにおじけづいてるようだぜ。なんだか困った罠にでも落ちこんじまって、そこから出るために中尉を大急ぎで手に入れなくちゃ、と思いこんでるみたいなんだ。えらくびくついてる。まるで魚みたいにバタバタしてるんだ」

「ジョー、あんたはどうして彼女をきらうの？　あんたは彼とあの子を結婚させたくないのね」

「いや、そうじゃないんだ。ただ、あの娘がしじゅう決心を変えるだろ、あれが我慢ならないんだ」彼は煙草をさしだし、彼女がそれを断わると自分のものに火をつけた。

「焼餅をやいてるのかな、おれは」と彼はしばらくして言った、「そんなに望んでもいないのに結婚できる中尉を見てると、やけるのかなあ、こっちは自分の恋しい女がまるっきり……」

「あら、ジョー、あなたは結婚したがってるの？」

彼は相手をじっと見つめた。「そんな言い方はやめてくれよ。こっちの言う意味、わかってるはずだろ」

「あらまあ、一時間に二度もだわ」相手の視線があまりにも沈着で真剣だったので、彼女は急いで眼をそむけた。

「あの男は何なの？」と彼女はたずねた。自分のドレスから花をはずして彼の上衣の襟の折返しにつけた。

「ジョー、あの獣《けだもの》、なんのためにここをうろついてるの？」

「誰だい？　獣って誰のことだい？」と彼女の視線をたどり、「ああ。あの野郎か。いつかあいつをたたきのめしてやる。別に理由はないが、ただしつけからだけでも、そうする値打があるよ。どうも好きじゃねえな、あいつは」

「あたしも。あんたがたたきのめすところ、見たいくらいだわ」

「君にちょっかいでも出して悩ましたのか！」と彼は素早くたずねた。彼女は落ち着いた視線を返した。

「彼にそんなことができると思う？」

「そのとおりだ」と彼はうなずいた。彼は再びジョーンズとエミーを見やった。「そう言えば、ソンダーズの娘はあの男がまといつくままにしておくんだ。あんな男と平気でつきあうやつなんて、どんな人間にしろいやだね」

「そんなことないわ、ジョー。あの娘は若くて、それに少しばかり男についてはお馬鹿さんなだけよ」

「もしそれがあんた流の品のいい言い方だというんなら、賛成してもいいさ」黒い髪にかこわれた滑らかな頬を眼でなでながら、「もしもあんたが、自分は結婚する気があると相手の男に知らせるつもりなら、そんなに男をやきもきさせる態度はしないだろうよ」

彼女が庭の向うを見つめたままでいると、彼は繰りかえした、「マーガレット、そうだろ？」

「あんたも、やはりお馬鹿さんのひとりなのね、ジョー。ただ、あんたは優しいお馬鹿さん」相手の熱烈な視線を見つめ、相手の口が、マーガレット？　と言うのを聞くと、彼女はその強い手を素早く彼の腕にかけた。「ジョー、やめて。お願いだから」

彼は両手をポケットにぐっと突っこみながら身を転じた。二人は黙ったまま歩きだした。

4

春がそよ風のように老牧師の薄い髪をなでている、というのもいま彼は頭を高くあげたままヴェランダの上を闊歩《かつぽ》しているからで、その様子はまるで老いた軍馬が、久しぶりに勇壮な進軍ラッパの響きを聞いたときのようだ。小鳥の群れは芝生の上を横切り、樹から樹へと弧を描いて渡り、家の角にある一本の樹は狂奔したようにその裏白の葉をいっせいに上へ向けて立ちすくむ――その樹と牧師はともに陶酔した姿で対面する。勝手口からの小道をひとりの友人が仏頂面でやってくる。

「ジョーンズ君、お早う」と言う牧師の大声に格子塀の藤蔓にいた雀どもがぱっと飛び散る。その声に角の大樹はまたも耐えがたい陶酔に襲われて、すべての輝く葉を銀色の空へ向けていっせいにはためかす。

ジョーンズは、自分の手をなでさすりながら、ぶよついた怒りとともにゆっくり『お早うございます』と答えた。踏段をあがってゆくと、牧師はまさに欣喜《きんき》雀躍《じやくやく》といった様子で言う。

「さあ、素敵なことを話すから、わたしらをお祝いしておくれ。うん、元気だよ、君、とても元気だ。さよう、とうとう何もかも整ったんじゃよ。お入り、お入り」

エミーがヴェランダへと争うように駆けあがってきた。「アンクル・ジョー」と彼女は言いながら、ジョーンズに向って勝ち誇ったような視線を走らせた。ジョーンズは自分の手をなでながら彼女をにらんだ。（こいつ、きっと痛い目にあわせてやるぞ）

「ええ？　何だね、エミー？」

「ソンダーズさんからお電話です――今朝はお会いできるかどうかって」(あんた、わかったろ！ あたいにちょっかい出すとどうなるか！)

「ああ、そうか。ジョーンズ君、ソンダーズ氏は結婚の手筈《てはず》を相談に来るというんだよ」

「そうですか」(お前、いまにみてろ)

「なんと返事しますか？」(できると思うんなら、やってみな。どうせろくなことできやしないんだから――このでぶの蛆虫《うじむし》！)

「うん、わたしのほうこそ電話するつもりじゃった、と言っておくれ。ほんとにそうじゃった。ああ、ジョーンズ君、今朝のわたしらはみんな祝福してもらえる身なんだよ」

「そうですね」(この浮気女！)

「エミー、ぜひとも、とそう言っておくれ」

「はい」(あたいはやるって言っただろ！ あたいに手を出すなと言っただろ。ごらんよ、わかったかい？)

「それから、エミー、ジョーンズ君が昼を一緒にするからな。いよいよお祝いが始まりだ、そう思わんかね、ジョーンズ君？」

「そのとおりですね。ぼくらはみんなおめでたを持ってるわけです」(だからますます癪《しゃく》にさわるんだ。あの女がやるって警告したのに、それをやらせちまうなんて！ おれの手をドアではさみやがるなんて！ こん畜生め！)

「はい。もしジョーンズさんがいたいというのなら、どうぞ」(あんたなんか地獄におちな。) エミーは再び勝ち誇った視線を彼に走らせ、お別れの一発としてドアをばたんと閉めた。

牧師は重々しく、少年のように嬉しげに、歩きまわった。「ああ、ジョーンズ君、わたしの子もあんな若いうちから、もう自分の生活を限定し、あの喜ばしい荷厄介の存在の気の向くままに、あちこちと動かされるようになるんだよ！　女というものはな、いいですか、自分の心がどう動くか知らん者だからこそ魅力的な存在なんです。ところが男はみんな自分の心がどう動くか知っている。だから男性とは退屈な存在なのです。たぶんだからこそ、男は女を好むが、それでいてまた、女を長くは我慢できないものなんだ。ジョーンズ君、君はどう考えるね？」

手をさすりながら陰気に黙りこんでいたジョーンズは、しばらくしてから言った――

「さあ、どうですかね。しかし、あなたの息子さん、女にかけては異常に運がよかったですね」

「と言うと？」牧師は興味をみせて言った、「どういう点でかね？」

「そのう、（たしかあんたの話だと、彼は一度エミーと関係したそうだね）そのう、彼はもうエミーを覚えていないし、（あの女め――ドアをばたんとやりやがって）そしていまは別の娘と関係するときになってもその娘に眼をやることさえしないですむんですからね。こんなに女運のいい男性はいないでしょうね」

牧師は一瞬、相手を鋭く親しげに見やった。「ジョーンズ君、君はいまだに若者の特質のいくつかを保有しておるんですな」

「どういう意味です？」とジョーンズは相手の逆襲にあわてて反発しながら言った。一台の車が門の前に着き、ソンダーズ氏を降ろすと走り去った。

「とくに目立つ点を一つあげると、さほど重要でないことにたいして不必要に残忍になることですなあ。ああ」と彼は眼をあげてから言葉をつづけ、「ソンダーズさんがおいでだ。失礼しますよ。庭に出ればミセス・パワーズとギリガン君が見つかると思うが……」と訪問者を迎えながら肩ごしにこう言った。

ジョーンズは執念深い怒りとともに、二人が握手するのを見やった。二人に無視されたまま、意地悪くその横をうろつきながら自分のパイプをさぐった。それが見つからず、あちこちのポケットをたたいて捜しながら、低い声で罵った。

「わたしのほうから今日はお電話するつもりでしたよ」と牧師は親しい態度で訪問者の肘《ひじ》に手をかけた。「さあ、お入りください、どうぞ」

ソンダーズ氏は背中を押されるままにヴェランダを横切った。きまり文句の応答をつぶやきながら、牧師は彼を扇型の欄間のある玄関からなかへ、そして暗い廊下を通って書斎へと導いていったが、その間も牧師は相手の訪問者がぎごちない控え目な態度でいることに気づかないのだった。客のために椅子をひとつ持ちだし、自分はデスクの前の自分用のものに腰をおろした。窓のむこうにはあの樹の下の部分が見えたが、それだけでも、見えない部分が絶えざる陶酔感に浸って銀色の葉裏を逆立てているにちがいないと想像できるのだった。

牧師の回転椅子は軋《きし》りながら傾いた。「ああ、そうじゃった、あなたは葉巻をお吸いでしたな。マッチはあなたの肘のところにありますよ」

ソンダーズ氏は指にはさんだ葉巻をゆっくりまわした。しまいに気を取り直して、火をつけた。

「どうやら、わたしらの代りに若い者たちが自分で事を運んどるようですなあ」と牧師はパイプをくわえたまま言った。「正直に申して、わたしは前からそれを願っておったし、きっとそうなると期待しておった。

ただしドナルドの状態を考えると、それを主張する気にはなりませんでした――ところがセスリーが自分から事を運ぼうと――」

「え、そうですな」とのろい口調でソンダーズ氏は同意した。牧師は気づかなかった。

「この話については、あなたは絶えず援護してくださったですな。ミセス・パワーズがあなたの言ったことをすっかり教えてくれましたよ」

「え、そのとおりです」

「それに、ですな、わたしはこの結婚が、どんな医薬よりも有効だと信じておるんですよ。これはわたしの考えではないんです」と彼は素早い弁解をつけ加え、「率直に言って、わたしは少し懐疑的でおったんです、しかし、ミセス・パワーズとジョー――これはギリガン君のことですが――この二人が事を押し進めましてな、それにアトランタ市からきた外科医がわたしらみんなを納得させたんです。セスリーはドナルドのために尽すことができる――誰よりもとまでは言えぬにしろ、誰にも劣らず彼のためになれる人だ、と保証してくれた。いまの言葉は、全く正確とは言えんが、あの医者の言ったままのものでしてな。それでいま、彼女があんなにも望む以上、そしてあなたと母上のお二人も賛成なさっている以上は……まったく、あなた」と彼は訪問客の肩をたたきながら、「まったくのところ、わたしの息子は一年もすれば見違えるようになりますよ、これには賭けをしてもかまわんくらいですよ！」

ソンダーズ氏は葉巻にうまく火をつけるのに苦労していた。むやみと端を嚙み切り、やがて自分の頭を煙のなかにつつみながら、思い切って言った、「どうもわたしの妻のほうがまだ少しばかり疑念を持っていましてねえ」彼は手で煙を追い払った、そして牧師の巨大な顔が灰色に静まり返ったのをみとめた。「そのう、反対する、というほどではないんですが」と彼は急いで弁解するようにつけ加えた。いまいましい妻だ、わたしをよこす代りに自分で来たらいいんだ！

聖職者は一度だけ舌で小さな音をたてた。「どうも、困りましたなあ。これは予期していませんでした」

「いや、なんとか妻を説得できるでしょう、あなたとわたしの二人でね。それに娘もこちらの側におるんですから」彼は自分自身の躊躇の心を忘れていた――娘が誰とにせよ結婚するのを自分は望んでいないのだ、ということを度忘れしていた。

「どうも困りましたなあ」と牧師は情けなさそうに繰りかえした。

「妻はけっきょく同意するようになると思いますね」とソンダーズ氏は急いで嘘をついた。「ただ要点はですね、妻としてもまだ、結婚の基礎ができとるかどうか、確かでない気持なんですな、なにしろドナ――セスリーの――セスリーの年が若いですからねえ」と思いつきの言葉で切りぬけ、「しかし実際はそんなこと問題じゃありません。わたしがこの点を持ちだしたのも、話を進めるために理解し合いたいからでしてね。なによりも事実をすべて了解し合うのが大切だと思うんですが、いかがですか?」

「ええ、そうですとも」牧師は自分の煙草の火に苦労していた。彼はパイプを傍に置き、向うへ押しやった。立ちあがり、敷物の上にある踏み跡ぞいに重々しく歩きまわった。

「申しわけありません」とソンダーズ氏は言った。

(これが息子のドナルドだった。彼は死んだのだ)

「いや、大丈夫ですとも。わたしらは小さな心配ごとにくよくよしすぎとるんですよ」と牧師はしまいに確信もないまま声をあげた。「あなたの言ったように、もしも娘さんがドナルドと結婚したいのでしたら、この娘さんの気持は母上も無視できんでしょうからな。どうしたらよいでしょう? あなたの奥さんを訪問しましょうか? たぶん彼女は状況を理解しておらんのです、すなわち——そのう、二人が互いに非常に好んでいるということなどをね。奥さんはドナルドが帰還してから、まだ一度も彼に会っておらんし、それに、ほれ、いろんな噂が立つもので……」(これが息子のドナルドだった。この子は死んだのだ)

牧師は普段着の黒い服のまま大きくぶよついた姿で立ちどまり、相手に訴えかけた。ソンダーズ氏が椅子から立ちあがると、彼は逃げられまいとして、その腕をとった。

「そうですとも、それが一番じゃ。はっきり決定を下す前に、とにかく二人で奥さんに会って、ようく話し合いましょう。ええ、そうですとも」と牧師は繰りかえし、確信が失われるのを防いでなんとか気持を引き立てながら、「じゃあ、今日の午後にでもいかがです?」

「今日の午後に」とソンダーズ氏は同意した。

「さよう、それが最も適切な方法ですな。きっと奥さんはまだ理解しておらんのだと思いますね。あなただって奥さんが充分に理解しとるとは思わんでしょう、どうですか?」(これが息子のドナルドだったのだ。この子は死んだのだ)

「ええ、そうですとも」とソンダーズ氏は相槌《あいづち》を打った。

ジョーンズはついに自分のパイプを見つけ、痣《あざ》のできた手をさすりながら、煙草をつめてそれに火をつけた。

5

彼女は一軒の店でウォージングトン夫人と出会い、二人は李《すもも》を漬ける相談をした。それからウォージングトン夫人はさよならを言い、よたよた歩きでゆっくり自分の車へ向った。黒人の運転手が敏速だが機械的な動作で彼女を助け、ドアを閉めた。

あの人よりもあたしは元気だよ、とバーニー夫人は嬉しげに考えながら、相手の痛風病みらしい痛々しい動きを見まもった。あの人は金持だし車があるけどね、と彼女はつけ加え、自分の意地悪さに気分をよくし、自分の骨の痛みは押し殺しながら、金持の夫人よりも元気そうに歩きはじめた。あの人はお金を持っているけれどね……。その時むこうから牧師館に滞在しているあの妙な女がやってきた――彼ともう一人の男と一緒にこの町へやってきて、噂の種になっている女だ。それもそのはずさ、みんなはあの女が彼と結婚するものと思ってたのに、彼のほうであの男好きのソンダーズの娘に乗り換えちまったんだもの。

「そういえば」と彼女は嬉しげな好奇心に満ちて言いながら、白くて落ち着いた顔をのぞきあげた――相手の女は黒髪の背の高い姿に黒い服をつけ、袖と首のカラーだけは純白に輝いている。「ひとの話だとあんたのいる家ではお祝い事があるそうだね。本当にドナルドにはよかったねえ。あの子はとても彼女に優しいだろ、ええ？」

「ええ。あの二人は長いこと婚約していたんですからね」

「そうさ、そのとおりさ。でも町の人はみんな、あの娘が彼を待ってるなんて思わなかったんだよ。ましてやあんなに病気で傷だらけになったあの子をね。娘のほうはあれからいくらでもチャンスがあったんだからね」

「人って本当ではないことをいろいろ考えつくものですわ」とミセス・パワーズは彼女をたしなめた。しかしバーニー夫人は自分の言葉にだけ気をとられていた。

「ほんとにさ、あの娘はうんとチャンスがあったんだよ。もっともその点では、ドナルドだってそうさ、そうじゃないかね?」と彼女はずるい問いかけをした。

「わかりませんわ。ご存じでしょうけど、あたしは彼を長くは知ってないんです」

「ああ、そうかね? 町の人はみんな、あんたと彼が古い馴染《なじ》みだと思ってるんだよ」

ミセス・パワーズは、空気を通さぬ喪服にきっちりと包まれた姿を見下ろしたまま、返事もせずに立っていた。

バーニー夫人は溜息をついた。「なんといっても、結婚は素敵だよ。あたしの息子は結婚せずじまいさ。今頃はまだ結婚してなかったかもしれないがねえ——娘っ子はみんなあの子に夢中だったよ、ただ若すぎたから戦争に行っちまったけど」彼女の眼にあった淫らな好奇の色がふと消えて、「あんた、あたしの息子のこと聞いたろ?」遠い思い出の眼つきになってたずねた。

「ええ、聞きました、マーン牧師が話しましたわ。その子はとてもいい兵士だったそうですね、そうでしょ?」

「ああ。それなのにあの連中は、まわりに人がいるのにあれを殺しちまったんだよ——誰ひとりあの子を助けようともせずにね。せめてあの子を女連中が世話できるところまで連れてってくれればいいものをねえ。

あの連中、先に帰ってきて、好きなだけ威張りちらしてるのさ。あの将校ども、息子さんには指一本ささせやしませんからなんて言ったくせに！」涙の浮いた青い両眼が静かな広場を見渡した。しばらくすると彼女は言った——「あんたは戦争で愛する者を失ったりしなかったろ、どう？」

「ええ」とミセス・パワーズは優しく返事をした。

「そうだと思ったよ」と相手は苛立たしげに言いたてた。「あんたはそうは見えないもの、背が高くてきれいでね、もっともその点ではほとんどの人が同じだけれどね。うちの子はとても若くて」と彼女は言い続け、「とても勇敢だった……」自分の傘をいじりながら、やがて彼女は気を取り直して言った——

「とにかくマーンの息子は帰ってきた。ほんとによかったよ。そのうえ嫁もとるというんだからね」またも淫らな好奇心に取りつかれて、「あの子は大丈夫なんだろうね？」

「大丈夫？」

「その、その結婚には、という意味さ、彼はあの——ほら、ただ——なにしろ男って、もしあれなら女をごまかしちまうわけにはいかないから——」

「さようなら」ミセス・パワーズは素っ気なく言って、相手を残したまま立ち去った——そして相手はきっちりとした体を空気の通さぬ黒の喪服に包み、その木綿の傘を、あくまで降服しまいとがんばる旗のように握りしめていた。

6

「あんたは馬鹿よ、阿呆よ、目が見えない男と結婚するなんて、何一つなくて、死んだも同然の男と」

「彼は違うわ！　彼は違うわ！」

「違うんだったらどう違うというの？　カリー・ネルソン婆やがこの間ここに来たけど、白人があの子を殺しちまったと言っていたよ」

「黒人の言うことなんか意味がないこと、知ってるでしょ。自分が見舞いするのを邪魔されたもんで、そんなこと言ってるんだわ――」

「そんな馬鹿な。カリー婆やはあたしにも見当つかないほど子供を育ててきたんだよ。彼が病気だと彼女が言うんなら、彼は本当に病気なんだよ」

「かまわないわ。あたし彼と結婚するつもりよ」

ソンダーズ夫人は離れていても聞えるほどの溜息をついた。セスリーはその前で、強情に顔を赤らめたまま立っている。「いいかね、お前。あの子と結婚したりしたら、お前は自分を投げ棄てることになるんだよ、すべてのチャンスも、若さも美しさも何もかもね、お前を好きな男たちをみんななくすんだよ――お似合いの夫婦になる男もなにもかも放りだすんだよ」

「かまわないわ」と彼女は強情に繰りかえした。

「いいかい、相手に選べる者はたくさんいるんだよ。お前だったら、いくらでもいるんだよ――それにアトランタ市で大きな結婚式を挙げ、付添いにお前の友達をみんな呼んで、衣裳やら新婚旅行やら……お前はそういうものをみんな投げ棄てるんだよ。お前のお父さんとあたしがさんざ心配してやった末なのに」

「かまわないわ、あたし彼と結婚するつもりよ」

「でも、どうしてだい？ お前、彼を愛してるのかい？」

「ええ、そうよ！」

「あの傷もかい？」

セスリーの顔は母親を見つめたまま青ざめた。その両眼は黒くなり、かすかに片手をあげた。ソンダーズ夫人はその手をとり、さからう娘を膝の上に引き寄せた。セスリーは突っぱって争ったが、母親はしっかりと押え、その頭を自分の肩に寄せつけて、その髪をなでた。「ごめんよ、赤ちゃん。あんなこと言うつもりではなかったの。でもね、本当のことを話してよ」

彼女の母親のやり方は狡猾といえた。セスリーは怒りのなかでもこの点を悟ったが、しかし年を重ねた女の術策は怒りという娘の抵抗力を解体させた――セスリーは、自分が泣きそうになるのを覚えた。泣いたらすべてがおしまいになる。「放してよ」と彼女はもがきながら言い、母親のずるいやり方を憎んだ。

「ねえ、静かにおし。そうよ、ここに横になって本当の話をしてよ。あんたには何かの理由があるはずだよ」

セスリーはもがくのをやめ、ぐったりとなった。「理由なんかないわ。ただ彼と結婚したいだけよ。放してよ、お願い、ママ」

「セスリー、お父さんがそんな考えをお前の頭に押しこんだのかい？」

セスリーは頭を振り、母親のほうはその顔を上に向けさせた。「あたしをごらん」二人は互いに見つめ合い、ソンダーズ夫人が繰りかえした――「あんたの本当の理由を言ってごらん」

「言えないわ」

「言いたくない、という意味かい?」

「お母さんには話せないのよ」彼女は不意に母親の膝から滑りおりたが、母は膝をついた姿勢の娘をそのまま押えつけた。「言わないわ」と彼女はもがきながら叫んだ、母親はそれをしっかりと押えつけた。「母さん、痛いわよ!」

「言いなさい」

セスリーは自分をもぎ離して立った、「話せないのよ。ただ彼と結婚するほかないのよ」

「結婚するほかない? それ、どういう意味だい?」母親は娘をじっと見つめ、次第にマーンについての古い噂、彼女がすっかり忘れていた噂話を思いだしはじめていた。

「彼と結婚するほかないって? ということはお前が――あたしの娘ともあろうものが――目が見えない男と、何もなくて、乞食のような男と――?」

セスリーは母親に視線をそそぎ、その顔は火のように燃えた、「そんな考えを――母さんの言うのは、それじゃ――ああ、もうあたしの母さんじゃないわ――もう誰かほかの人なのよ」突然彼女は子供のように泣いた、口を大きくあき、顔を隠しさえせずに泣いた。身をかえして走りはじめた。「あたしに二度と口をきかないで」と喘《あえ》ぎながら言い、なおも泣きつつ階段を走りあがった。やがてドアがばたんと鳴った。

ソンダーズ夫人は坐ったまま、指の爪先で物憂げに歯をたたきながら、考えこんでいた。しばらくすると立ちあがり、電話の所へゆくと、ダウンタウンにいる夫を呼び出した。

7

いくつもの声

町の声

あの女はせっかくここまで彼にくっついてきたのに、彼のほうで別の娘をつかんじまったんだぜ。彼女、どんな気持でいるのかな。おれがソンダーズの娘だったら、自分の女を家まで引っぱってきたような男とは結婚しねえよ。それにあの新しい女、これからどうする気だろう? ここから出てって別のを捜す、というわけかな。彼女、これにこりて、今度はまともな男をつかむといいがなあ……あの家じゃあ妙なことが始まったもんだなあ、それも主人は聖書の説教をする人だぜ。たしかに彼は監督教会派《エピスコパル》ではあるけど、それでも牧師だぜ。もし彼があんなに人のいい人間でなかったら……

ジョージ・ファー

そんなこと本当なもんか、セスリー、ねえ、スイートハート。そんなこと、ひどいぜ、ひどすぎる。君の体が水溜りの分れるようにほっそり長いのを知った後で、いまさら……

町の声

あのマーンのところの息子、あの負傷をしたの、あれとソンダーズの娘とが結婚するそうだねえ。うちの妻は絶対にしないなんて言ってたけど、おれはいつもこう言ってたんだ……

バーニー夫人

男たちって、なにも知らないんだよ。あの子の世話だって、もっとできたはずなんだのにねえ。あの子はすっかり満足してるなんて手紙よこしたくせに……

ジョージ・ファー

セスリー、セスリー……これじゃあ死んだ方がいい……

町の声

マーンと一緒に来た兵隊がいるだろ。たぶん今度は彼女、あの男をつかまえるぜ。それとも自分でつかまえる必要もねえか。男のほうは早速に手を出しちまってるかな、もう。そうだろ、君だってそうだろ？　あの女とならな。

マドン軍曹

パワーズ。パワーズ……男の顔はひらめく火炎に貫かれた蛾のように見えた。パワーズ……彼女は運がないんだ。

バーニー夫人

デューイ、あたしの息子……

マドン軍曹

いいや、奥さん、彼は立派でしたよ。隊ではみんなできるだけのことはして……

セスリー・ソンダーズ

ええ、そうよ、ドナルド。あたしはきっと、きっと、ドナルド、そのかわいそうな顔に慣れるわ！ ジョージ、あたしの愛する人、あたしを連れてって！

マドン軍曹

ええ、彼は立派でしたよ……恐怖の悲鳴をあげながら射撃台に立っていた男。

ジョージ・ファー

セスリー、どうしてそんなことができるんだ？　ひどすぎやしないか？

町の声

あの娘……もう彼女は誰かの手につかまってもいい頃さ。裸同然の姿で町のなかをのし歩いてるんだからな。相手の男が目が見えない奴でよかったぜ、そうだろ？
女のほうでも、彼が目が見えないままでいてくれと願ってるんじゃねえかい？

マーガレット・パワーズ

いいえ、だめ、さよなら、いとしい死んだディク、醜い死んだディク……

ジョー・ギリガン

彼は死にかけてるんだ、そして自分が欲しくもねえ女を手に入れてる、ところがこのおれは死にかけてもいねえのに……マーガレット、おれはどうしたらいいんだ？　なんと言ったら君は承知するんだ？

エミー

ここにおいで、エミー、と言ったわ。ああ、あたしのところへおいで、ドナルド。でもあの人は死んじまった。

セスリー・ソンダーズ

ジョージ、あたしの恋人、かわいそうな、いとしい人……あたしたちが何をしたと言うの？

バーニー夫人

デューイ、デューイ、とても勇敢で、とっても若くて……

（これが息子のドナルドだったのだ。彼はもう死んでるのだ）

8

ミセス・パワーズはソンダーズ夫人のいぶかるような眼を浴びながら階段を昇った。ソンダーズ夫人は冷たくて、ほとんど不作法な態度だったが、それでもミセス・パワーズは自分の主張を通し、母親の指し示した方角からセスリーの部屋を察して、そのドアをノックした。

少ししてから彼女は再びノックをし、こう呼びかけた――「ミス・ソンダーズ」

またもその沈黙は静まりかえった緊張を示し、それからセスリーの声がドア越しにかすかに聞えた――

「行ってちょうだい」

「お願い」と彼女は言い張った。「少しでいいからあなたと会いたいのよ」

「いいえ、いや。行っちまって」

「でも、あなたに会わねばならないのよ」返事がなく、彼女は続けた。「お母さんには今お話ししたわ、それからマーン牧師にもね。あたしを中に入れてちょうだい、いいでしょ?」

彼女の耳には動きが聞えた、ベッドの音だ、それからまた沈黙。馬鹿な娘、顔にお化粧をしてるんだわ。でもあたしでもそうするかな、と彼女は自分に言った。ドアがその手の下で開いた。

白粉《おしろい》はただ、その涙のあとをことさらに目立たせていた、そしてセスリーはミセス・パワーズが部屋に入ると、くるりと背を向けた。ベッドには人の寝たあとの窪みや皺くちゃな枕が見え、ミセス・パワーズは椅子をすすめられないままベッドの端に坐った、そしてセスリーは部屋の向うで、一つの窓によりかかって外を見つめながら、ぞんざいな調子で言った——「なんの用なの？」

　この部屋はなんとこの娘と似ているんだろう！　と考えながら訪問者はあたりを見まわした、——三面鏡のついた薄い楓《かえで》材の化粧台には薄いガラス瓶などがごたごたと並び、椅子には柔らかい服が乱雑にかかり、床にも落ちている。箪笥の上には小さな写真が額に入っている。

「見てもいい？」と直感的にそれが誰かを悟りながら彼女はたずねた。セスリーは強情に背を向けたままでいて、その薄くてふんわりした服を通して窓からの光が流れこみ、その細い上半身をむきだしにしていた。返事がないままミセス・パワーズは近寄り、ドナルド・マーンの写真を見た——それは汚れたチョッキの前をはだけて着て、帽子もかぶらずトタン板の塀の前に立っていて、あきらめた小犬を首輪のあたりでつかんで、ハンドバッグのように下げている。

「これ、いかにも彼らしい姿ね、そうじゃない？」と彼女は批評した、セスリーはぞんざいに言った——「あんた、あたしに何の用があるの？」

「あなたのお母さんもそのとおりたずねたわ。彼女はあたしが邪魔をしにきた、と思っているらしいわ」

「だって、そうなんでしょ？　誰ひとりあんたにここへ来てなんて頼まないのよ」セスリーは振りむき、その尻を窓べりにもたせた。

「でも許可が下りている以上は、妨害してるとは思わないわ。そうじゃない？」

「許可が下りてる？　誰があんたに邪魔しろなんて頼んだの？　ドナルドがしたというわけ、それともあたしを嚇《おど》かして追っ払うつもり？　ドナルドが助けてくれとあんたに頼んだなんて言う必要ないわよ、どうせ嘘にきまってるんだから」

「でもそんなこと言う気はないのよ。だって、あたしはあなたたち二人を助けようとしてるんだから」

「あら、あたしと対抗する気なんでしょ？　誰も彼もあたしの反対にまわるのよ、ドナルド以外はね、あんただって彼を閉じこめてるんだわ。まるで――囚人みたいに」彼女は素早く向うへ振りかえり、その額を窓に押しつけた。

ミセス・パワーズは坐ったまま静かに彼女を眺めやった。セスリーのほっそりとかよわげな肉体は、愚劣な服の下で透けて見えた――服といってもそれは蜘蛛の巣のように薄いものであり、それにふさわしいレースのスリップを着ていて、靴下の長いひそかな輝きがおわるあたりから体がむきだしで……もしチェリーニ（一五〇〇―七一。イタリアの芸術家―訳注）が隠遁僧にでもなったら、彼はこんな姿を想像するかしら、とミセス・パワーズは考え、いっそ相手の裸姿を見たいものだとぼんやり望んでいた。しまいに彼女はベッドから立ちあがり、窓のほうへ歩み寄った。なおも強情に顔をそむけて涙をこらえているセスリーの肩にさわり、「セスリー」と静かに言った。

その緑色の眼に乾いた固い表情をみせつつ、セスリーは気取った小さな足どりで素早く部屋を横切った。ドアを開け、それを押えたまま立った。窓ぎわにいたミセス・パワーズはその暗示を受けつけなかった。この娘、一度でも我を忘れて熱中したことがあるのかしら？　と考えながら、彼女は相手が腰をくねらせた計算した優雅な姿勢で立っているのを見まもっていた。セスリーの眼はその視線に挑戦するかのように、傲慢で見下すような軽蔑の色をみせた。

「あなたは出ろと言われたのに、なおも部屋に残る気なの？」と彼女はその嗄《しわが》れた声を口早く冷たく明確に区切りながら言った。

ミセス・パワーズは、ああ下らない、なんの役に立つかしら？　と思いながら動いてゆき、ベッドの脇に身を寄せて立った。セスリーは姿勢を変えもせず、出てゆけと強調するためにドアを動かした。静かに立って、相手が自分のひ弱さを計算の上で見せつけていると観察しながら、(この娘の両脚はたしかに素敵だわと彼女も認めた。だけどどうしてこんなに気取ったポーズをとるのかしら？　あたしは男じゃないのよ。)ミセス・パワーズは片手でベッドの滑らかな木部をなでていた。不意に相手はドアをばたんと閉め、窓の所へ戻った。ミセス・パワーズはその後に続いた。

「セスリー、二人で物わかりよく話すことはできないかしら？」娘は返事もせず、相手を無視したままカーテンを指で握りつぶしていた。「ミス・ソンダーズ、どう？」

「どうしてあたしをほっといてくれないのよ？」とセスリーはだしぬけにわめき、食ってかかった。「あのことはあんたと話したくないのよ。何であたしのところなんか来るの？」その眼は暗い色になっていてもはや固い石のようではなかった。「彼が欲しいんだったら、取ったらいいのよ。あんたのほうがチャンスはいっぱいあるんでしょ、あたしが会えないように閉じこめることさえできるんだから！」

「でもあたしは彼を欲しくないのよ。ただ彼のために事を滑らかにしようとしてるのよ。わからないの？もし彼を欲しかったら、あたし、この町へ連れてくる前に彼と結婚していたはずでしょ？」

「それをやろうと思って、やりそこなったんだわ。だから結婚しなかったのよ。あら、そうじゃないなんて言わないで」と彼女は相手が口をきくのを恐れるかのようにしゃべりまくった。「あの最初の日に、あたし、そうと見てとったわ。あんたが彼の後を追っかけてるとね。もしそうじゃないのだったら、どうしてこの町に居すわってるの？」

「あなたはそんなこと本当じゃないと知ってるでしょ」とミセス・パワーズは冷静に答えた。

「それなら、どうして彼にこんなに興味をもつのよ、もしあんたが彼に恋していないというんなら?」

(これじゃ手におえないわ。)彼女は相手の腕に手をかけた。セスリーは素早く身を縮めたので、彼女はまたベッドへよりかかる姿勢をとった。彼女は言った——

「ドナルドのお父さんは期待してるんだけれど、あなたのお母さんは結婚に反対なのよ。あなたはお母さんの反対を押し切ってやれる自信があるの?」(そしてあんた自身の気持を押し切ってまで?)

「あんたの忠告なんか欲しくないわ」とセスリーは顔をそむけたが、彼女の高慢さや怒りはすでに消え去り、その代りに見えすいた頼りなげな絶望感があった。その声さえ、その態度全体さえ変っていた。「あたしがどんなに惨《みじ》めだか、わかってほしいわ」といかにも哀れな声だ。「あんたに失礼なことするつもりじゃなかったわ、でもどうしていいかわかんないのよ、わかんないのよ……あたし本当に困ってるの——あたしにはとても恐ろしいことがおこったの。お願い!」

ミセス・パワーズは娘の顔をみると、すぐに傍に近づき、その細い両肩に腕をまわした。セスリーは相手を避けながら、「お願い、お願いだから、行ってよ」

「本当のことを話してくれない?」

「いや、だめ、話せないのよ。お願いだから——」

二人は話を止め、耳をすました。足音が近づいてきて、ドアの向うに止った——ノックがあり、それから父親の声が彼女の名前を呼んだ。

「はい?」

「マーン牧師が下においでだ。お前は下りてこれないかね?」

二人の女は互いに見つめ合った。

「行きなさい」とミセス・パワーズが言った。

セスリーの眼はまたも暗い色になり、低くささやいた、「だめ、いや、いやよ!」と震えながら。

「セスリー」と父親が繰りかえした。

「はいと言いなさい」とミセス・パワーズはささやいた。

「はい、お父さん。行くわ」

「結構」そして足音が遠ざかり、ミセス・パワーズはセスリーをドアの方へひいた。娘は逆らった。

「こんな格好じゃ行けないわ」娘は我を忘れて言った。

「いいえ、行けるわ。それで大丈夫よ。いらっしゃい」

二人が部屋に入ったとき、ソンダーズ夫人が自分の椅子にまっすぐ形式ばって坐り、挑むようにしゃべっていた――

「ちょっと伺いますが、この――女性はなんの関係があるんでございますの?」

夫のほうは葉巻を噛んでいた。光線に当った牧師の顔はまるで灰色の虫食いだらけの仮面のようだった。

セスリーはその方へ走り寄った。「アンクル・ジョー!」と彼女は叫んだ。

「セスリー!」と母親が鋭く言った。「そんな様子で降りてきて、なんのつもりなんです?」

牧師は大きな黒い姿で立ちあがり、彼女をかき抱いた。「アンクル・ジョー!」と彼女は繰りかえして牧師にすがった。

「ねえ、ロバート」とソンダーズ夫人が言いはじめた。しかし牧師はそれをさえぎった。

「セスリー」と彼は言いながら娘の顔を持ちあげた。彼女は顎をひねってその顔をまた相手の上衣に押しつけて隠した。

「ロバート」とソンダーズ夫人は言った。

牧師は暗い口調で言った。「セスリー、みんなでこのことを話したんだが、わたしらの考えでは――あんたの母上や父上の考えでは――」

セスリーはその愚劣でむきだしな服のまま動いて、「お父さんも?」と叫びながら、父親をにらんだ。父のほうはその視線を受けとめえずに、ただ坐ってゆっくり葉巻をひねくっていた。牧師が言葉を続けて――

「わたしらの考えではあなたがただ――その、ただあなたが――みんなの言うところだとな、ドナルドは、セスリー、死にかかっているというのだよ」と彼は言葉を終えた。

若い木のようなしなやかさで牧師の腕から身をそらし、身をねじりながら、彼女は牧師の顔をじっと見つめ、「ああ、アンクル・ジョー! あなたもあたしを裏切っちまったの?」と熱狂して叫んだ。

9

ジョージ・ファーはこの一週間ずっと酔っぱらっていた。ドラッグストアの店員をしている友達の眼には彼が気が狂ったかと映ったものだ。町では噂の種になり、それが伝説化するほどになって、町の酔いどれ連中でさえ彼を尊敬の眼つきで眺めはじめたばかりか、前よりも親しい呼び方をし、彼の酔いっぷりに心酔するのであった。

その酔い方は、荒れ狂ったり陽気だったり愚痴っぽかったりしたが、また荒涼たる絶望感にさいなまれる期間もあった――それはかえって恐怖の極限の幸福感にも似ていて、檻《おり》に入れられた獣や、ゆっくりと責め殺されてゆく人間の味わう気持――いわばチクチクと同じ苦しみにたえずさいなまれているのだった。ただし、概して彼は酔いどれ程度の状態に自分を保っていた。彼女の体が裸のままやさしく分れて……もう一杯飲めよ……まだ彼女にちょっかい出しやがるんなら、おれはお前を殺すぞ……おれの女だ、おれの女なんだ……あの女の細い……もう一杯……ああ、ちぇっ、ちぇっ、……もう一度やさしく開かれて……もう一杯くれ、かまうもんか、ああ、ちぇっ、ちぇっ、ああ……

町ではもはや『お品のいい』人たちは彼に話しかけなかったが、しかし黒人・白人にかかわらず行きずりの知り合いや友達からは、彼ら流に愛され、いたわられたのであり、この傾向はまさしく小さな町特有の現象、いや、『ひがみ根性』を持った階層のいる所ならどこででも生れるものだとも言えた。

彼は安物のクロスのかかったテーブルにもたれ、揚げ物のにおいや騒がしい音のなかで、ガラスのような眼玉をして坐っていた。

『クロ――オヴァァァァ　ブラァァァサムズ、クロ――ヴァ　ブラァァァ――サムズズズ』(うまごやしの花の意―訳注)ひどい鼻声の甲高い歌、そのメロディを区切って小さな単調な音が規則的に割りこむ、――そのたびに時計仕掛けの爆弾が鳴るように――

クロ(カタ)ヴァ(カタ)ァァァ(カタ)(カタ)ブラ(カタ)ァァサ(カタ)ササササ(カタ)ァムム(カタ)ズズズ。

蓄音機のレコードのひび割れ音が無限連続に鳴るなかで、彼の横には新しい知り合いの二人が坐りこんで、喧嘩したり、唾を吐いたり、手を握りあって泣いたりしていた。

『クロ――ヴァァァ　ブラァ――サムズ』とそれは甘ったるい熱情たっぷりに繰りかえし、それが終りになると、彼らは汚ない料理場の裏にある汚ない路地へとって返してはジョージ・ファーのウイスキーをあおった。それからまた戻ると、もう一度はじめからレコードをかけ直し、互いに手を握りあい、さもなければ洗われぬ頬に惜しげもない涙を垂らすのだった。『クロォォォォオヴァ　ブラァァァァサムムムズズズズ……』

まことに淫欲とは索莫《さくばく》として厳しき所業なり、だ――いわゆる『淫楽の道』を得るためには、何よりもまず肉体的、精神的精力をきびしく要求されるのだ。これに比べれば『善良』でいようとすることなど、安易至極なことなのだ。『クロ――ヴァ　ブラ――サムズ……』

……しばらくして、彼は自分がさっきから誰かにこづかれていると気がついた。眼をこらしてみると、ようやく相手が店の主人だとわかった――幾週間も皿を拭いていたようなエプロンをぶらさげている。「なぁんのようだ?」と彼は酔いどれの力弱い挑み方でたずねた、そして店主はしまいに、彼への電話がかかっている、それも近所のドラッグストアからの電話だと了解させた。彼はひょろつきながら立ちあがった。

『クロ——ォォォォヴァ　ブラ——サムズ……』

ようやく彼は電話口へたどりついて全身をもたせかけ、どんよりした眼で、調剤用テーブルを照らす電球が求心円をいくつも描いて動くのを見つめていた。

「ジョージ?」彼の名を呼んでいる未知のその声には何かがあった。喘ぐような痛み——そしてその声は彼をゆさぶって、ほとんど正気に返すほどの力だった。「ジョージ」

「ジョージだよ……もしもし」

「ジョージ、あたしセスリーよ。セスリー……」

酔いは引き去る波のように彼から離れていった。自分の心臓が停止し、それからどっと鳴りはじめるのを感じ、それが彼の耳を占領し、眼もまたその血潮にくらむかのようだった。

「ジョージ……聞えるの?」(ああ、ジョージったら、ずっと酔っぱらってたんだわ!)(セスリー、おお、セスリー!)「うん、聞える!」受話器を握りしめ、そうすれば彼女が逃げ去るまいとでもいったように、

「ああ、セスリーか?　セスリー!　ジョージだよ……」

「あたしのところへ来て。すぐに」

「うん、うん、いまか?」

「来て、ジョージ、ねえ。急いで、急いで……」

「いいよ!」と彼はまた叫んだ。「もしもし、もしもし!」返事はなかった。彼は待ったが、応答はな

い。彼の心臓は激しい乱打をつづけ、咽喉《のど》には自分の熱くて苦い血の味を感じた。（セスリー、おお、セスリー！）

彼は店のなかを走った、そして処方箋を書いていた中年の薬剤師が瓶《びん》を片手にぼんやり驚きの視線を向けるなかで、ジョージ・ファーは咽喉元のワイシャツを押しあけると、水道の栓《せん》からほとばしる水に気が狂ったかのように頭を突き出した。

（セスリー、おお、セスリー！）

10

食卓の主人席に坐って自分の食事を弄んでいる牧師はいかにも老けて疲れきった様子だった。まるで体の筋のすべてがすっかり弾力性を失ってしまったかのようだ。ギリガンは例の気ままな食欲をみせて食べ、ドナルドとエミーは、エミーが手助けできるように並んで坐っていた。エミーはもはや彼を二度と自分の恋人にはしえなくなったのだから、せめては彼の世話をするのがエミーの楽しみだった、だからミセス・パワーズが代ろうかと申し出たときも頭から反対したものだ。彼女の知っていたドナルドは死んでいた、そしていまのドナルドは情けない身代りでしかなかったが、女の特性から、エミーもこの身代りを懸命に受け入れようとしていた。自分の食事は冷えてしまってから食べることにさえ、もう慣れてしまったほどだ。

ミセス・パワーズは坐ったまま二人を見まもっていた。何色とも言いようのないエミーの髪は、やつれたドナルドの頭のそばに熱心にかがみこんでいて、その労働に痛んだ手はまるで指先に眼がついているかのように、素早く優しく、彼の期待するものを選び、彼女の料理したその食物へと彼の手を導いた。エミーはどっちのドナルドのほうをよけいに愛しているのかしら？　とミセス・パワーズは考え、もしかすると彼女は前のドナルドをすっかり忘れ去り、いまはそれをただ悲しみの影としか思っていないらしいと考えた。それから彼女の心には驚くほど当然な結論が生れた――このエミーこそドナルドと結婚する人なんだわ。

もちろんそうだったのだ。なぜ誰ひとりこのことを考えずにいたのかしら？　それから彼女は自分に言いきかせた、――大体この出来事の起っている間、まともに考えたりした人なんて誰もいなかったんだわ、誰ひとりろくに知能を働かすことなしにすべてが進んできたんだわ。ドナルドがセスリー以外の誰とも結婚しない人間だと、誰も彼も思いこんでいた。みんなこれを厳然たる事実として受け入れ、あとは眼をしっかり閉じて口をあけたまま、まるで犬が吠えて走るように、まっしぐらに事を運んだんだわ。

でも、エミーは彼を受け入れるかしら？　あまりに負担を感じて、仰天して、意識過剰になってしまって、その後は今のように巧みに彼の世話ができなくなるかもしれない――今のエミーが分離している二つのドナルド――恋人と病人――この両者を混同させてしまってドナルドを困らせてしまうかもしれない？ジョーはこのことをどう考えるかしら。

彼女は全能の神のような客観的な眼つきでエミーの動きを見やった――ドナルドを包みこむようにしながら、それでいてけっして彼にさわらず、目立たぬ巧みさをもってドナルドを助けているエミー。とにかく彼女に訊いてみよう、とミセス・パワーズは自分のお茶をすすりながら考えた。

夜がおりた。雨蛙は昨夜の雨を思いだし、水滴の落ちるような単調な声をあげはじめた。草の葉や梢《こずえ》の葉は物体としての形を失って音響の形態をとりはじめた。大地の静かな吐息は快い眠りの前支度だ。昼には美しかった花々は夜とともに匂いの花房となる。家の角にある樹は、銀色の葉を絶えず揺すって身もだえる陶酔からいまは解放されている。すでにひきがえるがコンクリートの舗道にとびだし、そのひきずる腹の中へ、舗道に閉じこめられていた熱を吸いこんでいる。

牧師はだしぬけに自分の夢から覚めて、「いや、わたしらはまたも小さな心配でくよくよしすぎておるんだ。もし彼女がドナルドと結婚したいんなら、その家族だってまさかいつまでも首をふっているわけにいかんよ。彼らの娘がうちのドナルドと結婚するのに、なんの反対があるかね？　いいかね――」

「静かに！」と彼女は言った。牧師は驚いて彼女の方を見あげ、それから相手の警告の眼くばせがマーンの呆然《ぼうぜん》とした顔に向くのを認めて、了解した。彼女にはエミーの眼が驚きに見開かれるのを認め、すぐと立ちあがった。「あなたはもうおすみでしょ、いかが？」と牧師に言い、「書斎のほうに参りましょうか」

マーンは静かに坐ったまま顎を動かしていた。彼が今のことを聞いたかどうか、彼女には見当がつかなかった。エミーの背後を通り過ぎるとき、身を寄せてささやいた――

「あなたに話があるのよ、ドナルドには何も言わないで」

彼女の先に立った牧師は書斎に入ると電燈をまさぐった。「気をつけなければいけませんわ」と彼女は話しかけ、「彼の前で話す場合は、自分が何を言うか、お考えなさらないと」

「ああ」と彼はあやまったように同意した。「すっかり自分の考えに沈んでおったもんでな」

「そうだったとは思いますけど。でも彼が訊くまでは、彼に話す必要はないと思いますわ」

「それにそうはならんだろうね。彼女はドナルドを愛しておるんだ――だから彼と結婚することでは家族の反対も押し切るだろう。ふだんのわたしは若い娘が両親の願いを押し切ってするのを煽動するものではない、そんなことは好きではないんだが、しかしこの場合は……どうもわたしの主義が一貫しておらんとあなたは考えるかね、自分の息子が関係しておるんでかたよっておる、と思うかね？」

「いいえ、そんなことありませんわ」

「セスリーは結婚の方向へがんばると思うが、あんたはそう思わんかね？」

「ええ、きっとそうですわ」ほかになにか言いようがあるかしら？

ギリガンとマーンが立ち去ってエミーがテーブルを拭いているときに、彼女は戻ってきた。エミーはぐるりと向き直った。

「まさか彼女があの人をつかむわけじゃないでしょ? アンクル・ジョーの言ってたこと、なんのことなの?」

「あの娘の家族は結婚に反対なのよ。それだけのこと。彼女のほうはいやだと言っていないのよ。でもね、エミー、いまはこの話、考えるのはやめたほうがいいと思うわ。あの娘、あんまりすぐに気が変るんで、次にどう出るか誰にもわからないもの」

エミーはテーブルに向き直り、頭を下げて皿を磨いた。ミセス・パワーズは彼女の手の忙しい動きを見まもり、陶器や銀器のぶつかる小さな音を聞いた。テーブルの中央では皿に盛られた白薔薇の花びらがゆっくり散りおちてゆくのだった。

「エミー、あんたはどう思う?」

「わからない」とエミーは不機嫌に答えた。「あの娘はあたいと違う人間だよ。あたいには見当もつきやしない」

ミセス・パワーズはテーブルに近よった。「エミー」と彼女は言った。相手はその頭をあげもしなければ、返事もしなかった。その娘の肩を優しくつかんで向きかえらせ、「エミー、あなたが彼と結婚しない?」

エミーは皿と一本のフォークをつかんだまま、思わず体を伸ばした。「あたいが? あの人と結婚? ひとの残したものをあたいが取るのかい? (ドナルド、ドナルド。)それもあんな娘の残したものをかい——絹の着物なんか着こんで、町じゅうの男の尻を追いまわす女の残りものをかい?」

ミセス・パワーズはドアの方へ戻ってゆき、エミーは手荒く皿を磨いた。この皿がぼやけてみえるわ、とエミーは思わず瞬《またた》きをし、そこに何かぽたりと落ちるのを見た。あの人に泣いてるところを見せるもんか！と強く自分にささやき、さらに頭を低くしてミセス・パワーズがまた質問するのを待ちかまえていた。（ドナルド、ドナルド……）

エミーがまだずっと若かったころ、春になって学校へ行くのに粗末な服や靴をつけていたのに、他の娘たちは絹や薄い皮のものをつけていた、他の少女たちが美しいのに自分だけはまるでそうでなくて――帰り道を歩いていても、自分には行く先に仕事が待っているのに、ほかの少女たちは車に乗ったりアイスクリームを食べたり、自分には見向きもしない少年たちと話したり、ダンスをしたりしていた。そんなとき彼はよくエミーの横へ並んでくれた、それもだしぬけに、とても静かに、とても素早くきてくれて――すると彼女は絹の服を着ていなくても気にならなくなった。

そして二人が泳ぎにゆき、魚を釣り、森を一緒にさまよったとき、彼女は自分が美しくないことを忘れさえした。なぜなら彼は美しかったからだ、褐色に日焼けして、素早くて、とても静かなあの体……それが彼女をもまた素敵な気持にさせたっけ。

そして彼が『おいでエミー』と言ったとき、彼女は言うままになり、そして自分の下には濡れた草や露、自分の上には彼の頭が空をすっかり王冠のようにかぶって浮きだした、そして二人の上を水のように月の光が流れ、その光は濡れていなかったし、体には感じられなかったけれど……

彼と結婚するだって？ええ！いいわ！彼が病気のままでもいい、あたいがなおしてやれるもの。あたいを忘れちまったドナルドでもかまわない、あたいのほうは忘れてないんだから――あたいが二人分のことを覚えてんだから。そうよ！いいわ！彼女は声もなく叫びながら皿を片づけ、ミセス・パワーズが再び頼んでくるのを待ちかまえた。赤らんだ両手はただ無意識に動き、手首には涙がぽたぽたと落ちた。ええ！　いいわ！　とほとんど相手の耳に聞えるほどの強さで考え続けた。あたいが泣いているのを見せちゃだめだ！　と彼女は再び低く言った。しかし相手の女性はただドア口に立ったまま、彼女の忙しそうな背中を見まもっていた。それでエミーはゆっくりと皿をまとめあげ、もはやそこにいる理由がなくなってしまった。なおも顔をそむけたまま、ゆっくりと台所のドアへ皿を運んでいったが、その間も相手が話しかけるのを心待ちしていた。しかし相手の女性は何も言わず、それでエミーは相手に自分の涙を見せまいとする誇りに支えられて部屋から出ていった。

11

彼女が通り過ぎたとき、書斎は暗かった、しかし牧師の頭は窓の外の大きな闇を背景に薄暗い影絵となって見えた。彼女はゆっくりとヴェランダへ出ていった。玄関の外の、欄間の光のとどかぬあたりに立っている柱にその静かな高い背中をもたせかけ、夜の生物のひそかな数知れぬ生命のささやきに耳をすませ、見えない通りを過ぎてゆく見えない人々のゆっくりした話し声を聞き、自動車の二つの輝く眼が忙しい虫のように動くのを見まもった。一台の車が速力をゆるめ、角にきて停った。しばらくすると黒い姿が急ぎながらもおずおずとした調子で、車寄せの砂利の上をやってきた。それは途中で立ちどまり、細い叫び声をあげるとヴェランダへの踏段へ走りより、そこで再び停ると、今度はミセス・パワーズが自分のいる柱から離れて前へ踏みだした。

「ああ」とセスリー・ソンダーズが驚いて喘《あえ》ぎ、片手をその相手の黒い服に軽くあげながら、「ミセス・パワーズ?」

「そうよ。お入りなさい、どうぞ」

セスリーは踏段を落ち着かぬ気取った動き方で走りあがった。「あれはか、か、か、かえるだったのよ」とせわしい息づかいの間から説明した。「もうすこしで踏みそうになったの——ああ!」と言い、黒っぽい服を着た彼女は細く消えかけた炎のように身を震わせた。「アンクル・ジョーはここにいるの? あたし——」彼女の声はおずおずとときれた。

「あの方は書斎にいるわ」とミセス・パワーズは答えた。何がこの娘に起ったのかしら？ と彼女は思った。セスリーは立ったままでいたから、玄関口の光がまともに当った。その顔には見えすいた落ち着かぬ絶望感、自暴自棄の向うみずな表情が現われていて、その表情のままで相手の影になった顔を長い間見つめていた。それから、ありがとう、ありがとう、とだしぬけにヒステリックに言い、家の中へ急いで走りこんだ。ミセス・パワーズはそれを見送り、その後から追っていって彼女の黒い服を見た。彼女は縁を切るつもりなんだわ、とミセス・パワーズははっきり感じとった。

セスリーは細い黒い鳥のように走りつづけ、灯りのない書斎までくると、「アンクル・ジョー？」と言いながらドアの枠の両側に手をつき、気取った身振りで立ちどまった。牧師の椅子はだしぬけに軋《きし》った。

「ええ？」と彼が言うと、娘は闇の中の黒い蝙蝠《こうもり》のように部屋を横切って飛んでゆき、牧師の足もとに身を沈めながらその膝をかき抱いた。彼は娘を立たせようとしたが、娘はなおもその両脚にしがみつき、頭を相手の膝にうずめ隠した。

「アンクル・ジョー、許してちょうだい、あたしを許して、おねがい——」

「ああ、そうとも。あんたがわしらの家に来てくれるとは知っておったよ。わたしは言ったんだよ——」

「いいえ、違うの。あたし——あたし——あなたはずっと親切にしてくれたから、とても優しくしてくれたから、だからあたし、とても……」彼女は再び牧師にしっかりとしがみついた。

「セスリー、なんだね？ さあ、このことでは泣いたりしたらいかんよ。さあ、なんのことだね？」鋭い予感をおぼえながら、牧師は娘の顔を持ちあげ、のぞこうとした。しかしその顔はただ彼の両手の中で暖かく柔らかい漠としたものでしかなかった。

「ねえアンクル・ジョー、はじめにあたしを許すと言って。言ってくれる？　言ってよ、言って。もしあたしを許さないんだったら、あたし自分がどうなるかわからないのよ」彼の両手は下へ滑りおりて、彼女の繊細な緊張した両肩にさわり、そして言った――

「もちろん、わたしはお前を許すよ」

「ありがとう。ああ、ありがとう、本当に優しくしてくれるのね――」彼女は牧師の手を取り、それを自分の口にあてた。

「何のことなのだね、セスリー？」彼は相手を慰めようとしながら静かにたずねた。

彼女は顔をあげた。「あたし、よそへゆくの」

「するとドナルドと結婚するのではないんだね？」

彼女は顔を再び牧師の膝にうずめ、その長い神経質な指で相手の手を握りしめ、それを自分の顔に押し当てた。

「あたし、できないの、できないのよ。あたしって――あたしってもう善良な女ではないの、ねえアンクル・ジョー。あたしを許して、あたしを許して……」

牧師がその手を引き去ると、彼女は相手の腕や大きな優しい体を頼りに自分で立ちあがった。「さあ、さあ」と牧師の優しい大きな手が娘の背中をたたき、「泣くんじゃないよ」

「あたし、行かなくちゃ」と彼女はしまいに言い、相手の大きな体の前をほっそりと黒く動いた。彼は娘を放した。娘は再び牧師の手をしっかりつかみ、それを放しながら、「さよなら」とささやき、それから走りだした。まるで小鳥のように素早く、黒く、やってきたときと同じように靴の踵《かかと》の響きさえ品のよい細かな音をたてながら。

彼女はヴェランダでミセス・パワーズの横を通り過ぎたが、相手を見やりもせずに踏段を駆けおりた。残された女性はその細くて黒い姿が闇に消えるまで見まもった……しばらくすると庭の角に停っていたあの車はライトをきらめかせて走り去っていった……

ミセス・パワーズは電燈のスイッチを押しながら書斎に入った。デスクに近づいてゆくと、牧師は静かな情けない顔で彼女を見つめた。

「セスリーがね、マーガレット、婚約を破棄したよ。これで結婚はご破算だ」

「そんなばかなこと」と彼女は鋭く言い、そのしっかりした手で牧師にさわった。「あたしが彼と結婚することにしますわ。あたし、前からずっとその気持でしたの。あなたにはおわかりになってたでしょ？」

12

カリフォルニア州、サンフランシスコ
一九一九年四月二十五日

愛するマーガレット
　僕は昨日の夜母に話したらもちろん彼女はぼくらが若すぎると考えてる。しかしぼくは母に説明して戦争から後では前と違ってきてるし戦争でもって若い者はもう前の連中みたいに若くなくなってると言ったんだ。ぼくは戦争で飛んだんでそれがほんとの人間教育になったと思うんだ、同じ年ぐらいでも飛ばなかった連中は子供みたいに見えるんだ、なぜってぼくはもう自分のほしい女性を見つけて自分の子供時代は終りになってるんだからね。たくさんの女を知ったあとで、あんな遠いとこでぼくは思いがけなく君を見つけたんだ。母さんはもしぼくが女と結婚したいのなら就職して金をためなければだめだと言う、それでぼくは明日からはじめることにして、もう職は見つけてしまった。だから君に会えて君をついにいつもこの両腕に抱ける日もそんなに遠いことでないと思う。ぼくがどんなに君を愛しているか口に言えないほどだけど君は娘たちとはぜんぜん違う女なんだ。君を愛する気持になるたびに、自分が責任を知っているまじめな人間になるような気がするよ。娘たちって君に比べると全く馬鹿みたいでジャズのことを話したりぼくがいつも招待されてるようなパーティに出かけたりしてるけどもぼくは断わる、なぜってあの連中の馬鹿な遊びよりも自分の部屋に坐って君のことを考えたり考えたことを紙に書いてるほうが好きだからだ。あの連中は勝手に楽しんでればいいんだ。ぼくは君のことをいつも考えてて君のほうでももしいやでなかったらぼくのことをいつも考えててほしいな。でもこんなこと言うとぼくの一番愛する人をいやな気持にさせるかな——。どうかぼくのことを考えておくれ、そしてぼくが君を愛してて君だけしか愛していない君だけをいつも愛してるということ忘れないでおくれ。

いつも君のものである

ジュリアン

13

そのパプティスト派の牧師は、白い寒冷紗《かんれいしゃ》のネクタイを締めた青年であって、いつでも役に立ってくれる点では最も便利な存在であり、彼はやって来て、結婚式の義務をすまし、去っていったのだった。彼は若いうえに非常に良心的な親切な心根を持ち、廉潔であって、自分が善をなすことには非常に熱心であった、むしろそうでありすぎるために、退屈な人間なのだった。しかし彼も彼なりに従軍してきたし、マーン博士を好きでありまた尊敬もしていて、マーン博士が監督教会派の人であるために死ぬとすぐ地獄に落ちるという説だけは信じずにいた。

彼は二人に『幸せを』と言い、彼自身にも定かでない衝動の命じるままに、あわただしく立ち去った。一同は彼の忙しく動く精力的な尻が見えなくなるまで見送り、それからギリガンが黙ってマーンを助けて踏段をおり、芝生を横切り、樹陰にある彼の好きな椅子まで連れていった。新しくマーン夫人になった彼女が二人のわきを黙って歩いた。黙りがちなのは彼女の習性であるが、ギリガンはそうではない。それでいて彼もまだひと言も彼女に話しかけないのだった。そばを歩いている彼女は手をのばして彼の腕にさわった、そして彼は顔を向けたが、その表情があまりにわびしげで惨めだったので、彼女は鋭く胸をつかれた——空《むな》しい絶望感に襲われたと言ってもいい。(ディク、ディク。あんたはこんな面倒に巻きこまれないで、ほんとに幸せだったわ!)彼女は急いで眼をそらし、唇をかみながら庭のむこう、教会の塔を見やった——そこでは鳩の群れが眠りと同じ物憂さで咽喉《のど》を鳴らしている。新たに結婚した身、それでいてこんなにも寂しく感じたことは今まで一度もなかったのだった。

ギリガンは冷静で半ばぞんざいな配慮をみせながらマーンを椅子に落ち着かせた。マーンが言った——「これで、ジョー、ぼくはようやく結婚した」

「ああ」とギリガンは答えた。いつもの気軽な自然な口つきは消え去っていた。マーンでさえ彼なりの暗い手さぐりの方法でそれを感じとったのだった。「あのな、ジョー」

「中尉、なんだい?」

マーンは黙りこみ、彼の妻は自分のいつもの椅子に坐り、もたれかかって樹を見あげた。彼はしまいに言った——「読んでくれよ、ジョー」

「いまはよそうよ、中尉。どうも気分が出ねえんだ。ちょっと散歩しようかと思うんだ」と彼は答え、その間もマーン夫人の眼を自分の上に感じた。彼は相手の視線にたいして激しく、挑むように応じた。

「ジョー」と彼女は静かに、つらそうに言った。

ギリガンは彼女の青ざめた顔を見た、そして黒くて苦しげな両眼や疲れた傷のような唇をみとめ、そして自分を恥ずかしく感じた。彼自身の顔の荒涼とした表情は和らいだ。

「いいよ、中尉」と彼は言った——それは彼女の口調と和した静かな言い方であり、そこには彼特有の曖昧なおどけた調子の余韻も加わっていた。「なにを読むかね? また小さな帝国を五つか六つ、ぶっつぶすかね?」

余韻ではあったが、たしかにそれが聞きとれたのだ。再び彼を見やったマーン夫人の態度には、彼への感謝の気持があった、そしてまた彼女独特のまじめな幸福感——彼にはお馴染《なじ》みだが最近はすっかり影をひそめていたあの笑いはしないが満ち足りた感じも現われていた、そしてそれはあたかも彼女がそのしっかりした強い手を彼の上に置いたかのようなのだった。彼は急いで彼女の顔から視線をそむけたが、もはや苦い怒りはなく、物悲しいが幸せな感じがするのだった。

「読んでくれよ、ジョー」

第八章

1

カリフォルニア州、サンフランシスコ
一九一九年四月二十七日

愛するマーガレット——
ちょっと知らせるだけだけれどぼくは君のために金をためるため就職して銀行で働いている。君が世間に恥ずかしくないような地位についてそしてぼくらの家庭を持つためにね。仕事のほうは飛行機のことなんかまるで知らない商売の人たちと話すんだから気分がいい。女の子たちの考えてるのは男とダンスに出かけることだけだね。一日たてばそれだけ君と一緒にいられる日が近づくことになる。すべての愛をこめて。

君の変りなき
ジュリアン

2

町での騒ぎや評判というものは、九日か九十日、いやたとえ九百日かかろうと、やがてはすべて人間の作ったものの落ちこむべき忘却の淵《ふち》へと消えてゆくものだ。このありがたい特質があるために、世間というものは整頓されるのだ。そうすると君はすぐに、そんな仕組みは神様という男性のなさる見事なる仕業なのだと言うだろう。しかしむしろこれは女性の働きのためだと言うべきなのだ——なにしろ男と違って女はまことに実用主義者であるからだ。しかし考え直してみると、女というものは後でもう一度使えるものだけを保存しておく性質を持っているのであり、そうなると、世間の噂が何もかも忘れ去られるという理論もまた空中分解してしまうようだ。

しばらくすると、好奇心にかられた訪問者たちが来なくなった。しばらくすると、噂に夢中だった連中も——セスリー・ソンダーズ嬢が牧師の息子と結婚することになったときに『言ったとおりだろ』と言った人も、彼女が結婚しなくなったときに『言ったとおりだろ』と言った人も——この出来事のことは忘れてしまった。ほかに考えたりしゃべったりすることが多かったからだ——この頃は人種偏見の秘密結社ＫＫＫ団の発生期だったし、首府ワシントンでは民主的な紳士ウィルソン大統領の没落期だったからだ。

その上、この出来事はいまやすっかり合法的なものになっていた。セスリー・ソンダーズ嬢は無事に結婚へ滑りこんでいた——もっとも彼女はジョージ・ファーの車で町から出ていってその翌日になってアトランタ市で僧侶によって正式に結婚したわけだが、二人がその間どこでどう過したか町の人々にはわからずじまいだった(でもね、その点じゃあ、あれがどんな娘か、いつも言ってたろ、あのとおりさ)。町の連中は誰もみんな、事が悪化することを望んでいた。それにマーン家にいるあのミセス・なんとか、背が高くて髪の黒い女はしまいに誰かと結婚して、この家の怪しげな状況をすっかり片づけてしまったのだった。

かくして四月は五月になった。晴れた日が多くなり、太陽は次第に熱さを増し、空にのぼるとすぐに露を吸いあげてしまう、そして花々は舞踏会に出ようとする少女のように咲きだし、つづいてけだるい執拗な熱気のなかで、舞踏会のあとの少女のようにうなだれてしまう。いまや大地は派手な帽子を大胆にかぶってみる太った婦人のようだ、林檎や梨や桃のひだ飾りをつけてみてから、それを投げ棄てた、黒水仙や黄水仙や花菖蒲《はなしょうぶ》をつけてみて、それを投げ棄てた――かくして早咲きの花々が開いては盛りを過ぎ、遅い花々が咲いてはやがて褪《あ》せて萎《な》えてゆき、さらに後からくる花にと代ってゆく。果物を実らす花々は過ぎさり、梨は忘れられてしまった――かつては白い花をいっぱいにつけて高く細く突き出ていた枝も、いまでは若葉をつけた翡翠色の燭台のようだ、そしてそれが高く突き出た向うには青い壮大な空、そこには雲が静かな行列となって、白衣を着た寺院の合唱少年隊のように、ゆっくり通りすぎてゆく。

木々の葉は次第に大きくなって緑を増し、かつてはそこにほのめいた淡青や灰銀や淡紅の色調はすっかり消えてしまう。そのなかでは小鳥どもが歌い、恋をし、婚姻し、巣をつくる――家の角に立って裏白の葉を狂おしく空へ逆立てるあの樹のなかでもそうだ。蜂の群れは芝生にあるクローバーの花をつつき、時折り芝刈機とその気軽くて物憂げな運転手によって追い散らされる。

彼らの暮しぶりは前と同じだった。牧師は嬉しげでも不幸そうでもなく、あきらめや反発の気分も示さなかった。時折り自分の夢想のなかに浸りこむ。教会の樫《かし》材でできた薄暗い堂内で礼拝を行い、彼の会衆はシーッと互いにささやきあったり、その合間に居眠りをしたりする、そして塔の上では鳩の群れがこれも眠りに誘うような祈りの声をたてている――そして彼らのいる塔は動かぬ若々しい雲の前に高く立ち、いまにもゆっくり崩壊しそうに見える。牧師は二組の結婚をつかさどり、ひとりを埋葬した――ギリガンはこれを不吉だと考え、そう口に出して言った、そしてマーン夫人はそれを馬鹿くさい考えだと思い、そう口に出して言った。

時折りウォージングトン夫人が車をさしむけてくれて、彼らは町から外へドライヴしては花みずきの大樹を惜しむのだった――彼らとは三人のことだが、（そのうちの二人が惜しんだのであり、マーンは花みずきがどんな樹だか忘れてしまっていて）、この三人がその樹の下に坐っている間、そのうちの一人である牧師は、大仰《おおぎょう》な言葉にひたりこんで男らしく悲しみを忘れようとし、もうひとりの男は、眠るでも覚めるでもなく、身動きもせずに坐っている。彼が聞いているのかどうかはわからない。それればかりか自分が誰と結婚したのか知っているのかどうかも、はっきりとはわからなかった。たぶん彼はそれも気にしていなかったのかもしれぬ。その彼を世話して優しく気のつくエミーは、前よりも少しだけ沈んでいる。ギリガンはほかに用事のないときには、相変らずマーンのベッドの脚もとにある簡易寝台の上で眠る。

「あなたたち二人こそ彼と結婚すればよかった人たちなのね」とマーンの妻は落ち着いたウィットとともに批評したのだった。

3

マーン夫人とギリガンは以前の友情関係を再開し、お互いのつき合いに静かな喜びを見いだした。相手が自分と結婚する望みを捨てたので、彼女は前よりも自由につきあうことができた。

「たぶん、ジョー、こういう関係こそ、あたしたちには必要だったのね。とにかく、あたしにはあなたほど好きだった人はいなかったのよ」

二人はゆっくりと庭の中にある薔薇の小径《こみち》を歩いた——その道が二本の槲《かしわ》の木の下をくぐると、向うには、塀ぞいにポプラの並木が落ち着かぬ形式ばった列となって、寺院の柱のように並んでいる。

「すると君は簡単に喜んじゃう質《たち》だな」とギリガンはわざと腹を立てたふりで答えた。自分が彼女をどれほど好きであるか、言う必要はないと知っていたのだ。

「かわいそうなジョー」と彼女は言った、「煙草をくれないかしら?」

「君こそかわいそうさ」と彼は煙草をさしだしながら応酬した。「おれは大丈夫さ、なにしろ結婚してないんだからな」

「だけど、いつまでも逃れられないわ。あなたって気持が優しすぎるし——家庭をもてば頼りになるし、首をつながれても耐えられる人だわ」

「おれが耐えられるなら、結婚してくれるかい?」と彼はたずねた。

「ジョー、一日の苦労は一日にて足れり、なのよ……」

しばらくすると彼は相手を手でとどめた。「聞きなよ」二人は立ちどまり、彼女は相手をじっと見つめた。

「なあに？」

「またあの物真似鳥がいるぜ。聞えるかい？　やつ、なんの歌をうたおうというんだろう？」

「いろいろうたう材料があるんでしょ。四月は五月になるはず、それでも春はまだ半分も終っていない。ほら、聞いて……」

4

ジャヌアリァス・ジョーンズにとって、エミーはひとつの執念になってしまった、まるでパラノイアのように、もはやこれは性の領域から出て完全に数学の問題に入りこんでしまった。彼は数えられぬほど幾度も彼女に会う口実をつくりだしたが、みんな拒絶された。辻強盗のように待ちぶせ、懇願し、脅迫し、腕ずくでやろうとさえした、そしてそのたびに撃退された。なんとかしなくてはだめだった、しかしもしも彼女が急に降参して彼のものになったとしたら、彼はたちまち自分の行動の原動力を——生きるために緊要な基本的本能を——失うことになるだろう、そしてそうなれば彼は死んでしまうかもしれない。それでいて彼にはわかっていた——もしもこれから長いこと彼女をものにできないでいると、自分は気が変になってしまう、阿呆になってしまう、と。

しばらくすると、それは数の迷信の形をとりはじめた。彼はすでに二度失敗していた、だから三度目の正直で、今度こそは彼のものになるのだ、もしそうでなかったら、この茶番芝居はすっかりご破算になってもいい、そして彼は悲鳴をあげつつ闇のなかへ投げこまれてもいい——ちょうど死のない死の世界へと同じように、闇の黒さのない闇のなかへ投げこまれてもいい。性来の素質としてトルコ人風の性質を備えた彼は、いまやさらに東洋風の性質をも持ちはじめた。彼は自分の数である三度目の運がくるにちがいないと感じた——それがさっぱり事実にならないために、すでに次第に頭がぼけかかっている。

彼は夜になるとエミーを夢に見た、また他の女たちを彼女と見間違え、彼女たちの声をもエミーだと思った。しじゅう牧師館のあたりを徘徊していたが、あまり頭に血がのぼったため、健全な人々と健全な会話を交わすことは避けようとした。時折り牧師が彼自身の夢想に浸った大きな姿を現わして、隅に隠れている彼を引き出した――べつに驚きもせずに彼を引き出した。

「ああ、ジョーンズ君」と彼はいらだった巨象といった様子で言いかける、「お早う」

「お早うございます」とジョーンズは視線を家に釘づけにしたまま答える。

「散歩に出たのかね?」

「ええ、そうです、ええ、そうです」そしてジョーンズが急いで反対の方角へ歩み去ると、牧師は牧師で、再び自分の夢想に浸りながら歩みを運びはじめる。

エミーはいかにも軽蔑した口調でジョーンズのことをマーン夫人に語りきかせた。

「ジョーかあたしが彼に忠告してあげようか」とマーン夫人はたずねた。

エミーは鼻で笑うような気概を示した。「あの蛆虫《うじむし》のこと? あたい、ひとりでさばけるよ。あたい、自分の喧嘩はひとりでするたちだよ」

「そしてそれには強いのね、あんたは」

そしてエミーは言った、「どうやら、そんなとこらしいね」

5

四月は五月になっていた。

晴れわたった日々がつづき、そして雨天にも雨の脚は銀の槍をもって芝生を走り、雫が木々の葉から葉を伝わって滴り落ちると、その梢《こずえ》に生じた静かな濡れた青さのなかでは小鳥の群れが鳴きつづけ、恋をし、つるんでは巣をつくり、なおも鳴きつづけ、やがて次第に雨は忍びやかになる、まるで嘆きたいために嘆こうとする乙女のすすり泣きのようになる。

マーンはいまではほとんど起きあがれなかった。彼らは移動寝台をこしらえてやり、その上に寝たマーンは、家のなかにいるときもあれば、時には藤の格子垣が紫の炎をさかさに垂らしているヴェランダに出ることもあり、そこではギリガンが彼に本を読み聞かせた。二人はすでに『ローマ帝国衰亡史』を終え、いまやルソーの退屈な『告白』に移って、この本はギリガンにもひそやかな子供っぽい喜びを与えていた。

親切な近所の人々が見舞いに来た。アトランタ市からは専門医が、一度は要請によって、そしてもう一度は自分から、来診してくれて、用心ぶかくもギリガンを『先生』と呼び、午後いっぱい彼らとおしゃべりをして、立ち去った。マーン夫人と彼とはお互いに大変に好意を持ったのだった。ゲアリー博士は一度か二度来診し、彼らみんなを侮辱し、例の手巻きの細い煙草を気取ってふかしながら、去っていった。マーン夫人と彼とは互いに少しも好意を持ち合わなかった。牧師は陽気でも哀しげでもなく、腹を立てるでもあきらめるでもなく、ただますます灰色に、静かになっていった。

「来月まで待つことだよ。そうすれば、あの子も丈夫になる。今月は病人には試練の月なのだよ。そう思わんかね?」と彼は自分の義理の娘にたずねた。

「ええ」と彼女は必ず同意する、緑の世界を見やり、甘美なる春の世界を見やりながら、言う、「ええ、そうですとも」

6

それは一枚の葉書だった。一セントで買えるもので、切手もいらぬ。それに書きこむインキやペンも郵便局に備わっている。

「君の手紙みた。あとで書くよ。ギリガンとマーン中尉によろしく。

ジュリアン・L」

7

マーンはヴェランダに出たまま眠っていた、そして他の三人は芝生にある樹の下に坐って、陽の沈むのを見まもっていた。ついに赤い円盤の端が藤の格子垣によってチーズのように薄切りにされ、薄鼠《うすねず》色の新芽は夕空のなかで薄く燃え立つかのようだ。まもなく宵の明星があのポプラの頭の上に現われるだろう、そしてあの言いがたき清浄さでポプラを戸惑わせ、そしてポプラの木は、熱い情熱にとらわれて立ちすくむ少女のように、空しい誇りをみせて立つだろう。薄い半月は天頂のあたりで割れた貨幣のようだ、そして芝生の端のあたりでは最初の蛍の群れは、涼しい炎から吹き出された火の子のようだ。ひとりの黒人女が宗教歌をうたいながら通りすぎる――それは豊かだが狂熱はなくて、哀しげな声だ。

彼らは坐ったまま静かに話していた。草は露を帯びて灰色に見えはじめ、彼女は自分の薄い靴の湿るのを感じた。だしぬけにエミーが家の角をまわって走ってきた。そして踏段を駆けあがると、玄関にとびこんで薄闇のなかに姿を消した。

「いったいなにを――」とマーン夫人が言いはじめたが、すぐとみなはジョーンズが太った半獣身のように、よたよたとひどく遅れて追いかけてくるのを認めた。向うでも一同を見るとすぐに足取りをゆるめ、相変らずのっそりした様子で近づいてきた。その黄色い眼は漠とした平然さをみせていたが、彼女はその胸が荒い息づかいに上下するのを見てとった。笑いだしたいのを押えるのに苦労して、ようやく声をつくろい――

「今晩は、ジョーンズさん」

「おい」とギリガンは興味をみせて言った、「何をやって——」

「しいっ、ジョー」とマーン夫人が彼に言った。ジョーンズの両眼は平然と黄色く、山羊のように淫猥で罰当りの色をしたまま、二人を見まわしていた。

「今晩は、ジョーンズ君」牧師がだしぬけに彼の存在に気がついた。「また散歩かね、ええ?」

「駆け足さ」とギリガンが訂正し、牧師はまたも「ええ?」と繰りかえしながらジョーンズからギリガンに視線を向けた。

マーン夫人は椅子を指さした。「お坐りなさい、ジョーンズさん。少しお疲れになったのではないの?」家の方を見つめていた眼を離してジョーンズは坐りこんだ。椅子の布は彼の尻の下でたるみ、彼は立ちあがるとその椅子をまわし、かの夢深き牧師館の前面が見えるようにした。それからまた坐った。

「おい」とギリガンが彼にたずねた、「とにかく、何をやってたんだい?」

ジョーンズはちらっと重苦しい視線を向けた。「駆け足さ」と素っ気なく言い、再び眼を暗い家の方に向けた。

「駆け足だと?」と牧師が繰りかえした。

「そりゃわかってるんだ。それぐらいはここからだって見えたぜ。おれの聞いてるのは、何のために駆け足してたのか、ということさ」

「たぶん体重を減らすためでしょ」とマーン夫人がひそかな悪意とともに口を入れた。

ジョーンズはその黄色い視線を彼女に転じた。夕暮れが足早に迫ってきた。彼の姿は薄色のツイード服の中で太ったたぶよついた塊《かたまり》だった。「たしかに体重は減るけれど、結婚できるほどじゃないさ」

「あたしがあなただったら、そうは言いきらないわ」と彼女は言った。「ああいった恋愛のやり方だと、じきにあなたを素敵な体格に仕立ててくれるもの」

「そうとも」とギリガンがつけ加え、「もし妻をつかむのにあれしか方法がないとしたら、君はエミーじゃなくてほかのをつかんだほうがよさそうだぜ。エミーがつかまるころには君は影みたいに細くなっちまうだろうからな」そしてさらに、「もしもだよ、恋の相手を足で追いかけようというんなら、ということさ」

「これは何の話だね？」と牧師がたずねた。

「たぶん、ジョーンズさんは詩を書くための準備というわけなのよ。まず最初に経験するというわけね」とマーン夫人が別の意見を提出した。ジョーンズは鋭く彼女を見やった、「アタランタ、というところね」と彼女は夕闇の中で言った。（ギリシャ神話。足の速い乙女で彼女と競走する男は殺された—訳注）

「アトランタだって？」（アメリカ南部にある都会—訳注）とギリガンが繰りかえした。「いったい何を——」

「ジョーンズさん、その次は林檎でためしたらいいかが？」と彼女は忠告した。（ギリシャ神話。ある男がアタランタに金の林檎を落してひろわせ、競走に勝った話—訳注）

「それとも塩をひと握り食べたらいいかが」とギリガンが細い作り声でつけ加えた。それから自分の声に戻って、「しかしいったいアトランタ市がこの話となんの関——」

「それともサクランボかね、ギリガン君」とジョーンズが意地悪な口調で、「だがそうするとぼくは神様じゃなくなるよ、いいかい」

「おいその口の蓋を締めろ」とギリガンが彼に手荒く言った。

「これは何の話だね？」と牧師が繰りかえした。ジョーンズはのっそりと彼のほうに説明の態度を向けた。

「何のことかと言えばですね、ギリガンさんが今や、自分の知恵を表現したいばっかりに、ぼくの行動に介入するのみか、自分の知恵をこちらに押しつけるところなんです」

「おれはそんなことしないぜ」とギリガンが熱して否定した。「どうせおれはお前とはどんなことでも意見が合わねえんだからな」

「しかし、そうなっていかんわけがありますかな?」と牧師がたずねた。「自分の行動と思想というものが、自分にとってと同様、他の人にも大切なことだと信じるのは自然のことではないでしょうか?」

ギリガンはこの話に全神経を集中した。話が彼の理解力や深さを越えたものになりはじめていたからだ、ただしジョーンズは具体的につかめる存在だった、だから彼はすでに狙いの的をジョーンズにしぼっていた。

「当然ですね」とジョーンズは偉そうに同意した。「人間の生存手段としての行動と思想と感情には、その間に共通性があります。ナポレオンは彼の行動を最も重大なものと思い、スウィフトは自分の感情こそ大切だと考えた、サヴォナローラ（十五世紀のイタリア人。宗教改革をくわだて火刑にあう―訳注）は自分の信じるものこそ大切だと思った。あなたの言うとおりなんです。しかしぼくらは今ギリガン君のことを議論しているんでして」

「おい――」とギリガンが言いはじめた。

「とても適切な言い方ね、ジョーンズさん」とマーン夫人がつぶやいた――その姿は袖のカフスと襟のカラーの白さで漠とした三角型をつくっていた。「兵隊、牧師、そして胃弱の人」

「おい」とギリガンは繰りかえし、「とにかく誰が早い《スウィフト》んだって? おれはあそこんところでわからなくなったぜ」

「ジョーンズさんがそうなのよ、彼自身の説明によるとね。ジョー、あなたはナポレオンなのよ」

「彼が？　だけど女の子を手に入れるほど素早《スウィフト》くなかったぜ。彼がエミーのあとを追いかけてゆく格好じゃあ――お前さん、自転車でも使ったらどうだ」と彼は提案した。

「これはあなたにはいい解決策ですな、ジョーンズ君」と牧師が彼に言いきかせた。ジョーンズは夕闇に薄れがちなギリガンの姿に向って嫌悪の表情を向けたが、それはまるで馬鍬《まぐわ》を持った農夫によって武装解除された騎士の表情を思わせた。

「お坊さんと結託すると、そういう口をきくようになるんだなあ」と彼はむきだしに言った。

「何だって？」とギリガンがたずねた。「おれは何か悪いことを言ったのか？」

マーン夫人が前に乗りだし、その腕を握った。「何も悪いことなんか言わなかったわ。ジョー、あなたとても素敵だったわ」

ジョーンズは夕闇の中で不機嫌に顔をしかめ、「ところで、今日あんたのご主人はどんな具合です？」とだしぬけに言った。

「相変らずですわ。ありがとう」

「彼は期待されたとおり結婚生活に耐えている、というわけですね？」彼女はこの言葉を無視した。ギリガンは今にもとびかかるような姿勢で彼を見まもった。彼は続けて、「お気の毒ですね、あなたは結婚から素敵なことを期待していたんでしょ、そうでしょ？　いわば奇蹟的な回春といったものをね？」

「おい、黙れ」とギリガンが彼に言った。「とにかく、何のことなんだ？」

「何でもないですよ、ギャラハド君（イギリスの伝説にある純潔な騎士の名。ギリガンを皮肉った―訳注）、まるで何でもない。ぼくはただ品のよい質問を試みただけでね……結局男は、結婚しても自分の悩みを解消しえないと言っただけ。そういうもんでしょ？」

「そうだとすれば、お前は自分の悩みなんか気にしないでいいというわけだな」とギリガンはぐさりと言った。

「何ですって？」

「言いかえるとだな、あんな失敗を二度もやってるところをみれば、お前は結婚なぞとは——」

「ジョー、彼の最初の失敗のほうは無理のないところもあるのよ」とマーン夫人が言った。

二人は彼女の声のする方角を向いた。空にはいま影もない静かな拡散した光がしみ渡っていて、樹々の枝は、動かぬ暖かな海にある珊瑚のように硬直している。「ジョーンズさんが言うのはね、ソンダーズ嬢に恋をするにはエピシーンになることですって」（エピシーンとは男女両性の具有のことを言い、セスリーが少年ぽいので、ジョーンズが恋すれば同性愛になるという意—訳注）

「エピシーン？　そりゃ何だい？」

「ジョーンズさん、あたしが説明します？　それともあなたがしてくれる？」

「いいや。どうせあなたがする気でいたんだからどうぞ——」

「エピシーンとはね、自分が欲しいのに手に入らない何かのことなのよ、ジョー」

ジョーンズは意地悪く立ちあがった。「許していただけるなら、ぼくは帰りたいと思うんですがね」と遠慮ない言い方をして、「おやすみなさい」

「いいとも」とギリガンは素早く答えながら自分も立ちあがった。「おれはジョーンズさんを送って門まで行ってくるよ。またうっかり間違えて台所の方へ行くと困るからな。エミーもあのエピシーンとかいうのの一人かもしれないぜ」

急いでいるようにも見えないが、それでもジョーンズの姿は素早く薄れていった。ギリガンがその後を追った。ジョーンズは彼を感じて夕闇の中でぐるりと振りむき、ギリガンはその姿にむかって飛びかかった。「汝《なんじ》の魂のために」とギリガンは嬉しげに言った。「こう言やあ、おれが牧師とくっついてるからだとお前は言うだろ?」二人が地面に転がったとき、彼は喘いだ。

二人は露の中を転げまわり、片方の肘が見事にギリガンの顎の下をうった。ジョーンズはすぐと起きあがり、ギリガンも咬《か》んだ舌の血を味わいながら跳びあがって後を追った。しかしジョーンズはその差を保って走った。「やつはたしかに、誰かから走るのを覚えやがった」とギリガンが唸った。「どうやら、エミーでもってさんざん練習したんだ。おれがエミーだったらいいのにな――やつを捕まえられるのにな」

ジョーンズは家をぐるりとまわって、あの夢多き庭へとびこんだ。ギリガンは牧師館の角を曲ると、静まりかえった庭を見やった――そこに彼の敵がいたのだが、その敵自身の姿は見えなかった。迫ってくる夜の気配の中で薔薇の花が静かに咲きただよい、ヒヤシンスが新しい一日を心待ちにしながら薄色の釣鐘をならしていた。いま夕闇は時間が一瞬止った夢の刻限であり、物真似鳥が探るようにその静寂をかきまわし、あたり一面の花の群れは明日を待ちつつ、恋の夢をむさぼっている。しかしジョーンズの姿は見えなかった。

ゆっくりとひそやかな情熱を燃やす薔薇の花々、その間に白っぽい砂利道があり、そこに立った彼は耳を澄まし、空を見あげた――その穏やかな色の空には割れた貨幣のような薄い月が次第に光を増しはじめている。ギリガンは喘ぐ胸をおさえて耳をすましたが、何も聞えなかった。それから彼は蛍の点滅する匂いのよい夕闇の庭をたたきはじめた――あやしげな藪は残さずたたいてゆき、それは草の一本さえ残さぬほどの綿密さだった。しかしジョーンズはきれいさっぱりいなかった——まるで手品師が真白な帽子から一匹のうさぎを消してしまうように、のろい夕暮れの手は彼を見事に拭い去っていたのだ。

彼は庭の中央に立ち、万が一にもやつが聞いていないかと空頼みしながら、ジョーンズのことを思いきり罵倒した、それから元の道へ歩を返し、まだ物がほの見える紫色の夕闇の中を歩み戻っていった。彼は灯のついていない牧師館を通り過ぎた——そのどこかではエミーが自分の仕事をやっており、夕暮れの陶酔にふける銀色の樹が立つあたりのヴェランダにはマーンが移動寝台の上で眠っている、そして向うの芝生の上では夕暮れが、黄昏色の帆を張った船のようにこの世を夢みつつ滑ってゆく。

樹の下にある椅子はいずれも漠として闇に滲み、マーン夫人の存在もただ白いカラーとカフスが示しているのみだった。近づくと、仰向けに身を傾けて眠っている牧師がぼんやりと見て取れた、そしてあの女性の黒い服も、キャンバス・チェアの鈍い白さの中に浮き出していた。彼女の顔は青ざめていて、それが髪で両側から縁取られている。ギリガンが近づくと、彼女は片手をあげた。

「彼は眠っているのよ」彼が横に坐ったときにそうささやいた。

「あん畜生、逃げやがった」と彼は憤懣《ふんまん》の心をむきだした。

「残念ね。今度はうまくやれるわ」

「もちろんさ。今度というのは、おれがあいつを見つけたときのことだぜ」

夜はほとんど近づいていた。すべての光が世界からも大地からも薄れ去り、樹々の葉は静かだった。ほとんど夜になっていた、だが完全にではない——陽光はほとんど消えていた、だが完全にではなかった。彼女の靴はいまや露ですっかり湿っていた。

「彼、どのくらい眠ったかしら」彼女はぎごちなく沈黙を破った、「じきに夕食だから起さなくてはね」

ギリガンが椅子の中で身動きをし、そして彼女の言葉が終ったとたんに、牧師は急に大きく身を立てた。

「待ちなさい、ドナルド」と彼は言い、よろよろと立ちあがった。象のもつような素早さをみせて芝生を横切り、暗くて怪しげな牧師館へ向う。

「彼が呼んだのかな?」暗い予感にとらわれて二人はほとんど同時につぶやいた。二人とも腰を浮かして家の方を見つめ、それからお互いの漠とした白い顔を見やった。「あんたが——?」その質問は二人の間の闇に釣り下がり、そのかなたには宵の明星がポプラの木の頭に不思議な光をはなち、あのほっそりした木は葉をひろげた情熱的なアタランタ、金色の林檎をかかげ持ったアタランタのようだった。

「いいや、君は? 君が呼んだんだろ?」と彼が答えた。

しかし二人には何も聞えなかった。

「彼が寝ぼけたんだわ」と彼女は言った。

「そうさ」ギリガンは同意した、「彼が寝ぼけたのさ」

8

ドナルド・マーンは寝たまま、彼には見えないし忘れもした春の気配を、そして思いだしも忘れもしない青葉の気配を意識していた。しばらくすると、彼の住む虚無の世界が再び彼をすっかり、しかしあわただしく、呑みこんでしまった。いわばそれは海――彼が完全に浸りこむことも離れ去ることもできない海であると言えようか。一日はやがて午後になり、たそがれとなり、夕闇が迫った――夕闇はまるで薄明るい帆を張った船のように世界のなかを暗く闇へむかって、夢見心地に流れくだってゆく。そして不意に彼は気がつく――どれほど長く住んだか覚えていないが彼は暗い世界に住んでいたのだが、いま自分はそこから脱けだし、再び昼の世界に入りつつあるのだ、ずっと以前に消えてしまった昼、生きて泣いて死んでいった連中によってすでに使いつくされた昼の世界へ入ってゆくのだ――そして彼は、この日が彼だけのものなのだと思いだす――『時間』と『空間』のなかから彼が奪い取った唯一の賞盃《トロフィー》。*Per ardua ad astra*（「艱難を通って栄光へ」イギリス空軍の標語―訳注）

こんなにガソリンを積めるなんて知らなかったなあ、と考えながら、彼は現在から過去へ平然とはいってゆき、思いだすこともなかった闇の世界を脱けだして長いこと忘れ果てていた陽の世界へと出てゆき、そして陽の世界が――彼のなじんだ昼間の世界が――いまや正午に近づいていると知った。十時ごろにはちがいない、だって太陽は高くなっているし、五、六度ほど彼の背後にあるからだ、それがわかるのも、操縦桿《かん》を握った手の上に自分の頭の影が見なれた形で落ちており、それに操縦席の縁《へり》の影が彼の横腹から膝にかけて落ちているからだ、それればかりか機体の端に軽く置かれた片方の手の上には陽の光が直接に上から注いでもいるのだ。慄えている下の翼でさえ、一部分は上の翼の影を受けている。

そうだ、いまは十時ごろさ、と彼は熟知したものに対する気易さとともに思った。じきに時計を見て確かめよう、しかし今は……訓練と習慣から生れた機敏さをみせて、彼は地平線をよぎっていった――ちらっと下方を観察し、上方に眼をやり、機を少し傾けて背後を見やった。すべて安全。視界にある飛行機といえば左前方はるかにいるもの――砲兵隊に着弾点を知らせる邪魔っけな観測機だけ。そして見上げると、はるか上方に二つの偵察機、そしてこの二つの上にもまた、たぶん二機はいるだろうと彼は知っていた。

まあ様子を見てやろう、と彼は思った――彼らがドイツ空軍だと直観的に悟っていて、あの防衛する偵察機どもに見つかる前に観測機へ近づけるかどうかと計っていた。たぶんだめだろうな、と彼は判断した。帰ったほうがよさそうだ。燃料も少ない。彼は揺れる羅針盤の針を進路に落ち着かせた。

前方から右手遠くにかけて、かつてはイーペル（ベルギーの都市、第一次世界大戦の最大激戦地―訳注）の町だったものが、古びた腫物《できもの》のひび割れたかさぶたのように見えている、そして下方には死に果てえない肉体にできた新しい腫物の跡……彼は一羽の鷗《かもめ》のようにひとり寂しく、遠く、飛びすぎていった。

それから、突然、まるで冷たい風がさっと吹きつけたかのようだった。なんだ？　と彼は思った。それは彼に当っていた太陽の光が急にかげったのだった。広漠たる世界、大空、それはまだけだるい春の陽光に満ちていたが、いままで彼を照らしていた太陽はまるで誰かの手でなぎ払われたかのように消えうせたのだ。それに気がついた瞬間、自分の愚かさを罵りながら、彼は機首をぐんと下げ、左へ斜めに滑っていった。五条の煙が上の翼と下の翼の間をかすめ去ったが、後からくる煙ほど彼の身に接近していた、そしてそれから彼は二つの衝撃を頭の根方にはっきりと感じとり、まるでどこかでボタンが押されたかのように、たちまち視力を失った。彼の訓練された手は巧みに機首を上へあげ、敵機が闇のなかに飛ぶのを見つけると、三月の晴れ渡って大理石のような大空に向って弾丸を打ちこむのだった。

視力が再びちらちらと戻ってきた、まるで接触の悪いコードでつながれたようだ。そしてその中で彼は体のそばの機体に不思議な天然痘のように穴が吹きだすのを見まもり、そして彼が身をかがめて空のなかへ発射していると、計器盤が小さな音をたてて爆発した。それから自分の手にさわってみて、手袋がはじけ、骨がむきだしになっているのを知った。またも視力が失せ、自分が前のめりに倒れかかってベルトが腹に鋭く食いこむのを感じ、それから自分の前頭部の骨のなかを二十日鼠《はつかねずみ》のようなものが嚙んでいるのを感じた。おい、そんなに嚙みやがると歯を折るぞ、こら、と彼は言いながら、両眼を開いた。

彼の父の大きな顔が、まるで殺されたシーザーの亡霊のように、夕闇のなかで彼の上からのぞきこんでいた。

彼は視界をまたも意識した、しかし同時に、かつてない深さをもって迫る虚無をも知った——夜が、たそがれ色の帆を張った船のように、この世界に降りてくる。測り知れぬ漠とした海へむかって、ゆっくりと船出してゆく。「あれは、こんなふうに起ったんです」と彼は、父を見つめながら、言った。

第九章

1

性と死――それは人生の玄関口と勝手口だ。この二つはわれら人間の内にあって、いかに分ちがたく緊密に通じあっていることであろう！　青春の時代、この二つのものはわれらを肉体から離して、老年になるに及んで、再びこの二つの力はわれらを肉体のなかに引き戻すのだ。性は人間を肥えふとらせ、死は蛆虫《うじむし》の餌食にと人間をせきたてる――。性の衝動が最もたやすく満たされるのは戦争、飢饉、洪水、大火事などの起ったときではなかろうか？

ジョーンズは通りの反対側でうろついていて、ついに向うへ渡って侵入する好機がきたと悟った。

（先頭には、自分たちで仕立てた制服姿の護衛隊がすすんだ――指揮をするのは、袖に三個の銀色のVを縫いつけた軍曹とボーイスカウトのラッパ手で、この二人は、青年キリスト教同盟に勤めるバプティスト教会の若くて熱狂的な眼つきの牧師が連れてきたのだ）

それから、猫のようにぶよついた横柄さをみせて、ジョーンズは鉄の門からなかへ入っていった。

（最後の自動車が葬列のあとに従ってゆっくりと道路をゆくと、そこには見物人が好奇心から集まっていた――町ではドナルド・マーンの記念碑を建てるべきなんだ、そしてそれを左右から支える柱としてマーガレット・マーン・パワーズとジョー・ギリガンの像を立てるのさ――そして小さなならず者たちの群れは、黒人も白人も息子のロバート・ソンダーズもふくめて、みんな少年ラッパ手を羨んで集まったのだが、いまは次第に散りはじめた）

そしてなおも猫じみた様子で、ジョーンズは玄関への踏段をあがり、人っ気のない家のなかへ入った。その黄色の山羊の眼を空《うつ》ろにして立ちどまり、耳を澄ました。それから忍び足で台所の方角にすすんだ。

(葬列はのろのろと町の広場を横切っていった。町へ売り買いに来た田舎の農民たちは振りかえってぼんやりと見つめ、商人や医者や弁護士はドア口や窓にきて眺めた。町の長老ともいえる老人たちはいつものように郡役所の前のベンチで居眠りをしていて——この人たちは性《セックス》の危険を巧みに切りぬけてきて、いまは彼らが死の姿を見送るのでなくて死が彼らを見送る点に達しているのだ——目を覚まし、葬列を見やり、また眠りにおちた。ひとつの通りでは、葬列は馬車につながれた馬や騾《ら》馬《ば》の間を抜けてゆき、汚ならしい黒人の店が並んだ町を通りすぎたが、ここではルーシュが、通りすぎる葬列にむかってしゃちほこばって敬礼していた。「あれは誰だね?」「ドナルド・マーンさんよ」「あれ、まあ、人間みんなああなるだよ、いつかはな。すべての道は墓場に通ずだよ」)

エミーは台所のテーブルに坐っていた、固い両肘を立てて頭をささえ、両手を後頭部の髪のなかに突っこんで組み合せていた。自分がどれほどの間そこに坐っていたかわからなかったが、とにかく彼女はみなが棺をぎごちなく運びだす音を聞き、それを聞くまいと両手で耳に蓋をしたのだった。しかし耳を閉ざしたにもかかわらず、彼女にはあの恐ろしい、ごたついた、全く不必要な物音が聞えてくるように思われた——おずおずと足を運ぶかすかな靴の音、木部と木部がこすれて発する黙した響き、それが過ぎると、背後には萎《しお》れた花の放つ耐えがたいほどの不浄感——まるで花自身が死の噂を聞きつけて汚れ腐ってしまったかのようだ——すべては人間の死骸を片づけるための残酷きわまる儀式。それでエミーにはマーン夫人の足音が聞えず、肩に触れられてはじめて気づいたのだった。(あたいだったら彼を治せたのに! 彼女じゃなくてあたいに彼と結婚させてくれたら！）肩に触れられて、エミーはその腫れた、しみだらけの顔をあげた——顔が腫れてしまったのも彼女が泣けなかったためらしかった。（あたい泣けさえしたらいいのに。あんたはあたいよりきれいさ、その黒い髪と塗った口してるんだもの、だからあんたは彼と結婚したんだ）

「さあ、エミー」とマーン夫人が言った。

「放っといてよ！　あっちに行って！」と彼女は猛然と言った。「あんたが彼を死なしたんだ、だから自分でお葬《とむら》いしなよ」

「エミー、あの人はあんたに来てもらいたがっているはずよ」と相手の女はやさしく言った。

「行ってよ、放っといてったら！」エミーは再び頭をテーブルに落とし、額を打ちつけた……

台所のなかは物音ひとつ聞えず、ただ時計の音だけが——生・死・生・死・生・死。永遠に、いつまでも。（あたいが泣けさえしたら！）雀のたてる埃っぽい音が聞え、エミーは芝生の上の影が長くなるのを眼に描きだした。じきに夜になる、と彼女は思い、そしてずっとずっと以前の夜のことを——最後にドナルドと会った夜のことを思いだした、彼女のドナルドだった彼——あんなひとじゃなかったときの彼！　そして彼は言ったのだ、『ここにおいで、エミー』そして、そのとおり彼のところへ行ったのだ。彼女のドナルドはずっとずっと前に死んじまっていたのだ……時計は生・死・生・死と時を刻んだ。彼女の胸のなかにはなにか凍りついたものがあった、ちょうど冬の雑巾のようなものが。

（葬列は動いて鉄の門の下をゆく——その門には大量生産の同じ文字で『安らかに眠れかし』と鋳こまれ、わが社の合言葉《モットー》は国じゅうのすべての墓地に一つずつこの門を、そして誰にもみんな墓地を与えよ……。さればそこへ行かん、陽光の優しき指先が指し示す杉の木立ちの間、鳩の群れが死せるものたちにまじって

咽喉《のど》ふかく、より涼しく柔らかに鳴くところへ）

「行ってよ」とエミーはまたも肩に触れられるのを感じると言ったが、自分は夢を見ていたのかしらといぶかった。みんな夢だったのだ！　と彼女は思い、すると胸のなかにあった凍った雑巾は、耐えがたいほどの安堵感とともに融けはじめ、涙と化していった。さわったのはジョーンズだった、しかし誰がさわったにせよ彼女には同じことだったのであって、彼女はむせび泣くわが身をそのままに振りかえり、彼にすがりついた。

（イエス彼に曰《い》ひけるは我は復生《よみがえり》なり生命《いのち》なり……）

ジョーンズの黄色い視線は琥珀《こはく》のようにエミーを包みこみ、その陽に褪《あ》せた髪や、身をねじったために浮きだした短い腿などを眺めまわした。

（我を信ずる者は死《しぬ》とも……）

やれやれ、いつになったら泣きやむのかな？　この女、最初はぼくのズボンをびしょ濡れにしたのに、いまは上衣か。しかし今度は彼女が乾かしてくれるのさ、さもないと、ただじゃおかないぞ。

（……生《いく》べし。凡《すべ》て我を信ずる者は永遠《いつまで》も死ぬことなし……）（以上はドナルドの墓での読経の言葉。ヨハネ伝十一章――訳注）

エミーのすすり泣きは静まっていった――あとに残った感覚はただけうとい暖かな満足感と空ろさであって、ジョーンズが彼女の顔をあげキスをしたときさえそれは同じだった。「おいで、エミー」と彼は言い、脇腹を支えて彼女を立たせた。エミーは従順に立ちあがり、暖かで空ろな気持のまま彼によりかかり、導かれるがままに家のなかを通って自分の部屋への階段をのぼっていった。窓の外では午後になって不意に雨が、なんの予告もなしに――小旗もはためかず、ラッパも鳴らさずに――降りだしていた。

(陽は沈んでしまっていた、まるで金貸しに借りた紙幣のようにたちまち取り返されてしまったのだ。そして、鳩の群れは黙りこむか飛び去るかしていた。バプティスト派の牧師に指揮されたボーイスカウトはそのラッパを嚠々《りょうりょう》と吹きならした)

2

るんだ」

「おい、ボブ」と耳なれた声が呼んだ、あの同じ仲間の声だ。「ミラーの所へ行こう。あそこで野球やってるんだ」

彼は友達を見やったまま、挨拶の返事さえしなかった、そしてその顔の表情があまりに奇妙だったので、相手は言った——「なんでそんな変な顔してんだい？　病気なのか？」

「野球なんか、やりたくないときはやらなくたっていいんだ、そうだろ？」と彼は急にかっとなって答えた。彼が歩きだすと、相手の少年は立ったまま口を開けて彼を見送った。しばらくするとその少年もまた身を返して歩きはじめたが、一度か二度は振りかえっては、だしぬけに変な様子になった友達の方を見返った。それから彼のことを忘れ、この通りから姿を消してしまった。

なにもかもが、以前とは変って見えるのだった。この通りもこの見なれた並木も——ここは今でも彼の町なのだろうか？　彼の母と父が暮し、姉さんも住み、昼は食べ、夜は安全で堅固な空気に包まれてうとうとと優しい闇のなかで甘い眠りに誘われた場所、それはここだったのだろうか？　彼は踏段をのぼり、母を求めながら中へ入った。しかしもちろん、彼女はまだ戻ってきていなかった。彼は我知らずだしぬけに廊下を駆けぬけて、快い低い歌声のする方向へ走っていった。ここに彼の友達がいたのだ、青い木綿の服を着た巨大な人、その象のような腿をふるわしながら、台所のテーブルとコンロの間を、渡し船の航跡のように悠然と動いてゆく彼女こそ、彼の友達なのだ。

彼女は柔らかな落ち着いた歌声を止め、声をあげて――「あれまあ、坊や、なんだね？」しかし彼にはわからなかった。ただ自分にはどうしようもない悲しみにかられて、彼女の気持よいスカートに取りすがったのだ。彼女は、両手についたビスケットの粉をタオルで拭きとり、それから少年の体を抱きあげると、堅い椅子に腰を下ろし、前後に体を揺すりながら、風船のような乳房に彼を押し当て抱きしめると、しまいに彼の泣きたいという衝動はちりぢりに霧散してゆくのだった。

窓の外ではそれを予告する旗のひらめきもラッパの響きもなしに、突然午後の空から雨が降りはじめていた。

3

この雨にはなにひとつ苛烈なところがなかった。祈禱のように灰色で静かだった。小鳥たちは歌をやめさえせず、西の空はすでに薄く濡れていつもの金色に変りつつあった。

帽子もかぶらぬ牧師は芝生の上を、義理の娘に付き添われて、雨や雫をたらす樹々にも気がつかずに家の方へゆっくりと歩いていった。二人は並んで踏段をのぼり、玄関の薄暗くて洗わぬままの欄間の下を通った。廊下《ホール》に入ると牧師は立ちどまった。するとその顔からは水滴が流れ落ち、その服からも小さな音とともにしたたった。彼女は老人の腕を取り、導くようにして書斎に連れこむと椅子に掛けさせた。牧師がおとなしく坐ると、彼の上衣の胸からハンカチを取り出し、顳顬《こめかみ》や顔から雨を拭いとった。彼はおとなしく坐り、自分のパイプをまさぐっていた。

火皿に詰めようとしながら煙草の粉をデスクの上にやたらとこぼしているのを見て、彼女は静かにその手からパイプを取りあげた。「こちらをいかが？　ずっと簡単ですわ」と言いながら自分のコートのポケットから紙巻煙草を取り出し、一本を彼の口に当てながら、「あなたはこれを吸ったこと、ないでしょ？」

「え？　おお、ありがとう。年寄りの手習い、というところかね？」

彼女はそれに火をつけてやり、それから急いで台所からグラスを一つ持ってきた、デスクの横にひざまずき、次から次と引出しを開けていって、しまいにウイスキーの瓶を見つけた。彼女にウイスキー入りのグラスを手の中に置かれるまで、牧師は相手のいるのを忘れていたかのようであった。

それから牧師は彼女の方を見上げたが、その視線には感謝のこもった深い苦悩が宿っていて、彼女は思わず相手の椅子の肘掛けに坐るや彼の頭を自分の胸にかき抱いた。牧師の片方の手にはまだ口をつけぬ酒、そしてもう一方の手には着実に煙をあげてゆっくりと燃える紙巻煙草——そしてしばらくすると雨は過ぎ去り、ただ軒端から垂れる水のしたたりが沈黙を一定の間隔に刻み、それがかえって静けさを濃くするのだった。西空からのぞいた陽の光は、沈む前に地上へ最後の視線を投げかけた。

「すると、あんたはここにとどまらんのだね」と牧師はついに、彼女が口には出さなかった決心をみずから口にしたのだった。

「ええ」と牧師を抱きながら彼女は言った。

4

彼女が丘を下ってゆくと、あたりには蛍が飛びちがった。暗い森のなかでは、眼に見えぬ水気を足もとに感じ、高い草に膝まで濡れるのを知ると、スカートを引きずったまま、エミーはゆっくり歩きつづけた。

森を歩いてゆくと、その動きにつれて頭上の樹もまた動き、それがまるで空の星に満ちた河を分けてゆく黒い船のようで、過ぎ去るとさざ波ひとつ跡に残さず、分れた水は彼女の背後でまた閉じてしまうのだった。あの水溜りは暗いなかに暗く静まっていた。上には空と森、下にも森と空。濡れた地面に腰を下ろすと、向うの樹々の間にある暗い空には、明るさを増してゆく月が見てとれた。一匹の犬もそれを見たらしく、遠吠えをした——それはゆるやかな長い声で、静まりかえった丘を滑らかにすべり下りるようだが、同時にまた彼女のまわりを、遠くの恐ろしい噂話のようにさまよっていると感じられもした。

月の光は樹々の幹を照らし、水の上にも千々にくだけた——エミーには水溜りの向う側にいる自分と、そのかたわらに立つ彼とがほとんど眼に描けるほどに浮んできた——水溜りの上へかがみこむと、その二人が素早く裸のまま走り出し、月の光にきらめくのが見えるように思えた。

自分の服を通して堅い地面が足や腹や肘に触れるのさえ感じることができた……あの犬がまたも吠えた、情けない悲しげな声が消えてゆく、死に果ててゆく……しばらくするとエミーはゆっくりと立ちあがり、手で湿った服にさわり、長い帰り道を思った。明日は洗濯日だった。

5

「まあ、癪だ!」とマーン夫人は言い、掲示板をにらみつけた。駅の壁ぞいに彼女の洒落《しゃれ》た革鞄を置いていたギリガンは、簡潔にたずねた――

「遅れた?」

「三十分よ。なんて運が悪いんでしょ!」

「まあ仕方ないさ。家まで戻って待ちたいかい?」

「いいえ、たくさん。ああいうつらいお別れは好きじゃないわ。あたしの切符を買ってくれません?」彼女は自分の財布を彼に与え、それから爪先立ちになって高窓に映った自分の影を眺め、帽子の格好を少し直した。それからプラットホームをぶらついたが、その姿を暇な野次馬たちが感嘆したように眺めていた――こうした連中はアメリカ合衆国の小さな鉄道駅ならどこにでも見つかるのだが、それにもかかわらずヨーロッパ大陸の人たちは、アメリカ人が四六時中働き続けているという錯覚を抱いているのだ!

自由とは、行動を待つまでもなく、その行動への決断を行なったときに出現するものである。彼女はいま、ここ幾カ月もの間感じたこともないほど自由であり、心は平和だった。でもそのことは考えないでおこう、と彼女は用心ぶかく心にきめていた。ただ自由でいたほうがいいのだ、なまじそれを意識のなかでいじらないほうがいい。なにかを意識してつかむと、そこから比較したい気持が起き、たちまち正邪善悪の絆に縛られてしまうのだ。自分の夢のなかに生きていればいいのだ、それを手に入れようとすると、たちまち欲望が生じるのだ。それとも悲しみが起る——このほうがもっとつらいかもしれない。マーン牧師が抱いた夢——一度は奪われ、取り戻し、またも奪われた彼の夢。他人には滑稽に見えるかもしれない。そしてドナルド——いまはあの傷痕《きずあと》やこわばった手をしたまま暖かな土のなかで静かにしているのだ、暖かさと闇のなか——そこは傷痕は痛まないし、硬直した手を必要としない世界なのだ。彼にとっては夢なんかない所！ 彼がいま眠っている所では誰ひとりとして彼の顔の傷なんか気にしていないのだ。『艱難を通って栄光へ《ペール・アルデュア・アド・アストラ》……』そしてジョーンズ、あの男の夢ってどんなものなのかしら?」「悪夢だけだといいわ」と彼女は声に出して意地悪い口調で言い、するとカラーもなくて嚙み煙草を吐きだす連中のひとりが、おもしろそうに、何だね、奥さん？ と言った。

ギリガンは彼女の切符をもって再び現われた。

「ほんとに親切ね、ジョー」と彼女は財布を受けとりながら言った。

彼は相手の感謝の辞を無視して、「さあ、少しばかり歩こうや」

「あそこに置いたあたしの鞄、大丈夫かしら?」

「そうだな」と彼はあたりを見まわし、黒人の若者が電信柱から斜めに張られた鋼鉄線の上に寄りかかって不思議に落ちもせずにいるのをみると、手招きした。「おい、君」

黒人は動きもせずに、ええ? と言った。「おい、立ちねえよ。あの白人の人がおめえに話してるだぜ」と壁ぎわにしゃがみこんでいる仲間が言った。若者は立ちあがり、するとギリガンの手から小銭が一つ舞いあがった。

「帰ってくるまで、あそこの鞄に眼をつけていてくれ、いいか?」

「ええですよ、キャプテン」若者は並んだ鞄の前にかがみこみ、そしてその横でのんびり気楽な格好になり、たちまち馬のように居眠りをしはじめた。

「ちぇっ、連中は言われたことをするけれど、それにしてもこっちが感じるのは——まるで——」

「子供扱いにされてる、そうでしょう?」と彼女が助け船を出した。

「そのとおりだ。まるでこっちが子供かなにかで、自分は何してほしいのかわからないときでも、連中はちゃんと面倒をみてくれる、そんな感じなんだ」

「あんたって変った人間ね、ジョー、そして親切な人。あたしと一緒になって一生を無駄にするのはもったいない人だわ」

彼女の横顔は暗く開いたドアの入口を背景にして青白くくっきり浮きだしていた。「おれの一生は無駄になんかならないさ、あんたと結婚できさえしたら」

「さあ、少し散歩しましょうよ」彼女は相手の腕を取り、それから人々に自分の足の細さを眺められていると意識しながら、線路ぞいにゆっくり歩きだした。二本の線路は向うの森へと細くなり曲りこんでいた。もしこの二本の線を眼に見える限り追っていったら、眼に見える以上に追っていったら……

「なんだい?」とギリガンがむっつりと脇を歩きながらたずねた。

「春の様子をごらんなさいよ、ジョー、ほら、あの森のなか、夏はもうほとんど来ているのね、ジョー」

「そうさ、夏はほとんど来てるんだ。変だな、そうじゃないかい? おれたちは変ってゆくのに、自然はいつも同じことをやっている、そう思うとおれはいつもちょっと驚くんだ。自然というやつは大きな商売に忙しくて、おれたちなんかに驚かないんだな、ましてやおれたちが並の人間から少しはずれてるからって、そんなことを気にしやしないのさ」

彼の腕を取ったまま、線路の上を歩きつつ——「ジョー、するとあたしたち、並の人間じゃないとしたら、どんな人間なの?」

「どんな人間だか——あんたがどんな女で、それからおれがどんな男だか、知らないさ、しかしね、あんたとおれはどうにか自然の仕事を助けて、運のない哀れなやつを一人前にしようとしたわけさ」

樹々の葉は一枚ずつ、陽光の水滴をたたえ、林は夕暮れの熱のない火炎に燃えるかのようだった。小川には木橋がかかり、その向うで小径《こみち》は丘へと上っている。「この橋の手すりに坐りましょうよ」と彼女は言いながら彼を引いていった。彼が助けの手を出さぬうちに、彼女は手すりに背をあてると、伸ばした腕で軽く身をもちあげた。手すりの下の段に踵《かかと》をひっかけて坐ると、彼もそのかたわらにあがった。「一服しよう」彼女はハンドバッグから煙草を取りだし、それを彼は一本受け取ってからマッチをすった。「今度の出来事では、運がよかったのは誰だと思う?」と彼女はたずねた。

「あの中尉さ」

「いいえ、彼は運なんかなかった。誰でも結婚するときは、運がいいか悪いかどちらかだけど、死んだも同然の人の場合は、そのどちらでもないのよ——何にもないと同じだわ」

「そのとおりさ。彼はもう自分の運がいいか悪いか気にしなくてもよかったのさ……ただしあの坊さんは運がよかったぜ」

「どうして?」

「いいかい、たとえ悪運にぶっつかったとしても、その悪運が過ぎ去ったら、それは運がよかったことにならないかい?」

「そうかしらね。ジョー、あんたの言うことむずかしすぎるわね」

「じゃあ、あの娘はどうだい? 男のほうは金を持ってるという噂だし、それに特別脳味噌もないんだ。あの娘は運がいいぜ」

「彼女があれで満足すると思っているの?」ギリガンは返事もせずに相手をまじまじと見つめた、「彼女、ドナルドと結婚していたら、未亡人になってうんとおもしろい生活がおくれたわけよ、それもあんな若くってね。きっと彼女、今は自分の運が悪かったとくやしがってるに違いないわ」

ギリガンは感嘆したように相手を眺めた。「おれは今まで禿鷹《はげたか》みたいに貪欲《どんよく》になりたいと思ってたがね」と彼は言った、「今じゃ女になりたいと思うね」

「あらまあ、ジョー。いったいなぜよ?」

「あんたも恐ろしい女予言者のひとりなんだから。あのジョーンズの野郎のことを話してくれよ。やつは運がよかったろ」

「どうして運がいいの?」

「だって、やつは自分の欲しいものを手にいれた、そうだろ?」

「でも相手は彼の欲しがってた女じゃなかったわ」

「そうとも言える。たしかにやつは自分の欲しい女をみんな手には入れなかった。おれの知ってるだけでも二度失敗している。だけれど、やつは失敗なんか気にしないみたいだぜ。だからそこがやつの運がいいという意味なのさ」二人の煙草が弧を描いて流れに落ちこみ、シューと音をたてた。「どうやら面《つら》の皮の厚いやつは、ほかのことと同じで、女ともうまくゆくらしいな」

「あんたの言うのは、鈍感な人間はという意味でしょ」

「いいや、そうじゃないさ。鈍感というのはおれのことで、そのためにおれは自分の欲しい人をつかめなかったんだ」

彼女は手を彼の腕においた。「ジョー、あんたは鈍感じゃないわ。だけど同時に大胆でもないのね」

「いや、おれは大胆さ。何か欲しいものがあったとき、他人の感情なんかに気を配ったりしないぜ、おれは――。そう思わないかい？」

「あんたが他人の感情に気を配らないでなにかするなんて、想像もできないわ」

むっとして、彼は冷やかな口調になった。「もちろんあんたが自分の意見をもつのは自由さ。おれはあの冗談話のなかの男みたいに大胆じゃない。それは知っているさ。あの話、覚えているだろ――男が町で一人の女にまつわりついて、すると彼女の夫がそばにいて、やつを殴り倒したんだ、やつが埃を払いながら立ちあがったとき、一人の男がきいた、『驚いたね、あんた、あんたはあんなことをよくやるのかね？』するとその男が言うのさ――『そうさ。もちろん時には殴り倒されるがね、思ったより成功する場合が多いんだぜ』どうやらこの男は殴られる率をちゃんと計算してやっているわけなんだ」と彼は例の皮肉なユーモアを混じえて言い終った。

彼女は大声で笑った。それから言った――「ジョー、あんたもそれをやってみたらどう？」

ギリガンはしばらく相手を見やった。彼女もたじろがずにその視線を見返した、そして彼は滑り下りて彼女に面して立ち、片腕を相手の体にまわした。「マーガレット、それ、どういう意味なんだい？」

彼は相手が返事をしないまま、下へ抱きおろした。彼女は両腕を彼の肩にかけた。「今の言葉はなんの意味も含んでいないいんだろ」と彼は静かに告げながら、相手の口に自分の唇を触れた。彼の抱きしめた力がゆるんだ。

「そんなふうにじゃなくて、ジョー」

「そんなふうにじゃないって、どんな?」と彼は愚かにもたずねた。返答のかわりに彼女は相手の顔をひきおろし、ゆっくり燃えるような強さでキスをした。それから二人は結局のところお互いに他人なのだ、本当には合致しないのだと悟った。彼は急いでそのぎごちない隙間を埋めようとした。「さっきの言葉は、本気で言ったのかい?」

「ジョー、やはりあたしにはできないのね」と彼の両腕に身をもたせて立ちながら、彼女は言った。

「だけどマーガレット、どうしてだめなんだ? 君は一度だっておれに理由を話したことないぜ」

夕陽に満ちた緑の中で彼女は横顔をみせたまま黙っていた。「もしあたしがあんたをとても好きじゃないとしたら、打ち明けたりしないでしょうけどね。はっきり言うと、ジョー、あんたの名前なのよ、ギリガンという名、あたしギリガンという名の男とは結婚したくないわ」

彼は深く傷ついた。「すまなかったな」と彼は鈍い声で言った。彼女は頰を相手の頰に押し当てた。丘の頂では、樹々の幹がまるで暖炉の前の鉄格子のようであり、その向うでは夕暮れの火が次第に燃え尽きていた。「おれは名前を変えたっていいよ」と彼は提案した。

夕暮れの中に長い響きが伝わってきた。「あんたの汽車がきたよ」と彼は言った。

彼女は相手の顔を見ようとして自分を少し彼から押し離した。「ジョー、ごめんなさいね、あんなことを言う気ではなかったの──」

「いいさ」と彼は相手の言葉をさえぎり、彼女の背中をぎごちない優しさでたたいた。「さあ行こう、戻ろうぜ」

汽車は向うの曲り角から黒い姿を現わした──蒸気の煙で飾りたてた容貌魁偉《かいい》な騎士のような姿で現われ、それは進んでくるように見えないくせに次第に大きくなってくる。たしかにそれは動いているのであり、たちまち停車場のなかへ侵入してきたが、その機関室にのせて自分を運転させている存在は、まるで自分の身から突き出た脂っぽい面皰《にきび》であるといった様子だった。そして軋《きし》り音とともに停止し、白い上衣を着た給仕たちを吐きだした。

見物人たちのおもしろがるにまかせたまま、彼女はギリガンの身にまたも両腕をまわした。「ジョー、悪気で言ったのじゃあないのよ。ただ、わかってほしいの、あたしはすでに二度も結婚したのよ、そして二度とも、ぜんぜん運に恵まれなかったのよ、だからあたし、もう一度試す勇気が出ないの。でもね、もしもあたしがまた結婚するとすれば、相手はあんたしかいない、それは知ってるでしょ? ジョー、キスして」彼はそれに従った。「ほんとに自分を大事にしてね。もしもあんたがあたしと結婚したら、あんたは一年もせぬうちに死んじまうのよ、ジョー。あたしと結婚する男はみんな死んじまうのよ、わかるでしょ?」

「それも覚悟でするよ」と彼は言いきった。

「でもあたしのほうに、その覚悟がつかないのよ。この年で三人もの夫に死に別れたくはないもの」人々が降りて、二人のわきを通りすぎ、別の人々が乗りこんだ。そして騒音を越えて、助奏部のように、馬車の馭者たちが客を呼びこむせわしない声。「ジョー、あたしが別れてゆくこと、ほんとにあんたにはつらいことなの？」彼はただぼんやりと彼女を見やっている。「ジョー！」と彼女が叫んだとき、そばを一団の人々が通りすぎた。それは新婚のジョージ・ファー夫妻だった。二人の眼に映ったのはセスリーの不満げなやつれた顔、その顔のまま彼女は父親の両腕のなかへと品よく弱々しく泣き崩れた。そして彼女の背後には仏頂面をして怒鳴りたげな様子のジョージ・ファー君。まるで無視された姿。

「あたしの話したとおりでしょ？」とマーン夫人はギリガンの腕をつかみながら言った。

「そのとおりだな」と彼が答えたが、そこには彼自身の絶望感も含まれていた。「かわいそうな野郎だ、えらく素敵な新婚旅行をしたらしいや」

その一団が駅をまわって過ぎ去ると、彼女はまたギリガンを見やった。「ジョー、あたしと一緒にいらっしゃい」

「結婚してくれるのかい？」と彼は再び湧きおこる希望とともにたずねた。

「いいえ、今の二人のままで。そしてお互いに飽きてしまったら、あとはただ相手の幸運を祈って自分自身の道を行く、というわけ」彼はあきれた顔で相手を見つめた。「ジョー、あんたは堅苦しい教会の道徳を捨てられないのね。あたしを悪い女だと考えてるのね」

「いいや、そうじゃないさ。しかし、おれにはそれはできない……」

「どうしてできないの？」

「わからない――ただおれにはできないんだ」

「だけど、どんな違いがあるっていうの？」

「何もないさ、もしおれの欲しいのがあんたの体だけならね。だけどおれの欲しいのは――おれの欲しいのは――」

「ジョー、あんたはなにがほしいというの？」

「ちぇっ、さあ、汽車に乗ろうぜ」

「じゃあ、あんたも一緒に来るのね？」

「おれが行かないのは知ってるだろ。あんたはそういえば自分が無事だ、と知ってるんだ」

彼はマーガレットの鞄を取った。赤帽が巧みにそれを彼から取りあげ、それで彼は彼女を助けて列車に乗せた。相手が緑色の座席に坐ると、彼はぎごちなく帽子をぬぎ、右手をさしだした、「じゃあ、さよなら」

白と黒の小さな帽子の下、そして真っ白なカラーの上にある彼女の顔は青ざめて静かだった。彼のさしだした手を無視して――

「ジョー、あたしをごらん。今まであたし、嘘をついたことある？」

「いいや」と彼は認めた。

「それなら、今のことも嘘じゃないと知っているでしょ？　あたしが言ったことは本気なのよ。お坐りなさい」

「いいや、だめだよ。あのやり方じゃ、おれにはやれないんだ。おれがやれないことは知ってるだろ」

「わかったわ。ジョー、あたしってあんたを誘惑さえできないのね。ごめんなさい。できれば、短い間でもあんたを幸福にしてあげたかったの。でもどうやら、この手はきかなかったらしいわ、そうでしょ？」彼女は顔をあげ、するとギリガンがキスをした。

「さよなら」

「さよなら、ジョー」

だがどうしてそうしちゃあいけないんだ？　と彼は石灰殻の上に立ちながら思った、あのやり方で彼女を受け入れたってかまわないだろ？　じきに彼女を説得できるかもしれないんだ、たぶんおれたちがアトランタへ着く前にな。彼は身を返し、列車にとび乗った。たいして時間がなかった、そして彼女の席がからっぽなのを見ると、ますます興奮にかられながら列車の中を走りだした。次の客車にもいなかった。

おれは自分の席がどこか忘れちまったのかな？　と彼は思った。そうじゃない、彼女と別れたのはあの席だ、なぜってあそこに黒人の青年がいて、まだ窓の反対側にじっとしている。彼は急いでもう一度彼女の場所を見返った、そうだ、あそこに鞄もある。他の乗客にぶっつかりながら、彼は列車を先まで走りぬけた。彼女はそこにもいなかった。

彼女は考えなおしておれを探そうと降りたんだ、と彼は空しい努力の果てに思いついた、彼は客室のドアをたたき開け、地面にとび降り、そのとたんに列車が動きはじめた。駅でぶらつく連中の眼にはどう映るかなど気にもせず、彼は待合室へ飛びこんでいった。そこも空っぽだった、そしてプラットホームの前方と後方をあわただしく見やったが、彼女の姿は見えず、絶望感におそわれながら動いてゆく列車の方へ振りむいた。

彼女は乗ってるに違いないぞ！　と彼は熱い頭で考え、彼女がもう一度現われるまでなぜあそこにとどまっていなかったのかと自分を罵った。なぜなら列車は今あまりに早く動いており、それにすべてのドアはぴったり閉ざされていたからだ。やがて最後の客車が滑らかに走り過ぎてゆき、するとその最後部の手すりに立っている彼女を見た——彼女は彼の姿を見ようとわざわざそこまで来ていたのだ、それを知らずに彼はあそこまで探すのを思いつかなかったのだ。

マーガレット！　轟然《ごうぜん》と行き過ぎる鉄の車のあとから彼は叫び、それを追って線路の上を空しく走ったが、たちまち列車は滑らかに遠ざかってゆく。「マーガレット！」もう一度叫び、見物人たちの声援を背後にして、またも腕を彼女の方へ差しのばした。

「それ、もう少しだ」と一つの声が励ました。「十対一で乗るほうに賭けるぜ」とふざけた声が申し出たが、誰ひとりその賭けに応じる者はいなかった。

彼はついに停った。怒りと絶望に泣きわめきながら、彼女の姿を見つめた――その黒くてすらりとした服、白い襟《えり》とカフス、それらが去ってゆく列車とともにますます小さくなってゆき、その間も汽車はあざ笑うような汽笛を響かせて、侮辱するような煙をたなびかせながら、二本の鉄路の上を動いてゆき、彼の視野から去ってゆく、彼の人生から去ってゆく。

……しまいに彼は鉄道線路から直角に折れて、針金の渡った柵をのぼり越え、森のなかへ入っていった――そこでは夏がすっかり来たとはいえないが、それでも夏の匂いに気疎《けうと》くなった春が、優しく暮れなずみかけているのだった。

6

ゆるやかに夕闇の滲みでる藪陰からは、鶫《つぐみ》が澄んだ声を四つひびかせた。彼女の唇の形みたいだ、と彼は思い、自分のなかにある熱い痛みが日暮れの涼しさとともに冷えてゆくのを感じた。小川の流れは、かすかに聞える呪文のようにせわしなく囁きつづけ、岸のはんの木の若木は、自らの姿に恋したナルシサス（ギリシャ神話、泉にうつる自分の姿に恋した青年—訳注）のように、流れの上に身を投げだした姿で、小川の響きに声を合わせている。鶫は驚き、茶色の一線となって森の奥へ飛びすぎ、そこでまた鳴いた。蚊の群れがまわりに寄りたかった、しかし彼は追い払いもしなかった——彼はその鋭い針の刺激に心の慰めを見いだしているかのようだった。こんなことででも彼の心が別の方向にそれてくれれば、とでもいったふうだ。

　おれだったら彼女の不幸を慰めて励ましてやれたんだ。おれだったら、何か彼女の心を傷つけたって、みんな治してやれたんだ、そしてそうすれば彼女は自分の不幸の時代を思いだした時に、これはわたしだったのかしら？　と言えるようになれたんだ。おれが自分の思ったことを言えさえしたらなあ！　ただ、おれは自分ではなにひとつ言葉が思いつかないみたいだった。このおれが、だ、しじゅうしゃべってばかりいるおれが、言葉につまっちまうなんて……当てもなしに彼は小川のへりをたどっていった。まもなく道は紫色の影のなかへ、柳の枝の間へと入りこみ、前よりも大きな水音が聞えてきた。柳の枝を分けて進むと、そこで流れは古ぼけた水車をまわし、その向うには小さな湖が静かな空や対岸の森を映じていた。地面には幾つかの魚が鈍い光を放って置かれていて、ひとりの男の尻も見えた。

「なにか失くしたのかい?」とギリガンは相手の男が水に手を突っこんで波紋を起しているのを見まもりながらたずねた。相手は四つ這いになった身を起しながら、肩ごしに彼を見返って――

「煙草を落しちまったのよ」と強調もせぬ間延びした口調で答えた。「ちっと余分に持ち合せてねえかい?」

「紙巻ならあるぜ、もしそれでよかったら、吸いなよ」ギリガンは袋を突き出し、相手はまた踵《かかと》の上に坐る姿勢に戻りながら、一本を抜いた。

「こりゃありがとよ。男ってのは、時たま一服やりたくなるもんでなあ、そうだろ?」

「男ってのは、ほかのいろんなこともやりたくなるさ、ときどきな」

相手は大口をあけて笑ったが、理解したのではなくて、なにか性《セックス》と関係ある言葉だとひとりぎめしたからだ。「おれ、そっちのほうは縁がねえがね、その次にいいものは持ってるぜえ」彼は立ちあがった――猟犬のように引き締った体――そして柳の茂みの下から一ガロン壺を取りだした。もの慣れない礼儀をみせて、それをさしだした。「釣りにゆくと、いーつもちょいとひっかけるわけだ」と彼は説明した。「酒の入ったほうが、魚はよけい食うし、蚊には食われねえんだよ」

ギリガンはその壺を不器用に受けとった。これ、どうやって飲むんだろう?「うん、手本をしてみせよう」と相手は言い、彼から壺を取りあげた。把手《とって》に人差指を引っかけ、二の腕が水平になるまでぐっと大きく壺を持ちあげてゆき、その間に頸《くび》を伸ばして自分の口が壺の口と合うようにした。呑みこむたびに上下する咽喉仏、それが薄白い空を背景にしてギリガンの眼に映じた。相手は壺をおろし、手の甲で口を拭った。

「こういう具合にやるのさ」と言いながら壺を彼に渡す。

ギリガンはそんなに見事にやれなかった――自分の顎に酒が冷たく流れるのを感じたし、チョッキの前も濡らしてしまった。しかし咽喉に入ったものは火のようだった、そして胃袋に達すると、それは爆発するかのよう。むせ返りながら、彼は壺をおろした。

「あきれたな。なんだい、こりゃあ?」

相手は甲高く笑いながら、股を平手でたたいた。「玉蜀黍《とうもろこし》は飲んだことねえんだ、そうだろ? でもよ、腹んなかに入ると、どんな感じだい? 外にあったときよりいいだろ? ええ?」

たしかにそうだとギリガンは認めた。自分の全神経が電球のなかにあるフィラメントみたいに熱くなったと感じ、ほかにはなにひとつ意識にのぼらなかった。それから陽気な気分が起きてきた。彼は壺を持ちあげ、前よりも巧みに飲んだ。

明日はアトランタ市へ行って彼女を捜そう、あそこから出発する前に彼女をつかまえるんだ、と彼は自分に言いきかせた。きっと見つけだすさ、彼女はおれからいつまでも逃げていられねえんだ。相手が再び飲んでいる間にギリガンは煙草に火をつけた。彼もまた自由を――自分の運命を自分で開いてゆくという感覚を――味わった。おれは明日アトランタ市に行って、彼女を見つけだし、そして結婚するんだ、と彼は繰りかえした。おれはなんで彼女を行かせたりしたんだろうなあ?

いっそのこと、それなら今夜出かけたらどうだ? そうさ、今夜出かけたらどうだ? おれには見つけられるんだ! きっと見つかるにちがいないんだ。ニューヨークじゅうだって同じだ。もっと前にこれを思いつかなかったなんて、変だったな。彼の両脚と両腕からは感覚が失せてしまい、煙草は神経のなくなった指の間から滑り落ちた、そしてその小さな火を拾おうとして、思わずよろめき、自分の体がきかなくなっているのを知った。ちぇっ、おれはそんなに酔ってねえぞ、と彼は思った。しかしそれが事実だと認めざるをえないのだった。「おい、ありゃあ何が入ってるんだい？　おれは立ってることもできないみたいだぜ」

相手は嬉しがって、またも高笑いをした。「どうだい、ええ？　おれの手作りだけんど、よくきくじゃろ？　でもな、じきと慣れちまうよ。もう一口やりなされ」男は得意になって、まるでそれが水のような飲みっぷりをみせた。

「冗談いうなよ。おれは町へ行かなきゃならないんだ」

「一口やりねえよ。ちゃんと道まで連れてってやるからよ」

二度飲んだだけでこんないい気分にさせるんだから、もう一度やったら叫びだすぞ、と彼は思った。しかし彼の友人が主張したので、再び飲んだ。「さあ、行こう」と彼は壺を返しながら言った。

壺を恋人のように抱きかかえた男は湖のまわりをまわった。ギリガンはその後から、糸杉の突き出た根や泥に足をとられながらよろめき歩いた。しばらくすると少しばかり体がきくようになり、柳の林が切れる所へくると、一本の道が赤い砂地の中を走っていた。

「さあ、ここだ。この道をまっすぐ行きねえよ。一マイルもねえだろうな」

「わかった。いろいろありがとう。君の酒、まったくすげえや」

「なかなかのものじゃろ、ええ？」と相手はうなずいた。

「じゃあ、おやすみ」ギリガンが手をさしだすと、相手はそれを形式ばってやんわりとつかみ、腕を硬くのばして手首だけ上下させた。

「気いつけて行きなよ」

「ああ、そうする」とギリガンは約束した。相手の節くれだってマラリヤを病んだ姿は再び柳の枝の間にかくれていった。その道は彼の前方へ静かに、空ろに、大地をえぐって延びていた。東の地平線は月の気配をみせて明るんでいた。彼は埃っぽい道をたどっていったが、青く澄んで明るい空にそびえる左右の暗い樹々は、黒インキをこぼしたような色だった、そしてまもなく月そのものが昇ってくるのだった。その端は今や樹々の頂を鋭く浮びあがらせ、やがてその円盤自体が皿のようにぽっかりと現われた。よたかの群れは樹々の間にすっかり姿をかくしていたが、一羽は埃の中からよたよたと彼の足もとまでやってきた。この寂しさのなかでウイスキーは醒《さ》めてゆき、まもなく一時だけ押しのけられていた絶望感がその場所へ根を張りだした。

しばらくすると、上にX字の木を打ちつけた棒が立ち、その下の鉄道踏切りを越えると、小道は黒人たちの住居の間にはいり、お馴《な》染《じ》みの黒人の臭いがただよってきた。どの小屋も暗かったが、しかしそこからは低い無意味な笑い声やゆったりと間延びした声、それらは陽気ではあるがしかしどこかに『時』と『生命』への長い絶望感がこもっている。

月の光の下、漆喰壁の内側を新聞紙で張りまわしたなかで、なにか異教的なものが春と肉欲の激情に慄《ふる》えている——その異教的なものは、その衣服と同じように白人の風習を用いてはいるが、ひっそりと静かでしかも力にあふれ、その力の強さを自らは知らずにいる精力なのだ——

『やさしき馬車よ、……おいらを天国に運んでおくれ……』（黒人霊歌の一節—訳注）

三人の若者が彼と行きちがった——砂埃をあげる足どりで歩き、埃っぽい道のなかに各自の押し黙った影をおとし、その影の動きを真似ながら通り過ぎてゆくと労働の汗の鋭いにおい——「お前は早いだろうけどよ、長くはつづかねえよ、お前のおっかあに締めつけられちまうからよう」

彼は顔に月の光を受けながら歩みつづけた、すると向うの空のなかに郡役所の建物、その上に柔和な神のように居すわって四つの顔で町を見渡す円屋根の時計塔。甘ったるい豊かな声がドアからドアへと呼び交う小屋をさらにいくつか通りすぎ、すると一匹の犬が月に向って澄んだ哀しげな声で吠えたて、ひとつの低いつぶやき声がそれをののしった。

『……やさしき馬車よ……おいらを天国に……はい、イエス様、おいらを天国に運んでおおおおくれ……』

教会は銀色の屋根をみせて黒々とそびえており、彼は蔦のからんだ眠りこけた塀の下をすぎて芝生を横切っていった。庭のなかでは、木蓮《マグノリア》の樹に住んでいる物真似鳥が静寂さに波紋をたてており、月を受けた牧師館の壁には、窓枠から窓枠へと、何か漠とした姿が這い動いていた。いったいありゃ何だ、とギリガンは思いながら見ていると、その影はエミーの窓のところで停止した。

彼は素早く音もたてずに花壇を跳びこえた。そこには手がかりになる雨樋《あまどい》があり、それを伝わって相手のいる窓の所まで登ってゆくと、ジョーンズは彼がそばに来たところで、ようやく気づいた。彼らは危うい姿勢で互いを見つめあった――一方は窓にすがりつき、他方は雨樋に。

「お前、なにをしようっていう気なんだ?」とギリガンがたずねた。

「もう少しこっちにあがってこい、そうすれば教えてやるから」とジョーンズは黄色い歯をむきだして彼に言った。

「おい、そこからおりろ」

「実に癪《しゃく》の種――またも現われたはあのご婦人のお供じゃなかろうか――みんなはお前があの黒い髪の女と一緒に立ち去ればいいと願ってたんだ」

「お前、おりてくるのか、それともおれに登っていって投げおとされたいのか？」

「どっちが？　ぼくがかい？　お前がかい？」

返事のかわりに、ギリガンは上へのしあがり、窓の張出しをつかんだ。ジョーンズはすがりついたまま相手の顔を蹴りつけようとしたが、ギリガンは握りしめていた雨樋から手を放して相手の脚をつかまえた。一瞬の間、二人は建物の壁ぞいに巨大な振子となって吊りさがった、とたちまち窓にかけていたジョーンズの手がはがれ、二人はもろともに下のチューリップ花壇へ落ちこんだ。先に立ちあがったのはジョーンズで、相手の脇腹を蹴りあげると、逃げだした。ギリガンは跳ねおきて後を追い、見事に追いついた。

今度はヒヤシンスの花壇だった。ジョーンズは女のような闘いぶりで、蹴ったり、ひっかいたり、嚙みついたりしたが、ギリガンは彼を無理に引っぱりあげ、殴り倒した。ジョーンズは立ちあがったがもう一度倒れた。今度はそのまま這いよってきて、ギリガンの膝にかじりつき、彼を引き倒した。ジョーンズは蹴りたてて自由になり、立ちあがると、またも逃げだした。ギリガンは坐る姿勢になってから後を追おうかと思案したが、ジョーンズのでぶついた体が月光のなかを跳ねとんでゆくのを見まもって、あきらめた。

ジョーンズは猛スピードで教会の周囲をまわり、鉄の門から外へとびだした。追跡がないと知ると、歩く速度に足どりをゆるめた。静かな楡《にれ》の並木の下にくると、呼吸もよほど楽になった。葉の動きさえない梢《こずえ》はどれも空に向って静かだった、そしてハンカチで顔と頸筋を拭いながら、彼は人っ気のない通りを歩いていった。ひとつの角にくると、そこにある馬の飲料の水桶《みずおけ》にハンカチをひたし、顔と両手を洗った。水のおかげで殴られた痛みはよほどおさまり、やがて疲れた足どりで影から月光のなかへ、月光から影のなかへと、その忍びやかでぶよついた姿を運んでゆくうち、静かな夜はいつの間にか彼の心から先ほどの動乱の跡を拭いさってくれるのだった。

樫《かし》や楓、また楡や木蓮の樹々、そして網目垣にはじっと動かぬ薄青い花を散らしたつたかずら、そうしたものの向うには暗いヴェランダがあって、そこからひそかな話し声や優しい笑い声の切れ端が聞えてくる……神様は彼らを男と女に創りたまいぬ、しかも若々しく。ジョーンズだって、やはり若かった。『しかもなお、ああ、春はあの薔薇とともに去りゆくとは！ 若き日々の甘美なるページもいつか閉じねばならぬ！梢に歌う夜鶯《ナイチンゲール》は、ああ、いつ、いずこへ飛び去りしや、知るによしなし！……』（ペルシャ詩人オマル・ハイヤームの詩ルバイヤット、七十二歌—訳注）今夜はあの娘が欲しかったなあ、と彼は溜息をついた。

月の光はけざやかであった。『ああ、わが歓楽の月、欠けるを知らぬもの、かの天上の月はいま再び昇りはじめたり、この同じ庭にて、これより後いくそたび、かの女はわれを想いて月の昇るを眺めやらん——はかなし！』（前出ルバイヤット、七十四歌—訳注）しかし春というもの自体がすでに秋の、そして死の気配を含んでいるのではなかろうか。『秋、死の月の迫りたるいま、ここに長き夏の日々は倒れ臥したるなり、かの女もまた樹々の下にて悲しみに疲れ、夜ともなれば忍び泣きて、はては死なんと願うなり』そして春と若さと月の光に惑わされて、ジョーンズはその澄んだ感傷的な声で高々と呼ぶのだった。

「恋人よ、恋人よ、おお、恋人よ」

ゆっくりと動く彼の影は、鉄柵の落すペン描きのような線を消し去ってゆくが、彼の通りすぎた後は、ペン描きの線が前と同じように暗くて柔らかな芝草の上へ現われる。その広い芝生にはつくばねあさがお《ペチュニア》とカンナの群れ、そして木蓮の青銅色の葉の茂る向うに、白い家が静謐な姿で円柱に支えられている。それは死の簡潔な美しさよりもさらに簡素な美をみせて立っている。

　ジョーンズは門に両肘をついてよりかかり、足もとに落ちた自分のずんぐりした影を見つめ、梔子《くちなし》の香をかぎ、どこかで鳴く物真似鳥の声を聞き、どこで……ジョーンズは溜息をついた。それは倦怠《アンニュイ》そのものから生れた溜息なのだった。

7

牧師の机の上には一通の手紙、宛名はカリフォルニア州サンフランシスコ――街、ジュリアン・ロウ様とあって、その内容は彼女の結婚および彼女の夫の死亡を彼に伝えている。それは郵便局から差し戻されてきたものであり、表にはぺたりと判が押されている――『転居。現在の宛名は不明』

8

ヒヤシンスの花壇に坐っていたギリガンは、ジョーンズの逃走を見送った。「でぶにしちゃあ、足が早えや」と認めながら立ちあがった。「今夜はエミーも一人で寝なきゃあならないな」木蓮の木にいた物真似鳥は、戦闘が止むのを待ちかねていたかのように、またも歌いはじめた。

「何をそんなに歌うことがあるんだ?」とギリガンは木に向って拳を振った。鳥は彼を無視して鳴きつづけ、彼は服から泥をはたき落した。まあ、前より気分はいいや、とひとり言を言った——あん畜生を捕まえられなかったのは残念だったけどな。つぶれたヒヤシンスの花壇に最後の視線を投げてから、彼は庭から出ていった。家の角の、あの銀色の樹がひっそり眠りこけている下までくると、牧師がのっそりと現われて彼の前に立った。

「ジョー、君かね? 庭で騒がしい音を聞いたように思ったが」

「そのとおりですよ。あの太った野郎を思いっきりたたきのめすつもりだったんですがね、捕まえられなかったんです——どうにもおさえきれなかった。飛んで逃げましたよ」

「喧嘩かね? こりゃ驚いた!」

「喧嘩とも言えませんね。やつは逃げるのにばかり忙しかったから。喧嘩というのはね、牧師さん、二人がやり合わなけりゃだめですよ」

「喧嘩はなにも解決せんよ、ジョー。君がその手段に訴えたのは残念だね。誰か怪我したかね?」

「いいや、残念なことにね」とギリガンは腹立たしげに答え、自分の汚れた服や空《むな》しい復讐心のことを考えた。

「それは結構だ。だが若い者は喧嘩が好きだねえ、ジョー。ドナルドも以前はよくやったものだよ」

「牧師さん、きっと彼ならやったでしょうね。彼は元気だったときには、素敵に強かったでしょうね」

ひらめくマッチに牧師の大きな皺だらけの顔が照らしだされた、そして彼はそのお椀《わん》の形にした手の間からパイプに火をつけた。門の方へ向いて月光の中をゆっくりと芝生を横切ってゆく。ギリガンが後に従った。「わたしは今夜どうも落ち着かんのだ」と彼は説明した。「少し散歩しようかね?」

月光の洩《も》れる並木道に木の葉の影を踏みながら、二人はゆっくりと歩いていった。明るい月の光のなかでは、家々についた燈火ははかない黄色だった。

「どうやらすべてがもとに戻ったようだねえ、ジョー。人は来たり去ったりするが、エミーとわたしだけは、聖書にある岩のように、動かんのだよ。ところで、君の計画はどういうふうだね?」

ギリガンは自分の困惑を隠そうと、いかにも仰々しい様子で煙草に火をつけた。「そうですね、牧師さん、本当のとこを言うと、なんの計画もないんです。あんたがご迷惑でなかったら、もうちょっとばかりここにいたいんですがね」

「それは歓迎だよ、君」と牧師は心から答えた。それから立ちどまり、鋭く相手に顔を向けた。「正直に言ってほしいんだがね、ジョー。君がここにとどまる決心をしたのは、わたしを憐れんでのことなのかね?」

ギリガンはやましい様子で顔をそむけた。「牧師さん、そのう——」

「それはいかんよ。それは受けられないよ。君はすでにできるだけのことをしてくれたんだ。ジョー、ここは若い人のいるところではないよ」

牧師の禿げあがった額と太い鼻は月の光でT字型に光っていた。その両眼は洞窟のように空《うつ》ろだった。ギリガンはふと人類の古い哀しみを味わったように思った——黒でも黄色でも白でもいい、それはどの種族にも流れる哀しみであり、そして気がついてみると彼は牧師に彼女のことをすっかり打ち明けはじめていた。

「ちょ、ちょ」と牧師は言った、「ジョー、どうも気の毒だったね」彼は歩道の端にどっしりと腰を下ろし、ギリガンもそのかたわらに坐った。「因縁というものはな、ジョー、実に思いがけぬ方向へ人を動かしてゆくものだよ」

「あなたなら、神様というものは、と言うかと思いましたよ、牧師さん」

「神様こそ因縁なのだよ、ジョー。神様はこの世の中においでなのだ。次に何が起るかは誰もわからんのだ。それは事の成行きが自然につくってゆくものだ。『夫神《それかみ》の国は爾曹《なんじら》の衷《うち》に在《あり》』（聖書ルカ伝十七章二十一節——訳注）と聖書も言っておるよ」

「牧師さんが言うにしては、ちょっと変ったお説教ですねえ」

「いいかね、わたしは老人なのだよ、ジョー。口論や腹立たしさを覚えるには年をとりすぎておる人間だ。天国や地獄はこの世の中で人が自分の心の中につくるものなんだろうね。誰にもわからんのだが、たぶんわたしたちも、死んでからはどこへも行かず、また何もせずにいるのかもしれない。それこそが天国というものかもしれんしな」

「それともぼくらは他人の力次第で天国にいったり地獄におちたりするのかもしれませんね」

牧師はその大きな腕をギリガンの肩にまわした。「君は失望からそんなに苦しんでおるがね。しかし、その気持も過ぎ去るものだよ。ジョー、愛というものの哀しい点は、どんな愛も永遠に続かないというところにある。そしてその点では失恋もまたじきに忘れられるのだよ。どんな文句だったかな?『人間は昔から死んでは蛆《むし》に食われ、死んでは蛆に食われしたけれども、一人だって恋のために死んだものはありゃしません』(シェイクスピアの『お気に召すまま』四幕一場百十行—坪内逍遥訳—訳注)いや、いや」とギリガンがさえぎろうとしたかのように口を早め、「それは耐えがたい真実だというかもしれんが、すべての真実は耐えがたいものなのだよ、わたしらはいま二人とも、同じように別離と死という事実で苦しんでいるのだ、そうではないかね?」

ギリガンは恥ずかしく思った。下らぬ空想からおきた失望でこの人を悩ますなんて! 牧師はまたも口を開いた。

「君は自分の将来の計画が立つまではここにいるがいい、そのほうが君のためになると思うよ、結局のところな。だからこの話はこれでおしまいにしよう。どうだね、君が疲れていなければ、もう少し歩こうと思うが——」

ギリガンはもちろん大丈夫だと言って首を強く肯《うなず》かせ、立ちあがった。しばらくすると並木の梢の茂りあった静かな通りはくねり曲る道となり、二人は町を背後に残してだらだらと下ってゆき、それから一つの丘へ登っていった。月光のなかで丘を登ってゆき、そして地上の世界が背後の闇へと遠ざかってゆくのを眺めた。霧が眠たげにかかっている谷の上には月光に輝く峰々——そして二人は薔薇の這いのぼるなかに眠っている小さな家を通り過ぎた。その向うには果樹園が夜の中にひっそりと、うずくまるように、実をつけた様子で整然と列をなして眠っている、「ウイラードはいい果物をだすよ」と牧師はつぶやいた。

道は再び下り坂となって、赤くむきだした窪みと窪みの間をゆき、やがて若木の茂みが点在する平たい、月の明るい場所へ出た、すると、遠くから聞えるために言葉のない純粋の震える音楽となって、合唱が聞えてきた。

「黒人たちだ、礼拝をやっておるんだよ」と牧師が説明した。二人はこぢんまりとした家々が暗く眠っている間を過ぎながら、埃の中を歩きつづけた。時折り幾人かの黒人たちと行きちがった――いずれも月光のなかに空しい小さな炎を吹きあげるランタンを下げている。「あんなものをなぜ持つのか、誰も知らんのだよ」牧師はギリガンの質問に答えた。「たぶんあれは自分の教会を明るくするためのものだろうね」

歌声はますます近くなってきた、そしてしまいに、二人は貧しげな教会を眼に留めた――それは道のかたわらの茂みの中にうずくまるようにして、真似事のような塔を斜めに傾けている。内部には石油ランプが低く燃えているが、それはただ闇と熱気を増すばかり、そして月に照らされた土地での苛烈な労働のあとの激しい欲望を駆り立てるばかりだ――そしてそこからは黒い人種の情熱に浸った歌声が湧き出てくる。それは無であり、それはすべてであった、それはやがて陶酔に高まり、白人の作った言葉を取りあげてそれを遠い彼らの神に捧げ、イエス・キリストを自分たちの神に仕立てあげていた。

汝《あなた》の羊を守りたまえ、おお、イエス様。それは何物かと、どこかで、一体にならんとする人類の憧れ。汝の羊を守りたまえ、おお、イエス様……牧師とギリガンは道路の上に並んで立っていた。道は月光のなかで向うへ延び、遠近感もなしに漠として闇に融けこんでいた。荒れて赤土のむきだした畑もいまは柔らかな銀色と黒の斑《はだら》模様に代っていたし、樹々はそれぞれが銀色の漠とした姿であるが、ただ月に照らされた側は青銅像のようにくっきりと浮きあがっている。

汝の羊を守りたまえ、おお、イエス様。合唱の声は豊かに柔らかく湧きあがった。そこにはオルガンはなかったが、オルガンなど要《い》らなかったのだ、というのも熱情的な低音《バス》と中低音《バリトン》の合体した上はるかに、女たちの高音《ソプラノ》の声が、まるで金色《こんじき》の極楽鳥のようにたかく飛翔《ひしょう》していたからだ。二人は埃のなかに立っていた──牧師は形のくずれた黒い僧服、そしてギリガンは新しくてこわばったサージ服の姿で立ちつくし、耳をかたむけ、するといつしか汚ならしい教会は、熱情と悲哀の混ざった甘美な憧れの声にのって、麗わしいものと化して見えるのだった。やがて歌声は死に果てた──その合唱の薄れゆくかなたには月の光を浴びる土地、眼には見ないが明日と汗、性と死と堕地獄に満ちた土地があるのだ、そして二人はめいめいの靴のなかに埃を感じながら、月光の下を、町のほうへと戻ってゆくのだった。

あとがき

"Soldiers' Pay" という原題名は直訳すれば「兵士たちの酬われたもの」という意味になろう。もちろん皮肉のこもった題であって、第一次大戦に参加した兵士たちが、生命をかけて護った国へ帰還した時にどのようなものを酬われたか、その失望感を語る物語である。最初は、戦場の記憶も失い生命も危ぶまれる将校マーンが故郷の南部の町へ帰るシーンであり、物語は彼の帰還によって町の人々がどのような反応を起すかを語っていく。そこにはかつてマーンと婚約した軽薄な娘セスリーや、マーンの父で世間ばなれした牧師、かつてマーンを一度だけ愛した女中のエミー、彼への同情心もなく女を追うジョーンズ、その他の人物がいて、この自己喪失した青年を迎えるのであるが、むしろ誰が主人公というよりも、戦争の惨禍の象徴そのもののようなマーンを、平和な「世間」がどのように受けいれたか拒否したか、それが物語の主題だといえるであろう。

この点で、批評家のうちにはこの作品を、ヘミングウェイやドス・パソスやカミングズの書いた戦後小説とひとしく、いわゆるロスト・ジェネレーションの作品とみている。しかし彼等の作品が戦争の実体験に裏づけられているのに反して、この作品は、むしろ戦争にゆけなかった彼の恨みがこもっているものと言えそうである。フォークナーは恋人だったエステルが他の青年と結婚したことによって絶望しイギリス空軍に投じたが、戦線に出る前に終戦となってしまったのだ。彼はいっそ戦死して故郷の町へ帰ったほうがよいと思ったにちがいない。当時の彼が帰還の途中の駅で呆然と立ちつくしている姿を、ある人は記憶にとどめている。この視点からみると、額に大傷をみせて記憶喪失のまま帰るマーンは青年フォークナーの夢想した自分であり、戦争が早く終った不満顔の平凡な候補生ロウは作者の現実からの半身像といえるだろう。

それではこの処女作が私的感情のこもった幼稚な作品かといえば、そうではない。フォークナーは最初から小説とは架空の物語であると信じていたといわれるが、そのうえ彼はここでは自分の体験を客観化しうるだけの年月を経てから書いている。たしかに多くのものを自分や他の作家の詩句から借りいれているし、ミセス・パワーズや牧師の人物描写にはやや常套の扱いもみられる。輝かしい自然描写があると思えば、繰返しで冗漫な部分もある。しかしジョーンズやセスリーをはじめ、かえって浅薄な町の人々、薄情で身勝手な町の人々を描く時、筆はいきいきと鮮やかであり、ここにはすでに成熟しはじめた眼がある。

この処女作についていくつかの解釈がおこなわれているが、最も新しいものは一九七〇年の《サザン・レヴュー》秋季号に出たクリアンス・ブルックスの批評であろう。そのなかで彼は、フォークナーが同時期に書いた観察文『ニューオリンズ・スケッチ』と違ってこの作品はすでに彼の将来に待つ輝かしい仕事を予測させるに十分のものだと言っている。そうした諸点を指摘した後、彼はまた適切に、これは独学した天才らしく、素晴らしい部分と不器用で不適切な部分がまざって出来ていると約言している。さらに彼がこれまでの批評家のおこなわなかった新しい提言をしていることも目立つ。すなわち、普通にはフォークナーの「ヨクナパトウファ・サーガ」は第三作目の『サートリス』から始まると考えられている。これはどの批評家も一致した見解である。しかし『兵士の報酬』の町チャールズタウンは、(たしかにジョージア州にあるが)明らかにフォークナーの町オックスフォードをモデルにしている。教会の塔に鳩の鳴くシーンや、広場の様子は、フォークナーが同じくオックスフォードからつくった架空の町ジェファスンとよく似ている。それでブルックスは提言して、フォークナーがアンダーソンの忠告のもとに南部を書きはじめたのを、一九二九年の『サートリス』とせず、『兵士の報酬』の一九二六年にしたらどうか、と言っている。これは、やや無視されがちだったこの処女作を従来よりはるかに重い位置に据える意味ぶかい発言であるといえよう。

一九七一年五月

加島祥造

※「あとがき」は一九七一年刊の新潮社版のものを転載しました。

新版によせて

『兵士の報酬』は一九二六年に出版された。フォークナーの二十九の歳であった。自分が戦争に加わって空中戦をしたいと切望し、それを果せずに南部の町へ帰る——この憧れと挫折が、この小説のすべてにゆきわたり、青春小説そのものといえる。

私も、第二次大戦で青春の出発を挫かれた。この小説を訳したのは一九七〇年、私の四十代のはじめだが、まだあのころも青春期の挫折感が残っていた。

そしていま、二〇一三年に再びこの訳書が出るので再読し、人の青春期とは、誰のなかにも、いつまでも残っているものだ、と実感している。

この小説のなかのミセズ・パワーズには、とくに心を魅かれていたことも、忘れずにいる。

二〇一三年二月

加島祥造

訳者略歴

加島祥造

1923年、東京・神田生まれ。早稲田大学英文科卒、カリフォルニア州クレアモント大学院留学。フォークナー、トウェインをはじめ、数多くの翻訳・著作を手がける。1993年「老子」に出会い、『タオーヒア・ナウ』(PARCO出版)を出版。信州・伊那谷に独居し、詩作、著作のほか、墨彩画の制作をおこなう。著書は『タオー老子』(筑摩書房)、『伊那谷の老子』(朝日文庫)など。

＊今日の人権意識に照らして不適切と思われる語句や表現については、
時代的背景と作品の価値をかんがみ、そのままとしました。

兵士の報酬

2013年4月1日初版第一刷発行

著者:ウィリアム・フォークナー

訳者:加島祥造

発行者:山田健一

発行所:株式会社文遊社

東京都文京区本郷4-9-1-402　〒113-0033

TEL: 03-3815-7740　FAX: 03-3815-8716

郵便振替:00170-6-173020

書容設計:羽良多平吉 heiQuiti HARATA@EDiX+hQh, Pix-El Dorado

本文基本使用書体:本明朝小がな Pr5N-BOOK

印刷:シナノ印刷

乱丁本、落丁本は、お取り替えいたします。
定価は、カバーに表示してあります。

Soldiers' Pay by William Faulkner
Originally published by Boni & Liveright, 1926

ISBN 978-4-89257-081-0